亲爱的黎先生

上

前尘远歌 著

重庆出版集团 重庆出版社

图书在版编目(CIP)数据

亲爱的黎先生/前尘远歌著. —重庆:重庆出版社,2020.8

ISBN 978-7-229-14817-1

Ⅰ.①亲… Ⅱ.①前… Ⅲ.①长篇小说—中国—当代 Ⅳ.①I247.5

中国版本图书馆CIP数据核字(2020)第020868号

亲爱的黎先生
QIN'AI DE LIXIANSHENG
前尘远歌 著

责任编辑:李 雯 汪建华
责任校对:刘 艳

重庆出版集团
重庆出版社 出版

重庆市南岸区南滨路162号1幢 邮政编码:400061 http://www.cqph.com
重庆出版社艺术设计有限公司制版
重庆一诺印务有限公司印刷
重庆出版集团图书发行有限公司发行
E-MAIL:fxchu@cqph.com 邮购电话:023-61520646
全国新华书店经销

开本:890mm×1240mm 1/32 印张:17.25 字数:700千
2020年10月第1版 2020年10月第1次印刷
ISBN 978-7-229-14817-1
定价:69.80元

如有印装质量问题,请向本集团图书发行有限公司调换:023-61520678

版权所有　侵权必究

目录
CONTENTS

第1章 / 001
那些前尘往事便尽数忘了

第2章 / 033
他对你未免太好了些

第3章 / 064
除了向前,她别无选择

第4章 / 120
仿佛命中注定的相逢

第5章 / 149
那是无意识的依赖

第 6 章 / 177
你是有喜欢的人了吗？

第 7 章 / 205
追一个人太辛苦了

第 8 章 / 233
那是他从不曾提起的曾经

第 9 章 / 261
谁会拒绝生命中唯一的光

第 10 章 / 290
那是无法言之于口的喜欢

第1章

那些前尘往事便尽数忘了

四月的海城,空气都带着潮湿缱绻的意味。

顾卿遥静静躺在病床上,试图握紧手,却又一次失败了。她抿抿唇,宽大的病号服显得她脸色愈发苍白。

岳景峰和林夏雪推门而入时,顾卿遥甚至不自觉地瑟缩了一下,她现在的样子委实是太狼狈了,身上裹满了纱布,连挪动一根指头都困难。

"你们怎么来了?"顾卿遥哑声道。

"景峰学长说,他有话要对你说。"林夏雪犹豫了一下,还是说道。

顾卿遥看向岳景峰,脸上写满了悲怆:"我以后不会再缠着你了,你也不必再……"

下一秒,微凉的指环径自套上了顾卿遥纤细的手指。

岳景峰单膝跪地,神色是说不出的认真:"卿遥,嫁给我吧。"

顾卿遥睁大眼睛,难以置信地看向岳景峰:"你说什么?"

她追了岳景峰那么多年,可他从未给过自己回应。

可是此时此刻,岳景峰竟然出现在她面前,不顾她因为车祸已经高位截瘫,竟然在病房里向她求婚。

唯美的花束,偌大的钻戒,简直像是偶像剧的情节一样。

顾卿遥费力地抬眼看向眼前的岳景峰,眼底满是歉疚:"谢谢你,景峰,可我真的怕拖累你……"

"没有拖累!卿遥,以前我怕配不上你,可是现在……我真的不想再欺骗自己的真心,未来的日子,我愿意照顾你一辈子。"岳景峰轻轻捋顺了顾卿遥的鬓发，眼底满是深情。

顾卿遥的眼泪落了下来，忍不住抬眼看向旁边的林夏雪，简直说不出心底有多么感动："夏雪，你也帮景峰一起策划了这个惊喜给我，是吗？"

"那是自然，你是我的闺蜜，你幸福我才能幸福啊，你都不知道，你变成这样子，景峰学长心底有多么自责。"林夏雪靠过来，眼眶也微微红了。

顾卿遥咬紧下唇，良久方才哀求道："景峰，你先出去一下好不好？我有话要对夏雪说。"

岳景峰迟疑了一瞬，在顾卿遥脸上落下一吻："乖，少说点话，别累到自己。"

顾卿遥笑着应下，岳景峰这才走了出去。

病房里面只剩下顾卿遥和林夏雪了，林夏雪定定地看着顾卿遥指间的钻戒，没来由地，顾卿遥就觉得林夏雪的眼神有点古怪，又觉得是自己多心了。

顾卿遥低声道："夏雪，你是喜欢景峰的，对不对？"

林夏雪像是被戳中了痛处似的，立刻跳了起来："怎么可能？卿遥，你可千万别多想！"

顾卿遥摇摇头苦笑道："你是我最好的朋友，我怎么会不知道你的感受呢？但是夏雪……你看看我，我都是个废人了，我和景峰在一起还能怎样呢？夏雪，算是我求求你，求你替我照顾景峰吧，他是个好人。"

林夏雪的神色如遭雷击，她像是克制不住要说出什么了似的，却又默然噤了声："你别胡说了，既然景峰学长喜欢的是你，你就安心准备婚礼吧，不用想那么多，而且……"

她话还没说完，岳景峰就匆匆推开了门："卿遥，你看我拿的什么？"

"什……"

顾卿遥呆呆地看向眼前的结婚证，哑声道："景峰，"她试图伸出手，指关节却是动弹不得，"谢谢你……我爱你。"

"我也爱你。"岳景峰眼底满是柔情蜜意。

"我还要去民政局补办一些手续，你好好休息。"岳景峰想了想，像是不放心似的回头问道，"你愿意嫁给我的，对吧？"

"我愿意，我愿意。"顾卿遥已然泣不成声。

岳景峰这才松了口气似的，匆匆出去了。

明明失去了全部，却又好像因祸得福。

"让顾小姐好好休息吧，"医生提议道，"病人经受了那么大的心理波动，下面要安静输液了。"

林夏雪道:"那卿遥我也回去了,明天再来看你。"

"好。"顾卿遥轻声道,"谢谢你,我真的很开心。"

林夏雪也笑了笑,这才掩上了门。

病房骤然变得很安静,顾卿遥费力地看向指间的钻戒,还是忍不住微笑。

自私就自私吧,她真的太喜欢岳景峰了,喜欢到了骨髓里。

她混混沌沌地睡了一会儿,外面似乎是过去了几个医护人员,顾卿遥动弹不得,听力倒是变好了些。

"里面就是顾家那大小姐吧?"

"可不是,哎呀,可怜见的。"

"那岳少怎么会娶她啊?都这样了,估计连孩子都生不了吧。"

"生不了就不生了呗,你看她那个样子,估计也撑不了几年了,到时候顾家的钱还不是都到了未来女婿手里?"

外面传来低声的笑,顾卿遥心底一阵怒意,手指都忍不住颤抖起来!

他们怎么可以这样说岳景峰,景峰才不会算计这种事!

"别瞎说,我看岳少对里面那位也算是够好了,这个时候能在一起的,那是真爱啊!"

"真爱?我听说这个顾小姐追了岳少不知道多久,岳少都不带搭理的,怎么一出车祸就立马求婚了?还有这顾家啊……"她不知道小声说了句什么,外面传来一阵哄笑,她才得意地说了下去,"啧啧,现在你明白了吧,这里面的隐情多着呢!"

"还真是!说起来……你们不觉得奇怪吗?顾家女儿都这样了,顾先生到现在都没有露过面,也不知道是不是他亲生的……"

说话的人走远了,顾卿遥却只觉如遭雷击。

顾先生?他们在说的,难道是父亲顾彦之?

父亲一直没来医院看她?这……怎么可能!

顾卿遥想要挣扎起来去找母亲询问,却意识到自己根本连根手指都抬不起来。

她颓然地倒下去,就听外面传来一阵阵争吵声:"你们凭什么拦着我?她是我的女儿,我为什么不能进去?"

妈妈……

"我女儿什么情况,你们还想瞒着?她根本就没……"

是母亲念宛如的声音,带着惶急和绝望。

顾卿遥拼命地睁大双眼,想要出声回应外面的女人,却发现自己忽然失声了。

　　说起来她也是感到奇怪，刚才她还能使上力气的，怎么这会儿一点劲儿也没有了？还有她刚才明明能说话的，怎么现在就不能了？

　　外面传来念宛如近乎崩溃的哭声，到底发生了什么，会让一向温婉大方的母亲如此狼狈？

　　顾卿遥疯了一样地想要挣扎起身，却是无论如何都做不到。

　　她只能死死盯着天花板，耳畔传来念宛如绝望的呼声——

　　"卿遥，卿遥你听着，你没有高位截瘫，他们骗了你！你谁也别信！谁也不能相信！啊！"

　　挣扎声，还有叫骂声，顾卿遥听不真切，却知道念宛如是被拖走了。

　　他们？

　　他们是谁？

　　没有高位截瘫又是怎么回事？自己真的不能动了啊！

　　顾卿遥感觉自己的大脑一片混沌，而更让顾卿遥感觉恐慌的，是那顺着血管流入体内的药剂，她开始呼吸困难了。

　　难道她无力和失声的原因，是药有问题？

　　谁，是谁要害她？

　　高浓度的药剂涌入血管，顾卿遥感觉自己的心脏跳速越来越快，逼得她整个人都要崩溃了。她张开嘴，连每一次呼吸都变得极为困难。

　　顾卿遥拼死挪动身体，却也仅仅只是让病床抖了一下。

　　她狠狠瞪着那瓶点滴，头疼得像是要炸裂开来一般。

　　无助和绝望席卷而来，原来从狂喜到整个世界被倾覆，不过就是一瞬间而已。

　　顾卿遥不禁想象，如果自己真的死了，自己的死相会有多狼狈……

　　下一秒，有人推开了门，刚刚还在门外的小护士推门而入："该送顾小姐去做检查了。"

　　"这时候去做检查？他们不是说……"

　　"嘘——"另外一个年长的护士低声道，"先送过去，死在我们这里也是麻烦事。"

　　他们似乎是知道顾卿遥没办法有任何反应，所以在她面前说话也愈发肆无忌惮。

　　顾卿遥悲哀地挣扎着，下一秒却发现自己的手指居然能动了！

　　顾卿遥不动声色地躺在那里，心底却掀起了惊涛骇浪。

　　母亲说的居然是真的！那么这次所谓的车祸……

顾卿遥不敢多想，知道自己只能找机会向人求救，岳景峰和父亲是不能指望了，现在她连林夏雪也不敢信……

被护士沉默地推出去时，顾卿遥费力地蜷缩了一下手指，惊喜地发现自己真的能动了！

然而下一秒，顾卿遥的脸色就更难看了。

走廊的墙边靠着一个男人，那人站在那里，周遭满是生人勿近的气息，冷冽而慑人。见这边有动静，他蹙眉看了过来，神色清冷。

那人她隐约有印象，却是无论如何都想不出该如何称呼。

"救命……"路过那人时，顾卿遥猛地伸手，攥住了男人的衣角。

男人微微一怔，蹙眉低头。

顾卿遥的嗓音空洞而沙哑，看向男人的眼神满满的都是绝望："救救我，她们要害我，我不想死……"

推着顾卿遥的护士显然没有想到会发生这种事，她们惊恐地对视一眼，下意识道："黎少，抱歉，我们只是要带她去做个常规检查。"

顾卿遥显然已经是强弩之末了，刚刚的点滴药性太强，顾卿遥感觉到自己的手指也在慢慢麻痹，几乎钩不住男人的衣角。

那种无力的绝望感再次笼罩了顾卿遥全身，她的手不受控制地慢慢松开。

是啊……

不过是萍水相逢，又目睹了刚刚那一场闹剧，人家有什么理由要帮她？

她看到不远处岳景峰匆匆冲了过来，心底愈发冷了下去。

她最后的一线生机，似乎也悄然消失了。

真可惜，她明明挣扎过了，却是毫无办法，只能接受这命运的安排……

下一秒，男人清冷的声线响起："等等。"他一把拉住了手术床。

"这位先生，"岳景峰已经走到了近前，径自握住了男人的手，似笑非笑道，"这是我妻子，她要去做检查了，您这是做什么……"

"做什么？你觉得呢？"男人的语气相当讽刺，钳制住岳景峰的手腕，直到岳景峰吃痛松开手，这才轻蔑地笑了一下，"不自量力。"

他再一低头，就见顾卿遥已经晕过去了。

……

顾卿遥醒来的时候，天光已然大亮。

"醒了？"一道疏冷的声音传来，顾卿遥看过去，就见黎霁言背对着她，正在敲打电脑。

顾卿遥轻咳一声，刚想开口道谢，话到了嘴边就咽下去了。

她错愕地看着好端端穿着睡衣的自己，再看看自己活动自如的手脚，顿时难以置信地抬起头。

"你不记得我了，我姓黎。"像是看出了她的心思，黎霂言径自起身走了过来道。

顾卿遥的大脑迅速转了转，也没想起这位是谁，只好向后瑟缩了一下，眼底带着点戒备低声道："谢谢您，黎先生。"她顿了顿问道："这里是哪里？我怎么……"

黎霂言走近了一些，顾卿遥下意识往后缩，下一秒直接撞到了床头，忍不住吃痛地咬住下唇。

黎霂言停住脚步，轻笑了一声："果然和小时候一样。"像是戏弄够了顾卿遥，黎霂言也不走了，只居高临下地看着她，"这是我家，你的确是遭遇了车祸，但是高位截瘫是假的，是他们用药物控制了你，目的我不清楚，你可以自己想想看。"

顾卿遥错愕地睁大眼，这一切听起来是如此荒谬，可是顾卿遥知道，黎霂言没理由骗她。

她活动了一下手指，这才看向自己穿着的兔子睡衣，低声问道："是你帮我……"

"帮你换了衣服，我不喜欢消毒水的味道。"黎霂言的眼底滑过一丝厌恶，淡淡道。

顾卿遥相当尴尬，看向黎霂言讷讷道："谢谢您，还有……您看到我母亲了吗？"

黎霂言陡然沉默了下来，他盯着顾卿遥看了一会儿，这才叹了口气道："先吃东西吧，你已经超过十二个小时没有进食了。"

暖热的白粥配上小笼包，刚好是顾卿遥最喜欢的，可是……黎霂言是怎么知道的？

见顾卿遥没动作，黎霂言不动声色地蹙了蹙眉，道："吃了东西，我就带你去见你母亲。"

顾卿遥沉默片刻，这才低头慢吞吞地吃了起来。她犹豫了一下，想到黎霂言刚刚说过的话，还是抬眼看向黎霂言，问出了一直困扰她的那个问题："黎先生，我以前见过你吗？"

"论辈分，你本该叫我一声叔叔。"黎霂言看着顾卿遥错愕睁大的眼睛，淡淡道，"不记得就算了。"

"可是……"

"吃东西。"黎霂言的声线更冷了几分，将早餐盘往前推了推。

他自己面前的餐盘倒是只摆了两片烤面包，外带一小块黄油。顾卿遥盯着他将黄油抹在面包片上，像是有强迫症一样，将边角都涂抹得精致而均匀，忍不住微微蹙眉，心想这该是个完美主义者。

顾卿遥能感觉得到他的目光落在她身上，正平静地打量着她。顾卿遥没开口，只是沉默地加快了速度。

这种行动自如的感觉太好了，她甚至感觉自己的眼眶微微有点湿润。

直到将早餐尽数吞入腹中，顾卿遥这才抬眼看向黎霂言："我想给妈妈打个电话。"

黎霂言顿了顿，这才开口道："念女士昨天似乎是受了刺激，从医院阳台上跳了下去。还好是二楼，念女士只受了轻伤，现在还没苏醒。"

顾卿遥想起昨天念宛如在外面声嘶力竭的警告，手下意识攥紧，事情哪里有那么简单……

她咬紧下唇，道："我得去见妈妈。"

现在能够保护念宛如的，大概也只有她了。

黎霂言看了顾卿遥一会儿，道："我送你。"

"之前你说……"黎霂言的车开得很稳，顾卿遥犹豫了一下，还是转头去看他，"你是我的小叔叔，是怎么回事？"

"你全都不记得了？"黎霂言反问道。

顾卿遥摇摇头。

黎霂言看着顾卿遥乖巧的样子，总是无法将她和传闻中那个被宠坏了的女孩子联系起来。他的眼神沉黯些许，这才道："至少名义上，我是顾老先生的养子。"

顾老先生？

顾卿遥有点诧异地想着，是说自己的爷爷吗？

可是自己的爷爷何时有养子了？

似乎是看出了顾卿遥的疑惑，黎霂言淡淡道："也是很多年前的事情了。之所以说是名义上，是因为这些年也没什么联络，不记得就算了。"

纵使如此，自己也不该毫无印象才对。

顾卿遥没说话，心底的戒备却是更深一层。

很快，车子在医院门口停下。黎霂言没开门，只淡淡开口道："昨天我强行带你离开，医院那边现在大概已经炸开了锅。你就这么回去，他们不可能轻易放过你。"

顾卿遥的手微微一顿，下意识看向黎霂言。

的确，现在的她没有任何和他们对峙的本钱。

见顾卿遥下意识退缩了,黎霂言没说什么,只是好整以暇地看着她。

顾卿遥却显然很快平静了下来:"我知道,但是我必须回去。我不回去,妈妈的处境只会更艰难。"

他们能让她"高位截瘫",自然也有办法让念宛如再也不能行动自如。

顾卿遥侥幸脱逃,却不能用她母亲的性命来冒险。

黎霂言的眼底滑过一丝淡淡的诧异,记忆中这个女孩儿简直堪称声名狼藉。评价她的词不多,却大多集中在"被宠坏了""自私自利""没用的富家大小姐"一类。可是现在看来,传闻果然不可尽信。

黎霂言看了顾卿遥好一会儿,这才收回目光,微微颔首道:"我陪你过去。"

"这太麻烦黎少……"顾卿遥错愕地推拒。

"走吧。"黎霂言却已经下了车,很显然没有给她任何拒绝的空间。

顾卿遥也没力气拒绝……

十分钟后,顾卿遥"虚弱无力"地坐在轮椅上,被黎霂言推着到了念宛如的病房门口。

里面传来说话的声音——

"怎么会这样?宛如怎么还没醒?"

"是父亲……"顾卿遥喃喃道。

"还有卿遥呢?黎霂言能把卿遥带到哪里去?"顾彦之听起来相当愤怒,"你怎么那么没用?"

那边的岳景峰讷讷地不说话了。

黎霂言淡笑一声,径自推开了门:"我把人带回来了,看来……这边的医生有点不顶事。"

他的语气带着三分轻嘲。顾彦之哪里会不知道他在说什么,脸色登时就变了。

倒是岳景峰冲了过来,一副情深不悔的模样在顾卿遥旁边蹲下了:"卿遥,卿遥你没事吧?他没把你怎么样吧?你这样被推着肯定很难受……"

他微微一低头,这才发觉顾卿遥手上的戒指不知何时不见了,脸色顿时更难看了——

"黎少,您这是什么意思?"

岳景峰大概是觉得自己可以先下手为强,站起身来冷声道:"黎少,您昨天当着我的面将卿遥带走了,您还让警察控制了我。恕我直言,您有什么权力做这种事?"

他的胳膊现在还在隐隐作痛。警方盯了他快二十四小时,分明就是将他当成嫌疑犯了。

岳景峰简直惹了一肚子气，没承想还被顾彦之劈头盖脸地一顿骂。

黎霂言的身高比岳景峰高了些，居高临下地看过去时，没来由地就带了三分威压——

"你觉得呢？"

岳景峰几乎是下意识地退了半步，又生生站住了："你……"

"岳景峰，你现在涉嫌诈骗罪。事实上我很意外你这么快就被警方释放了。"黎霂言的目光无比清冷。

顾卿遥将轮椅向前转了转，径自停在了念宛如的病床前。

"妈妈……"顾卿遥小心地伸手，眼底迅速地覆上泪。

念宛如看起来安安静静无知无觉。可是顾卿遥知道，倘若念宛如不是因为想要提醒自己警告自己，也不至于落到这种地步。

顾卿遥抿抿唇，一抬眼就看到顾彦之和岳景峰惊骇莫名的目光。

她还没开口，顾彦之就立刻掩去眼底的惊讶，哑声道："小遥，你……你好了？"

"天啊！小遥，你居然能动了，能说话了！"岳景峰也急了，他几乎是疯了一样地冲到了顾卿遥面前，下意识就要半跪在顾卿遥面前。

下一秒，他的后领被黎霂言一把拎起。

那一瞬间，岳景峰简直狼狈无比。

他猛地一个趔趄，差点跌倒在地。

"黎霂言你这是什么意思？！"岳景峰碍于黎霂言的身份，不敢暴跳如雷，脸色却还是相当难看。

"顾小姐身体还没好。"黎霂言冷声道。

"她是我的爱人，你……"岳景峰咬牙。

"现在还是吗？"黎霂言轻嘲，看向始终沉默的顾卿遥。

顾卿遥浑身一震，目光微微下垂，看向自己空荡荡的手指，那里已经空了。

她不记得自己摘下来过，想来是黎霂言帮了忙。

"卿遥，你不要被他控制……"岳景峰哑声道。

"岳景峰，"顾卿遥抬眼看过去，"我想我们还是需要再考虑一下。"

"行，好，我懂了，"岳景峰咬牙切齿，"你之前觉得自己浑身瘫痪了，所以才会和我在一起，现在你就是瞧不起我！"

顾卿遥垂眸笑了，笑容说不出的好看。

"从前倒是无所谓，只是……"她扶着轮椅站起来，冷眼看过去，"现在你是犯罪嫌疑人了，我的确需要重新考虑一下。"

岳景峰的脸色愈发苍白，顾卿遥却已经冷声说了下去："更何况，婚姻登记手续还没有办妥，希望你以后不要这样称呼我。"

谁也不记得那混乱的一天是怎样结束的。

没过多久，岳景峰就又一次被警方带走了。顾彦之拉着顾卿遥的手嘘寒问暖了好一会儿，这才神色复杂地看向黎霂言："昨天小遥能得黎先生相助，实在是感激不尽。父亲……也总是念着你，你若是有空，随时欢迎你回来看看。"

"不需要，"黎霂言的目光相当疏冷，"我不想与顾家有什么瓜葛。"

顾彦之的脸色有点难言的尴尬，轻咳一声道："有空的吧。"

顾彦之离开后，顾卿遥这才看向黎霂言，心情相当复杂。

刚刚顾卿遥偷偷在网上查了一下黎霂言的背景。黎霂言这样的人，绝不像是会管闲事的人，可是这一次……他委实是帮了自己太多忙了。

"黎少，谢谢您。"

黎霂言好整以暇地看了顾卿遥一眼，将一张名片递过去："这是我的名片。"

顾卿遥心领神会："昨天多谢黎先生，改天等黎先生有空，我再宴请黎先生……"

"什么时候？"

啊……

这种话不是客套吗！这人怎么这么耿直？

顾卿遥想了想，只好道："下周三或者周四，如果到时妈妈已经出院了的话，不知道黎先生可有时间？"

"可以，下周四晚上吧，你直接拨我电话。"黎霂言的目光无比深邃。

顾卿遥心情复杂地应下了："好，谢谢黎先生。"

黎霂言的心情却像是好了一些。"不必，还有，"他好整以暇地笑道，"昨夜没有人看光你，不用那么紧张。"

顾卿遥的脸腾地红了，这个人怎么这样！

念宛如真正苏醒是在三天后，彼时顾卿遥正昏昏沉沉地撑着头在旁边翻看这几年顾氏公司的资料。

自己的高位截瘫是一场诈骗，她现在怀疑的人除了岳景峰，其实还有林夏雪和顾彦之。只是怀疑自己的家人委实是一件太难的事，她需要更多的证据。

念宛如的手微微一动，顾卿遥几乎瞬间就有了反应。她又惊又喜道：

"妈妈！您醒了，您……"

"这是怎么了？"念宛如见顾卿遥就要哭出来了，顿时就怔住了，伸手迟疑着摸了一下顾卿遥的头，"小遥？"

听着念宛如微微沙哑的声音，顾卿遥几乎瞬间想到了病房外念宛如嘶哑的嗓音。她看向念宛如，眼眶几乎瞬间就红了："妈妈，您都不知道那天我多害怕……您现在好点了吗？我去请医生来。"

"哎，"念宛如忍不住笑了，"紧张什么？我那天发烧好像挺严重的，你和爸爸把我送过来的吗？还有……你怎么受伤了？"

顾卿遥所有动作瞬间僵住了。

"妈妈……您记得自己是怎么进医院的吗？"

"我那天不是发烧了吗？后来晕过去了？"念宛如很是自然地问道。

顾卿遥看了念宛如许久，这才轻轻摇了摇头："我出车祸的事，妈妈您……"

您在外面撕心裂肺提醒我要小心所有人的事情，还有您坠楼的事情，全都忘了吗？

顾卿遥忽然有点不知道说什么好，她闭了闭眼，许久方才轻声道："您先好好休息，我去请医生过来。"

结果医生也没有检查出什么来，只说可能是受刺激过度，之后应该会慢慢恢复。

顾卿遥心底百感交集，想不通这究竟是福是祸。

念宛如本就是轻伤，人醒过来了也就没什么大碍了。顾卿遥将最近的事情挑挑拣拣地和念宛如说了。既然念宛如将那些尽数忘记了，顾卿遥也不想平白让念宛如担心，索性只说了车祸受了轻伤被误诊了，而自己和岳景峰也没什么可能了。念宛如倒是挺开心的，连连点头说一直不看好岳景峰。

岳景峰来电话时，顾卿遥正陪着念宛如说话。她想起之前病房的不欢而散，还是蹙蹙眉将电话接了起来，语气平静地开口："岳少。"

不再是景峰学长，而是一个无比疏冷的岳少。

"嗯，我是想给顾小姐道个歉，那天……那位黎先生似乎是将我当做是什么坏人了……"岳景峰的语气有点窘迫。

顾卿遥打断了岳景峰的话："没关系。"

岳景峰讪讪道："那，我想约顾小姐见面吃个饭，就当做是赔罪了。不知道顾小姐是不是已经出院了？"

顾卿遥多少有点诧异，岳景峰这分明是无事献殷勤。

她蹙蹙眉，没来由地想到了林夏雪。顾卿遥心中有事情急于证实，平静地笑了一声:"好啊,我这几天就准备办出院手续。对了,我带上一个朋友的话,岳少不介意吧?"

"当然当然。"岳景峰一口应承下来,似乎是松了口气。

"那就约在晶华酒店吧,我听说那里的菜色很不错。江浙菜系,是我很喜欢的类型……顾小姐还可以接受吗?"岳景峰问道。

顾卿遥有点想笑,这种自说自话的人,也不知道自己从前是怎么心心念念地喜欢上的。

她点点头应了:"好,我都可以。"

她没来由地想起初见时的黎霂言,几乎是截然不同的两个人,顾卿遥唇角微弯,好整以暇地等着岳景峰的下句。

岳景峰似乎对顾卿遥的态度很是满意,笑道:"那就这么定了,下周三的晚上,还请顾小姐务必将时间空出来。"

"抱歉,"顾卿遥道,"那天可能不行。"

"这……"

"那天有一个慈善晚会,海城很多人都会去,"顾卿遥状似关心地问道,"岳家没有收到邀请函吗?"

她的语气是如此无辜而平静,可对面的岳景峰却是一瞬间窘迫得差点想死了!

没收到邀请函意味着什么?

意味着他们岳家根本就不被人认可!

常言道富过三代才能算是贵族。而岳家自己也知道,岳景峰的父亲是靠着拆迁房的钱一笔笔投机起来的,这种人不叫贵族,反而被称为暴发户,上层圈子是绝对挤不进去的。

就像是这样的慈善晚会,岳家从来都不在被邀请之列。

岳景峰听着顾卿遥的语气,忍不住蹙蹙眉,心说顾卿遥历来都是天真可爱,想必也不是故意的。

他只好干笑几声,道:"那可能是我父亲去吧,我父亲没和我说。"

"哦,"顾卿遥有点想笑,却只是平静道,"那还是改天吧。"

"那周四……"

"周四不巧安排了黎先生。"顾卿遥很是自然地说道。

岳景峰简直要掀桌子了!

他哪里能想到顾卿遥现在和那黎先生竟然有了进一步的联系。

岳景峰蹙蹙眉道:"顾小姐,有句话我不知道该不该说。"

"岳少请说。"顾卿遥的声音轻轻柔柔的,带着书香门第才有的涵养。

岳景峰没有注意到这些，只道："顾小姐，我这个人历来不喜欢编派是非，可是黎先生的做法实在是有点过分了。那天你要去做检查，我也不知道你记得不记得了，黎先生将我带出去，就像是犯人一样将我从上到下搜了个身，后来还直接报警了。说我，说我诈骗！你说医生说你高位截瘫，我当然就信了啊。我分明什么都没做，黎少他就是在挑拨离间！"

岳景峰现在说起这些，还有些咬牙切齿的。

他根本不想说自己有多么狼狈，后来还是岳景峰的父亲托了关系将他带出来的。

在警察局待着的一夜，那些人显然是得了黎霂言的嘱咐，就像是盯着罪犯一样盯着他，让他整个人都如芒在背。

而现在，黎霂言竟然还要和顾卿遥约会？

顾卿遥听着岳景峰的控诉，却是没来由地有点想笑。

她刻意压制住了自己几乎弯起的唇角，轻笑道："那岳少现在没事了吧？那样的情况下，黎先生大抵是将岳少当做是坏人了，抱歉。"

岳景峰听着顾卿遥的话，就觉得心底的气都消了，他叹了口气道："我只是和你说一声，那人真的不是什么善茬。顾小姐若是能不和那人接触，就别和那人接触了。"

顾卿遥的语气很是温和："嗯，我知道岳少都是为了我好，我也只是去和黎先生一起用餐罢了。"

"那就好。"岳景峰这才觉得心底舒服几分。

"那我们约在星期五吧，就定在晶华酒店，岳少时间方便吗？"顾卿遥主动提出。

岳景峰惊喜交加："当然，当然没问题。"

"那好。"顾卿遥笑了笑，"之前麻烦岳少了。"

"没有的事。"岳景峰连忙道。

顾卿遥放下电话，径自给林夏雪发了条微信。告诉她行程安排，林夏雪果然激动非常，连连发了一大堆表情道谢。

顾卿遥一转头，就见念宛如正靠在床头，翻着最近的行程。见顾卿遥过来，便笑着招呼了一声："卿遥，你也跟着看看，这是最近的活动，刚好你身体也好些了。这里有舞会也有酒会，妈妈知道你不喜欢这样的场合，但是你也大了，总该多认识些人才是。"

顾卿遥心底一动。

她从前社交圈一直不大，主要是因为大小姐脾气太重又故步自封，总觉得有这些时间不如去追岳景峰。

再后来旁人开始质疑顾卿遥的能力，即使念宛如始终坚信顾卿遥有着超人的商业天赋，她却也没能走进顾氏半步。

可是现在……她死里逃生，却无论如何都不能像从前一样混日子了。

想到这里，顾卿遥笑了笑，点头道："嗯，是要去的，"她翻了翻，挑了一个慈善晚会的请柬，"那就去这个吧。"

念宛如诧异地看了一眼顾卿遥，笑道："小遥果然长大了。"

三天后，顾卿遥和念宛如一起出了院。

顾彦之派车过来接的。听顾彦之的司机说，顾彦之本来是要亲自过来接的，奈何现在公司事务繁忙，实在是抽不出手来。

顾卿遥没什么反应，倒是念宛如微微蹙起眉头。

好不容易回到熟悉的顾宅，顾卿遥看了一眼念宛如的脸色，轻声开口问道："对了妈妈，这次我车祸的事情，黎霂言先生帮了我很多忙，他……"

念宛如的脸色微微一变，刚想开口，就见管家梁叔从外面走了进来："夫人，顾总的特助说要来取一下东西。"

"嗯，让人进来吧。"念宛如点点头应下了。

很快，顾彦之的特助便走了进来，对念宛如客客气气地鞠了一躬："夫人，恭喜您出院，我来取一份文件。"

"彦之今天还要加班吗？"念宛如自然地问道。

"是，最近刚好在招投标，顾总最近都很忙。"那个形容姣好的女特助笑着说道。

顾卿遥却忽然开口道："刚好我今天没什么事，我和你一起去吧，"她看了一眼特助的名牌，甜甜一笑，"凌筱蔓特助是吧？"

凌筱蔓垂眸道："小姐要过去，顾先生一定很高兴，只是……最近顾先生的确是太忙了，可能会无暇顾及小姐。"

顾卿遥笑道："没关系，我也只是刚好过去转转，我也有一阵子没去公司了，都想念食堂的豆沙卷了。"

她说得若无其事，心底却是盘算了起来，自己从前就是被那些舆论压着，又是骄纵惯了的性子，甚至从未去过公司。

公司里面的人第一次听说自己的名字，怕就是从媒体小报上看到的花边消息。现在既然自己要重新起步找到真相，自然要去公司刷一下存在感。虽然那些被强压着学会的商业理论还牢牢地记在大脑里，可是若是公司的人连自己的名字都不知道，将来自己骤然接手公司，定然会引发一系列的纷争。

或许也正是因此，他们才敢打起自己的主意，甚至打算让自己悄然无声地消失在这个世界上。

顾卿遥一边想着，一边盯着凌筱蔓姣好的容颜看了一会儿，心说一直都是她做特助吗？

虽说对这名字没什么印象，可是这身材和长相都当真不错啊。

凌筱蔓的神色微微一僵，手轻轻拉住了裙角，却很快恢复了平常的微笑模样："好，那我等下陪顾小姐一起。"

"嗯，你去取文件吧，知道在哪里吗？"顾卿遥状似无意地问道。

凌筱蔓心底满是诧异，这是在试探她吗？

凌筱蔓只是笑了笑，道："小姐放心，我都知道，我跟着顾总去过书房几次。"

顾卿遥便笑着点头，道："梁叔，麻烦您跟着走一趟，父亲书房的文件很乱，若是拿错了怕是麻烦得很。"

顾卿遥脸上虽说是笑着的，可是凌筱蔓分明感觉得到，这是顾卿遥在给她下马威了，她这是对自己不放心？

凌筱蔓下意识捏紧了裙角，强笑着跟着梁忠齐去了。

顾卿遥这才看向念宛如，道："那妈妈我先去公司转转，回来再听妈妈说黎先生的事情。"

"嗯，好，也不是什么紧急事。黎先生人不错，就是疏冷了些，那些从前的事情你父亲不怎么喜欢我们提起来，回头妈妈和你细说。"念宛如笑着道，一边忍不住问道，"不过小遥也是，怎么忽然想起要去公司？"

"我不是一直特别喜欢金融？就想着去公司看看实际运转是什么样子的。"顾卿遥笑吟吟说着，"也好给将来去公司实习做准备。"

"你能有这个心，你父亲一定很高兴。"念宛如听着都忍不住弯了唇角，之前顾卿遥一直跟在岳景峰后面，哪里有半点想要接公司的心思？那样子简直丢尽了大家小姐的脸面。现在顾卿遥愿意将心思用在公司上了，念宛如心底说不出多么开怀。

趁着凌筱蔓还没下来，顾卿遥上去认真地化了个妆，又换了一身深蓝色小洋裙。看起来端庄而典雅，又不会过分成熟，将头发轻轻挽起，挑了一个精致的珍珠发夹戴了，这才转了个身，看向门口迎上来的梁叔："梁叔觉得这样还好吗？"

梁忠齐站在门口忍不住怔了怔："小姐这样子，和夫人小时候真是特别像。"

闻言，念宛如也忍不住抬头看过来，眼底登时就添了三分笑意："是真的像，还是很合适的，这里的腮红稍微淡一点更好。"

念宛如亲手帮顾卿遥轻轻擦了几下，这才满意地点了点头，目光在顾卿遥的项链上顿了顿,道:"这是新买的?"

顾卿遥一怔,下意识低头:"没有啊,一直戴着的。"

这铂金项链是念宛如送她的生日礼物,顾卿遥鲜少摘下来,之前在医院都是戴着的。

"刚刚看闪了一下,妈妈还以为你买了碎钻项链呢。"念宛如笑笑,觉得刚刚可能是看差了。

顾卿遥的目光在项链上微微一顿,倒是没看出什么异样。

很快,凌筱蔓便走了下来,看到打扮得体的顾卿遥,她的眼眸微微缩了缩,却还是笑着开口:"顾小姐。"

"嗯,文件拿到了?"顾卿遥随口问道。

凌筱蔓点点头:"是,那我这就陪顾小姐去公司。若是顾总没有时间的话,可能只能我来陪顾小姐转转了。"

"好啊,那就麻烦凌特助了。"司机将车门拉开,顾卿遥自然地坐到了后排,凌筱蔓犹豫了一下,只好坐在了前排的副驾驶位置。

顾卿遥始终打量着凌筱蔓的脸色,垂眸笑了笑道:"凌特助在顾氏多久了?"

"今年是第一年。"凌筱蔓温顺道。

"是吗?"顾卿遥目光望向窗外,语气很是平常,"第一年就能做到父亲的特助位置,想来凌小姐从前的履历不错?"

"不……"凌筱蔓有点尴尬地说道,"我也就是普通的经历,刚好是这次社会招聘,可能是顾总觉得我还是位可塑之才。"

这口才听起来也不怎么样啊……

顾卿遥在心底盘算着,目光忍不住又在凌筱蔓的身上顿了顿。

她心底总是梗着一根刺,在病房里面听到的话,就那样一点点,一点点地扎根在心底,让她无法逃避。

难道父亲在外面有人了?

她并不想去怀疑她的父亲,毕竟在此之前,顾彦之对她始终都是宠爱有加。

顾卿遥闭了闭眼,刚想休憩片刻,目光却是定格在自己的项链上。

之前念宛如就说起过,自己的项链上面有亮光,刚刚顾卿遥无比确定,自己也看到了。

"小姐是怎么了吗?"凌筱蔓关切地问道。

顾卿遥淡淡道:"没什么。"

她伸手将项链摘了下来,掩去了心底的不安。

几乎是在下一秒，手机铃声便响起来了。

她看了一眼，眉头便微微蹙起——

黎霂言。

这个刚刚存进通讯簿不到一天的名字，怎么会忽然联系自己？

"你好。"

"发生什么了吗？"黎霂言的声线很沉。

顾卿遥一怔："没什么，黎先生怎么会忽然打电话过来？"

"嗯……确认一下你的情况。"黎霂言蹙蹙眉道，"你在外面？"

顾卿遥的手摸向那条项链，像是忽然明白了什么。她的神色微微凛然三分，沉声道："靠边停车。"

"可是小姐……"

"靠边。"顾卿遥毫不犹豫道。

顾卿遥下了车，确认车里面的人都听不到了，这才开口："你追踪我，是么？"

黎霂言轻笑一声。

顾卿遥见他没有解释的意思，索性径自说了下去："你在我的项链上安了追踪器。"

黎霂言淡淡道："这个追踪器只会活动这三天而已。如果有人强行将它从你脖子上取下，我这边会收到报警讯息。"

"你……"

"我确认过，你睡觉的时候不会摘下。长期戴项链的人，脖颈上会有轻微的痕迹，"黎霂言的语气很沉稳，淡淡说了下去，"我怀疑你身边有人可能会图谋不轨，所以想要保护你。"

顾卿遥简直要被黎霂言的强盗逻辑气笑了，她无奈开口："黎先生，现在非法追踪我的人，好像是您。"

"你怀疑我？"黎霂言凉凉问道。

顾卿遥哽住。

说实话，她还真的不怀疑黎霂言。这个人从前并未和自己有哪怕一丁点的瓜葛。刚刚母亲也说过，他是个不错的人，这样想来……或许这才是自己现在唯一可信的人了。

想到这里，顾卿遥只好道："黎先生那天是发现了什么吗？"

"我让人调查了你，你在顾家本就不受重视。顾彦之身体康健，你在短时间之内更是没有任何可能继承顾家的财产。我需要知道岳景峰的目的，他能让你假高位截瘫，我担心他会故技重施，这才在你身上安了追踪器。"黎霂言冷淡道。

"可是你没有告知我……"

"如果你的演技太差，或许会让这个人打退堂鼓，我不能冒险。"黎霂言的语气仿佛这是一件无比天经地义的事情。

明明是如此毫不留情面的话，顾卿遥沉默了一会儿，却是觉得心情并不差，她弯唇笑了："所以还有一个问题，黎先生，您究竟为什么要保护我？如果我没记错，我们从前并不曾见过。"

似乎是听到了一个极为有趣的问题，黎霂言轻笑了一声，这才淡淡道："这不是保护，顾小姐不必误会。"

"又或者……"顾卿遥迟疑了一下，万千疑问却是被黎霂言径自打断了——"周四再说吧，项链先戴上，这上面没有窃听器，你可以放心。"黎霂言那边已经传来了敲门声，显然是在忙碌着。

顾卿遥沉默了一下，这才道："好。"

她需要助力，而现在最重要的是，如果真的要找黎霂言帮忙，那么自己需要提供什么。

黎霂言这样的人，不缺钱不缺势，他会从自己这里索要怎样的报酬？

顾卿遥不得而知。

她微微闭了闭眼，这才重新回到了车上。

凌筱蔓正在滑手机，唇角带着微微的笑意。见顾卿遥回来了，便迅速将手机收了："顾小姐的事情处理好了吗？"

"嗯，都处理好了，"顾卿遥看了一眼凌筱蔓，含笑道，"说起来，凌特助结婚了吗？"

凌筱蔓吃了一惊，连忙摇头："没有没有，嗯……有一段失败的感情经历，所以以后来就不想结婚了。"

"这样……"顾卿遥轻叹了口气道，"抱歉提起凌特助的伤心事，只是刚刚看凌特助笑容甜蜜，以为您在忙里偷闲约会呢。"

她的语气说不出是亲昵还是试探，凌筱蔓觉得心底微微一颤，却还是保持着唇角几乎完美的笑容："顾小姐多虑了，我现在每天被顾总压榨，时间都少得可怜，哪里有时间出去约会。"

顾卿遥倒是也没继续说下去，向后靠了靠，就看起了窗外的风景。

凌筱蔓也将手机收了，很快，便到了顾氏楼下。

凌筱蔓这次学聪明了，先下车来给顾卿遥拉开了车门，动作十分熟稔。

顾卿遥也不客气，径自走了下去，微微颔首笑道："多谢凌特助。"

凌筱蔓说不出心底的滋味。

作为总裁特助，那和普通的助理可是不一样的，她在公司里面也是一呼百应的角色，哪里有这样规矩地伺候过人？

可是这顾卿遥倨傲的模样，简直就像……别人伺候她是天经地义的事情一样。

她就是众星捧月的大小姐，而自己简直就像是丫鬟一样了。

凌筱蔓轻咳一声，这才道："小姐，那我先带您去总裁办公室？"

"嗯，好。"顾卿遥点点头，笑容完美而好看。

顾卿遥和顾彦之长得挺像。奈何这么多年一直太过居高自傲又骄纵任性，顾彦之见她性子如此，也不怎么带她参加商业活动，这次还是顾卿遥第一次主动来顾氏。

顾卿遥注意到，凌筱蔓带着她走的是侧门，而且一直在发短信，不知道是不是在报备什么。

顾卿遥没说话，只是将目光落向了窗外。

电梯飞速向上，很快便到了顶楼的总裁办公室。顾彦之果然在，而让顾卿遥完全没想到的是——

"黎先生，你怎么在这里？"

她又惊又喜的声音让黎霂言蹙紧的眉头舒展开来些许，淡淡笑了笑："有个合作案。"

"是吗？"顾卿遥笑着走进去，就见顾彦之的目光始终落在她身上，似乎是在打量顾卿遥的衣服。

顾彦之很快回过神来，轻咳一声道："卿遥不好好在家休息，怎么忽然来公司了？"

顾卿遥乖巧地笑笑，拉了一下顾彦之的衣角道："哎呀，爸爸，我总是在医院待着也闷嘛，"她的目光转了转，落在了凌筱蔓身上，语气带着三分颐指气使的意味，冷淡道，"凌特助，谢谢你带我过来，这边没有凌特助能帮忙的事情了，凌特助可以先出去了。"

凌筱蔓的手不自在地蜷了起来，见顾彦之没反对，这才心不甘情不愿地出去了。

这个小姑娘……还真是和从前大不相同了。

他心底想着，指尖轻轻摩挲了一下杯子，这才淡淡道："这周末顾老先生的生日宴，我就不过去了。"

"可是……这都这么多年了，你总不露面，我父亲也的确是想念你了。"顾彦之语气生硬地说道。

"虽然我名义上是他的养子，可是无论你我都是一样没有将彼此看做是家人吧？顾老先生的生日礼我还是照常送过去，但是我不希望在任何地方看到我的名字。"黎霖言眼底掠过一丝厌弃，冷冷道。

"那这次合作，你又为什么会答应？"

"这次合作只是商业方面的合作。如果顾总公私不分，想来这次合作也不必继续了。"黎霖言说完，便径自起了身，"今天就到这里吧，我先走了。"

他的目光在顾卿遥身上落定，终于添了三分温度："周四见。"

"周四见。"顾卿遥下意识应下。

黎霖言大步流星地走了出去，顾彦之这才来得及细细打量自己的女儿："你怎么过来了？"

"我想来公司看看，不知道能不能在这边实习。毕竟我本身很喜欢经管，顾氏的实习机会对我而言实在是太难得了。"顾卿遥笑吟吟道。

顾卿遥仔细打量着顾彦之的脸色，就觉得顾彦之的脸上绝对不是写着欢喜。

她迟疑了一下，这才问道："父亲是觉得不适合吗？"

"不是适合不适合的问题。"顾彦之生硬地说，沉默了一会儿，这才道，"你年纪太小，我并不想让你接触太多公司的事情。"

"可是将来我也想为父亲分忧啊……"顾卿遥笑着说道，心底的巨石却是越来越沉。

顾彦之却是笑了笑，摸了摸顾卿遥的头道："卿遥，爸爸这是心疼你，想让你多做几年小公主，你之前那样不是很好吗？你还小，不明白，其实人的一生那么长，能够在父母身边一点都不用操心的日子是真的很难得，你为什么要急着长大呢？"

"不是急着长大，"顾卿遥天真地笑着，"父亲是觉得我的性格不适合商界吗？"

"也不是……商界尔虞我诈，我不希望你太早接触了。如果你真的喜欢，等你研究生毕业再来不好吗？"顾彦之问道。

他的眼神有不加掩饰的拒绝，曾经的顾卿遥可能看不出来，可是现在的顾卿遥怎么可能看不懂？

她知道这种事也不能急在一时，只好笑着点头应下了："那我先让凌特助陪我去到处逛逛，我都想吃食堂的豆沙卷了。"

听她说起这个，顾彦之终于松了口气。摸了摸顾卿遥的头，眼底是顾卿遥熟悉的慈爱神色："好，去吧，你也莫要太缠着凌筱蔓，她最近有好几个项目要做，挺忙的……"

"凌特助刚刚和父亲告状了吗?"顾卿遥嘟起嘴。

顾彦之忍不住笑了:"你瞧你,算了,今天就让她陪陪你。"

"嗯。"顾卿遥这才笑着应下。

顾彦之将顾卿遥送到了门口,叮嘱了凌筱蔓几句,这才目送两人下了楼。

电梯间里面只有她们两人,凌筱蔓看了顾卿遥一会儿,这才温柔笑道:"我很少看到顾总对人这样好。"

"是吗?"顾卿遥笑着将手机收了,"父亲对我一直都很好。"

"是啊,毕竟顾总只有顾小姐一个女儿,对顾小姐好也是理所当然的。"凌筱蔓的语气很是温和而悦耳。

顾卿遥忍不住想,这样的女人,应当有很多人喜欢吧?

她的美丽没有随着年龄而削弱半分,反而添了几分成熟女人特有的韵致,脸上仿佛有满满的胶原蛋白,也不知道是花多少钱才护理出来的,而她在说话的时候很会察言观色,和念宛如也是全然不同。

念宛如从前就是念家的掌上明珠,这么多年怎么可能心心念念地去讨好谁?

可是凌筱蔓不同,她必须有极高的情商,才能够在这个圈子里面潇洒自如。

顾卿遥微微垂眸,心说还真是要找人好好查查这个凌筱蔓。

以凌筱蔓的资历,她能有那么高的工资花在她的脸上吗?

更何况……倘若凌筱蔓一直都是顾彦之的特助的话,自己怎么会对这个人一点印象都没有?

凌筱蔓直接将顾卿遥带去了员工餐厅。顾卿遥看了一眼周遭,心底倒是有了些盘算。

她没说什么,只径自道:"麻烦帮我要一份青花椒鱼,再要一碗米饭,一杯西瓜汁,一份豆沙卷。谢谢。"

"是。"凌筱蔓客客气气道,"那顾小姐您去那边坐,我一会儿就端过来。"

"嗯,麻烦你了。"顾卿遥微笑道,顺便发了一条短信出去。

凌筱蔓回来的时候,就见顾卿遥旁边早有人坐下了,正兴高采烈地说着什么,而顾卿遥的神色始终淡淡的,偶尔点一点头说上几句。

只是几句话,对面的人的眼神都跟着亮了,立刻就滔滔不绝地说了下去。

那人叫王同伟,是公司的宣传部长,对长得好看的女孩子几乎没有任何抵抗力，逮到谁都敢上去撩一下的，却也是个鼎鼎有名的大嘴巴。凌筱蔓的心跳仿佛慢了一拍，径自走了过去："顾小姐。"

"凌特助回来了。"顾卿遥自然地介绍道，"这位是……"

"哦，你好，原来是凌特助的朋友……"王同伟尴尬地站直了，轻咳一声道，"我倒是没想到。"

凌筱蔓刚想笑着说什么，就听顾卿遥温和地笑了："我只是来看一下员工食堂的情况，凌特助是来陪我的。"

"这……顾小姐？"王同伟听到顾卿遥的话，再想想顾卿遥的姓氏，顿时微微怔住了，"所以这位是顾总的……"

"对，是顾总的爱女。"顾卿遥都将话说到这个程度，凌筱蔓自然也是藏不住了。

王同伟简直惊呆了。

他哪里能想到，自己随便撩个妹，竟然能撩到顾总的女儿？

这他哪里还敢继续？再想想刚刚顾卿遥的态度，他顿时心底通透，想的却是另外一桩事。

顾卿遥……这位顾总的女儿从前可是没什么存在感啊，听说之前性子不太好，还出车祸了，闹腾得挺大。

现在忽然来到了公司，还说是来视察员工食堂情况的，换言之……这是要一点点介入公司了？

对于这个圈子里面的人而言，这并不算是什么新鲜事。这些企业家的子女到了一定年纪，家里面定然就会将他们安排到公司里面，一点点接触公司事务，为将来理所当然地接手做准备。

只是这位……

仅凭刚刚几句话的交谈，王同伟就有点惊讶。

顾卿遥刚刚问的几个问题，虽然听起来稀松平常，却是近期企业文化包装的重要方向，从食堂桌椅的陈列方式，还有员工之间的态度就能看出企业文化的特点，着实是不简单。可是眼前这个女孩子……才二十二岁吧？

王同伟刚刚还在心底感叹，现在则是将赞许明晃晃地写在了脸上："顾小姐当真是聪颖，不知道顾小姐这次来……日后是打算在公司发展吗？"

凌筱蔓没敢接话，只能看向旁边的顾卿遥。

顾卿遥则是神色平静温和地笑了笑："还没确定下来，如果到时候要实习，可能也会去宣传部看看，到时候还请王部长多照拂了。"

王同伟哪里敢应，心底对顾卿遥的赞许却是更深了三分。

见王同伟离开了，凌筱蔓这才看向顾卿遥："顾小姐快吃午餐吧，都这个时间了。"

"嗯。"顾卿遥笑着应了,又笑着道,"对了,刚刚听人说起了凌特助。"

"是刚刚的王部长吗?"凌筱蔓心底一紧。

"不,是刚刚听到了其他员工的闲谈,"顾卿遥神色未改,一边姿态优雅地分着盘中的鱼肉,一边道,"凌特助觉得父亲是个怎样的人?"

"这……"凌筱蔓根本不知道顾卿遥为什么要问起这个话题,只好一边将乱八卦的人在心底骂个底朝天,一边胆战心惊道,"我觉得顾先生是个很优秀的企业家,我很荣幸能够跟随顾先生。"

"是吗?"顾卿遥将筷子放下,又看了一会儿手机,这才笑道,"可是凌特助在来顾氏之前没有过在任何大型企业工作的履历吧?其实我有点意外,凌特助究竟是怎样得到的这样一份工作?"

她的脸上写满了兴致盎然。

凌筱蔓却是说不出心底有多么紧张。

她的手紧紧扯着裙角,轻声道:"小姐有所不知,作为一个特助,其实主要还是要学会权衡各种事情之间的利弊。即使没有商业背景也无妨,但是能够分得清轻重缓急,能够完美地完成总裁布置的任务,就是一个特助应该具备的素质和能力了。至少在这一点上,我想我做得还不错,所以才能让顾先生将我留在身边。"

"嗯,想来也是。"顾卿遥没有纠结这个话题,只是在发过来的简历上多看了几眼。

凌筱蔓简直恨得牙痒痒,她说了那么长的一番话,顾卿遥就半点反应都欠奉。

沉默了一会儿,顾卿遥这才起身道:"今天就到这里吧。谢谢凌特助,我就不多打扰了。"

凌筱蔓倒是有点惊讶:"小姐不去其他部门转转吗?难得来视察一次,总要多看看公司才好。"

"不必了。"顾卿遥笑笑,心说凌筱蔓现在是这样说。殊不知自己在工作时间到处去工作部门视察,那才真是适得其反了。

她心如明镜,却也没有戳穿,只道:"今天我就先回去了。"

"好,那我送顾小姐下去。"

凌筱蔓这样说着,心底却也跟着松了口气。

然而顾卿遥也没想到,一下楼就看到了一个无比熟悉的面孔。

那人正靠在前台上,和前台小妹笑着说些什么。

顾卿遥微微蹙了蹙眉,很快舒展开来。

岳景峰见到顾卿遥，立刻上前两步，然后下意识地站住了。

今天的顾卿遥……委实是太好看了。

曾经的顾卿遥大多都是遵照着念宛如的心思打扮，无论如何都有种脱不开的稚气。可是现在，顾卿遥脸上化着精致的妆容，将五官衬托得更加明媚立体，而她身上的小洋裙就是日常的款式，不会过分浮夸，却又恰如其分地衬托出了顾卿遥姣好的身段。

她一颦一笑，仿佛都带着光，让岳景峰一瞬间根本移不开目光去。

他轻咳一声，这才结结巴巴地开口："顾……顾小姐，您今天真是太美了。"

不知道为什么，看着这样完美的顾卿遥，他甚至连"学妹"两个字都没敢叫出口。

顾卿遥显然也意识到了这种微妙的变化，曾经的岳景峰，可是从来都不曾对自己这样殷勤过。

想来也是，曾经的自己拼命追在他身后的样子那么狼狈，人们的心中怎么可能装下自己完美的样子？

她垂眸笑了笑，道："岳先生怎么来顾氏了？"

见顾卿遥的语气没有半点热络，岳景峰也颇为尴尬。

"哦，之前的事情，我觉得我的确是太鲁莽了。这些天我也一直在反思我自己，我不该听信那医生的话，就真的觉得你瘫痪了，我……我该再确认一下的。"岳景峰低声道，一边小心地看着顾卿遥的表情。

顾卿遥微微蹙眉。她倒是听说了，最近黎霂言一直在追查这件事，顾彦之也在帮忙，但是被黎霂言有意无意挡下去了，就是要彻查到底是谁传出了她瘫痪的传言。

"刚刚我问了伯父，伯父说顾小姐在公司，所以我也就顺路过来了，想将这个送给顾小姐。"岳景峰说着，将手中的小盒子递了过去，眼底写满了期盼。

顾卿遥微微一怔，却是没伸手。

伯父……

他说的人，是自己的父亲顾彦之？

太多事情串联在一起，顾卿遥没办法不多想几分。顾彦之不会是真的想让自己嫁给岳景峰吧？

甚至是现在，明明岳景峰和这件事有千丝万缕的联系，他依然毫不犹豫地将自己的行程直接告诉岳景峰。

想到这里，顾卿遥的神色就添了三分凉意，淡淡笑道："谢谢，但是不必了，那天的事情……我也没有放在心上，"她看向岳景峰，状似关切地开口，"黎少不是将你送警了吗？现在都处理好了吗？"

岳景峰更为尴尬，只好摇摇头，又道："你打开看看吧，我觉得真的很适合你。"

顾卿遥笑得很是温和，手上却是半点接过来的意思都没有："真的不用麻烦了，"她看了岳景峰许久，忽然觉得这个自己曾经喜欢过那么久的人却是如此陌生，"其实你在病床前求婚时，我还是挺惊喜的。"

岳景峰的脸色变了变，有点说不出的难堪。

"后来我想了想，我住的是高级病房。住院的消息父亲一直帮我封锁着，外面的媒体却还是都知道我高位截瘫了，为什么？"顾卿遥的笑容有点讽刺，"如果不是黎少帮了我，我是不是真的就要在病床上躺一辈子了，甚至还真的会相信景峰学长您对我情深不悔？"

前台小姑娘几乎忍不住八卦的欲望，这个看起来堂堂正正的岳景峰，居然会做出这种事来？

而且黎少，是她们知道的那个黎少吗！

天啊……

岳景峰的脸色越来越黑，他拿着那个首饰盒子，简直一句话都说不出来。

顾卿遥见效果达成了，这才笑道："岳先生若是没什么事，我就先回去了。"

"哎，顾小姐你等等。"岳景峰急了，下意识伸手就要去抓顾卿遥。

顾卿遥向后退了半步，抬眼时眼神却依然是平静万分的："岳先生这是怎么了？"

岳景峰也自知失礼，却是无论如何都不想就此作罢，只好咬咬牙开口："那个，明晚的慈善晚会，我也会参加的，"他不想说自己费了多大的力气才拿到了邀请函，只期期艾艾地开口，"我能有幸和你一起入场吗？"

本就是慈善晚会，入场设置得并不复杂，却也很是讲究，要穿过媒体回廊入场。

而岳景峰这样相邀，顾卿遥却只是垂眸看了一眼手机，笑着回复了几个字，这才道："抱歉，我已经有约了，下次有机会吧。"

"不会是……"岳景峰有种不好的预感。

"没错，是黎先生。"顾卿遥点点头应下。

岳景峰的脸色登时黑得厉害："顾小姐，不是我多言，我那天已经在电话里面和顾小姐讲明了，黎先生真的不是什么好人。如果黎先生是好人，他为什么连媒体都要拒绝?"

在顾氏的一楼大厅里面,岳景峰的声音实在是大了些,不时有人侧目。

而顾卿遥只是淡然自若地看了岳景峰一眼,这才道:"岳先生是不是误会了什么?我自小就认识黎先生了,黎先生是怎样的人,想必我比岳先生还要清楚。另外,有一件事我一直不曾问过岳先生,却不代表我是真的忘了,"她靠近了一些,脸色微寒,"我们根本就没有结婚,岳先生却处处宣扬,为什么?"

岳景峰的脸色登时煞白,难以置信地看向顾卿遥:"我,那个,那天的事情我能解释……"

顾卿遥好整以暇地退后半步,道:"岳先生,还要我继续查下去吗?"

岳景峰显然没有了继续说下去的心思,却只能强自道:"我只是太喜欢顾小姐……"

"是吗?"顾卿遥垂眸笑笑。

如果岳景峰一开始就说出这句话,她或许还是会相信的。

只是现在时过境迁,她无论如何都无法信任岳景峰了。

顾卿遥淡淡道:"这些事我都会一五一十告诉父亲,而且那医生还在狱中。我相信检察官也会将事情查得水落石出,如果岳先生问心无愧,想必也不会放在心上。"

岳景峰的脸色更白了,甚至连顾卿遥出去,都没有再敢抬头。

凌筱蔓迟疑了一下,还是小声开口:"顾小姐,需要我送您到家里吗?"

"不需要了,谢谢你。"顾卿遥的脸上又一次换上了如沐春风的笑意。

"那个岳少,"凌筱蔓犹豫道,"其实还是挺喜欢小姐的。之前来过公司几次,也是为了向顾总询问小姐的喜好。顾小姐,可能是我多事了,只是像岳少家里的家境,想要打动小姐,也只能靠着对小姐好这个法子了。顾总可能觉得岳少不错,也是看中了这一点吧。"

"是吗?"顾卿遥不置可否。

"是吧,顾总之前也和我说过。说岳少这孩子是难得的真性情,对小姐一门心思地好,也肯为小姐着想。车祸的事情,岳少可能真的也不知情,被医生吓到了……"凌筱蔓笑着劝,"小姐刚刚那番话,可能也是多心了。"

顾卿遥却只是垂眸笑了笑,道:"再说吧,我再想想。"

"是。"凌筱蔓帮顾卿遥拉开车门,目送顾卿遥的车离开,这才转身回了公司。

"凌特助。"岳景峰却是将人叫住了。

而此时,顾卿遥则是一直在噼里啪啦地敲键盘。

前排的梁忠齐见了，忍不住笑了笑："小姐最近好像很忙。"

"嗯，"顾卿遥笑着点头，"明天不是慈善晚会吗？我想约个人陪我一起入场。"

"是岳家少爷吗？"梁忠齐忍不住问道。

顾卿遥索性将手机放下了："梁叔觉得岳景峰是个怎样的人？"

"他对你是不错，可是梁叔总是担心……他是不是对我家小姐另有所图。"梁忠齐叹了口气道，"小姐，我也就是这么一说，你别放在心上。"

顾卿遥笑笑，看向窗外："不是他，他的邀请函是如何拿到的，我还不知道，毕竟之前的邀请名单里面并不曾有岳家。"

"那……"

"嗯，是黎先生。"顾卿遥的笑容深切几分。

刚刚问黎霂言的时候，黎霂言竟然应下了，顾卿遥不是不意外的。

而显然，更意外的人是梁忠齐："这……可是黎先生历来不喜欢在媒体面前露面。"

"我也有点诧异。不过黎先生肯来，我也就安心了。"顾卿遥自然道。

梁忠齐欲言又止。

顾卿遥看向他："梁叔有什么话直言无妨。"

"小姐为什么觉得能信得过黎先生？那个黎先生身份莫测，虽说大家都知道黎先生背后有势力。可是我们都知道，那并不是旁人所猜测的顾家……小姐，黎先生这样的人，小姐或许还是保持距离为好啊。"梁忠齐道。

顾卿遥出了一会儿神，这才弯起唇角："梁叔说的我都明白。放心吧梁叔，我会保持好距离的。"

她不知道黎霂言需要什么，只要自己给得起，那便无妨。

她现在能够信任的人太少了，黎霂言是自己苏醒以后无条件帮她的人。如果不是因为黎霂言，她甚至不可能全身而退，对于现在的她而言，黎霂言无疑是最值得信任的。

顾卿遥知道，自己现在需要做的事情太多了。

而最先要处理的，却是和顾彦之的关系。

顾彦之晚上难得很早就回来了，进门公文包还没放下，就让人叫顾卿遥下去。

顾卿遥到楼下，一眼就看到顾彦之含笑的脸："今天怎么会忽然想起来公司看爸爸？"

顾卿遥乖巧应道："这几天爸爸都没来医院，好不容易出院了，今天就想着去公司转转看看爸爸。"

"你啊……凌特助都和我说了,你是为了吃豆沙卷去的。"顾彦之看起来心情不错,笑着拍拍身边的沙发,"你真的想来公司实习?"

"对,爸爸觉得不适合吗?"顾卿遥问道。

"今天你来公司的事情,很多人都听说了。你在食堂碰到王同伟了是吧?"顾彦之沉吟片刻,这才问道。

顾卿遥点头。

"嗯,刚好下午开会,王同伟还夸了你一通,说你的很多想法很有前瞻性。"顾彦之说着。

顾卿遥却只是笑了笑,神色很是平静的模样。

顾彦之沉默了一会儿,这才道:"爸爸之所以不想让你太早去公司,其实也是有顾虑在。小孩子三天打鱼两天晒网,你现在觉得对金融有兴趣,可是真正去了公司,发现和你想象的不一样,也许你的热情就消耗殆尽了。还有之前的事情也是一样,卿遥,你觉得黎霂言是好人,所以直接跟着黎霂言离开了。可是你想过没有?如果黎霂言也是个坏人,你要怎么办?到时候你跑都没地方跑!"

顾卿遥没说话,只是微微垂着头。

她当然知道,可是她更清楚的是,如果她不曾和黎霂言离开,或许现在的她就已经万劫不复了。

她不知道自己当时为什么会选择黎霂言,或许是因为黎霂言给她的一种莫名的安心感,也或许……是因为那是唯一的光。

是她能够逃出生天的唯一可能。

她必须要赌一次。

可是这些话显然是不能和顾彦之说的。顾彦之见顾卿遥不说话,这才缓和了语气说下去:"还好是黎先生,你随便拉个人就要跟着走,那时候你又恍惚,如果真的出了事怎么办?岳景峰好歹是你学长,他以为你瘫痪的时候都不嫌弃你,他肯定会对你负责到底……"

"可是我问过了,"顾卿遥低声嘟囔道,"岳景峰求婚前就到处宣扬和我在一起了,媒体都夸他不嫌弃残疾女友。爸爸……你说他是不是对我图谋不轨?"

她的语气像是小女孩的撒娇抱怨,走过来的念宛如神色却陡然不好看起来:"他做了这种事?"

"岳景峰是个不错的孩子,估计就是考虑欠周……"顾彦之蹙着眉头说道。

"这哪里是什么考虑欠周?"念宛如走过来,毫不犹豫地握住了顾卿遥的手，道，"彦之，这样肯定不行，那孩子要么是太蠢，要么就是心术不正。"

"你这样护着孩子，才让卿遥是非曲直不分！"顾彦之不悦道。

念宛如坚定地抿着唇，拉紧了顾卿遥的手。

顾卿遥微不可察地笑了笑，开口道："父亲是觉得，景峰学长这样做没有错吗？"

顾卿遥虽然这样说着，可是眼底分明还是带着笑意的，像是当真在询问父亲的意见。

念宛如却是听不下去了，她将顾卿遥拉近了一点。这才看向顾彦之："我觉得你的想法有问题，卿遥什么都好，根本就没必要和那岳景峰有什么瓜葛。如果不是因为岳景峰对卿遥好，那么你也不可能答应他向卿遥求婚不是吗？可是现在岳景峰做的事情，让我觉得这个人可能是心术不正。"

"那你觉得黎霂言是什么好人吗？他是卿遥的小叔叔！"顾彦之不悦道。

顾卿遥低声道："对啊，所以小叔叔帮了我啊……难怪我当时觉得他那么亲切。"

亲切？

顾彦之简直想不通，顾卿遥怎么会用这个词来形容黎霂言！

黎霂言怎么可能让人觉得亲切？那个人一直以来都懒得处理和顾家的关系。人家有这个资本，顾家根本无能为力。

只是现在听着顾卿遥句句都是下意识的维护，顾彦之还是觉得心底有点堵得慌。

"黎霂言不是什么好人。当年你爷爷好心收养他，他也没有任何回报顾家的意思。这么多年，知道他黎霂言和我们顾家有关系的人有几个？还不是他自己作的！"顾彦之愤愤道。

念宛如微不可察地蹙蹙眉，轻声道："但是那天的事情，我认为卿遥做得没错。如果卿遥没跟黎霂言走，后果简直不敢想。也不知道是谁要害小遥，怎么能说小遥高位截瘫了呢?！真是太恶毒了。"

顾彦之叹了口气："明天晚上你要和黎霂言一起入场？"

"嗯，对。"顾卿遥点头应了。

"岳景峰没邀请你吗？"顾彦之问道。

"岳家的家境，总觉得和我们顾家不相配。何况发生了那种事，我心底多少也有点介怀。"顾卿遥很是自然地说着。

顾彦之想了想，倒是没反驳。

顾卿遥的话没什么问题。岳家现在的资产额和流动资金的确都不错，可是无论怎么看，这种靠着一时的投机起家的，都不能说是和顾家相配了。

顾彦之有点头疼，点点头道："这次就这样吧。不过也是奇怪，之前黎霂言都是不愿去这种有媒体的场合的。"

他古怪地看了顾卿遥一眼，这才放松了语气，温和道："小遥，你要知道爸爸也是为了你好。你现在愿意接触这个圈子了，你慢慢会发现，其实海城的显贵不少，可是子女能够自由恋爱的不多。有很多人都和我说，希望能和你结娃娃亲，爸爸都推拒了。爸爸是希望将来你能找个真正疼你爱你的人，这样一辈子才幸福，商业联姻这种事情，将来没感情要怎么办？"

顾卿遥甜甜地笑了："嗯，我明白爸爸是为我好！"

"嗯，岳景峰那孩子对你是真的上心，可能医院那边弄错了，你别都怪责在岳景峰身上，"顾彦之看了念宛如一眼，意有所指道，"你也别总把人往坏了想，我倒是觉得，家境比我们差点没什么不好，将来他也能一直将我们卿遥放在心上。更何况，警察不是也没查出来什么吗？"

念宛如心说好像也是这么个理，只好勉强点了头。

顾彦之这才笑了笑，道："好了，今天就不说这么多了。你昨天折腾了一夜，想必也累了，去休息吧。"

念宛如却像是想起了什么似的，道："对了，小遥你等等。"

她打了几个电话，这才道："你从前太依赖家里，去哪里都是跟着我和你爸爸。可是日后你要参与的各种场合多了，身边总要有个人才好，"念宛如笑笑，道："妈妈给你找了个保镖，日后就二十四小时陪着你，妈妈也放心些。"

顾彦之蹙眉道："你这是从哪里找来的人？"

"我父亲那边介绍的。"念宛如说着，就见那人已经走了进来。

他穿着一身西装，看起来文质彬彬。

顾卿遥看向那人，微微笑道："你好，我是顾卿遥。"

那人似乎是微微怔了怔，挠挠头露出个笑容来，明明是冷峻的脸上却是挂着两个酒窝，看起来很是灵动："你好，我是您的保镖，从今天起跟随顾小姐，我叫萧泽。"

顾卿遥点头应下。

念宛如笑着说道："萧泽有不少渠道，查些资料也是不在话下，身手更是没得说。"她顿了顿，拉过顾卿遥的手轻声道："妈妈知道你最近不放心外人，萧泽是你外公用惯了的人，你可以放心。"

顾彦之脸色不太好看，蹙眉打量了萧泽一会儿："知道自己该做什么吗？"

"是。"萧泽规矩地站住了，一边将一份档案递给顾彦之，"顾先生您好，这是我的档案,我曾经在军区服役,现在退役了。"

"哦。"顾彦之没多想,看了一会儿觉得没什么问题,这才点头应了,"行了,那你就去了,待遇方面商量好了吗?"

"都商量好了,我父亲那边出,就当做是给小遥的生日礼物了。"念宛如笑着说道。

顾彦之心底有点不舒服,念宛如的家境不错,直到现在都让他对岳父有所忌惮。

顾彦之轻咳一声,道:"不用了,这笔钱怎么好让岳父出,就从我们顾家的账上走。"

"哦,好。"念宛如显然也意识到自己失言了,却见顾彦之已经心情不太好地上楼去了。只好叹了口气,心说这也太敏感了些。

她想了想,还是跟了上去,一边对顾卿遥道:"你们认识一下吧,往后就让萧泽跟着你了,妈妈也放心。"

"好的,谢谢妈妈。"顾卿遥笑着应了,看向萧泽道,"那你跟我上来吧。"

"是,都听小姐的。"萧泽笑眯眯地跟上来。

"这边是你的房间。"顾卿遥一边介绍道,"这边是我的,我平时出门的话,就麻烦你和我一起了。"

"是。"萧泽一一应下。

顾卿遥想了想,还是将人请进了房间,将门关了,这才道:"你真的是我外公的人?"

她的目光在萧泽的手表处停留片刻,蹙眉道:"你的手表有闪光。"

"估计是光线折射。"萧泽说着,将手表转了一下。

顾卿遥沉默地笑了笑,道:"你知道吗?就在不久前,我的项链刚刚被人安了追踪器。"

"是小姐现在戴着的这一条吗?"萧泽问道。

"不是。"顾卿遥没多说,她伸出手,"手表给我。"

"小姐……"

"我需要保证我身边的人都是可信的。"顾卿遥的神色很是平静。

萧泽点头应了,将手表递了过去。

顾卿遥细细打量了一会儿,什么都没看到。她重新递过去,暗忖自己怕是多虑了:"抱歉。"

"不,小姐的顾虑是对的。"萧泽神色也认真起来,"小姐有警惕性和安全意识,我们做保镖的也安心些。"

顾卿遥这才笑了笑："你之前在军队服役？"

"对，小姐要看我的档案吗？"

"不用，擅长些什么？"顾卿遥问。

"除了身手功夫，还擅长数据分析。"

"擅长查情报吗？"

"很擅长。"萧泽又笑了，"我喜欢八卦！"

顾卿遥有点无奈，这人的性格还真是……

"好，那你帮我查一个人，叫岳景峰。"顾卿遥说着。

萧泽一怔："小姐要查到什么程度？"

"将岳景峰在我车祸前三天的行程都给我查出来吧，最好能够细节到在哪里见过什么人这种，能做到吗？"顾卿遥随口问道。

她知道这样的细节其实是很难寻找的，毕竟这意味着萧泽要能够动用卫星或者是监控器。可是萧泽想了想，还是一口应承下来："好，我尽量。"

"嗯。"顾卿遥笑了，托着下巴道，"谢谢，你帮我处理好了，我请你吃法国大餐。"

"啊？真的吗？那我要吃二十只蜗牛！"萧泽兴高采烈地开口，"我这就去！"

这么有动力的吗？

顾卿遥有点诧异，哭笑不得地看着人冲出去了。

第2章

他对你未免太好了些

让顾卿遥惊讶的是，不到一个小时的工夫，萧泽就回来敲门了："小姐，查到了。"

顾卿遥微微颔首，就见那是两张表格。每一张都精确到了半小时的时间段内，岳景峰的位置和行踪果然尽数在上面。

顾卿遥沉默了一会儿，这才开口道："你是从哪里拿到的这份资料？"

"我有很多朋友的，拜托帮忙查一下监控器并不难。现在电子眼到处都是，那天岳景峰好像很忙。"萧泽轻轻敲了敲那张纸，笑容很是得意。

顾卿遥垂眸笑了笑，在上面画了几笔，这才道："我车祸那天之前，岳景峰去了顾氏。"

"对。应该是去了总裁办公室。因为最后的监控在电梯里，上去是特助亲自出来接他的，然后进了办公室，就没有录像了。"萧泽道。

顾卿遥沉吟片刻，道："好，我知道了，麻烦你了。"

"那……那个，小姐，蜗牛……"萧泽挠了挠头。

顾卿遥想起自己刚刚的承诺，简直哭笑不得。

她没来由地想起了之前的黎霂言，也是自己的一句客套话，黎霂言就毫不犹豫地开口了——

什么时候？

自己最近遇到的人，怎么都如此如出一辙地耿直？

顾卿遥想了想，道："明天中午行吗？"

"好啊，谢谢小姐！"萧泽笑着点头，哪里还有半点刚刚一本正经的模样?"

顾卿遥无奈道:"嗯,刚好明天要出去看看礼服。"

"小姐不定制吗?"萧泽问道。

顾卿遥倒是有点意外萧泽也懂得这些,她笑了笑摇头:"太突然了,这个时候去定制,想必明天也拿不到了,明天只能先穿一次成衣,之后再考虑定制的事情。"

萧泽想了想,道:"小姐,我可以帮您找到,今天来量一下尺寸,明天就可以拿到的高定礼服。"

顾卿遥饶有兴致地看向萧泽,她倒是不知道,她这个保镖这么能干。

萧泽认真道:"小姐都要请我吃法式大餐了,我当然不能就这样闲着。小姐您稍等,我去问问看。"

顾卿遥将门留了一条缝,却依然没能听到门外的萧泽在说什么。可是很快,萧泽就回来了:"小姐,已经问好了,您觉得丽莎女士的设计还可以吗?"

萧泽一边说着,一边将平板电脑打开递给顾卿遥:"这是丽莎女士新出的一批设计。因为都是底图,所以丽莎女士只是传给您参考。如果您喜欢的话,一会儿会有专人来量尺寸,今夜连夜赶工,明天下午就能送到府上。"

丽莎是从法国进修回来的,设计的风格既有欧式传统礼服的华美,又有中式的大气。顾卿遥看着那淡紫色的长裙,几乎移不开目光去。

顾卿遥怎么会不知道,丽莎每年自己定制的礼服本就不多,基本排队的单子都要排出一年,这样连夜赶工,就因为萧泽朋友的一句话?

她看了萧泽一眼,萧泽顿时就有点紧张:"小姐不喜欢吗?"

"你是我外公的人,我怎么没听说过你?按理说……你这样的人才,在我外公那里不可能不被重用。"顾卿遥含笑问道。

萧泽迟疑了一下,顿时有点后悔自己太过锋芒毕露。

他轻咳一声,道:"我也不是,我就是认识的朋友比较多。"

"你的朋友遍及各种领域,这已经不是一个普通的退役军人可以做到的了,"顾卿遥拿着那份简历看了一会儿,这才道,"你知道吗?你的简历太过完美,人生中任何一段都没有空白。乍看上去这很正常,可是我也会想,这是不是一个过度的掩饰?"

萧泽沉默了一会儿,这才恳求道:"小姐……"

"你的身份不方便说是吗?"顾卿遥问道。

"对,但是小姐放心,我真的是为了小姐好的,不然我法式大餐不吃了……"萧泽咬着牙,似乎是做了很重要的退让。

顾卿遥差点笑出声来，她看了萧泽一会儿，又看向确定关好了的门，这才问道："你是黎霖言的人吗？"

这是唯一可能的答案了。

萧泽目光微微闪烁。

一瞬间，顾卿遥所有的动作却是停住了。

自己……真的能毫无保留地相信黎霖言吗？

一瞬间，顾卿遥几乎心乱如麻。

萧泽却是对顾卿遥的心理变化全然不知，只小声道："小姐，黎先生派我来帮您的。"

"不必多说了。"顾卿遥闭了闭眼，道，"你先出去一下吧，我要打个电话。"

萧泽苦着脸退出去，哀哀地给黎霖言发短信，就简单的三个字："暴露了。"

而下一秒，顾卿遥的手机就响了起来。

她看着上面的名字，心情无比复杂。

这个名字就像是和自己绑在了一起似的，几乎无处不在。

顾卿遥轻叹了口气，将电话接了起来："黎先生。"

"生气了？"黎霖言的声音清清冷冷的，却很是好听。

顾卿遥蹙眉："黎先生瞒着我的事情，未免太多。"

黎霖言在那边轻笑了一声，就听顾卿遥说了下去："其实我也想过了，黎先生，您帮我这么多，究竟是想要什么？我觉得我这边没有任何事情是黎先生能入眼的。"

"你的性格很有趣，和小时候的样子全然不同。"黎霖言顿了顿，这才说道。

"每个人都会改变。"顾卿遥自然道。

"是吗？"黎霖言沉默了一会儿，这才道，"我之前想过，你要多久才会发现这是我的人……你很聪明。"

顾卿遥没说话。

黎霖言顿了顿，这才道："萧泽的事情不用谢我，是你外公让我帮忙照顾你一下，我这才将萧泽派了过去。你放心，日后他就是你的人，与我无关。"

顾卿遥挑挑眉："就这么简单？"

"当然。"黎霖言平静道，"还有，明天你我同时出场，我也会叮嘱媒体让他们不要跟拍。你可以放心，我不会对你造成任何影响。"

他的语气是如此疏冷淡漠,就好像在和自己划清界限似的。

这样的黎霂言,让顾卿遥觉得无比陌生。

她沉默了一会儿,这才道:"不管如何,萧泽的事情……谢谢你。萧泽能力很强。"

"当然。"黎霂言心底慢吞吞地补充了一句,那是我的人,能力怎么可能差。

"黎先生君子一言驷马难追,那日后,我就将萧泽当做我自己的人了。还希望黎先生能够割爱。"顾卿遥笑道。

黎霂言的语气终于带了三分笑意:"好。"

"那就不打扰黎先生了……"

"等等,你明天打算穿什么?"黎霂言自然地问道。

顾卿遥一怔,这才想起刚刚萧泽大抵是真的没有汇报。她笑了笑,道:"紫色那款鱼尾裙吧。"

"好,我知道了。"黎霂言在那边似乎是翻找着什么,良久才应下。

顾卿遥将电话放下,便将萧泽喊了进来:"你从前跟着黎先生做什么的?"

"特助。"萧泽小心翼翼地说道,像是生怕被赶回去似的。

顾卿遥笑了笑:"那好,那你跟着我,名义上是保镖,实际上做的也是特助的事情。我额外给你多开一份工资,不要太辛苦了。"

"谢谢小姐!"萧泽顿时眉开眼笑,想了想又道,"可是黎少和我说过,让我不许压榨小姐的。"

顾卿遥有点想笑,原来这还是黎霂言特别关照过的?

"行了,你今天刚过来,就早点休息吧。"顾卿遥想了想,却又将人叫了回来,"对了,你再帮我查一个人,我知道我今天白天要了一次这个人的资料,但是我总觉得这个资料缺少了些什么……"

"是凌筱蔓女士的吧?"萧泽问道。

"对。"

"其实凌筱蔓女士的资料和我的一样,"萧泽顿了顿,说道,"有一种人为的完美感。"

和聪明人说话果然省时省力,顾卿遥满意地点头:"我也知道这是一个大工程,需要你抽丝剥茧将最初的资料找到。这样,你尽力吧,我不要你尽快,但是我想知道凌筱蔓的感情史。"

"好,我明白。"萧泽的脸色郑重几分。

顾卿遥这才笑着去找念宛如了。

念宛如显然刚刚和人置了气,在沙发上一动不动地坐着,手中拿着遥控器,目光却是凝聚不起焦点。

见顾卿遥下来了,这才添了三分笑意:"小遥不早点休息吗?"

"妈妈。"顾卿遥靠过去,抓住了念宛如的手,整个人也撒娇似的靠在妈妈身上。

她喜欢这种踏实的感觉,尤其是想到那一天,她整个人高位截瘫在床上,差点没能见自己母亲最后一面。念宛如在门外嘶哑的叫声迄今仍然响在耳畔,顾卿遥每每想起,都觉得痛彻心扉。

她曾经差一点就失去了一切,才知道现在这样平凡的幸福有多不易。

她靠着念宛如,小声道:"母亲明天也要去的吧?"

"刚刚还和你父亲吵呢,明天可能就不去了。"念宛如无奈道。

顾卿遥怔了怔,忽然想起之前似乎也是如此。

不知道从哪天开始,父母之间的关系就越来越紧张。可是那时候他们对自己都是如出一辙的宠爱,顾卿遥倒是也没太放在心上。

他们在外面还是模范夫妻,会被媒体每年采访拍杂志封面的模范夫妻。顾卿遥曾经以为,这是商业联姻的常态。

可是现在想来,念宛如与顾彦之之间似乎并不像是媒体所说的一样亲密如初。

顾卿遥心底有点难受,只好轻声道:"刚刚是怎么了啊……"

"小遥,你觉得黎霁言这个人怎么样?"念宛如看向顾卿遥,认真问道。

顾卿遥微微怔了怔,点头应了:"我觉得不错。"

"嗯,那你日后和他多亲近。"念宛如似乎是放下了心底的一块巨石,笑着说道,"那天他能护着你,其实妈妈挺意外的。"

顾卿遥明显能够感觉到,念宛如说起黎霁言的时候带着莫名的信任。顾卿遥不知道其中原委,却也跟着笑了笑:"好,妈妈放心。"

念宛如这才笑着应了,拍拍顾卿遥的手背道:"好了,你爸爸的事情……你也莫要多想,夫妻就是这样。你将来长大了就明白了,哪里有那么多长相静好的?要么就是相敬如宾地过一辈子,可是那样天天都戴着面具也太累了,我和你爸爸这样挺好的。"

顾卿遥似懂非懂地点了点头,念宛如倒是觉得心事疏解了不少。

然而念宛如哪里知道,顾卿遥心底想的却是另外一桩事。

念宛如失忆前最后在病房门前喊出的那句话,究竟是什么意思?

不能相信任何人,这个任何人,也包括顾彦之吗?

顾彦之一直那么宠爱自己,为什么最后都没有去病房看自己一眼?

顾卿遥无论如何,都想不通其中的缘由。

念宛如却是道:"还有,那个岳景峰,以后若是找你,你就和妈妈说,知道吗?"

顾卿遥点头应了:"嗯,我知道,都听妈妈的。"

念宛如倒是怔了怔,这孩子之前叛逆得厉害,大家都说是因为太娇纵了,没想到现在居然会这样乖巧听话。

念宛如忍不住弯唇笑了笑,又摸了摸顾卿遥的头:"好了,上去吧。对了,你明天的小礼裙准备好了没有?也怪妈妈,这么久了,你不常参与这种活动,妈妈就忘了给你置办……"她急忙翻了一会儿手机通讯录,然而这么紧急的时候,那些有名的设计师怎么可能还会愿意接这个单子?

顾卿遥却已经笑着开口了:"妈妈不用担心,黎先生已经帮我找好了。"

"是吗?"念宛如一怔。

"对,找的是丽莎女士。"

"这……"念宛如的心跳快了几分,却还是点了点头,"黎先生做事,自然是稳妥的。"

"是啊,这次真的很感激黎先生,最近一直在帮我的忙,我打算礼拜四请黎先生用餐的。"顾卿遥很是自然地报备了行程。

念宛如迟疑了一下,忍不住问道:"他可是应下了?"

"嗯,答应了。"

念宛如的心底满是诧异,这黎霂言对顾卿遥……也太好了些吧?

几乎打破了她曾经对黎霂言的所有认知。

她还没来得及开口,就见顾彦之从楼上匆匆下来了:"卿遥,你周四还要去和那黎霂言见面?"

"彦之……"念宛如蹙蹙眉。

顾彦之便道:"卿遥,你说。"

"对,上次的事情总要和黎先生道个谢才是,毕竟黎先生帮了我这么大的忙……"

"黎霂言之所以帮你,就是为了在顾家这里讨了好去。他为什么要在这个时候接近你?卿遥,你不明白其中的原委,最好还是不要和黎霂言多接触!"顾彦之神色凝重。

念宛如轻声道:"如果当真要讨好,为何不周末去顾家的生日家宴?彦之,你未免太偏激。"

"不过现在黎氏好像比我们顾氏做得还大一些……"顾卿遥小声道。

顾彦之像是火气瞬间被点燃了似的:"那又如何?倘若当年他没有我们

在后面支撑着,现在怎么可能有这个黎氏?黎霂言现在是翅膀硬了,对我们不闻不问的,也不想想当年我们顾家帮了他多少!当年他父亲没的时候,他……"

"彦之!这些话就莫要在孩子面前说了。"念宛如及时地阻止了顾彦之的话。

顾彦之冷笑一声,径自穿了外套道:"今天我不回来了。"

"你……"念宛如伸手去拦,"你今天又要去公司加班吗?"

顾彦之点点头:"嗯,最近公司项目很忙。"

他叹了口气,这才伸手摸了摸顾卿遥的头,神色很是复杂:"卿遥,爸爸不会骗你,黎霂言是个什么样子的人,爸爸比你清楚多了,所以才会不想让你和他亲近。那个人很聪明,他想要将你拿捏在掌心很容易。但是你心思太过澄澈,你没有办法知道黎霂言对你付出了几分真心。"

"我这次回请了黎先生,也就算是两清了。爸爸也不希望我欠下人情不是吗?"顾卿遥认真道。

顾彦之叹了口气,点了点头:"可以,那就这次。"

"嗯。"顾卿遥笑着点头。

顾彦之眼底的神色这才温和下来,又拍拍顾卿遥的头笑道:"真是长大了,现在都这么高了。"

"我都二十二岁了啊……"顾卿遥好笑道。

顾彦之点点头道:"那我就先出去了。对了,你想要了解商业的事情也不是不行,爸爸明天回来给你带点商业入门基础的书,你看看再考虑。"

念宛如这才笑道:"就是,你也不能总打击孩子自信心啊。"

顾彦之没说什么,只是弯了弯唇角,又叮嘱顾卿遥道:"明天也是,你妈妈不去,你自己注意安全,爸爸可能没时间回来接你。"

顾卿遥想了想,这才贴近顾彦之问道:"爸爸明天和谁一起入场呀?"

顾彦之一怔。

顾卿遥就认真地小声道:"我不想让爸爸和那个特助一起入场。"

她嘟起嘴,气鼓鼓的样子可爱得很。

顾彦之怔了怔,见顾卿遥如此便朗笑出声:"你这孩子……爸爸一个人入场,放心吧。"

"那爸爸让妈妈一起去不就好了,明天那么多媒体,到时候也许又能荣登今年模范夫妻呢。"顾卿遥笑眯眯道。

顾彦之心底一动,看向彼端的念宛如。

他们今天才吵了一架。可是听顾卿遥这样说,想到明天如果自己独自出场,想必又有八卦的小报会上来问,为什么今天夫人没来啊?

解释起来也是烦扰,他沉默了一会儿,这才向念宛如伸出手:"今天是我太冲动了,我最近有点忙,明天……"

念宛如微微一怔,倒是笑了。

她已经太久没有听到顾彦之服软了。他们结婚至今已经二十多年了,曾经的浪漫情怀慢慢被消磨殆尽,后来就变成了年复一年日复一日的日常。

再后来,她觉得爱越来越淡了,就变成现在这般模样,平静的,却又无事发生的每一天。

念宛如失忆以后,总觉得自己似乎淡忘了什么重要的事情。可是每每看向顾彦之时,念宛如又恍惚地觉得那些似乎也没那么重要了。

而现在看着顾彦之的眼神,念宛如觉得自己的心跳久违地快了几分。她垂眸,仿佛找回了少女时代的娇怯:"好啊,那我陪你去。"

"嗯。"顾彦之看过去,也忍不住笑了笑,念宛如这些年……其实也是好看的。

顾卿遥本以为,丽莎工作室的人会派个助理来量尺寸,不承想来的人却是丽莎本人。

她开着一辆大红色的跑车,看到迎出来的顾卿遥便微微笑了。

这个姑娘难得是个懂礼数的,委实是不容易。

很多人认为设计师本身是靠着这些有钱人吃饭的,也因此会多加怠慢,可是顾卿遥能够直接迎出顾宅,让丽莎还是有点诧异。

"顾小姐。"

"丽莎女士果然如传闻中一样美丽动人。"顾卿遥笑着开口。

丽莎先前在法国留学,这样的修辞并不让丽莎觉得过分,反而让她笑得更加开怀了:"顾小姐也是,和传闻中的全然不同。让我更有兴趣为顾小姐单独设计一款礼服了。"

顾卿遥垂眸笑笑,感慨自己让萧泽先搜集资料果然没错。

顾卿遥将丽莎带进衣帽间。丽莎的目光从衣帽间的衣服一列列看过去,眉头越蹙越紧:"这是你平日的穿搭?"

"对。"

"恕我直言,这些衣服……不太适合你。"丽莎尽可能委婉道。

"我也觉得,"顾卿遥笑着开口,"我最近也要去置办一些新的衣服。"

"嗯,你可以参考一下……"

"卡罗琳的风格是吗?"顾卿遥问道。

丽莎果然微微一怔,露出赞许的表情:"看来你也对这方面颇有研究。"

"一点点而已。"

"你和她的风格很像。如果你将来要追随顾先生,进军商界的话,那么一个微显硬朗却又不失女性化的风格是必备的,这些太童真了。"丽莎简单地说道,一边示意助理给顾卿遥量体。

顾卿遥配合地转了几圈。丽莎想了想,倒是开口了:"你和黎先生很相熟?"

顾卿遥微微一怔,相熟是必然相熟的。

只是……黎霂言素来不喜欢旁人说自己的身份。她若是提及,不知道黎霂言又会如何。

她不想给黎霂言添麻烦,也不想让那人的语气重回疏冷淡漠。

想到这里,顾卿遥笑了笑道:"普通朋友而已。"

"听到了没?"丽莎笑着拎出怀里的手机,对那边的人笑道,"顾小姐说,你们只是普通朋友。"

丽莎放了免提,那边的声音是如此地熟稔。顾卿遥浑身微微紧绷,就听那边传来一声低笑:"丽莎女士真是恶趣味。"

说完,便传来嘟嘟的声音,电话显然被挂断了。

丽莎无奈地挑挑眉,看向错愕的顾卿遥,这才笑道:"生气了?"

"没。"顾卿遥只是觉得有点无奈。

丽莎能和黎霂言开这样的玩笑……想必很熟吧。

不过黎霂言真的会在意自己是怎样看的吗?

顾卿遥知道,黎霂言接近自己,一定是有目的的。可是她现在对黎霂言的目的一无所知。

"不是我主动打过去的,"丽莎笑道,"他自己说的,让你确定了礼服的样式,再让我告诉他,估计是为了看起来和你搭配一些。"

顾卿遥的心跳加速。

"他那个人,本来就是个完美主义者。"丽莎挑挑眉。

"丽莎女士和黎先生很熟悉吗?"顾卿遥忍不住问道。

丽莎想了想,点头:"我做了他五年的私人服装设计师,从我还没有名气开始。"

难怪如此。

顾卿遥笑了笑:"谢谢丽莎女士,我就确认这一套就好。"

"嗯,好。"丽莎点点头,想了想又补充了一句,"不过我和黎先生没有任何进一步的私人关系,这一点你可以放心。"

丽莎说完就出去了,给了顾卿遥一个意味深长的笑容。

顾卿遥站在原地错愕良久，这才反应过来，丽莎是将自己当做，当做……

这怎么可能啊？

顾卿遥欲哭无泪。

丽莎的动作果然很快，连夜赶工出来的礼服最终被送到顾宅时，顾卿遥正在慢吞吞地补妆。而让顾卿遥意外的，却是随之一起"送货上门"的人：

"黎先生？"

看着顾卿遥惊讶的神色，黎霂言显然心情不错，他唇角微弯："今天你是一个人过去吧？"

顾卿遥眨眨眼，摇头："不，还有我母亲。"

"黎先生？"念宛如刚换好衣服从里面走出来，见到黎霂言也是一怔，"黎先生怎么会过来？"

"念女士也要一起吗？"黎霂言自然地问道。

念宛如微微一怔，立刻道："不，我还要等彦之，你们先过去吧。"

顾卿遥又眨了眨眼，总觉得这个节奏不太对。

黎霂言却是淡淡笑了笑："那好，那你上去换衣服吧？吃东西了吗？晚上虽然有自助晚餐，可能会稍微晚点才开始。"

顾卿遥摸了摸自己的肚子，刚想说不饿，就听肚子响了一声。

她轻咳一声掩饰住尴尬，道："还没，不过应该可以撑得住……"

"现在时间还早，也不必急着出门。"黎霂言说着，将手中的东西递过去，"你可以尝尝看。"

"这是……海城人家的凤梨酥？"顾卿遥又惊又喜。

她一直喜欢这家店的凤梨酥，奈何这是一家老店，每天限量就做五百份，去迟了就没了。一般早上十点开店，一小时不到就会抢购一空，排队更是丧心病狂，从早上六点开始都是常事。

黎霂言笑了笑，道："喜欢的话，下次再给你带。"

"谢谢。"顾卿遥笑着拿了一块，想了想又强塞给黎霂言一块，"你也尝尝看。"

黎霂言捏着那块凤梨酥，却是微微一怔。

很少有人会对他这般亲近，顾卿遥……倒是和旁人全然不同。

顾卿遥吃了凤梨酥，这才匆匆上去换衣服，而再次下来的时候，黎霂言的目光静静地胶着在顾卿遥身上。顾卿遥看了一眼自己的长裙，又看了看黎霂言的衣服，终于后知后觉……

还真是很搭配，连暗纹都是如此接近。

黎霡言微微一笑，径自登上楼梯，将顾卿遥的手握住："很好看。"

"谢谢。"顾卿遥忽然觉得心跳快了几分。

"小心脚下。"

"嗯，好。"顾卿遥觉得自己真是没出息，脸都越来越热了。

她几乎不敢去看黎霡言的脸。然而下一秒，大门开了，顾彦之就站在门口，静静看着楼梯上的两人。

顾卿遥微微一怔："父亲不是说不回来了吗？"

"回来接你母亲，"顾彦之沉声开口，"黎先生，有些话我不想说，并不代表黎先生可以当做无事发生。你还记得自己是卿遥的小叔叔吗？"

顾卿遥侧头看向黎霡言，就见黎霡言唇角的笑容已经隐没不见，换做冰冷的讽意。

黎霡言看向顾彦之的眼神疏冷而淡漠，他淡淡开口："顾先生这话说得真是有趣。这么多年，顾先生有将我当做是顾先生的兄弟吗？"

顾彦之的瞳孔紧缩。

"顾先生，我们不过是彼此彼此。"黎霡言冷冷道。

顾彦之沉声道："卿遥，你先回房间去！"

"已经快到时间了……"念宛如脸色微微苍白，轻轻拉了顾彦之一下，"彦之，有什么话，等孩子回来再说吧？"

顾彦之闭了闭眼，脸上写满了压抑的怒意。

他沉默了一会儿，还是道："黎先生，这件事我们必须找时间好好谈谈。"

"好，你直接和我的助理约时间。"黎霡言应下。

顾彦之不悦地侧身，看着两人走了下来。

顾卿遥迟疑了一下，小声叫道："爸爸。"

"没事，你去吧。"看着自己的女儿，顾彦之的脸色终于缓和了些许，道，"今天的事情回来再说，别影响了你的心情。"

他帮顾卿遥整理了一下衣服，这才笑道："好看，这礼服是什么时候订的？"

"哦，是这几天，丽莎设计师的款式。"顾卿遥笑着道。

顾彦之的脸色微妙地变了变，到底还是什么都没说，只道："去吧。"

顾卿遥随着黎霡言出去，黎霡言便淡淡笑了笑："因为我会影响你们父女的关系，你不和你家人一起走吗？"

"我有些话想要和黎先生说。"顾卿遥看向黎霡言，认真道。

黎霡言微微一怔，点头应了。

他很是绅士地帮顾卿遥拉开了车门，这才道："你从前并不喜欢这些活动。"

"人总是要长大的。"顾卿遥含笑道，一边看向黎霂言，"如果没记错，黎先生也很少参与媒体多的活动。"

黎霂言挑挑眉："你说有话要对我说，什么话？"

顾卿遥迟疑了一下，这才问道："黎先生，你究竟为什么要帮我？我之前想过很多种可能，但是我想，你不是为了顾家而来。如果是为了缓和和顾家的关系，黎先生有无数种方式，根本不需要通过我才对。"

黎霂言没说话，似乎是在鼓励顾卿遥说下去。

顾卿遥只好说道："所以黎先生……您是认识我外公吗？"

"曾经有过几面之缘。"黎霂言淡淡颔首。

"那……"顾卿遥迟疑。

"我之前见过你一面，那时候你才不到十岁，性格和现在也是大不相同，"黎霂言平静道，"你放心，我对你没有图谋。"

顾卿遥微微眯起眼睛。

"我有些事情要查，是关于从前的顾家的。"黎霂言平静道。

"是关于你被收养时的事情吗？"顾卿遥忍不住问道。

黎霂言轻笑了一声。

很少有人敢在他面前直言这件事。本来知道的人就不多，很多人都知道黎霂言对顾家的态度，在黎霂言面前怎敢随便开口？

可是顾卿遥真正问出口了，用那种平静的轻柔的语气，黎霂言惊讶地发觉自己竟然并没有多么愤怒。

他沉默片刻，这才道："是，和你无关。那时候你还小，想必也没有什么印象。"

顾卿遥没说话，她的确对黎霂言没有任何印象。当年黎霂言被顾家收养了，可是这些年顾家也没有给过黎霂言任何应有的照顾。顾卿遥低声道："那……当年他们这样对待你，你恨他们吗？"

"这样对我？"黎霂言似乎是微微一怔，这才笑了出来，伸手轻轻摸了摸顾卿遥的头，"这些事情是我自己选择的，我要查的不是这件事。"

顾卿遥点点头。

黎霂言显然心情不错，见顾卿遥如此，便道："你有什么需要帮忙的，都可以和我说。"

顾卿遥犹豫了一下，摇摇头道："暂时没有了，谢谢你让萧泽过来。"

"你昨天已经道过谢了，"黎霂言含笑道，"到了。"

顾卿遥抬头看出去，果然是已经到了。

黎霂言先下车，自有媒体冲了过来。可是看到黎霂言，立刻就停住了脚步。

说真的，是真的心痒痒啊。

黎霂言的媒体新闻太少了，能抓到一次，那就是一个偌大的机遇。

总有一些不怕死的冲上来，可是很快，那家媒体公司里面定然就不再有这个记者的名字了。

有人说，这都是黎霂言的手段；也有人说，还不是那些公司胆小怕事！

可是无论如何，媒体现在都学聪明了。关于黎霂言的新闻，还是不报为好。

黎霂言转过身去，微笑着伸出手，像是在迎接他的公主一般。

顾卿遥微微一怔，伸手搭了上去，低声道："谢谢。"

黎霂言笑了笑："我的荣幸。"

媒体记者这次是真的忍不住了，他们疯狂地探头，想要看到这被黎霂言这样客气地接过来的人究竟是谁！

是谁有这样的殊荣？能够让黎霂言这样温柔地从车里面接出来？

今天的顾卿遥是用心打扮过的，头发上面盘着精致的鎏金发饰。那是先前英国皇室流传出来的珍品，而她的妆容也是请了化妆师亲自设计的，最重要的是——

"这礼服好有丽莎设计师的风格啊。"

"可不是？"旁边的名媛忍不住窃窃私语，"不是说丽莎设计师今年要设计一条鱼尾裙吗？不会就是……"

"怎么会？丽莎设计师的设计，怎么可能没有经过布展，就这样穿在她身上？"

顾卿遥有点想笑。

这个圈子太现实了，她的身份很少有人知道，也正是因此，她这样穿着名贵的礼服出现，却也鲜少有人会相信，这当真是出自丽莎设计师的手笔。

"要请他们帮你拍照吗？"黎霂言温和地问道。

顾卿遥想了想，还是摇头："你不是不喜欢被拍到吗？"

黎霂言挑挑眉，道："今天是你第一次出席重要活动，如果不被拍摄，确实有点可惜。"

"那你……"顾卿遥有点迟疑。

她不喜欢强人所难，尤其是黎霂言。

不知道为什么，她想要在黎霂言面前展现最好的一面。

黎霂言微微笑了笑，道："我陪你。"

顾卿遥微微一怔，就见黎霂言和旁边的特助说了句什么，那些媒体立刻像是得了什么指令一样，迅速朝这边靠拢过来。

她有点紧张，下意识地攀住了黎霂言的手臂。

黎霂言唇角的笑意更深了。

镁光灯下，顾卿遥的笑容完美无瑕。

她和黎霂言站在一起，是如此美好的一道风景线。后来报纸杂志上面写出来时，用了一个准确无比的词汇——

谋杀菲林。

短短的媒体回廊，却好像走了一万年。

顾卿遥和黎霂言手挽着手走进去时，就见岳景峰正在门口和人争吵得脸红脖子粗的。

他刻意压低了声线，可是门口的人面色却是越来越无奈了。

"你再帮我确认一下，怎么可能没有我的名字呢？"

"不可能啊……我让我爸爸帮我办的。"

"我是岳景峰啊！你没长眼睛吗！"

顾卿遥在旁边险些笑出声来。

换做是旁人，即使气急，想必也不会这样直白地说出这种话。可是岳景峰……的确是在这方面太失礼数了。

顾卿遥轻咳一声，门口的管事立刻抬起头："您好，黎先生，这位想必就是顾小姐了。"

"你好。"顾卿遥含笑应下。

岳景峰看到顾卿遥，就像是看到了救命稻草似的，却又被旁边的黎霂言所慑，生生站住了。"顾小姐，你帮我一起进去吧？我这义拍的东西都准备好了，这时候他们不让我进去，我回去可怎么说啊……"

他的眼底写满了求救的意味。

门口的管事显然有点为难："这……"

"岳少没带邀请函吗？"

"岳少的邀请函扫不出来。"管事立刻道。

顾卿遥有点意外。

换做是他们这些人，根本就不需要出示邀请函。他们的到来是如此理所应当，而岳景峰就不成了。

顾卿遥瞥过去；就见岳景峰的邀请函还真是……满满的微妙，连水印都没有。

她看了黎霂言一眼，这才道："我倒是认识这位岳少，今天想必是拿错了邀请函，不知道可否……"

"当然，既然是顾小姐认识的人，那么岳少这边请。是我们怠慢了。"管事立刻应下。

顾小姐主动开了口，那就是和黎先生有关了！

他们早就看到了黎霂言对顾卿遥的处处维护，怎么可能还会为难岳景峰？

岳景峰的神色终于缓和了几分："谢谢你啊，顾小姐。"

他的脸上红得厉害。他本就不是个喜欢麻烦人的性格，结果现在还麻烦到了自己喜欢的女孩子，不管怎么想都是尴尬极了。

顾卿遥却只是微笑道："不必客气。"

进了会场，顾卿遥这才意识到，自己还挽着黎霂言的手，连忙轻咳一声抽出来："谢谢你，黎先生。"

"你和岳景峰还有联系？"黎霂言脸色不怎么好看。

顾卿遥想了想，还是主动解释道："是我父亲很喜欢岳景峰的性格，觉得岳景峰对我好，而且家境也比我家里差，将来会对我好。"

"那你呢？"黎霂言问道。

"我？"顾卿遥一怔，"我当然不喜欢了。"

"你也莫要忘了，当日的确是他图谋不轨。顾先生怎么会看不出？"黎霂言冷冷道。

顾卿遥没说话，这也是她最不解的。

难道在顾彦之的心底，这些事情当真是如此稀松平常吗？

"罢了。"黎霂言淡淡道，"你自己记在心上就是，日后萧泽跟在你身边，想必也就不会有这些事情了。"

"嗯，有萧泽在，我的确很安心。"顾卿遥乖顺应下。

黎霂言的特助走过来低声说了几句话，黎霂言便点点头道："我过去看看今天义拍的情况，你可以多和大家聊聊。"

"好。"顾卿遥笑着点头。

然而顾卿遥还没起身，就见岳景峰匆匆从里面过来了。见到顾卿遥旁边只有个萧泽，这才松了口气似的靠了过来："黎先生终于走了啊。"

顾卿遥淡淡道："岳少有事吗？"

"不，那个，没什么事。这不是夏雪学妹刚刚和我发消息吗？她和我说她人都在楼下了，能不能让我去把她带上来。"

顾卿遥微微一怔："夏雪来了？"

"对啊！你看我也说，这种地方没有邀请函哪里进得来啊？可是夏雪人都到了，我就想问问，你看你有没有办法，将人给带上来？"岳景峰讪讪笑道。

顾卿遥想了想，道："不太方便，我已经将岳少带进来了。现在再去带个人，也是有点奇怪，不如你问问黎先生？如果是黎先生带的人，肯定是没有问题。"

岳景峰心说开什么玩笑啊？

自己还去问黎先生？

不怕人将自己给丢出去！

他轻咳一声，道："那算了，我和夏雪说我们没办法吧。"

顾卿遥打开手机看了看，觉得有点奇怪，林夏雪没有和自己说，反而是直接去找了岳景峰帮忙。可是想来也是，毕竟林夏雪喜欢岳景峰，自然是事事都以岳景峰为先的。

岳景峰发完了消息，这才看向顾卿遥，笑着道："顾小姐来这种场合还习惯吧？"

"还好。"顾卿遥神色淡淡的。

"嗯，我第一次来的时候可紧张了，可是现在也已经如鱼得水了。"岳景峰笑着说道。

顾卿遥心说，如鱼得水？

她倒是觉得岳景峰现在这样子，根本就是和这里格格不入。

他身边没几个这个层次的朋友，在这里面也是尴尬得很，连找个人说话也做不到。

当年的自己来参与过几次宴会，也就是差不多的情形。当时自己刚刚出了十八岁的桃色新闻，在这种圈子里面到处都是逼人的目光，顾卿遥现在想起来，还能感觉到那种绝望。

还好……

一切都过去了。

她微微垂眸，旁边却是凑过来一个女孩子，看向顾卿遥的眼神带着三分笑意七分戒备："你是顾家大小姐吧？这么多年，没怎么见过你。"

"你好。"顾卿遥含蓄地笑笑。

那女孩子自然地将岳景峰挡在了后面，这才笑道："你好，我是于菌岚。"

于家……

顾卿遥在脑海中将这个名字打了个转，这才得体地笑了："于小姐，你好。"

"你不会是喜欢黎先生吧?"于菡岚蹙眉。

岳景峰先不悦了起来:"于小姐你说什么呢?"

"这有你说话的份吗?"于菡岚低声讽刺道。

顾卿遥没说话,倒是有点想笑。

这个于菡岚看起来并不大,充其量也就是二十二三岁的样子,而她说话的语气也让顾卿遥心如明镜。这个女孩子……想必是个没什么城府心机的。

想必是被家里保护得太好,没吃过什么亏。

顾卿遥淡淡笑道:"于小姐这是在质问我吗?"

"不,我只是想要告诉你,黎先生不可能和你在一起的,你就不要多想了。"于菡岚咬牙。

顾卿遥笑意更深:"于小姐说这句话,不知道是站在什么立场?"

"我……"

"站在被拒绝了很多次的立场吗?"顾卿遥翻了翻手机,便轻声问道,脸上却还是一如既往的笑意。

于菡岚简直咬牙切齿!

她根本就没见过比顾卿遥性格更差的人!

一般人听到她刚刚那句话,只会哽住不说话,哪里会这样针锋相对地指责回来?

"我没有喜欢黎先生,"顾卿遥见黎霂言的身影已经靠近过来,这才含笑说道,"于小姐尽可以放心。"

"哼,你还是有点自知之明的。"于菡岚怒道。

黎霂言的声音却已经响了起来:"这是怎么了?"

"黎少……"于菡岚低声道,"我明天晚上生日宴,不知道黎少有没有时间过来?我父亲说,黎少和我们家也算是多年的合作伙伴了……"

她的脸上哪里还有适才的张扬跋扈,换做了满满的少女娇怯。

黎霂言微微蹙眉:"抱歉,明晚我这边已经有约了。"

"这样啊……"于菡岚不知道这是自己第几次被拒绝了。

慢慢地好像都成为了习惯,她甚至不知道自己怎么还能有勇气一次又一次地问起。

她轻叹了口气,这才道:"那好,日后也拜托黎少了。"

"嗯。"黎霂言不冷不热地应了一声。于菡岚就笑了,露出两个好看的酒窝,这才不舍地离开。

黎霂言转过头来,就见顾卿遥正在笑,笑容带着三分狡黠:"明晚?"

"明晚不是有约了吗?"黎霂言含笑道,"明晚你答应我请我一餐,难不成是要抵赖?"

"没有。"顾卿遥只是觉得心情不错。

"岳先生还有事?"黎霂言转头看向岳景峰,眼底的神色冷得慑人。

岳景峰迟疑了一下,这才道:"没什么,没什么。"

他简直咬牙切齿!

而慈善晚宴很快就开始了,无非是各个企业家将自己的珍玩拿出来拍卖。人们通过拍卖定价,最后价高者得,再将价款义捐给贫困区的学校。

众人和乐融融,顾卿遥忍不住摸了摸肚子,轻声道:"还好今天来之前吃了东西。"

黎霂言忍不住莞尔:"以后也要记得,大多晚宴都要提前吃点东西再过来的,不然会很辛苦。"

顾卿遥深有所感地点头。

黎霂言笑意更深,他想要摸摸旁边女孩子的头,最终还是忍住了。

怎么会有人二十二岁还这么可爱?

这种不沾染任何世俗的可爱,再加上偶尔亮出来的利爪,让黎霂言对顾卿遥的兴趣越来越深了。

让顾卿遥意外的是,顾彦之这次主动竞拍了一对耳环。耳环是雕刻成天鹅状的红宝石坠子,看起来很是珍奇可爱。

见顾卿遥盯着那红宝石耳坠看了良久,黎霂言微微蹙眉:"喜欢?"

"也不是……"顾卿遥摇摇头,心底却是在翻江倒海地想。顾彦之拍下这耳环,是打算送给自己的母亲吗?

母亲那番话,究竟是什么意思?他们之间,之前到底怎么了?

顾卿遥微微垂眸。

黎霂言道:"我让人跟拍。"

"哎,不用。"顾卿遥哭笑不得,紧忙去拉黎霂言的手。

黎霂言微怔,侧头看向旁边的人,顾卿遥只好道:"我母亲不怎么喜欢红宝石的,不知道父亲为什么要拍这个。"

"这对红宝石耳坠很珍贵,因为是著名宝石鉴定人之前鉴定过的原石。当时还掀起了轩然大波,后来才变成了这般模样。这次能被人割爱拿出来,也是不易。"黎霂言难得多言地解释了一句。

顾卿遥点点头应了,道:"我不是喜欢,我只是有点好奇。"

黎霂言深深看了顾卿遥一会儿,忽然开口:"你让我帮你调查了那个特助。"

"凌筱蔓。"顾卿遥低声道。

"嗯，你怀疑她？"

"也不是……"顾卿遥无法去形容心底的感觉。

总说女孩子的直觉很准确，可是顾卿遥无从判断，那样的直觉究竟是从何而来。是自己当真这样想，还是因为病床上听到的一番话。

那一番话，颠覆了她二十多年的人生。

黎霖言平静道："想要让一个人离开那个职位，并不困难，除非有人情阻碍。"

顾卿遥一怔："你是说……"

"没有人会不犯错，从另一个角度来说，没有人是不能被动摇的。"黎霖言道。

"我明白了。"顾卿遥的眼神亮了亮，笑着应了。

黎霖言满意地笑了笑，这个小女孩，总能给他带来无尽的惊喜。

他很期待这次顾卿遥的表现。

而彼端，那对耳坠还是被顾彦之拍下了。顾彦之正侧头和念宛如说着什么，念宛如笑着点头应下，脸上写满了欢喜。

顾卿遥心底微微一动，不知道顾彦之这态度的转变究竟意味着什么，他是真的会改变吗？还是说……那一切不过是自己的臆想，其实父亲也一直蒙在鼓里？

顾卿遥不得而知。

散场的时候黎霖言还有事处理，念宛如便笑着走了过来，顾卿遥一怔，就见念宛如已经将那对耳坠戴上了，她甚至为此换了个色号的口红。

顾卿遥忍不住笑道："真的很好看，很适合妈妈。"

"是吧？我还和你父亲说，说我不喜欢红宝石。现在看起来真的还不错。"念宛如几乎收不住唇边的笑意。

而顾彦之正在招呼媒体过来拍几张偷拍角度的照片，顾卿遥微微一怔，什么都没说。

回去的路上，念宛如总是忍不住去拨弄自己的耳坠。顾彦之见了，也只是笑了笑没说什么，手上却是一直在发短信，也不知道是给谁的。

顾卿遥忍不住揶揄道："爸爸对妈妈真好，简直就是在虐我这种单身人士。"

"你啊……"念宛如拍了一下顾卿遥的头，笑着看向顾彦之，"你都很多年没给我买礼物了吧？谢谢，我真的很喜欢。"

她的眼神无比认真，倒是让顾彦之也怔了怔，有点不自在地开口道：

"没什么。"

顾卿遥却是有种说不出的违和感。

她笑着陪念宛如说了一会儿话,很快就到了家里。顾卿遥匆匆上了楼,将门关上,这才看向萧泽:"之前凌筱蔓的资料还有吗?"

"有,就在这里。"萧泽说道,将那份资料抽出来给顾卿遥,也不懂为什么顾卿遥匆匆忙忙地回来了,衣裳都不换也不休息一下,就要急着看这个。

顾卿遥翻开其中一页,手指在上面轻轻画了画,脸色顿时就冷了下来:"凌筱蔓最喜欢的宝石是红宝石……"

"小姐是说……"萧泽的脸上写满了诧异。

今天的事情一过,网上的评论铺天盖地,几乎不需要看,肯定都是艳羡,羡慕顾家夫妇十年如一日的感情。

顾彦之当场高价拍下红宝石天鹅耳坠给自己的夫人,这简直可以传为一段佳话。

可是倘若喜欢这红宝石的人另有其人,顾卿遥闭了闭眼,低声道:"我希望是我想多了。"

"可能是小姐多想了。"萧泽一边说着,一边却想起了车上心不在焉一直在发消息的顾彦之。

"明天起,帮我派人盯着点凌筱蔓的行踪,我想知道她住在哪里。"顾卿遥道。

"是。"

"需要我额外给多少补助,你直接和我说。"顾卿遥一边说着,一边打开了境外基金,她必须要尽快拿到更多的资金。

萧泽却微微一怔,道:"黎先生说过,让我给您派黎先生自己的人手就是,不需要额外的补助。"

顾卿遥眸光闪烁,点头应了。

她需要强大的助力,即使她还不清楚黎霂言的目的。可是她知道,黎霂言看向自己时候的眼神很温和,他愿意帮自己,这已经足够了。

"对了,"想到这里,顾卿遥忽然开口,"这件事先不要告诉母亲,知道吗?"

"是……"

"什么事情不要告诉我?"门外,念宛如的声音温和响起,"卿遥这是有自己的秘密了吗?"

顾卿遥浑身一震,手上却是飞快地切换了屏幕:"妈妈。"

"怎么了?"念宛如忍不住笑道,"你怎么还不换衣服?喜欢这一身?"

"嗯，挺喜欢的。"顾卿遥一边笑，一边将念宛如让进来。

念宛如犹豫了一下，也不知道自己今天是怎么回事，竟然想要和自己的女儿谈谈感情方面的事情。

她下定了决心开口道："卿遥，你现在有空听妈妈说说话吗？"

"当然，妈妈您说。"

"你爸爸已经很多年没送过我东西了，尤其是这样贵重的东西。我自己买是一回事，你爸爸亲手送给我，是另一回事。更何况是当着这么多人的面……"念宛如越说，头越低下去，"妈妈真的很高兴，你爸爸这几天变化很大。"

顾卿遥心底一颤。

这几天……

那天病房外念宛如近乎崩溃的声音顾卿遥现在还记得，顾卿遥只是不知道，从前念宛如为了护住无用的她，是不是也曾暗中和自己的父亲针锋相对过？

那样温柔的母亲，记忆中几乎和父亲彻底冷战了起来。

她依然记得自己去公司转了一圈弄砸事情时顾彦之的暴怒，无能为力地啜泣着的自己被念宛如牢牢挡在了身后，所以所有的骂声都变得不再刺耳。

因为有母亲。

后来顾彦之就慢慢将这件事放下了，她依然受宠。只是自己愈发堕落下去，后来更是连公司都不愿意去了。

可是仔细想来，自己似乎从未关注过，母亲和父亲关系还好吗？

到了现在，是不是早已经积重难返？

顾彦之对念宛如的好，是真的吗？

顾卿遥希望是自己想多了，却也只好认真听下去。

"过几天不是你爷爷生日吗？就是这周六，妈妈原本给准备的礼物是一幅字画。可是现在想着，是不是还要做点事……"念宛如迟疑了一下，拉住了顾卿遥的手，"你要不要劝劝，让黎霂言这周末过来？"

"我可能劝不动。"顾卿遥实话实说，"其实听说黎先生是我小叔叔的时候，我也很惊讶。因为这些年，我从未在顾家见过黎先生。"

"当年……是你爷爷负了他，"念宛如叹了口气，"我也只是听说了一二，毕竟黎霂言的事情，你爷爷一向不准我们多言的。可是这些年他自己做大的黎氏，和顾家合作的关系也越来越多，你爷爷才说起了几回。"

"那爷爷真的想让黎先生过去赴宴吗？"顾卿遥问道。

"应该是想的，你父亲提了几次，你爷爷都没说不准。"念宛如道，"让你去劝，也着实是不容易，黎霂言那性子……哎。"

顾卿遥认真想了想，心说黎霂言的性格也没什么不好的啊。

可是这种话还是不能当着念宛如的面说，她只好拍了拍念宛如的手背，道："如果母亲希望我去试试看，那我明天就问问看好了，但是我只能尽力。"

"你能体谅妈妈的苦心就好了。"念宛如苦笑了一声，站起身，"好了，那妈妈就先回去了，你早点卸了妆休息。"

"好。"顾卿遥甜甜笑道，"妈妈也是。"

念宛如心底一暖，点头应下。

顾卿遥下意识问道："对了，爸爸……"

"哦，你爸爸出去了，最近也真是太忙了。刚刚回来还没坐下一小会儿呢，一个电话就给叫出去了。"念宛如自然地说着，显然没有任何怀疑。

她下意识地摸了摸自己的耳坠，含笑道："好了，卿遥就别等爸爸了。有什么事情明天再和他说，早点休息吧。"

见念宛如出去，顾卿遥这才沉声道："我想到了，我还需要一些追踪器，这个能做到吗？"

萧泽神色一凛。

"能是能。只是小姐，这些是不入流的东西，是无论如何都不能用在外人身上的。"萧泽沉声道。

顾卿遥点点头："你放心，我最多就是用在家里人身上。"

"好。"萧泽这才心情复杂地应了，"小姐是怀疑顾先生吗？"

顾卿遥疲倦地笑了笑，敲了敲键盘下面压着的资料："你觉得呢？"

萧泽知道顾卿遥的意思，轻声道："的确是有点奇怪。"

"而且……算了。"顾卿遥无法告诉萧泽。她总觉得顾彦之不是真心实意想要给念宛如拍下这对贵重的耳环，可是这些话在嘴边绕了一圈，还是咽回去了。

这一夜，顾卿遥睡得很晚，她悄悄问了黎霂言的意见，选中了几只基金。

可是真正打开银行账户的瞬间，顾卿遥长叹了口气。

"这也太少了吧……"

不过就十几万的余额，倘若自己贸贸然拿出来投资，很快就会被人发觉的。

顾卿遥揉了揉太阳穴，第一次觉得有点头疼。

她想了想，这才打开门，见萧泽果然还守在门口，轻叹了口气道："你怎么还没睡?"

"小姐没休息,我怎么会先去休息?怎么了小姐?"萧泽立刻问道。

顾卿遥道:"你帮我买个笔记本,小的上网本那种就行,然后买个无线网卡,我不能连接家里的网线,"她顿了顿,这才将手中的卡片递过去,"就先用这个吧。"

萧泽点头应了,又道:"要给小姐办个银行账户吗?"

顾卿遥笑了:"聪明。"

萧泽却已经将一张卡递给了顾卿遥:"之前黎先生说过,小姐可能会需要,让我先给小姐准备着。"

顾卿遥静静看着那张卡,沉默良久,这才垂眸笑了:"谢谢,不是我的名义吗?"

"小姐可以查查看,这是黎先生亲自办的,一定不会有任何问题,也没有被黎先生追踪。"萧泽应答如流。

顾卿遥拿着那张卡看了一会儿,点头道:"好,那你先去休息吧。"

"小姐呢?"

"晚安。"顾卿遥干净利落地关了门。

她心情复杂地坐在电脑前,打开了网上银行,键入了银行卡的信息,看向那五百万的余额沉默了良久。

黎霂言的手段,真是让她越来越看不懂了。

这笔钱她没有问清楚,怎么可能敢动?

好不容易挨到了第二天晚上,顾卿遥这才小心地将银行卡装了。刚一走出门,就见黎霂言的车已经停在了顾宅院中。

念宛如出去办事了,而顾彦之还没回来,顾卿遥出去的时候意外地顺利。黎霂言微微笑了笑,看着顾卿遥复杂的神色,便心底了然:"你收到了?"

"收到了,黎先生,我想我需要一个解释。"

"先上车吧。"黎霂言平静道。

顾卿遥点头应下,坐了进去。

"你不是喜欢金融吗?那笔钱是借给你的,在五年之内,我希望你可以还本付息。"黎霂言淡淡开口,"按照银行的利息就可以了。"

顾卿遥微微挑眉:"你不怕我血本无归?"

"不过是五百万而已,你想要进军金融界,总需要交点学费。"黎霂言淡淡道。

顾卿遥却深深吸了口气:"黎先生,我不懂金融,也不擅长,我只是初出茅庐。这样的我用着黎先生的钱来当做学费,实在是无法心安理得。黎先生说有东西要查,怕不过是一个障眼法吧?黎先生,你真正的目的是什么?"

"那么我有一个问题。"黎霂言平静开口,他的目光定在顾卿遥的脸上,像是一种审视,"你为什么要调查凌筱蔓?你又为什么要将这一切瞒着你父亲?"

顾卿遥浑身一震。

"我让人调查过,在那天之前,你和岳景峰的关系不错,甚至你也对他很是亲近。可是车祸之后,你陡然拉远了和他的距离。"黎霂言的眼神微微冰冷,"甚至开始怀疑了你父亲吗?"

顾卿遥哑声道:"你调查我……"

"没错,你早该知道我调查你。"黎霂言沉声道。

似乎是看出了顾卿遥的沉默,黎霂言的语气终于缓和了些许。"有些属于我的东西,我必须要拿回来。为此,我会接近顾家,而刚巧我现在对你有点兴趣,"他顿了顿,这才道,"这些不是帮你,迟早有一天我会连本带利地讨还回来,所以你不必感激。"

顾卿遥没说话,只是探寻地看了黎霂言一会儿。

她不知道黎霂言这样说的动机是什么,她更加不知道,黎霂言和自己的车祸究竟有多少关联。

然而此时此刻,她攥紧了手中的卡片:"如果要合作,那么我想我们需要约法三章。"

"比如呢?"黎霂言感兴趣地挑起唇角。

这个女孩子是真的有勇气,甚至会在这里和他谈论约法三章。

"你需要的东西,不能直接损及我和我家人的利益。在此基础上,我可以尽我所能地帮你。"顾卿遥的眼神很亮,语气也认真无比,"另外,我想要你相对应地帮助我,无论是资金还是人力,我不会提出无理要求。"

黎霂言盯着顾卿遥看了一会儿,点头道:"各取所需,可以。"

"那就一言为定。谢谢你,黎先生,相信我们可以合作愉快。"顾卿遥含笑伸出手去。

黎霂言却没动,只是淡淡问道:"你所谓的家人里面,包括你的父亲吗?"

"当然。"顾卿遥不假思索。

黎霂言轻笑一声,道:"那顾小姐真是有趣得很,顾小姐自己分明还在怀疑自己的父亲。"

顾卿遥抿抿唇,没说话。

黎霂言却已经抬手指向了近在咫尺的晶华酒店："如果没记错的话，今晚在这里会遇到熟人。"

顾卿遥微微一怔："你是什么意思？"

"没什么，只是巧合罢了，下车吧。"黎霂言平静道。

然而真正下了车，顾卿遥就理解了刚刚黎霂言的话了——

她看向门口停下的车，脸色难看得厉害。

"顾先生。"黎霂言已经开口道。

顾彦之的脚步猛地顿住，转头看向黎霂言和顾卿遥。他的身边不是凌筱蔓又是谁？

顾卿遥看向面前的顾彦之，几乎克制不住心头的怒火。

她清清楚楚地记得，顾彦之在出门的时候说最近生意繁忙，而念宛如是笑着送他出去的，可现在呢？

生意繁忙，就是忙着和凌筱蔓在一起吗？

顾彦之的手下意识地在凌筱蔓身前拦了一下，却是很快恢复了平静的神色："黎先生怎么和小遥在一起？"

"顾先生今晚这是有约？"黎霂言的神色很冷，看了凌筱蔓一眼。

顾彦之笑了："怎么会，我这是来谈生意的。凌筱蔓是我的特助，黎先生应当是见过。"

凌筱蔓客客气气地微微行礼，目光却始终不曾与顾卿遥相撞。

顾卿遥道："那我们就不打扰父亲了。"

她的脸上早就挂了淡淡笑意，看起来平静而天真。

顾彦之点点头："早点回去，别让你妈妈担心。"

"好。"顾卿遥点头应了。

顾彦之的目光在黎霂言脸上停顿了片刻，这才若无其事地转开："走吧。"

凌筱蔓自是快步跟上。

顾卿遥没说话。良久，她方才看向黎霂言："你故意让我误会。"

"你的反应很有趣。"黎霂言平静笑道。

顾卿遥挑挑眉。

"顾先生和念女士一直很恩爱。按理说，作为他们的孩子，你不该怀疑这些。"黎霂言淡淡道。

他的目光如此锐利，仿佛能看穿顾卿遥的心思。

顾卿遥心底一凛，低声道："或许只是我多想。"

"是吗？我以为会有什么契机，当然，这与我无关。"黎霂言说着，随后道,"请进吧。"

"你好,我预订了……"

"黎少。"门口的人看到顾卿遥和黎霈言进来,立刻鞠躬迎下。

顾卿遥一怔,看向黎霈言:"这是你的产业?"

"先前入了些股份而已,隐名股东。"黎霈言淡淡道。

顾卿遥了然,忍不住笑道:"黎先生让我来这里宴请,果然是生意人。"

"今天刷我的卡。"黎霈言平静道,"你还小,不必在这上面和我客气。"

顾卿遥呆了呆:"黎先生比我年长很多吗?"

"也不算。"黎霈言看起来心情不错,连话都比平时多了些,"比你虚长了十岁。"

顾卿遥眯起眼睛。

十岁……

可是已经是自己的叔叔辈了,想来自己也是亏得很。

很快,两人便在包厢落座。黎霈言看向顾卿遥,问道:"你看一下餐单还合口味吗?"

顾卿遥根本懒得翻开,只叹道:"黎先生不是对我的一切了如指掌吗?"

"的确。"黎霈言没否认,挑挑眉认下了。

顾卿遥哭笑不得,只好道:"黎先生和我认知中的……相差甚远。"

有些时候顾卿遥觉得很奇怪,黎霈言为什么会在那一天那一刻出现在自己的病房门前?倘若那是空无一人的走廊,是不是自己真的就半点逃出生天的机会都没有了?

他来得那么巧合,像是天神一样出现在自己的面前,而这一切,真的只是巧合吗?

黎霈言轻笑一声,主动给顾卿遥倒了杯茶,问道:"你认知中的我,是什么样子的?"

"黎先生不喜欢在媒体面前现身,尽管因此导致了很多传言,可是黎先生始终置若罔闻。人们都说黎先生寡言少语,平时也不怎么喜欢多说话,做事雷厉风行,手段狠辣……"顾卿遥绞尽脑汁。

黎霈言莞尔。

他看了顾卿遥一会儿,鬼使神差地问道:"我问的是你。"

顾卿遥沉默下来。

她印象中的黎霈言,或许足够神秘莫测。她看不出黎霈言的心事,也猜不出黎霈言下一步要向哪里去,可是——

"我觉得你是个好人。"

黎霂言一言不发。

顾卿遥只好继续说下去："你帮了我很多忙，至少现在看来，我没有回报你的能力。"

"你会有的。"黎霂言平静道。

侍应生刚好推开门来准备前菜，前菜上面附着了干冰，映照出朦胧的美感，而隔着云雾看过去，顾卿遥只觉得黎霂言看起来愈发远了三分。

他的笑容一如既往："不用担心亏欠我。"

顾卿遥没来由地打了个寒战。

"你和传闻之中也大不相同。传闻之中，你被家人保护得很好，甚至对商业毫无兴趣。"黎霂言道。

"所以黎先生也说是传言了。"顾卿遥心底隐隐有点担忧。

从前的她，从未考虑过任何关于未来的事情。毕竟生在顾家，又是顾家的独女，顾卿遥理所当然地相信，不管自己怎么任性地长大，自己的家人都会将一切安排好，等着自己的定然是锦绣前程。

可是后来她方才发觉，她的天真成为了灭顶的灾难。

大风大浪之中，无人能够保护她。

甚至……

她差一点就成为了第一个牺牲者。

顾卿遥闭了闭眼，这才道："我想请黎先生帮我一个忙。"

"你说。"

"凌筱蔓。"顾卿遥抬眼看向黎霂言，认真道，"我觉得凌筱蔓不简单，我查看了那一批的候选人，有很多资历都在凌筱蔓之上，可是最终父亲选择了凌筱蔓作为特助。"

黎霂言唇角带着若隐若现的笑意。

"我觉得其中有问题。"

"你准备追踪凌筱蔓？"

"或者追踪我父亲。"顾卿遥笃定道。

"你最好不要太早招惹你父亲，"黎霂言姿态优雅地切好了生火腿，抬眼道，"你与你父亲为敌，这并不划算。"

顾卿遥浑身一凛："我没有要与他为敌。"

"可是你现在在做的事情，难道不是在怀疑你父亲吗？"黎霂言反问，"你父亲宠爱你，你该利用好这一份宠爱。"

顾卿遥没说话。

黎霂言的话太冷静，冷静得却是没有丝毫感情。

她沉默良久，这才轻声道："我只是想要知道真相。"

"然后呢？"黎霂言的眼底带上三分讽刺。

"你难道不是也想要得到真相，所以才接近我的吗？你说你要将你拥有过的一切尽数讨回，你想要讨回的东西，难道不是和顾家有关吗？"顾卿遥反问道。

黎霂言怔了怔，将刀叉放下。

太久了，太久没有人会这样对自己说话。

似乎所有人都习惯恭恭敬敬地叫一声黎先生，用那种带着三分畏惧的眼神看着自己。

而面前的顾卿遥，眼神清清亮亮的，却是比任何人都要有勇气。

这个小姑娘，成长得真快啊。

黎霂言轻声笑了："我要做的事情，或许有一天会和你背道而驰。"

"到时候我会将欠你的悉数偿还，然后我们再重新对垒。"顾卿遥笃定道。

黎霂言挑挑眉，神色如常："我希望知道了真相以后，你还能像现在一样。"

顾卿遥将刀叉放下了，良久方才轻声道："我也希望。"

希望那真的只是一场意外，希望自己的父亲是真的宠爱着自己的。

可是顾卿遥知道，这是不可能的。

最后的药被人替换过了，最后母亲在外面说的话，永远像是一块巨石。

没有得知真相之前，她无论如何都不得解脱。

"吃东西吧。"黎霂言道。

顾卿遥点点头，刚拿起刀叉，就见萧泽的短消息到了。

"和父亲还有凌筱蔓一起用餐的人，是岳景峰。"顾卿遥的脸色相当不好看。

她下意识去看黎霂言，黎霂言便自然道："据我所知，最近顾家与岳家没有任何合作关系。"

"我知道，"顾卿遥蹙眉，"我看过这段时间顾家的合作案，顾家的商务领域和岳家重合的并不多。即使想要合作，岳家也只能走招投标路径，而招投标的话，岳家的中标率很低……"

顾卿遥说起这些的时候无比自然，却不曾发觉对面的黎霂言已经将刀叉放下了，饶有兴致地看了过来。

黎霂言的眼底情绪很是深沉。良久，顾卿遥说完了方才发觉黎霂言早就没在继续吃了，而是认认真真地在听着自己说这些。

黎霂言沉默了一会儿，含笑道："你很有商业天赋，尽管很多东西都是纸上谈兵，但是能有这方面的意识，已经领先你的同龄人很多了。这些想法，你曾经和顾先生交流过吗？"

顾卿遥摇摇头。

顾彦之似乎有意无意地不希望自己太早进入这个领域。

"是交流了但被拒绝了，还是你不曾想过要交流？"黎霂言问道。

"我还没有经验，如果贸然进入……"顾卿遥并不想全部如实告知。

"被拒绝了。"黎霂言轻笑一声，道，"看来凌筱蔓的事情是该好好查查。"

顾卿遥没说话。

黎霂言道："我不想主动插手顾家的事情，但是凌筱蔓，我会帮你调查。"

"谢谢。"顾卿遥心情复杂道。

"相反，我需要你帮我一个忙。"黎霂言看向顾卿遥。

顾卿遥微微颔首："你说。"

"这次顾老先生的生日宴，我需要一份参与名单。"黎霂言道。

顾卿遥沉默片刻，这才问道："你不亲自过去一趟吗？这样会比较容易。"

黎霂言的眼底掠过一丝冷意："不必了。"

"好。"顾卿遥点头，"我会给你名单，需要做其他事吗？"

"不必。"黎霂言笑了笑，"这样就足够了。"

顾卿遥并不知道黎霂言为什么要顾远山生日宴的与会名单，可是既然黎霂言说出了口，她也就牢牢记住了。

他们是合作关系，顾卿遥再次在心底提醒自己。

餐间酒上来的时候，顾卿遥轻轻嗅了一下，狐疑地看向黎霂言。

黎霂言的眼底滑过一丝笑意："没有酒精含量，只是水果调制的饮料罢了。"

"哦。"顾卿遥说不出是欣喜还是失望。

黎霂言轻笑一声："作为你的小叔叔，我有义务盯着你不让你喝酒。毕竟据我所知，顾小姐的酒量是真的很差。"

车祸那天，顾卿遥也是因为稍微喝了点酒，就那样浑浑噩噩地失去了意识。

最后那辆大卡车撞过来时，她只记得那刺目的车前灯。

顾卿遥无奈地看了黎霂言一眼，想了想还是举杯："谢谢。"

黎霂言道："应当说是合作愉快。"

碰杯的时候，顾卿遥心底划过一丝恍惚。

这次合作，应当是对的吧？

她已经没办法再承受一次打击了。

黎霂言的眼神深不可测。

很快就到了最后一道甜点的部分，顾卿遥起身去卫生间，却是无论如何都没想到，一出包厢就看到隔壁的门也开了。

岳景峰正笑着走出来，还在对里面的人说着什么，见到顾卿遥，眼神立刻就直了："顾小姐？"

"岳少。"顾卿遥只好客气地笑了笑。

"顾小姐怎么在这里？难道是和黎先生相约？"岳景峰下意识地朝前走了几步，朝房间里面看去。

见果然是黎霂言，岳景峰心底有点说不出的滋味，只轻咳一声："果然是黎先生。"

"的确。"黎霂言的眼神疏冷而淡漠，"岳先生不会是喝醉了吧？"

"怎……怎么会呢，是之前我本来约顾小姐今晚吃饭，结果顾小姐就推说已经有约了。说是和黎先生，没想到竟然在这里遇到了。"岳景峰的目光胶着在顾卿遥的身上，心说顾卿遥这一身也太好看了吧？

这顾卿遥最近一天一个样，怎么一天比一天好看？

岳景峰笑着道："顾小姐可别忘了，明晚还要赏光啊。地方还在这里，我们就约这间包厢吧。"

黎霂言淡淡道："这间包厢是股东会的人才能预订的，岳先生需要我帮忙吗？"

岳景峰再怎么迟钝，也能听出黎霂言语气不善。

他看了一眼这房间的陈设，果然比隔壁高档了不少。他轻咳一声，只好道："所以黎先生是这里的股东？"

黎霂言挑挑眉，不予置评。

岳景峰只好干笑几声，他看了黎霂言一会儿，借着酒胆开口："黎先生，我问个问题，黎先生是喜欢卿遥吗？"

黎霂言站起身，脸色无比森寒。

岳景峰忽然就有点紧张，他哪里见过这架势。黎霂言这脸色，简直就像是要杀人一般，让他恨不得拔腿就跑。

可是这里有顾卿遥啊，那是他求过婚的女孩子，他怎么可能拔腿就跑？那像是什么样子！

岳景峰壮着胆子站在原地,轻咳一声,道:"黎先生,这,我就是这么一问……"

"岳先生是听哪位医生说的,顾小姐高位截瘫了?那么长的时间里,你有时间去准备一场假求婚,都没有时间带她转院去看看吗?"黎霂言把玩着桌上的酒杯,神色极冷。

岳景峰的脸色顿时白了白,他开口的声音已经大了不少。"你这是说什么呢?黎先生,您这是仗势欺人了,当时你就让警察来抓我,后来查出来什么证据了吗?"他哑声道,"不是什么都没有吗?不然警方也不会那么快将我放了吧?你总是问我是不是知情,不管我知不知情,我如果不是因为喜欢小遥,我怎么可能愿意向小遥求婚!你知道下定决心和一个高位截瘫的人求婚有多难吗?!"

第3章

除了向前,她别无选择

  黎霂言静静看着岳景峰。
  分明什么都没说,可是那种骇人的压迫力却是让岳景峰浑身都有点发软,他轻咳一声,道:"我出去了,你们忙吧。顾小姐,我真的希望你能够看清这个黎先生的嘴脸。他和你不一样,他就是瞧不起我,他觉得我追你根本就配不上,所以才到处诋毁我。"
  顾卿遥听着这话,没来由地有点想笑,却还是忍住了。
  她沉默了一会儿,忽然问道:"对了,那天……景峰学长在医院遇到我母亲了吗?"
  岳景峰显然对这个称呼很是满意,听到后面半句却是心都凉透了:"没,没遇到。但是我听说伯母心情不太好,所以后来……忽然就跳楼了,我真的很意外。"
  "是吗……"顾卿遥将这个答案静静记住了。
  岳景峰想了想,语气都软了几分,也不想久留:"学妹,那我先过去了。这真是的,来了平白惹了火气。不过也还好,我也就是给学妹提个醒,黎先生的手段我也玩不过,至少能让学妹心底有数,我也就知足了。"
  顾卿遥的神色看起来有点尴尬,却还是点头应了。
  岳景峰这才松了口气,转身出了门去,似乎是去隔壁解释去了。
  顾卿遥正想去卫生间,就听黎霂言开口了:"这间包厢是有自带的。"
  他指了指旁边的一面墙,墙上果然有一个电动开关。
  顾卿遥无奈道:"所以你是故意让我出去遇到他的。"

"有些话多说多错，他刚刚没能控制好情绪。"黎霖言含笑道。

顾卿遥微微一笑，却是了然。

甜点是法式杏仁派，顾卿遥本就喜欢杏仁制品，很快就将一小块点心吃完了，这才笑道："我母亲也很喜欢杏仁派，下次可以带妈妈一起过来，这家店的是真的很不错。"

"这家店的甜品主厨是原来米其林三星的主厨，杏仁派是专长。"黎霖言说着，就见侍应生已经提着一个精美的盒子进来了，笑容可掬道："顾小姐，这是刚刚黎先生让人给您打包的。"

顾卿遥一怔，看向黎霖言。

黎霖言含笑道："见你很喜欢，就请保罗多做了一份。"

"谢谢。"顾卿遥心情复杂。

她很少感觉得到这样的宠爱。

她知道黎霖言只是出于绅士风度，而不是因为喜欢自己。

可是她同样记得，曾经自己追着岳景峰的时候，也曾这样用心过。

顾卿遥微微垂眸，忍不住笑道："将来能够和黎先生一起的女孩子一定很幸福。"

黎霖言挑挑眉，倒是有点无法想象。

黎霖言将顾卿遥送回了家里，顾卿遥一进门，就见顾彦之已经到了。

她将手边的纸盒放下，顾彦之便沉声开了口："小遥，你过来，有些话爸爸必须要说说你。"

顾卿遥还没来得及开口，一抬头就怔住了："凌特助也在？"

她的语气很平静，可是凌筱蔓还是微微怔了怔，低声道："顾小姐，抱歉，顾总喝了酒，我必须要陪顾总一起回来。"

凌筱蔓这样唯唯诺诺的语气，让顾彦之心底顿时不痛快起来。

"小遥！平时爸爸怎么教你的？现在凌筱蔓是客人，对客人的态度应当是什么样子的？"顾彦之问道。

顾卿遥看着顾彦之，便微微笑了："爸爸喝醉了吧？凌特助是父亲的特助，怎么会是客人？如果是客人，就不该在这个时间上门了，不是吗？"

顾彦之的眼神顿时清明了几分。

顾卿遥这才站直了，看向凌筱蔓，笑容平静："凌特助，作为父亲的特助，你得到了我家人的信任，也因此得到了不菲的工资，和工作岗位上人们对你的充分尊重。既然如此，那么请凌特助明白自己的身份，都这个时间了，凌特助可以请回了。"

凌筱蔓谦卑地俯身："顾小姐教训得是，我的确只是顾总的特助。刚刚也是看夫人不在，担心顾总宿醉头疼，这才多留了一会儿，我这就回去了。"

她眼底噙着泪花，又是这样姣好柔弱的样子。顾卿遥的目光掠过顾彦之，却见顾彦之神色平静万分，没有半点替凌筱蔓说话的意思，只沉声道："你去吧，以后不要做这种让人误会的事情。"

"是。"凌筱蔓又客客气气地鞠了个躬，不知道是不是因为委屈，脸色苍白得厉害。

顾卿遥却是微微笑了："梁叔。"

"在。"

"派车送一下凌特助，这边不好打车。"顾卿遥含笑道。

凌筱蔓微微一怔，立刻推拒道："不用这么客气，顾小姐，我自己回去就好了。"

"都这么晚了，这边打车不方便，梁叔。"顾卿遥的语气很是笃定。

凌筱蔓这才点头道："谢谢顾小姐。"

"不必。"

顾彦之始终揉着太阳穴，见凌筱蔓出去了，也没多说什么，只挥挥手道："小遥，你坐一会儿。"

顾卿遥点点头，在顾彦之旁边坐下了，又吩咐人去拿了醒酒汤。

"父亲找我有事吗？"

"嗯，要问你点事情，你不喜欢那个凌特助，是吗？"顾彦之笑着问道，眼底却是深邃无比。

顾卿遥摇摇头："我是害怕爸爸喜欢。"

她嘟着嘴道："爸爸不知道，我的同学中父母很多都已经离婚了，我才知道我们家有多么幸福。"

顾彦之别开目光。

顾卿遥努力控制自己不去想病房里面听到的话，只是笑着挽住了顾彦之的胳膊，亲昵道："爸爸，昨天妈妈可开心了，她有时候不好意思说出来。但是昨晚到了很晚，妈妈还过来和我炫耀呢，说爸爸很久没有送过她礼物了。"

顾彦之的眼神慢慢软化了三分，喃喃道："是啊，她戴着那耳坠是真的好看。"

顾卿遥却是看向了顾彦之的目光。顾彦之的眼神很是温和，丝毫不似作伪。

她的心底默然打了个突，却是什么都没说。

顾彦之沉默了一会儿，接过醒酒汤一饮而尽，这才看向顾卿遥问道：

"对了。你问了黎霖言了吗？这周末他过来吗？"

"他不过来。"顾卿遥摇摇头。

"哼，"顾彦之冷笑一声，闭了闭眼，道，"岳景峰过来，爸爸也有心让你爷爷把把关。"

"爸爸！"顾卿遥蹙眉道，"我不喜欢岳景峰，而且发生了那种事，我和他也不可能了，爸爸再乱说，我就要生气了。"

顾彦之显然没放在心上，笑了笑道："你是没看到，景峰之前离开时有多不甘心。他看到了差距，也经历了误会，将来也会慢慢成长起来。两个人一起成长起来挺好的，将来你们想起这段日子，会很珍惜。"

顾卿遥摇摇头："可是……"

"只是让你先相处看看，你都二十二岁了，旁边有个踏踏实实喜欢你的人不是挺好的吗？"顾彦之道，"还是说，你真的喜欢那黎霖言？"

顾卿遥心底一惊，立刻摇头："我不可能喜欢他的。"

她下意识地否认，脑海中却是掠过了黎霖言的笑。

黎霖言的温柔，黎霖言的体贴，黎霖言的相助。

很多时候，顾卿遥不得不承认，黎霖言很了解自己，他懂得自己的需要，并且会恰到好处地伸出援手。

可是这一切，都是有目的的。

顾卿遥沉默片刻，这才笃定地重复了一遍："我不会喜欢他的。"

顾彦之本就是有点醉了，听到顾卿遥的话便笑了："那就好，就看他对我们顾家的态度，就不像是什么好人。"

"嗯，我都知道。"顾卿遥笑着点头应了，心底却是凉了三分。

她知道自己从今天开始，就必须要在罅隙中求生了。

顾卿遥一上楼，就接到了林夏雪的夺命连环电。

她有点无奈地接起来，林夏雪立刻开口："卿遥，你可急死我了，你今天怎么不回复我的微信啊？"

顾卿遥怔了怔，果然见自己的微信未读消息是三十五条，都是林夏雪发过来的。

她无奈道："大小姐，你是怎么做到的，在半小时内发了三十五条微信？"

"我，我急啊。"林夏雪委屈道。

顾卿遥笑出声："明天的事情是吧？"

"对啊，"林夏雪紧忙道，"我才发现，我没有合适的衣服啊……你明天穿什么，能让我参考一下吗？"

顾卿遥想了想，道："明天是你约会，你穿得耀眼一些吧！我穿随意一点就好了。"

她的目光定格在衣柜里面一条天蓝色长裙上,道:"我穿蓝色长裙,你见过的。"

"那个,我能不能穿蓝色的啊?"林夏雪小声道,"我觉得很适合我的肤色。"

顾卿遥怔了怔,笑了:"也好。"

"不是,我的意思是……我能不能借一下你的衣服啊?我给你带你要穿的!"林夏雪信誓旦旦。

顾卿遥沉默下来,如果是从前,她定然就径自答应了,可是不知道为什么,现在她对着一切都下意识地怀疑。

她不喜欢如此,可是她无法控制。

轻咳一声,顾卿遥道:"你明天过来吧,我可以送你一条裙子。到时候你在我衣柜里面随便指,你让我穿什么,我就穿什么,怎么样?"

"谢谢你啊……"林夏雪的语气满满的都是感激,"你真是我最好的朋友!"

林夏雪美滋滋地将电话放下了。

顾卿遥揉揉眉心,有点无奈。

从前的林夏雪,也曾经对岳景峰这样上心上意吗?

既然如此,倘若林夏雪和岳景峰在一起了,是不是一切都会发生改变?

不,不会的。

倘若找不到罪魁祸首,那一切还是会卷土重来,甚至可能比自己想象的要快。

她不知道自己还有多少时间,可是她知道,那并不会太长。

梁忠齐回来的时候,在门口和萧泽轻声说了句什么,顾卿遥听到了,便径自拉开了门。

梁忠齐一怔:"小姐还没休息?"

"嗯,怎么?"顾卿遥认真看过去。

"地址在这里,看起来是单身公寓。"梁忠齐压低了声音。

顾卿遥接过来,感激地笑道:"谢谢你,梁叔。"

"小姐要这个……"梁忠齐的神色有点复杂。

"不,我只是有点好奇凌特助住在哪里而已。凌特助长得那么好看,还说自己单身,我有点好奇,麻烦梁叔了。"顾卿遥笑着说道。

梁忠齐这才松了口气:"那就好。我还以为……"

他的神色有藏不住的复杂。顾卿遥知道梁忠齐在担心什么,只笑着看过去，梁忠齐果然没说出口，挥挥手："是梁叔想多了，小姐早点休息吧。"

"好。"顾卿遥甜甜地笑了。

梁忠齐走后，顾卿遥方才看向萧泽："怎么样？"

萧泽敲了敲键盘："离公司不远，但是也不算贵，很多人都是租住在那里的。一个月差不多四千五的租金，按照特助的薪水，应当是负担得起。"

"这样啊……"顾卿遥有点惋惜地叹了口气，"而且是单身公寓。"

"对，那里的空间很小，想来也是不能住两个人的。"萧泽说道。

顾卿遥想了想，道："好，下次还是派人多跟着凌筱蔓几天，看看是不是只有这么一个住处。另外帮我看一下凌筱蔓每个月的账单是谁交的，或者说是从哪个银行卡账户划的。"

"是。"萧泽点头应下，不禁佩服起顾卿遥缜密的思维。

顾卿遥若有所思："好了，就这样吧。"

"小姐也早点休息啊，"萧泽忍不住多了句嘴，指了指顾卿遥的眼下，"小姐都有黑眼圈了。"

顾卿遥怔了怔，笑了："你这是在关心我吗？"

"我是小姐的人啊，关心小姐理所当然！"萧泽笑眯眯道。

顾卿遥忍不住莞尔："谢谢。"

"上网本放在枕头下了，密码是小姐的生日，上网卡也设置好了。"

"嗯，好。"

顾卿遥打开上网本，却是微微一怔，邮箱里面有一封邮件静静躺着。她点开，就见里面是一张照片，照片里面她被黎霂言打横抱着，身上披着黎霂言的衣服，正从医院离开。

顾卿遥蹙紧眉头。

敌在暗我在明。

这种感觉尤其强烈。

她知道自己不需要多加考虑，毕竟即使有这张照片的存在，也不能说明什么，但是至少能说明一件事——

那天带她从医院离开时，黎霂言明明说他封锁了媒体消息，却还是没有办法阻止这人的偷拍。

顾卿遥沉默了一会儿，等她意识到自己做了什么时，却已经拨通了黎霂言的号码。

她正想眼疾手快地挂断，那边的声音却已经响起来："卿遥？"

顾卿遥的心跳漏了一拍。

"怎么了？"黎霂言的声线冷静而自持。

顾卿遥轻咳一声,掩饰住自己适才的失态,道:"抱歉这个时候打扰你。"

"也不算太晚,十一点半而已。"黎霂言看了一眼时间,语气带了三分笑意。

顾卿遥只好赧然地说了下去:"我……还没反应过来,电话就拨过去了。"

这一次那边的笑意愈发真切了:"说吧。"

"我收到了一封邮件,是一张照片,那天你带我从医院离开时拍下来的。"顾卿遥说道。

黎霂言没说话,顾卿遥立刻补充道:"那张照片上我似乎还在昏迷状态。"

"发过来给我看一下。"黎霂言沉声道。

顾卿遥点头:"你的邮箱地址……"

"我发你邮箱了,直接回复。"黎霂言的声线十分沉静,没来由地,让顾卿遥心底的不安也消退了下去。

她很快回复了黎霂言的邮件,顺便将刚刚的收信页面也截了个图,一并发送了过去。

黎霂言在那边敲打了一会儿键盘,这才开口:"我会去查,你现在可以去睡了,不用担心,这件事交给我。"

"抱歉,这件事应当是针对我来的。"顾卿遥能够听出黎霂言声线中隐藏的怒意,下意识开口。

黎霂言微微一怔,这才莞尔:"你以为我在生你的气?"

"那你……"

"不是你的问题,是我没有处理好。当时我排除了所有的媒体,以为这就足够了,结果没有防备到偷拍的人。"黎霂言的声线温和了几分,他忽然很想摸摸顾卿遥的头,可惜离得太远了。

顾卿遥的情绪也真的跟着安稳了下来,乖乖应下:"谢谢。"

"别客气,本就是我该做好的事情。"黎霂言含笑道,"我说过会护着你,你交给我就是了。"

直到将电话挂断,顾卿遥后知后觉,自己的脸似乎是红了。

黎霂言开口,她似乎下意识地就去听从了。

她将那张照片翻来覆去地看了一会儿,又将发件人的地址键入了进去,果然一点收获都没有。

发信人想必也是谨慎得很,根本就没有想留下任何痕迹。这样想来,大抵也是挂着软件改变了网络地址才发送过来的。

顾卿遥心不在焉地刷新了一会儿，干脆也不理会这封莫名其妙的邮件，径自去刷基金了。

她白天只能依靠手机看实时情况，到了晚上倒是可以准确无误地看一下外汇的行情。

果然和黎霖言说的一样，这几年美金即将开始大幅贬值，想到这里，顾卿遥迅速开始实操。在境外建立虚拟账户加以控制并不是一件易事，但是她必须要做。好在黎霖言本就帮了不少忙，她摸索了一会儿，这才出去将萧泽叫了进来："在境外成立公司，能做到吗？"

"小姐是要境外上市吗？"

"不，不用做那么大，或者在境外有能信任的人，帮我开个账户，我想运作外汇。"顾卿遥笃定道。

"能倒是能，只是外汇市场并不安稳，小姐……"

"放心。"顾卿遥含笑道，"如果按照现在的走势图，我想不出一个月就会有大动作，在此之前，我要尽可能将资金全部买空美金。"

"买空？"萧泽一脸惊诧。

这可不是现在大盘的基本走向，甚至没有人会想要在这个时候做空美金！

"小姐觉得美金会跌盘？"萧泽小心地问道。

他有点害怕自家小姐这是一时兴起，毕竟黎霖言可是说过要顾卿遥在五年内还本付息啊……这样看来，若是这一次冲动，可能就真的血本无归了！

顾卿遥笃定颔首："对，这一波我要买空，消息不要泄露出去，这几天帮我操作一下吧。"

"……好。"萧泽心情复杂。

完了完了，一般初入金融圈的人都会出这种问题，就是盲目自信。

萧泽琢磨着要和黎霖言汇报一声，顾卿遥却像是看出了他的心思似的："对了，你说过你是我的人是吧？"

"啊……小姐说的是。"萧泽立刻反应过来了，正色道，"这是商业机密，我会遵行秘密守则的。"

"嗯，那就好。"顾卿遥想了想，忽然问道，"对了，黎先生的公司有考虑在境外上市吗？"

"之前有考虑过在美国上市，但是现在还没有彻底敲定。想来这几个月是不太会考虑了，毕竟要通过证券交易委员会的审查，时间也赶不及了。"萧泽没将这件事当做什么秘密，自然说道。

顾卿遥若有所思地点点头，转身进屋了。

没多久，顾卿遥听到了些动静，知道是念宛如终于回来了。

记忆中，念宛如很少有这么迟回来的时候，顾卿遥犹豫了一下，还是径自走了出去。

念宛如的脸上带着笑，眼神却是有点迷茫："卿遥？"

她似乎是有点意外在客厅看到顾卿遥，顾卿遥笑笑："妈妈怎么这么晚才回来啊？"

念宛如的身上有淡淡的酒味，见顾卿遥过来，便下意识地后退了半步："小遥……怎么还没休息？"

她的眼神有轻微的戒备，纵使顾卿遥知道人在喝醉的时候是没有太强烈的主观意识的，却还是被那眼神刺痛了一下。顾卿遥只好保持着一点距离，开口道："妈妈是不是喝醉了？我扶妈妈去休息吧？"

"这耳坠不是我的，不该是我的。"念宛如的眼泪却忽然落了下来，忽然伸手试图去拽那耳坠。

顾卿遥被吓了一跳，刚想上去拦，就见顾彦之从二楼开门出来了："卿遥，你回房间去。"

顾卿遥微微蹙眉，倒是没动，她不知念宛如是不是想起了什么。

念宛如的眼神满是迷茫，却是下意识地握住了顾卿遥的手，抬眼看向顾彦之："彦之，孩子还在呢。"

"我带你回房间睡觉，你看你都醉成什么样子了。"顾彦之也缓和了语气，叹了口气道。

他走下楼来，伸手将念宛如扶了，这才看向顾卿遥："你怎么还没睡？"

"想着妈妈还没回来，就担心得没睡着。"顾卿遥小声道。

顾彦之倒是没想那么多，只是伸手摸了摸顾卿遥的头，道："最近爸爸这边太忙了，回来得都很迟，你妈妈可能是多想了。你别放在心上，去休息吧。"

"嗯。"顾卿遥乖乖应了，想了想又道，"我去给妈妈拿点醒酒汤吧？"

"不用，你去睡吧，一会儿让厨房送过来就是了。"顾彦之看向念宛如的眼神若有所思。

顾卿遥虽然应下了，却并没有真正睡着。

心底的疑虑像是雪球越滚越大，念宛如刚刚的动作像是针一样刺在她的心头，让她无法释怀。

良久，顾卿遥方才轻轻叹了口气，揉了揉眼睛。

她听到外面的声响小了不少，这才迷迷糊糊地睡了过去。

第二天顾卿遥下去吃早饭的时候,就见念宛如神色如常地坐在沙发上,正百无聊赖地调换电视频道。

"妈妈。"顾卿遥笑着坐下,"妈妈昨晚好像是喝醉了,今天觉得好些了吗?"

"还好你爸爸昨晚给我按了一晚上头,不然今天不知道要怎么头疼呢。"念宛如笑道,"都好了,放心吧。"

顾卿遥看着念宛如如常的笑脸,这才松了口气:"妈妈昨晚怎么了啊?"

"昨晚……昨晚和朋友聚餐,结果一不小心就多聊了一些,回来迟了。"念宛如叹道,"让你们担心了吧?"

"嗯,昨晚妈妈回来的时候情绪也不高。"顾卿遥小心地说着。

"喝醉了人都那样,所以我才说尽量不要喝酒。"念宛如叹气。

顾卿遥不知道念宛如是当真将昨晚的事情都忘了,还是如何。

她看过去,就见她又将那对耳坠戴上了,谈笑之间也全然不曾提起昨晚的失态了。

"对了,黎先生说没办法去周末的生日宴,我昨天又问了一次,可是黎先生还是拒绝了。"顾卿遥说道。

"嗯,我也想到了。"念宛如叹了口气道,"当年的事情也是顾家没处理好,现在黎先生自己事业也变得越来越好了,这个时候顾家再想缓和关系,怕是越来越难了。"

"那……"顾卿遥迟疑道。

"不说这个了,你觉得你父亲的那个特助,人怎么样?"念宛如忽然笑问道。

顾卿遥心底一动。

"妈妈是说凌筱蔓特助吗?"

"对。"念宛如认真地看过来。

顾卿遥犹豫半响,方才说道:"凌筱蔓为人处世很是圆滑,很适合特助这个职位。唯一不足的地方就是商业基础太差,在特助这个职位,做的却是助理的事情。"

"你父亲……和她走动挺多的吧?"念宛如的语气吞吞吐吐的。

"毕竟是特助,除了私人时间以外,工作时间基本都在一起吧,"顾卿遥顿了顿说道,"对了,昨天我和黎先生一起用餐,见到了父亲和凌特助还有岳景峰一起,也在晶华酒店。"

"是吗……"念宛如若有所思。

倘若是从前,顾卿遥可能会将这番对话当做是稀松平常。

可是现在,她哪里还会这样想?

念宛如的失态,念宛如这番话,尽皆满含深意。

所以……念宛如也在怀疑凌筱蔓吗?

还是说,念宛如其实已经全都想起来了?

"这次你爷爷的生日宴,听说凌筱蔓也要去的。"念宛如轻咳一声,这才说道。

顾卿遥的脸色立刻变了。

凌筱蔓要去顾远山的生日宴?

她凭什么?

"我昨晚就是为了这件事,心底有点过不去。现在想想,可能是我想多了吧,毕竟是公司特助,带在身边万一有什么事情,也能方便一些。"念宛如强笑道。

顾卿遥看着念宛如的神情,心底却是说不出的愤懑不平。

不,不能让凌筱蔓在这种场合出现。

不管她和顾彦之的暧昧关系是真是假,在这种场合出现,简直和进了门的人无二了!

顾卿遥轻笑一声,笃定道:"妈妈放心,凌筱蔓特助不会来的。"

"你……小遥,你别因为这种事情惹你爸爸生气,你爸爸本来就因为黎先生的事情烦忧得很。"念宛如轻声道。

顾卿遥不知道,自己母亲的通情达理,是不是助长这一切的根源,但是既然她在,那么这一切就不可能成立了!

顾卿遥微微笑了笑,道:"妈妈放心,我不会惹爸爸生气的,爸爸最疼我了!"

她的笑容天真烂漫,好看得很。

念宛如这才放心下来,轻轻拍了拍顾卿遥的手背。

以前人们都劝她让她再生一个,毕竟顾家很喜欢儿子,有个儿子,将来也就算是有个靠山,也能让念宛如在这里扎下根来。

可是人家越是这样说,念宛如越是不甘心,倘若真的顺了他们的意,那么顾卿遥怎么办?

顾家那么喜欢儿子,将来顾卿遥的地位岂不是越发不受重视了?

反而是现在好,她和顾彦之的感情也稳定,顾彦之也很疼宠顾卿遥。

若是一定要说,唯独就是顾远山那一关……

念宛如轻叹了口气,心说日子总归是和顾彦之过的,他们的财力不受制于人,一家三口生活得安生,也就足够了。

"卿遥，你周末去你爷爷的生日宴，也不必多和老人家说什么，寻常的生日祝福就好了。一年就这么一回，别在生日宴上和你爷爷置气，知道吗？"念宛如摸了摸顾卿遥的头，认真叮嘱道。

顾卿遥温顺点头，倘若是从前她无所顾忌的时候，的确是可能会犯错。可是现在，她要步步为营，怎么会在这样的地方逞一时之快？

顾卿遥吃好了早餐，这才施施然地上楼了，却是看向萧泽微微一笑："帮我约一下凌特助。"

"凌特助？"萧泽一怔。

"对，我要去逛街，让凌特助下班以后过来接我。"顾卿遥很是平静地开口。

顾卿遥这么一句话，彼端的凌筱蔓简直炸开了锅。

她是顾彦之的特助，可不是顾家的佣人！

这顾卿遥说使唤就要使唤一下，若是成了习惯，将来可如何是好？

然而到了晚上，顾卿遥还是如愿在门口看到了凌筱蔓。

凌筱蔓的微笑温和而得体："顾小姐，您要去哪里逛街？"

"五点半了。"顾卿遥看了一眼时间，小声抱怨道，"凌特助怎么才过来？"

"是啊，今天刚好有个项目，所以没有办法提前下班。"

"凌特助怎么也不和我说一声……"顾卿遥自然地将手包递过去，"我都等了一个小时了。"

凌筱蔓面上的笑容未改，将手包接了过来，道："抱歉顾小姐，我匆忙赶过来，没想到还是迟到了。"

"嗯。"顾卿遥等着凌筱蔓拉开了车门，这才慢吞吞坐进去，"凌特助平时都去哪里逛街？"

"我一般都去民华街。"凌筱蔓说道。

"民华街……"顾卿遥打量了一眼凌筱蔓身上的衣服，微微笑了，"不对吧？凌特助身上这件衣服好像是普拉达今年的新款成衣，这样的衣服民华街可没有。"

凌筱蔓轻咳一声，道："对，这件是上次刚好拿了一笔奖金，就去买了。"

"嗯。"顾卿遥笑着眨眨眼，"我就说嘛。"

凌筱蔓有点心惊胆战，不知道顾卿遥这话里话外的意思。

顾卿遥带着凌筱蔓来的是海城的南景路。南景路本身靠着海边，繁华的同时人流量并不算大，毕竟这里大多以奢侈品牌为主，并不是寻常人消费得起的地方。

顾卿遥挑挑拣拣,也不怎么询问凌筱蔓的意见。凌筱蔓跟在后面,脸色越来越沉。

良久,顾卿遥方才摆摆手,将这些全都刷了卡买下,这才笑着看向凌筱蔓:"谢谢凌特助陪我出来逛,今天真是辛苦凌特助了。"

"没有多辛苦,只是……"凌筱蔓蹙蹙眉,这才说道,"顾小姐,这些委实不是我平时应该做的工作,我是顾先生的特助,换言之,我的工作领域只在公司……"

"是吗?"顾卿遥看向凌筱蔓,眼神也愈发冷峻下来,"我还以为凌特助并不知道自己的身份。"

凌筱蔓浑身一凛。

这些天顾卿遥已经提起这句话很多次了。

身份,身份。

她要她注意的,到底是什么身份?

凌筱蔓盯着顾卿遥看了好一会儿,这才咬咬下唇低声道:"顾小姐,我想我并不明白您的意思。"

"凌特助自己刚刚也说过,你的工作领域只在公司。既然如此,在公司以外的领域,凌特助并不是我父亲的私人助理,更不是顾家的私人助理,不是吗?"顾卿遥懒怠地笑道。

凌筱蔓微微垂眸。

她明白顾卿遥今天这样做的原因了。

不仅仅是因为前几次相遇,还有这一次周末的生日宴。

可是凌筱蔓无论如何都不想放弃这唾手可得的机会。

她沉默良久,这才开口道:"顾小姐,有些事情顾小姐或许是年轻所以有所不知,这些事情都是顾先生安排的。我只是顾先生的助理而已,也没有什么决定权,既然顾总让我参加,那么我自然要参加。顾小姐若是心底有不满,也请直接和顾总说如何?我也并不希望这些事情占用我的私人时间的。"

完美地撇清。

顾卿遥看了凌筱蔓一会儿,忽然弯起了唇角。

凌筱蔓盯着顾卿遥看,就见顾卿遥从怀里摸出来一支录音笔,她神色如常地摁了播放键,刚刚凌筱蔓的话准确无误地重播——

"……我也并不希望这些事情占用我的私人时间的。"顾卿遥跟着重复了一遍,又笑道,"谢谢凌特助,让我听到了真心话,我会帮忙转告父亲的。"

"顾小姐。"凌筱蔓有点急了,伸手想要拉住顾卿遥,却最终还是没敢,只追了两步上去,低声道,"顾小姐,您是不是很讨厌我?"

"谈不上。"顾卿遥想了想,笑道。

凌筱蔓看着顾卿遥,下意识咬住下唇:"那……"

"我只是不喜欢有人占用父亲的私人时间罢了。父亲最近晚上不怎么回来,我经常想父亲有这么忙吗?后来我发现,占用这些时间的人很可能是凌特助你。"顾卿遥含笑道。

凌筱蔓怀疑地看了顾卿遥一眼,真的是这样简单的理由吗?

如果是真的,那么……这一切倒是很容易解决。

她立刻向后退了半步,温和地笑了:"我会尽量劝说顾总,让顾总将工作也尽可能带回家去做的。"

"这样吗?"顾卿遥的脸上写满了明显的犹疑。

"当然,顾总一直很珍惜和家人在一起的时间,我这样劝说顾总,顾总一定会考虑的。顾小姐真心一片为顾总着想,刚刚我的态度的确是过激了。"凌筱蔓低头,巧笑倩兮的样子看起来温柔而妩媚动人。

这样的女人……男人怎能不趋之若鹜?

顾卿遥看着凌筱蔓垂眸浅笑的模样,心底冰冷地滑过这个问句。

之前王部长的话又在脑海中掠过,顾卿遥倒是没再说什么,只是微微笑了笑:"也好,那就麻烦凌特助了。"

"不麻烦不麻烦,如果顾总能答应我让我回家去工作,我倒是也方便很多。"

"凌特助还好吧?"顾卿遥佯作天真地笑了,"不过凌特助也是,条件这么优越,怎么也没有考虑谈个恋爱?"

凌筱蔓不禁莞尔:"顾小姐……我这不是被工作压榨得太厉害吗?不然肯定是要谈恋爱的,这段话还是请顾小姐不要录音了。"

顾卿遥也跟着笑了笑。

这一天,凌筱蔓将顾卿遥送回家的时候,顾彦之难得也在。见两人一同回来,他的神色不怎么好看,径自看向顾卿遥:"小遥,你这孩子也是……怎么随意支使人的?"

"顾总,我和顾小姐也聊得很愉快,不是顾小姐支使我。"凌筱蔓紧忙道,一边给顾卿遥使眼色。

顾卿遥心底说不出是什么滋味。

这个凌筱蔓是当真会做人,倘若是从前的自己,想必一定会美滋滋地应下吧?

然而此时,顾卿遥只是微微垂眸笑了,亲昵地挽住顾彦之的胳膊撒娇道:"爸爸,刚刚凌特助还说你占用她私人时间太多了,以后爸爸可不要这样了。"

顾彦之抬起头,看向凌筱蔓。

凌筱蔓心底一凛,下意识看向顾卿遥。

顾卿遥犹自看向顾彦之:"爸爸?"

"嗯。"顾彦之将报纸往旁边一放,脸色也跟着落了下来道,"我平时是怎么教你的?"

他的声线已经沉了下来,顾卿遥感觉得到,这一次顾彦之是真的生气了。

她没有去看凌筱蔓的表情,只是径自看向顾彦之。

"爸爸,我听说凌特助这次也要去爷爷的生日会。"顾卿遥认真道。

顾彦之的眉头蹙紧:"又是你妈妈和你说的吧?"

顾卿遥能够听出顾彦之语气之中的不悦,却只是道:"那这件事是真的吗?"

"这次你爷爷的生日会上会有很多商业伙伴去参加,所以爸爸带上凌筱蔓,有什么事情也可以让凌筱蔓记录下来。"顾彦之解释道,"你因为这种事,就让凌特助在下班时间陪你,是不是太不懂事了?"

"顾总……"凌筱蔓下意识想要解围。

"你不用说话!我知道你平时就是性子太好,卿遥这件事做错了,就是做错了。"顾彦之挥挥手,打断了凌筱蔓的话。

顾卿遥看向凌筱蔓,果然见凌筱蔓的脸上写满了温柔和为难:"顾总,我也是想要陪陪顾小姐。顾小姐去逛街没有人陪,想必是夫人太忙了……"

呵。

顾卿遥是真的要笑了。

夫人太忙了?这会还将话锋转到自己母亲身上,聪明啊!

顾彦之的脸色果然更难看了:"你妈妈呢?"

梁叔连忙上前几步:"夫人今天下午有茶会。"

"下午的茶会,这都几点了还不回来?最近宛如也是太不像话了。"顾彦之不悦道。

顾卿遥蹙蹙眉道:"爸爸,母亲也是为了顾家,这才整日忙在外面啊。"

"她为了顾家?"顾彦之冷笑一声,"小遥,你……"

顾彦之话音未落,就见大门开了。念宛如正打着电话走进来,见这客厅里面剑拔弩张的气氛微微一怔,刚想放下电话,顾彦之就开口了:"宛如,你怎么才回来?"

这语气摆明了是充满不满，念宛如蹙蹙眉，伸手做了个噤声的手势，这才笑着对电话那边的人说道："嗯，好，我周日就过去，好，好，您放心吧。"

见念宛如将电话放了，顾彦之冷冷开口："周日又要去哪里？"

"去我父亲那边一趟，我父亲说给我们拿到了一个和外商见面的机会，最近不是刚好政策支援项目吗？有中外合资的话，会有很大的优势，这是怎么了？"念宛如问道，目光凝在凌筱蔓脸上。

顾彦之刚刚说了念宛如整日在外面不顾家中事，就听到了这么个好消息，脸色立刻好看了几分："是美商吗？"

"不，好像是德商，刚好可以和政策重合。"念宛如笑着说道。

顾彦之松了口气："太好了，太好了，这个项目有限额的，我以为要被他们拿了。"

"是啊，父亲也是这样说，所以才急着帮我们联络了，这周日的话彦之有空吗？有空的话我们刚好一起回去一趟。"念宛如含笑说着。

顾彦之的脸上划过一丝犹豫，却还是点了头："当然，这种事必须要亲自过去一趟。也是很久没回去了，要带点东西过去看看。"

念宛如脸上浮现出三分笑意："那我们先上去说说具体的事情？"

"嗯，你也早点回去吧。我想了一下，小遥说的也是，周六那种场合，你来的确不合适，就不用过来了，好好休息吧。"顾彦之看向凌筱蔓，眼神中哪里还有之前的动摇？

凌筱蔓沉默下来，点点头应了。

顾彦之随着念宛如说说笑笑地上去了，顾卿遥却是好整以暇地看向凌筱蔓："凌特助，觉得委屈吗？"

"怎么会……"凌筱蔓抿抿唇，低声道。

顾卿遥笑意更深："凌特助，没记错的话，周日是凌特助的生日吧？凌特助孤身一人，自己过生日也是挺冷清的，不如我到时候让人给凌特助送个蛋糕过来？"

"不用麻烦顾小姐了。"凌筱蔓几乎支撑不住脸上的笑容了，只匆匆道，"那我就先回去了。"

顾卿遥笑了笑，看着凌筱蔓几乎是落荒而逃。

她这才微微垂眸，径自回了房间。

萧泽紧紧跟在后面，直到关了门，萧泽方才怒不可遏地开口："小姐，那个凌筱蔓真是太过分了。"

顾卿遥忍不住莞尔，原来萧泽也有这样沉不住气的时候。

她看向萧泽，含笑道："你生什么气？反正她也嚣张不了多久，即使父亲真的曾经和她有过什么，往后她也绝对不会有这种机会了。"

她的语气很是平静。

萧泽却是低声道："可是小姐，刚刚看顾先生的态度，分明是在警告小姐不要太针对这个凌特助。"

顾卿遥淡淡应了一声："那倒是无所谓。"

她既然选择了这样一条路，自然就是要风雨无阻地走下去，顾彦之的态度在她的意料之中，甚至比她想象的更温和几分。

顾卿遥现在想的，却是另外一件事："对了，凌筱蔓的事情你查到什么了吗？"

"查到了一件事。"萧泽将一张照片放在桌上。

顾卿遥盯着看了一会儿，眉头微微蹙起："这是崇星学校吧？"

"对，是个私立大学，近些年刚兴起的，听说主要是做境外联合办学的，"萧泽道，"凌筱蔓显然是来这里见这个人的。"

"嗯……"顾卿遥看了一会儿，这才微微垂眸笑了一声，"好，这个女孩子的资料查到了吗？"

"查到了，叫凌依依，资料上显示是凌筱蔓的养女。"萧泽蹙紧眉头，道，"可是按照国家的法律来看，凌筱蔓这个条件，是不能独自收养凌依依这个年纪的孩子的，所以这里面总归是有蹊跷。"

顾卿遥轻笑一声，道："凌依依……"

她的手在资料上轻轻点了点，这才道："找个机会接近一下凌依依，看看她究竟是怎样的人。"

"是，小姐要亲自接触吗？是不是太冒险了一些……"萧泽迟疑道。

"不，这样吧，"顾卿遥顿了顿，道，"她在大学里是住校的吧？我问一下夏雪好了。"

本就是和林夏雪还有岳景峰有约，顾卿遥再怎么不情愿，却也不得不准备动身。

林夏雪来的时候，顾卿遥正在慢吞吞地整理衣柜。衣柜里面大半的衣服都太奇怪了，一部分是当时为了彰显个性而买的各种朋克风，好看是好看，只是不太适合自己，另外一部分是纯粹的小公主风，将来自己要进军商界，这样的衣裳肯定是不行的，一眼看上去就让人小觑了去。

顾卿遥整理到一半，就见林夏雪匆匆上来了："你怎么还在这里收拾呀，都这个时间了。"

"不是在等你吗？而且约的是八点半，你急什么？"顾卿遥笑了笑。

林夏雪嘟嘟嘴，道："那你想好了要穿什么没啊？"

"你觉得这个怎么样？"顾卿遥拎出来一件很是平常的衬衫。

林夏雪眼睛亮了亮："这个好！我穿裙子你穿衬衫和牛仔裤，一看就是高下立现。"

"可以。"顾卿遥笑着应下，倒是也没争。

林夏雪匆忙去换了那条长裙，站在镜子前面几乎走不动路："真是太好看了，卿遥，我真羡慕你，有这么多衣服可以挑。"

顾卿遥也只是笑，她穿着一身衬衫牛仔裤，却也是干净利落，看起来好看得很。

林夏雪盯着顾卿遥看了一会儿，总觉得哪里都有点不对劲。

轻咳一声，林夏雪道："你穿这身……也挺好看的啊。"

"是吗？我觉得裙子比较好吧，我这个比较中性风。"顾卿遥无所谓地说道。

林夏雪咬咬牙，只好点头应下："好吧。"

海城的四月，到底还是有点寒凉的。

何况是现在这个时间，一出门林夏雪就忍不住抖了一下，嘀咕道："这也太冷了。"

"要不要回去换一身衣服啊？"顾卿遥提议道，"或者借你一件外套？"

"不用了不用了，不好让景峰学长等我们的。"林夏雪挽住顾卿遥的胳膊，紧忙钻进了车子。

"小姐，今天要早点回来，我在餐厅门口等您。"快到晶华酒店了，梁叔忍不住提醒道。

"好，梁叔放心。"顾卿遥甜甜笑道。

梁忠齐这才笑了笑："那小姐玩得开心。"

顾卿遥下车的时候，梁忠齐拉住萧泽低声说了句什么，萧泽神色凝重地应下了。

顾卿遥看在眼底，却是什么都没说。

直到林夏雪快步走进去了，顾卿遥方才拉了萧泽一下："刚刚怎么了？"

"梁叔说，林夏雪好像是带什么东西了，手一直捂着手包，当然也可能是因为太紧张了。"萧泽低声道，"小姐，要我一会儿看看吗？"

顾卿遥看向林夏雪，即使是离开了自己，林夏雪的手也并未从手包上面移开，她的唇紧紧抿着，显然是紧张得厉害了。

顾卿遥微微笑了笑，在萧泽耳旁轻声说了句什么，笑容俏皮，见萧泽应下，这才跟着走了进去。

岳景峰今天果然没能订到包间,他在外面等了好久,终于看到了顾卿遥家里的车停在外面,哪里能想到先冲进来的居然是林夏雪?

他只好不耐烦地端起笑容:"林小姐。"

"学长,我是夏雪学妹啊。"林夏雪觉得心底有点难受,林小姐这样的称呼,也太生疏冷漠了一点吧?

岳景峰哪里肯在顾卿遥面前亲近林夏雪,他蹙蹙眉,道:"林小姐,抱歉,我……卿遥学妹!"

顾卿遥今天穿着一身衬衫牛仔裤,看起来平平常常的打扮,然而配上顾卿遥随手一挽的发髻,却也是俏皮又好看。

林夏雪听着岳景峰脱口而出的话,脸上的笑容差点都挂不住了。

林小姐,卿遥学妹……

这简直就是天上地下。

她悻悻地在旁边坐下,又下意识地捂住了自己的包。

顾卿遥则是含笑开口:"岳少。"

岳景峰似乎也不在意顾卿遥的称呼,径自在顾卿遥对面坐了,道:"顾小姐喜欢吃这里的菜色吧?我之前有问过,昨天顾小姐吃得很开心。"

"我也很喜欢……"林夏雪在旁弱弱地开口。

顾卿遥点头道:"是夏雪很喜欢,夏雪觉得这边的江南菜做得很正宗,是吧?"

林夏雪立刻感激应下:"对啊,我特别喜欢松鼠鳜鱼那道菜,感觉做得很好。"

都说到这里了,岳景峰只好点头:"那好,那就叫……不对,晶华酒店的菜单好像从来都没有过这道菜。"

林夏雪的脸色登时惨白。

她根本就没有来过这里,偏生顾卿遥说起了,她也不能不接下去。

而现在岳景峰丝毫不给自己面子,她只好轻咳一声说道:"估计是我记错了。"

"嗯,那我就随便点了,顾小姐有什么喜欢的吗?"岳景峰紧忙问道。

"没什么,我客随主便。"顾卿遥温尔笑道。

岳景峰顿时又有点心驰神往起来,连连点头:"那就这边的法国菜吧,我记得顾小姐喜欢的。"

林夏雪没再说话,只是手一下一下地揪着裙摆,将那昂贵的布料都给揉皱了。

顾卿遥看在眼里,轻轻拍了拍林夏雪的手,开口道:"江南菜也不错。"

岳景峰眼睛亮了亮:"好好好,都听顾小姐的,那就这边,这五道菜,各一道,再来个汤……嗯,就这个吧。"

头盘还没上,服务生过来添茶,林夏雪下意识向后躲了躲。没承想后面的服务生正候着准备上头盘,林夏雪这么一动,服务生惊叫了一声,手中的托盘不偏不倚,径自砸向了林夏雪的身上!

"啊……"林夏雪又惊又急,紧忙起身,手中始终护着的手包随着托盘一起,砰然落地。

她的脸色顿时白了,冲上去就抓手包。

"夏雪你小心……"

"这位客人真是抱歉,您不要紧吧?有很多玻璃碎片,您小心手,我们来处理就好……"那服务生也吓坏了,紧忙低下头去帮忙一起收拾,"咦?"

"怎么了?"岳景峰也跟着站了起来。

林夏雪紧忙道:"什么事都没有……"

"这是什么?"顾卿遥看向地上的小塑料包,里面的白色粉末是如此明显,让人无法忽视。

林夏雪面如死灰。

"夏雪?"顾卿遥轻声问道。

林夏雪眼底含着泪,低声道:"真的只是我平时吃的药,治嗓子的,卿遥,你就别问了。"

顾卿遥挑挑眉,看向林夏雪。

林夏雪知道自己躲不过,伸手将顾卿遥拉了:"你陪我出去一下,好吗?我求你了。"

"嗯。"顾卿遥看了岳景峰一眼,这才跟着林夏雪往外走了几步。

林夏雪像是下定了决心似的,将那小塑料包径自递给了顾卿遥:"你可以看一下。"

顾卿遥接过来,轻轻捏出来一点嗅了嗅:"无色无味,你是打算今天用了这包药,是吗?"

"是催情剂。"林夏雪低声道。

顾卿遥难以置信地看向林夏雪。

"我也知道这不好,我带着我也不一定真的敢用。可是我毕竟也二十二岁了,我喜欢一个人,我想让他也喜欢上我,这有什么不对的?你不是说那件事以后你心怀芥蒂,你也不喜欢岳景峰了吗?"林夏雪咬牙。

顾卿遥闭了闭眼:"你要将这个用到岳景峰身上?"

"对。"林夏雪眼底的泪水几乎要涌出来,哑声道,"你不是有人接吗?

一会儿我就想让学长送我回去,然后他喝了这个,可能就控制不住,学长那么好的人,一定会对我负责的。"

顾卿遥不知道该怎么开口。

她看着林夏雪,只觉得无比悲哀。

"你这样做,放在法律上算是迷奸,你明白吗?"顾卿遥沉声道。

"我不明白。"林夏雪咬牙,"如果他真的和我在一起了,那么就说明他心底还是喜欢我的!卿遥,你一直都是天之骄女,像你这样的人,你是不懂的……"

"这个我收了。"顾卿遥将那包药轻轻晃了晃,道,"我不管你从哪里拿到了这种东西,往后这种东西你还是少碰些为好。"

见林夏雪一脸的不甘,顾卿遥叹了口气,轻轻拍了拍林夏雪的肩膀:"时间也不早了,你去和岳景峰好好聊聊吧,我就不进去了。你若是喜欢,就要好好争取,但是不要用这种手段。至于我,我的确不喜欢他,你可以放心。"

"可是他喜欢你。"林夏雪压抑地开口。

"他也不是喜欢我。"顾卿遥出了一会儿神,倒是笑了,"你放心吧,岳景峰应当不喜欢我的。"

只有这件事,顾卿遥比任何事情都要笃定。

她不知道为什么那一天,岳景峰会选择向她求婚。

但是顾卿遥想,岳景峰应当是不喜欢自己的。

不然那么久了,自己始终紧追不舍,岳景峰怎么就舍得让自己这样追逐呢?

他甚至没有想过要停下来看看。

顾卿遥若有所思地看了林夏雪一眼,她只是不知道,那一天的一切,林夏雪真的是不知情的吗?

顾卿遥走出晶华酒店,正想给梁叔打个电话,说自己提前出来了,目光一转就是微微一怔。

不远处黎霂言正在和一个女人说着什么,黎霂言的神色沉静无比,而那个女人看起来有点激动,良久,女人跺跺脚,转身离开了。

顾卿遥觉得有点尴尬,刚想转身错开,就见黎霂言的目光已经转了过来,锁定在了自己身上。

这一次顾卿遥避无可避,只好赧然地笑了笑:"好巧。"

黎霂言心说一点都不巧,他记得今天顾卿遥和岳景峰在这里有约,鬼使神差地,居然就让司机开车过来了。

他蹙蹙眉，抬手看了一眼时间："你们约的是八点半，这么快就结束了？"

"嗯，发生了一点事情。"顾卿遥心说刚刚设计让服务生行事，还好服务生机灵。

黎霂言的目光却是定格在了顾卿遥的手中："你拿了什么？"

"啊？"顾卿遥一怔，这才发现自己还紧紧捏着那包药粉。想到这药粉是做什么的，顾卿遥立刻轻咳一声，脸唰地红了，"没什么，这是刚刚……"

"拿过来。"黎霂言的脸色难看无比。

顾卿遥蹙眉："黎先生……"

"还是说这东西本不该让我看到？"黎霂言冷冷看着顾卿遥。

顾卿遥无奈地叹了口气："黎先生，你怎么不喜欢听人把话说完？"

黎霂言周身尽是怒意，顾卿遥想到黎霂言发怒的缘由，却是有点想笑。她言笑晏晏地开口将刚刚的事情讲了一遍，这才看向黎霂言："小叔叔，还生气吗？"

黎霂言抿抿唇，顾卿遥叫自己小叔叔的时候，这个明明让他讨厌无比的身份，却也因此变得柔软了三分。

他发现自己好像并不是那么讨厌这样的关系。

轻咳一声，黎霂言道："抱歉。"

这次轮到顾卿遥意外了："黎先生也是关心我，我明白的。"

黎霂言笑了笑，道："你刚刚的做法很聪明。"

"我什么时候不聪明？"顾卿遥笑着眨眨眼。

黎霂言看着眼前的顾卿遥，只是略施粉黛，却也已经十分赏心悦目了。她不过才二十二岁，却已经有了这样缜密的心思，做事也不冲动，着实是很适合商界。

"我送你回去。"黎霂言开口。

"嗯，也好。"顾卿遥乖乖应下，"那我给梁叔打个电话，让梁叔先回去就好，刚好我有些事情想请教你。"

她如此乖顺的模样让黎霂言忍不住侧过头去，顾卿遥的鬓发随着风轻轻地荡着，没来由地，就像是有小猫爪子在轻轻挠着黎霂言的心尖似的。

只是那时候的黎霂言并不清楚，那样的感觉究竟叫做什么。他只是鬼使神差地伸出手，帮顾卿遥轻轻理顺了鬓发，这才佯作无事地缩回手来。

顾卿遥显然没有注意到这一点，倒是后面紧紧跟着的萧泽一脸目瞪口呆。

顾卿遥讲完电话，这才笑道："刚刚和梁叔说了，不过黎先生今晚还有空吗？如果有空的话，我想稍微兜一下，这件事情有点复杂。"

黎霂言微微扬起唇角："可以。"

他看得出来顾卿遥对岳景峰的态度，也同样能看出顾卿遥对自己不易察觉的依赖，尽管和岳景峰相提并论委实是有点自贬身价，可是……

黎霂言不得不承认，他的心情很好。

"是关于凌筱蔓的，我觉得凌筱蔓很可能和我的父亲有一个孩子。"顾卿遥沉默片刻，这才轻声说道，"而且如果资料属实，那么那个孩子只比我小一岁。"

黎霂言一怔，看向旁边的顾卿遥。顾卿遥微垂着头，眼眶微微泛红了。

第一次，黎霂言感受到了束手无策的滋味。

顾卿遥垂眸良久，直到感觉到头顶温热的触感，这才微微一怔，侧头看向黎霂言。

黎霂言的手放在顾卿遥的头上，动作稍显有点僵硬。

他轻咳一声，开口道："别多想。"

顾卿遥眨眨眼，忍不住莞尔："你平时应该是不常安慰人。"

她的语气带着三分戏谑，黎霂言狼狈地咳嗽了一声。

顾卿遥认真道："谢谢。"

黎霂言轻轻揉了揉顾卿遥的头顶，这一次动作顺利多了。

顾卿遥轻声道："其实我早就想过了，父母之间的感情大概是出现了问题。可是我没有想到的是，原来问题出现得这么早。不过现在想这些也无济于事，我需要确定那个凌依依的身份。凌依依的身份被伪装得很好，这么久了，据我所知，凌筱蔓也没有和凌依依住在一起。凌依依年纪也不大，听说性子也单纯，从她入手应该会更容易一些。"

黎霂言认真地倾听着，顾卿遥感激地看了他一眼，继续说了下去："现在我想不通的问题是，如果我没有充足的证据，是否不该接近凌依依。可是倘若不接近她，想必那些证据的取得也并不容易，可我……已经没有那么多时间了。"

听到顾卿遥下意识的话，黎霂言微微蹙起眉头。

"你才二十二岁。"黎霂言提醒道。

顾卿遥像是忽然回神了似的，点点头应下："是啊。"

黎霂言的眉头越蹙越紧。

他能够感觉得到，刚刚的顾卿遥，是打开了心扉的，可是很快，她又将心门紧紧关上了。

黎霂言眉头微微蹙紧，一个二十二岁的女孩子，一个在百般宠爱中长大的女孩子，怎么会发生这么大的改变。

那一场车祸像是改变了她的整个人生。

他沉默片刻，这才道："我可以帮你。"

顾卿遥点点头："我的确是想请黎先生帮我一个忙。"

"你说。"

"黎先生能不能帮我安排一个人进入崇星大学？我想，同龄人之间更容易得到一些线索。"顾卿遥认真道。

黎霂言点点头，道："可以安排，"他顿了顿，从手机里面调出一张照片，"你觉得他长得像是多大？"

顾卿遥凑过去看了看，道："应该是十七八吧。"

"嗯。那就他了，明天我让他去你那里报到。"黎霂言轻笑一声，似乎很是满意顾卿遥的答案。

"所以……他到底多大？"顾卿遥忍不住问。

"和萧泽一样大，不过萧泽长得比较老。"黎霂言丝毫不客气地开口道。

萧泽一脸茫然地坐在旁边，并不知道自己为什么躺着也中枪。

"他叫萧阳，以前就一直和我争宠。"萧泽愤愤不平道，"也是黎先生的特助。"

顾卿遥笑了笑："你将这么多人都调派给我，没关系吗？"

"你既然叫我一声小叔叔，我自然应当照顾好你。"黎霂言含笑道。

他的笑容意味深长，顾卿遥往后缩了缩，忍不住笑："我忽然觉得有点后悔了。"

"迟了。"黎霂言心情不错地说道，伸手直接搭在了顾卿遥身后的靠背上，道，"既然都定下了，明天我就让他直接去顾宅了。"

"好。"顾卿遥笑着点头。

黎霂言道："还有什么事情需要帮忙吗？"

顾卿遥下意识看过去，就见黎霂言的眼神很是深邃。

他们的距离太近了，顾卿遥忽然意识到这一点，就觉得自己的呼吸都变得滞涩了三分："没……没什么了。"

"你似乎是在紧张。"黎霂言平静道。

"没……没有啊……"顾卿遥眨眨眼，努力克制住自己愈发泛红的脸色，她轻咳一声，这才道，"今天黎先生是刚好约在这边和朋友见面吗？"

"朋友？"黎霂言有点不解。

顾卿遥忽然就后悔了。

她和黎霂言之间的关系，似乎并没有到这样推心置腹的地步。

黎霁言和谁见面,谁是黎霁言的挚友,谁又和黎霁言有着说不清道不明的关系,按理说……都不该自己来置喙的。

可是话已经出口,却是没有后悔药了。

她紧忙道:"抱歉,我不是故意打探……"

黎霁言却是想起了之前在晶华酒店门口的顾卿遥,唇角没来由地弯了弯:"你大概是误会了什么,那是合作伙伴罢了。"

"合作伙伴?"

"对,她是白氏总裁的独女,叫做白楚云。"黎霁言自然道,"前几天和白氏有合作,白楚云这次过来,是给我送伴手礼的,她刚刚从欧洲回来。"

哦,伴手礼。

顾卿遥在心底想着,这都几点了,这个时候来送伴手礼,简直就是醉翁之意不在酒。

想来也是,黎霁言性格好,黎氏又迅速壮大,更重要的是,能够让媒体噤若寒蝉的男人,背后的势力定然不容小觑。

这样的黎霁言,在海城绝对是万家少女的梦中情人了。

他就坐在自己身边,近在咫尺,可是却又仿佛离了千里万里。

顾卿遥微微垂眸,良久方才开口道:"前面转个弯,就到了。"

"嗯,我知道。"黎霁言颔首,将一样东西交给了顾卿遥,"这个你帮我带给顾老先生吧。"

"我带过去吗?"顾卿遥一怔。

"方便吗?"

"方便倒是方便,只是……"顾卿遥有点讶异。

往年黎霁言和自己不认识的时候,又是如何将礼物送出的?不知道今年从自己这里得到了黎霁言的礼物,顾远山会是怎样的表情。

顾远山一直不怎么喜欢自己,再加上一个黎霁言。

顾卿遥哑然失笑,可别把顾远山给气死了吧。

黎霁言却已经抬眼看向了顾宅门口停着的车,顾彦之靠在车边,脸色难看至极。

黎霁言轻笑一声,径自拉开车门,又对顾卿遥道:"你先回去吧。"

"你过来。"顾彦之沉声开口。

顾卿遥犹豫了一下,下意识看向黎霁言。

看得出顾卿遥对黎霁言的依赖,顾彦之的脸色愈发山雨欲来,语气也愈发严厉:"卿遥!"

顾卿遥只好下了车,走向顾彦之。

"岳景峰给我打电话了,你中间离席,是怎么回事?就是为了去见黎霂言?"顾彦之怒道。

顾卿遥的目光微微下移,看向顾彦之手中的东西,那份文件太眼熟了——

正是之前自己让萧泽调查的凌依依的资料,可是怎么会在顾彦之手里?!

她的心思百转千回,最终还是开口先回答了顾彦之的问题。

"岳景峰是这样说的?"顾卿遥有点诧异。

"不是,岳景峰那孩子怎么可能这样说你,他只是关心地问我,你是不是平安到家了!我这才知道你竟然这样欺瞒我,卿遥,你以前根本不会这样的……"顾彦之道。

顾卿遥低声道:"刚好黎先生在外面,我就和黎先生一起回来了。"

"你……"顾彦之叹了口气,道,"你根本就不懂,算了,你先回去吧。我和黎先生还有话要说。"

黎霂言神色微沉,看向顾卿遥开口语气却是温和的:"回房间去吧,天气寒凉,别冷到了。"

"嗯。"顾卿遥只好心情复杂地应了。

念宛如就等在门口,见顾彦之没有过多指责顾卿遥,这才松了口气,将顾卿遥拉进去了。

"你说你这孩子……岳景峰来电话的时候我真是被吓了一跳,还好梁叔后来说了真话,说你和黎先生在一起了。下次有这种事,记得给妈妈打个电话,妈妈真是担心你。"念宛如拉着顾卿遥的手道。

顾卿遥点点头,温顺地应了:"妈妈放心,萧泽还跟着我呢。"

"你和黎先生在一起,妈妈自然是放心的,但是你要记得和妈妈说一声啊。"念宛如说着,"不过你爸爸今天心情不太好,他晚上去了你房间,然后脸色就不对了。"

顾卿遥的脸色登时变了。

"所以……爸爸去了我房间?"

"对,"念宛如一怔,"怎么了吗?"

"爸爸怎么可能去我房间?我出门的时候锁门了啊……"

"你爸爸说有一份文件找不到了,不知道是不是你拿去看了,就进去找了一下。钥匙的话你王阿姨那边不是都有吗?"念宛如说道,"卿遥,你爸爸从你房间出来,脸色就很难看,你等下记得别惹你爸爸生气……"

她话音未落,就见顾彦之已经从外面回来了。

他裹挟着一身的寒气,看了顾卿遥一眼,便冷冷道:"你跟我到书房来。"

顾卿遥千算万算,却也没想到自己会栽在房间钥匙上。

她的确是还没来得及换门锁,只是现在,她的首要任务,是要解释好凌依依资料的事情。

顾彦之将书房的门关了,这才看向顾卿遥,将一份文件重重甩在了桌上:"你给我解释一下,这是怎么回事?"

顾卿遥看了一眼,果然是那份凌依依的资料。她之前将这份资料压在了厚厚的书下面,可是很显然,顾彦之都翻过了。

顾卿遥无比庆幸,自己的手提上网本一直都让萧泽随身带着,而这份凌依依的资料,问题倒是没么大。

她轻声道:"这是别人发邮件寄给我的。"顾卿遥一边说着,手指一边在口袋里面快速动作着。

顾彦之一脸的狐疑:"别人邮件寄给你的?别人怎么可能寄给你这种东西?"

"是真的,爸爸。那人还给我寄了之前我从医院离开的照片,照片上是我和小叔叔。"顾卿遥的脸上写满了焦急,"爸爸,我根本就不知道为什么这个人要寄这种东西给我,这肯定是居心叵测!"

"不是……"顾彦之有点被顾卿遥绕晕了,"除了这个,还给你寄送了其他的?"

"对,"顾卿遥连连点头,一边疑惑道,"爸爸没看到吗?"

她的眼神无比澄澈而无辜,顾彦之微微蹙眉,手指轻轻叩了叩桌子,这才道:"你看到这份资料,准备怎么办?"

"不知道。"顾卿遥嘟嘟嘴,"我都不知道为什么要寄给我这个,我又不认识她,估计是威胁错人了吧。"

"是吗?"顾彦之定定地看着顾卿遥,眼神很是凌厉。

顾卿遥点头,脸上写满了委屈:"这个倒是无所谓,可是爸爸,我的照片怎么办啊……"

"你那照片什么样子?我看一下,"顾彦之缓和了语气,想了想又道,"哦,对了,还有,你将你的邮箱记录给我看一下,我看看能不能查到。"

来了。

顾卿遥打起精神,将萧泽叫了进来。萧泽不多时就将邮箱记录打印好了,两封邮件一前一后,显示的都是不同的匿名邮箱。

顾彦之看了良久,果然没有什么值得怀疑的地方。

真的是旁人威胁……

所以顾卿遥就毫无防备地打印了出来吗？

顾彦之沉默良久，这才道："卿遥，你知道爸爸为什么这样生气吗？"

因为差一点，就要戳中了你的痛脚。

如果之前顾卿遥还有半点怀疑，那么现在她已经基本笃定了。

她忍住心寒的感觉，轻声道："不知道，是因为我瞒着爸爸吗？"

"爸爸以为，你在利用我们的人脉，偷偷调查别人，你知道这已经违法了吗？"顾彦之沉声道，"卿遥，你生在这样的环境里，从小就享受了比旁人更多的便利，但是我们不能用这些来为所欲为，明白吗？"

"嗯，"顾卿遥认真点了点头，又小声道，"我还以为是因为这个女孩子姓凌呢……"

顾彦之显然听到了顾卿遥的话，他狐疑地看了顾卿遥一眼，却见顾卿遥脸色如常，便松了口气，打趣道："想什么呢？小小年纪，就知道胡思乱想！"

顾卿遥笑着看过去。

顾彦之道："对了，这件事就交给爸爸处理吧。"

"嗯，爸爸一定要帮我抓到那个偷拍的人啊！他肯定是要威胁我！不过不知他为什么要寄那个女孩子的资料给我……"

"估计是发错了吧。"顾彦之轻描淡写地说着，藏在桌下的手却是在微微发颤。

他也想知道，为什么那个人要将凌依依的资料寄给顾卿遥。

顾卿遥能认为是发错了，他却是不能。

将凌依依的资料寄过来，就像是要将这一泓平静的池水彻底搅乱一样。

是什么人会做出这种损人不利己的事情来？

顾彦之沉声道："对了，卿遥，这件事就不要告诉你妈妈了，免得她担心。"

"哦，好。"顾卿遥乖顺应下。

顾彦之这才满意地笑了笑："好了，你先回去休息吧，也不早了。"

他的手已经放在电话上面了，显然是迫不及待要处理这件事了。

顾卿遥却是没动，认真开口道："不过爸爸，我都二十二岁了，您以后不能随便进我的房间了。"

听到顾卿遥的话，顾彦之的脸色变了变，蹙蹙眉道："卿遥现在注重隐私权了。"

"我从小就注意的，恨不得把柜子都锁起来。"顾卿遥嘟囔道。

顾彦之忍不住笑了笑："平时爸爸也不进去的，肯定就让你帮爸爸拿了。

可是这一次刚好用到紧急文件,所以才去卿遥房间取一下。放心吧,日后也不会去的。"

"不行。"顾卿遥显然有点怒气冲冲的,"爸爸,我已经长大了。虽然我住在家里,但是爸爸不能这样欺负我。"

顾彦之怔了怔,倒是笑了。

顾卿遥这话像是在撒娇似的,听得顾彦之心情不错。

他想了想便点了头:"行,你一会儿去找王阿姨,将钥匙都拿回去吧。爸爸和你保证,以后爸爸要去你房间,一定先征求你的同意,好吗?"

"嗯!"顾卿遥听了顾彦之的保证方才笑了,"谢谢爸爸,我最喜欢爸爸了!"

顾卿遥凑过去在顾彦之的侧脸蹭了一下,这才欢欣鼓舞地跑出去了。

顾彦之唇角的笑意良久都没有收起,看着顾卿遥的背影摇了摇头,觉得自己刚刚还真是不该多怀疑的。

这不过就是个小孩子啊。

如果卿遥能忘记之前的一切,一直这样天真烂漫下去,也不失为一件好事。

顾卿遥尽数将钥匙收回了,这才回到了自己的房间,松了口气就直接窝进了椅子:"真是吓死我了。"

萧泽点头,神色很是肃穆:"小姐真的相信了刚刚顾先生的话?"

"你是说哪一句?因为要找文件,所以进了我房间?"顾卿遥轻笑一声,"怎么可能。"

怎么可能呢?

顾彦之的性格她太了解了,敏锐而多疑。这些天自己对凌筱蔓处处敌对定然是已经引起了顾彦之的注意,现在也不例外。更何况,之前车祸的事情还没查清楚呢。

可是顾卿遥不可能轻易放弃。

她微微垂眸,道:"凌依依这边,还好我没有贸然亲自接近,不然很快就会暴露。让萧阳转学过去刚刚好,这件事也是麻烦黎先生了。"

萧泽却是打断了顾卿遥的话:"小姐,您稍等一下。"

萧泽在房间折腾了一会儿,这才将一个小东西递给了顾卿遥:"这是一个监控器。"

顾卿遥的脸色登时变了:"你是说……"

"对,可是现在还没启动,估计是还要找机会布线,今天的时间太赶了。"萧泽面色凝重。

顾卿遥闭了闭眼。

她才回来几天?

几天的时间,竟然就让顾彦之这样怀疑自己了?

顾彦之曾经的宠爱不是作伪,可是顾彦之怀疑自己的时候,也是如此地干净利落雷厉风行。

顾卿遥苦笑一声,点头道:"好,我知道了,不过现在钥匙收回来了,倒是好事一桩。改天趁王阿姨不在家的时候,我找人过来安个新锁吧,左右他们手中也没有钥匙了,若是当真额外配了钥匙发现进不来,大抵也不会来问。"

萧泽点点头:"不必找人,我就可以,小姐想要换锁,我随时可以做到。"

"嗯,那就麻烦你了。"顾卿遥说着,忍不住轻轻揉了揉太阳穴。

她从前并没有想到,想要找出真相那么难,甚至要怀疑自己曾经笃信的一切。

是啊,曾经就是因为自己太相信他们,太相信自己熟谙的所有,这才会一步一步,差点走向了无边无际的深渊。

她甚至不敢去想,自己被设计成瘫痪,顾彦之到底是不是也知情?

还好这一次,她从最初起就不是孤身一人。

"小姐,这个要怎么处理?"萧泽问道。

"放回原处吧,反正他们也没机会进来布线了。"顾卿遥说着,"在上面涂点固态胶,保证将镜头挡住,我有点担心。"

"是。"萧泽点点头,低声道,"不过顾先生也真是挺混蛋的,小姐刚刚死里逃生,他哪里想到的这么多手段来对付小姐!"

顾卿遥没说话,只是有点疲惫地笑了笑。

她无话可说。

她甚至不知道,日后自己该如何面对自己的父亲。

他还是对自己那么好,他对自己的照顾无微不至,顾卿遥看顾彦之的眼神就知道,顾彦之是真的宠爱自己的。

她毕竟跟在顾彦之身边长了这么大,人非草木,孰能无情?

可是那又如何呢?

他是不是也曾经和岳景峰一起,冷眼看着自己的挣扎?

母亲至今失忆,其中又有多少是他的功劳?

顾卿遥甚至不敢去想。

顾卿遥轻笑了一声,道:"罢了,今天也不早了,你去休息吧。"

"小姐明天的礼服准备好了吗?明天海城很多人都会到场。"萧泽提醒道。

顾卿遥点点头应了:"好,我知道了。"

她知道她不能疲惫,也不能颓唐,因为每一天,她都要保证自己有最好的战斗状态。

只有如此,才能一往无前地走下去。

顾卿遥在衣柜里面翻找了一番,最后挑中了一条深蓝色的长裙,单肩的设计,裙尾摇曳坠地,类似丝绸的质感,却又显得极为大方端庄。

顾卿遥在身上比了比,道:"就这个吧?"

"好,那明天要请造型师来为小姐设计造型吗?"

"嗯,那就麻烦你了。"顾卿遥笑着说道,"都这个时间了,还能约得到吗?是我考虑不周,这个时间才想起来。"

"没关系,我去问一下黎先生。"

"啊……"顾卿遥下意识将萧泽拦住了,"那就算了,明天找妈妈的造型师过来好了。"

萧泽犹豫了一下,这才勉强点了点头,又小声嘀咕道:"不过黎先生并不介意小姐叨扰的。"

"话不能这样说……"顾卿遥莞尔。

她将萧泽推出去让人去休息,这才打开手机,踟蹰着发了一条消息:"今天谢谢黎先生,晚安。"

"不叫我小叔叔了?"回复来得很快,顾卿遥抓起手机看了一眼,脸顿时就红了,这个人!

不知道为什么,明明是很寻常的问句,顾卿遥却总觉得像是在调戏自己一样。

"没什么,我很高兴能够帮到你。另外,明天我会请造型师过去帮你设计造型,差不多上午十一点到,我将她的名片发给你。"

顾卿遥怔怔地看着那条短信,自己都不曾察觉唇角已经微微弯了起来。

她在床上打了个滚,这才捧着手机回复过去:"谢谢。"

"我其实也不介意你叫我的名字,晚安。"黎霈言这一次良久方才回复过来。

顾卿遥盯着那条短信看了良久,几乎忍不住面红心跳的感觉。

她能听得到自己心快速跳动的声音,扑通扑通,那种感觉让她说不清道不明,但是顾卿遥知道,她并不讨厌这种感觉。

良久,顾卿遥方才回复了过去:"晚安。"

她到底还是没敢加上他的名字。

霁言,很好听的名字,念起来都像是一首情诗。

顾卿遥又翻了个身,迷迷糊糊地睡了过去。

第二天醒来的时候已经八点多了,顾卿遥快速地洗漱了,这才关注了一下基金的指数,又去看了一下外汇。

果然,外汇现在依然稳健,根本看不出半点端倪。

顾卿遥心想,自己也是对金融有点了解了,可是若是从现在的数据分析过去,根本就看不出半点问题。

根据黎霁言的分析,再过不了多久,整个金融就会彻底崩盘。

顾卿遥想着,就发现虚拟账户已经设置好了。她犹豫片刻,还是相信了黎霁言,将四百五十万直接投入进去,只给自己留下了五十万元作为周转。

顾卿遥下楼的时候,就见念宛如已经在挑选礼物了。

"小遥还没吃早饭吧,一会儿就要冷了。"念宛如笑着说道,一边关切地看向顾卿遥,"昨晚,你爸爸那边没事吧?"

"没什么,"顾卿遥想了想,还是没有如实告知,只笑着说道,"爸爸误会了。"

"哦,那就好。"念宛如果然没多想,接着笑道,"妈妈听说,你让王阿姨将你房间钥匙还给你了。妈妈也赞同,毕竟你都这么大了,是该有自己的隐私了,你爸爸这个人啊……还将你当做是个小孩子呢。"

顾卿遥忍不住莞尔:"那妈妈呢?"

"妈妈?"念宛如怔了怔,道,"妈妈尊重你的选择。"

顾卿遥没说话,心底却不自禁地泛起涟漪。

她想好好地护着自己的妈妈,护她一世无忧,可是她知道,那枚隐形炸弹始终藏在那里,念宛如随时可能会想起那一切。

看着顾卿遥姿态优雅地吃着早餐,念宛如微微笑了笑,一边说道:"对了,你说这两个,哪个送你爷爷比较好?"

顾卿遥一反常态,没有直接表示不满,反而凑过去认真看了看,这才道:"一幅是字画,这个是……之前的一套砚台吧?"

"嗯,听说是明朝年间的,你爷爷特别喜欢这些。"念宛如笑道。

"这是什么时候拿回来的啊?"顾卿遥端详了一会儿,诧异地开口道。

"你是说这个砚台吗?这是你爸爸拿回来的,好像是朋友送的。"念宛如道。

顾卿遥摇摇头:"这砚台不能送,萧泽。"

萧泽立刻上前一步，看了一眼便蹙起眉头。

"小姐，这砚台很像是赝品。"

"怎么会……"念宛如大惊失色。

"对，我也是直觉，觉得有点不对劲，这才让萧泽过来帮忙瞧瞧。"顾卿遥蹙眉说着。

"家父很喜欢砚台这类的古玩，所以我也多少有点研究。这砚台看起来虽然很是自然，可是若当真是明朝的，烧制的颜色应当是有点褪色了，可是这个崭新无比，显然是后人仿造的。"萧泽沉声道。

念宛如拿着那砚台的手都有点微微发颤："这……这可得让你爸爸好好查查，当时是谁送的。"

"是爸爸让妈妈送这个的吗？"顾卿遥忍不住问。

念宛如连连点头："对啊，你爸爸昨晚忽然想起来，说这个送出去刚刚好，我也觉得比字画好些，就想着让你也跟着想想。"

顾卿遥微微垂眸，却还是保持着唇角的笑容："还是送那个字画吧，那个好歹不出错。"

"也是。"念宛如应了，将字画小心地收了。

顾卿遥并不明白，顾彦之为什么要这样做。

念宛如的礼物出了差错，那定然是要和什么人对比的。

她微微垂眸，觉得心底愈发冷了下去。

顾卿遥让造型师帮自己和念宛如都打理好了，这才客客气气地送了人出去。梁叔的车已经等在了门口，却见另外一辆车径自驶入。

看到来人，念宛如的脸色登时冷了："凌特助，你怎么来了？"

"是顾总让我来接二位。"凌特助微微笑了笑，客气道，"夫人，小姐，请。"

"凌特助，那天我说过的话，想必凌特助没有忘记吧？"顾卿遥沉声道。

"当然，小姐放心，我记得自己的身份。"凌筱蔓今天显然也是特别打扮过的，然而看到顾卿遥和念宛如的样子，她还是忍不住微微咬住了下唇。

她站在这两人身边，简直就是顿时失色。

顾卿遥和念宛如一看就是名门，而拼尽全力打扮了的自己，就像是跟在他们旁边的丫鬟一样。

凌筱蔓没说话，只是攥紧了手指，又道："请吧。"

"不必了，多谢凌特助的美意。只是现在时间也不早了，凌特助今天难得早点下班，就先回去休息吧。"念宛如开口道。

凌筱蔓却是保持着脸上完美的笑容："刚好我也给顾老先生选了礼物，

今天也要一并送过去。"

原来如此。

原来是为了这个……

顾卿遥的心底满是冷意，简直是太刻薄的主意了，却又如此简单而有效。

让念宛如的礼物被凌筱蔓比下去，然后呢？

是不是凌筱蔓在顾远山那里的地位也就水涨船高了？

还是说，顾远山其实也知道了凌筱蔓的存在，只是唯独瞒着自己和母亲？

顾卿遥没说什么，只是对凌筱蔓伸出了手："凌特助，礼物就交给我代劳吧。"

凌筱蔓的脸色微微变了变，似乎是看出了顾卿遥的笃定，也不好多加推拒，只好抿了抿唇，将一个精致的盒子递给了顾卿遥："那就麻烦顾小姐了。"

"不必。"顾卿遥扬起一个好看的笑容。

念宛如看了顾卿遥一会儿，忍不住笑了："你真是聪明。"

"那当然，我可是妈妈的女儿。"顾卿遥笑眯眯地靠过去，一边小声道，"不过这礼物沉甸甸的，倒是有点分量。"

"这大小和那砚台倒是挺像的。"念宛如说着。

顾卿遥微微一怔，道："的确……"

她看着那繁复的包装，又看向萧泽："能原封不动地包回去吗？"

"当然。"萧泽应了。

顾卿遥这才小心地将那包装拆开了，念宛如倒吸了口冷气："这……"

顾卿遥微微笑了。

"看来没错了。"

"这看起来像是正品，但是我也不敢确定。"萧泽沉声道。

"可别是你爸爸给拿错了吧……"念宛如忍不住道。

顾卿遥道："没关系，那就将错就错吧。"

念宛如一怔："小遥……"

"爷爷不是喜欢这个吗？就将这个送给爷爷。"顾卿遥笑吟吟道，"两个一起送。"

"可是……"

"这样想来，许是那特助偷了爸爸的砚台也说不定，回去一定要让爸爸问问凌特助了。"顾卿遥的脸色慢慢冷了下来。

念宛如直觉这事情没那么简单,她伸手覆住了顾卿遥的手,轻声道:"小遥,你是不是想到什么了?"

顾卿遥微微垂眸:"没有。"

"妈妈最初也觉得,那个凌特助心术不正,可是仔细想来,她也的确没做过什么事情。你将这砚台调包了,若是这事情真的闹出了乌龙,你爸爸和那凌特助也不好交代。"念宛如道。

"萧泽,你觉得这个砚台值多少钱?"顾卿遥忽然问道。

萧泽怔了怔,道:"明代的砚台,而且是皇上用过的,根据去年拍卖会的行情,至少值千万。"

"这是拍卖会出来的东西吗?能不能查出来?"顾卿遥又问。

萧泽立刻去忙碌了起来。

很快,他给出了答案:"小姐,是去年拍卖会上的东西,拍到的人是这位徐文先生。"

"啊……这个的确是你父亲的朋友。"念宛如一脸的惊讶。

"那就是了。"顾卿遥笑了笑,微微垂眸道,"既然如此,那看来旁人送给父亲的定然是真的,只是父亲一直放在办公室,这许是被偷梁换柱了。"

"这……"念宛如微微蹙眉。

她总觉得事情不是这样简单,却也不知道到底是何处出了差错。

有个念头在脑海中一闪而逝,可是念宛如没来得及抓住,只忍不住蹙起眉头。

顾卿遥道:"现在的问题是,如何将这个还给凌筱蔓,让凌筱蔓亲手送出去。她既然敢做出这种丑事,自然就该将这件事的责任尽数担下。"

"小遥……"念宛如欲言又止。

"我们不能纵容这种偷窃行为啊。"顾卿遥认真道,"妈妈不是一直这样教育我吗?"

念宛如只好叹了口气,点头应了:"若是一会儿凌筱蔓不在,这件事就等回去让你爸爸处理吧,好吗?"

顾卿遥看着念宛如,心底有点说不出的心疼。

念宛如的性子太温柔了,这的确是有利有弊。可是在这件事上,是不是念宛如的温柔,就意味着一味的退让,和旁人的一味相逼。

还好,现在念宛如的身边有自己了。

还好,既然念宛如忘记了,就让自己来护她周全。

顾卿遥微微笑了笑,给萧泽递了个眼色。萧泽立刻了然,而顾卿遥已经乖乖应下:"好啊,都听妈妈的。"

等顾卿遥到了顾家老宅，果然就见凌筱蔓已经等在门口："抱歉顾小姐，我刚好要来给顾先生送东西，就顺便也过来了，我送了东西就走。"

"既然凌特助来了，那么这礼物还是凌特助自己送出吧。"顾卿遥像是不经意一样，将那礼盒递了过去。

凌筱蔓先前就将盒子包装得极为复杂，看过去还是原封不动的模样，这才松了口气。

她点点头应下："多谢顾小姐。"

"不必。"顾卿遥冷淡地笑了笑，径自走了进去。

顾卿遥看着凌筱蔓在门口踱了几步，果然是不舍得将礼物直接递给管家，一定要将这份大礼亲自送给顾远山方才罢休。

她微微挑唇笑了笑，只等着看这一出好戏了。

"卿遥。"顾彦之看到顾卿遥，匆匆走了过来，道，"凌特助没去接你们？"

倘若是从前，顾卿遥定然是认为这是在指责凌筱蔓了，可是此时，顾卿遥却是心底笃定，顾彦之是在担心凌筱蔓，只是不好直接问出口罢了。

她很是自然道："凌特助就在门口呢。"

"哦。"顾彦之松了口气，刚想抬步，就被顾卿遥拉住了，"爸爸急着找凌特助吗？妈妈还在等爸爸呢。"

顾彦之的脚步显然顿了顿。

是，是了。

念宛如也在呢，之前车祸时念宛如那么闹，还好自己将舆论尽数压了下来。自己和念宛如可是多年的模范夫妇，在上层社会保持这样的形象并不容易，他并不想功亏一篑。

更何况——

顾彦之的目光微微一转，看向不远处容颜姣好的念宛如，心忍不住跟着荡了荡。

念宛如……今天也太光彩照人了。

他早就发现今天的顾卿遥认真打扮过了，可是现在看过去，才发现念宛如也跟着一起找了造型师设计。她本就姿态得体，配上专业的化妆师和造型师，那妆容和精致的礼服相得益彰，念宛如和顾卿遥实在是毫无疑问的全场焦点。

顾彦之根本没有犹豫，唇角的笑容就微微扬了起来，下意识朝着念宛如走了过去。

他觉得很骄傲，拥有这样的妻子和女儿。

顾卿遥微微笑了笑,径自跟在顾彦之的身后走了过去。

顾远山出来的时候,看到的就是这样的一幕。

他太了解自己的儿子了,从前顾彦之和念宛如之间总是有点距离感,那种刻意掌控出来的亲密和距离感都是一样,证实了他们的感情并不像是杂志上面写的那样和睦。

更何况,车祸的事情……顾远山眼神暗了暗,看向不远处——

现在顾彦之几乎是下意识地去揽着念宛如的腰,笑起来也是发自内心的。

顾远山微微蹙了蹙眉,再一转头,就见一个面生的女人已经匆匆走了过来——

"顾先生,我是顾总的特助凌筱蔓,这是我给您的生日礼物,希望您能够喜欢。"

凌筱蔓的笑容讨好而不显得谄媚,将手中的礼盒径自递过去。

顾远山微微一怔,点头应了,刚想放到一边,就听凌筱蔓道:"听说顾先生您很喜欢古玩,所以我特别给顾先生挑选的。"

闻言,顾彦之也看向身旁的念宛如:"宛如,你是不是也带了?"

念宛如微微一怔,看了顾卿遥一眼,这才犹豫着点了点头。

彼端凌筱蔓也微笑着看过来:"夫人也带了古玩吗?看来顾总给我的建议没错,顾先生果然很喜欢古玩,谢谢顾总。"

她表现得亲近而不失距离,顾彦之很是满意地点点头,又看向念宛如催促道:"去吧。"

念宛如心底哪里能不知道,自己这一去,就当真是一颗重磅炸弹了。

她蹙蹙眉,却还是点头应下了:"嗯,好。"

念宛如笑着将手中的礼盒递过去,就见顾远山正蹙眉端详着凌筱蔓送过去的砚台,的确是古玩,可是怎么看怎么觉得奇怪。

他蹙蹙眉,没什么兴致地看了一眼念宛如的:"这是……"

"也是一方砚台,说来倒是和凌特助的有点相似。"念宛如含笑道。

顾远山点了点头,又皱着眉头看了凌筱蔓一眼,这才将念宛如手中的礼盒接了过去。

古朴大方的礼盒,系带被轻轻抽开,只一眼,顾远山就明白了。

很多人都忍不住看了过来。这气氛委实是有点奇怪,顾彦之的特助,还有顾彦之一直宣称感情和和美美的夫人,这送的是一样的东西吧?

刚刚还有人凑近打算称赞上几句,可是看着这两样东西,顿时就倒吸了口冷气,一句话都不敢说了。

乖乖,这分明就是一模一样的砚台吧?

这怎么可能呢?

这种东西,历来都是讲究出处的,又是明朝时候皇上御用的东西,想来也不可能出两个一样的啊……

"东西是好东西,我就收下了,宛如有心了。"顾远山只字未提凌筱蔓。凌筱蔓有点不解,却还是乖顺地没有开口。

倒是念宛如笑着开口了:"凌特助也是有心了。我的确是不懂古玩,只是这方砚台是当时徐文先生拍下的,后来辗转送给了彦之,不知道凌特助这方砚台,是从何处寻来?"

"这,"凌筱蔓此时哪里还能不懂?她的心思弯弯绕绕,脸色却已经是惨白一片,"这砚台是祖父之前留下来的,我看着像是珍玩,就拿来送给顾先生了。"

这番话一出,众人哪里还能不懂?

想来是凌筱蔓拿赝品当真货了,偏偏还在众目睽睽之下送了出去,简直是滑天下之大稽。

凌筱蔓想起自己的砚台经了顾卿遥和念宛如的手,顿时什么都明白了。

她的脸色很是难看,只能勉强笑了笑:"是不是我弄错了什么?顾先生,实在是唐突了。"

顾远山看着凌筱蔓,想起了先前顾彦之说过的话,便蹙了蹙眉头:"你去吧,你是彦之的特助,想来也有很多事情要忙,今天就不必拘在这里了。"

"是。"凌筱蔓难得得了个台阶,匆忙离开了。

她知道自己定然是成为了这些人的笑柄,可是此时凌筱蔓根本无暇顾及。

顾卿遥微微弯唇笑了笑,就见旁边顾彦之的脸色极为难看。

她垂眸,眼神却慢慢冷了下来。

不知道这礼物是由顾彦之调了包,故意让凌筱蔓当众给念宛如难看的,还是这一切都是凌筱蔓的自作主张。

可是她知道,在这件事上,顾彦之绝非无辜。

顾远山神色淡淡的,将两份礼物都收了,又和管家说了句什么,这才向念宛如道了谢。

念宛如自然知道刚刚发生了什么,径自走了下来,在顾彦之身旁坐下了。

"彦之……"

"这件事回去再说。"顾彦之沉声道。

念宛如心沉了沉，点头应了。

顾远山的生日宴无非如此，众人觥筹交错，说的都是那些生意场的事情。

念宛如本就很习惯这样的场合，很是自然地和众人推杯换盏，很快就又促成了几桩生意。这样一来二去的，顾远山看到黎霂言的礼物时，已经是生日宴快散了的时候了。

他将那礼盒拿出来，脸色登时就冷了下来："这是谁带过来的？"

管家看了一眼，道："是顾卿遥小姐。"

"顾卿遥？"顾远山一脸惊诧。

他转头看了一眼不远处的顾卿遥，若有所思道："卿遥这一年的时间，倒是变了不少。"

"是啊，"管家不明就里，只跟着点头笑道，"车祸那次也算是死里逃生，顾小姐现在改变了不少。"

"嗯……"顾远山笑笑，挥挥手示意顾卿遥过来。

念宛如下意识拍了拍顾卿遥的手背，意思是让顾卿遥控制情绪，不要惹顾远山生气。

顾远山对顾卿遥的态度始终不冷不热的，虽然是家里唯一的小辈，可是顾远山始终期待念宛如能生个儿子，到头来出来个女孩，顾远山心思古板，无论如何都没办法喜欢上。而顾卿遥也是个倔脾气，在家里都是被宠大的，哪里能接受这样的冷待？一来二去的，顾卿遥也就基本不怎么理会顾远山了。

此时顾远山盯着顾卿遥看了一会儿，便笑了笑道："这是黎霂言让你带给我的？"

"对，爷爷生日快乐。"顾卿遥笑道。

顾远山的眼神微微变了变。

顾卿遥变了，她的变化是如此明显，甚至连情绪都不会那么轻易地显露眼底了。

沉默片刻，顾远山徐徐道："你和黎霂言，什么时候开始熟识了？"

"不算是熟识，只是有过几面之缘。"顾卿遥很是自然地解释着。

不算是熟识，就能将生日礼物直接托付给她了？顾远山可是听说了，顾卿遥从医院出来，可都是黎霂言的授意。

"嗯，你父亲说了吧，黎霂言和我们顾家的关系。"顾远山的语气很是和缓，目光却是定定地落在顾卿遥脸上。

顾卿遥点头："是说过的。"

"那就好，他虽然名义上是你的小叔叔，但是这么多年来和顾家并不算亲近。"顾远山长叹了口气，目光中写满了说不清的情绪，他沉默了一会儿，方才道，"好了，你和黎霖言亲近也不是什么坏事，爷爷不多说什么。只是你现在年纪也不小了，别在这上面让人挑出了把柄去，到时候丢的也是我们顾家的脸面，知道吗？"

顾卿遥微微一怔，道："爷爷的话，我没听懂是什么意思。"

"你和黎霖言被人偷拍了吧？"顾远山蹙眉问道。

按理说，这种话是不该由顾远山亲口问出来的。

问出口了，也就算是失了身份。

小辈的感情，根本就不该由长辈来指手画脚。

可是顾远山也不知道自己怎么了，他就是没忍住。

顾卿遥蹙蹙眉，这才小声道："既然爷爷知道了，就该为我做主啊。"

顾远山一怔。

这孩子什么时候会和自己撒娇了？

而顾卿遥已经认真地说了下去："爷爷，这件事也是事关顾家名誉，可是那个偷拍的人甚至将照片发到我的邮箱威胁。小叔叔将我从医院带出来没什么吧？就算我当时是昏迷的，可是小叔叔救了我啊！我和爸爸说了，爸爸也不知道该怎么办才好。既然爷爷知道了就太好了，爷爷能不能帮我查查，我真的很害怕，这个人不会是跟踪狂吧？"

顾远山沉默了下来。

顾卿遥将话说到了这个地步，他如果一味指责，反而显得他是个失职的长辈。

顾远山轻咳一声，道："放心吧，这件事爷爷一定给你做主。"

顾卿遥这才甜甜地笑了："谢谢爷爷。"

顾远山忍不住多看了顾卿遥几眼，这个孩子……说来还真是性格变好了不少。

从前也是因为自己并不算疼宠她，她也基本不和自己这边亲近。每年在生日宴或者春节年会之类的场合不得不见面的时候，顾卿遥也总是挂着一张冷脸，没少让顾远山觉得难堪，而现在……顾卿遥居然会和自己说软话了？

顾远山也不好多说，只好糊里糊涂地摆摆手，示意顾卿遥可以回去了。

至于替黎霖言送礼物这件事……

顾远山眉头越蹙越紧，心说倒是要和顾彦之好好谈谈。

很显然，这一天回到顾宅的顾彦之，心情也是相当不平静。

他皱着眉头将公文包放下，就看向念宛如："今天到底怎么回事？"

他开口就是质问，念宛如柔声道："说来也是奇怪，那凌特助怎么会有这个砚台？可别是仿制的吧？"

念宛如这样先开了口，顾彦之要说的话顿时全都被吞没了。

他冷着脸道："凌特助不是这种人。"

"那就奇怪了，那砚台只有一个，而且还是当年徐先生送的，想来也是价值不菲。凌特助无论如何都不该有另外一个的才对，她虽然说是她家里人当年留下来的，可是……这种东西，总该辨别真伪，才会到这种场合来送，凌特助也是太冒失了些。"念宛如的语气不冷不热的，顾彦之觉得听着有点刺耳，蹙眉道："我让你送砚台，你就直接包好了送了？"

他总觉得有点不对劲，按道理说，念宛如手中的才应该是那个赝品，怎么会到头来直接就被调包了？

他看得分明，刚刚凌筱蔓分明成了全场的笑柄，人们不会说出口，可是心底肯定是这样想的。

念宛如勉强点了点头，应下："是啊……所以我才以为，是凌特助心术不正，将那砚台偷偷找人给做了赝品今日送过去。"

顾彦之几乎掩饰不去心底的怀疑，念宛如……不会是想起来什么却还在装傻吧？

顾彦之的手机不合时宜地响了。

顾卿遥离得近，凑过去看了一眼，道："爸爸，是凌特助。"

顾彦之蹙蹙眉，接过来，想了想又走到了窗边。

这个距离，顾卿遥听不到那边的声音，却多少能猜出凌筱蔓在说什么。

念宛如显然有点紧张，手一直在轻轻点着桌面。

不多时，顾彦之便回来了，他的脸色风雨欲来，却是有种无从发作的感觉。

良久，他方才道："以后不要自作主张。"

"是我换的。"顾卿遥小声开口。

顾彦之的脚步生生顿住。

他想过很多种可能，想过念宛如不依不饶要他解释，也想过念宛如在大庭广众之下狼狈出丑以后，自己要怎么安抚，可是他唯独没有想到的是，顾卿遥会这么大胆！

"你怎么会做出这种事……"顾彦之难以置信地看向顾卿遥。

"爸爸，是不是凌特助偷了砚台，又想要偷梁换柱？"顾卿遥言之凿凿道。

顾彦之没说话，只是手背都冒出了青筋！

他不知道怎么去解释，乱了，全都乱了。

从顾卿遥将那砚台换回来的瞬间开始，这一切就不可控了。

良久，顾彦之方才说了下去："卿遥，你是个好孩子，你不该做出这种事，你可以直接告诉爸爸……"

"我当时想的是报警，可是毕竟凌特助是父亲的特助，我担心会影响到父亲，这才没有这样做的。"顾卿遥认真道，"父亲，如果凌特助是这样偷鸡摸狗的人，那么我想凌特助当真不适合这个职位。"

顾彦之闭了闭眼。

他忽然明白顾卿遥想要做什么了。

顾卿遥甚至想要将凌筱蔓直接从这个位置上踢开！

顾彦之看向顾卿遥，第一次觉得这个女儿说话这样理智，却又是如此地难缠——

"卿遥，爸爸知道你不喜欢凌特助，凌特助这次也道歉了。她以为那是一对砚台，为了讨你爷爷开心，这才将她家里的也带了过去，结果取出来的时候拿错了，这才闹出了这么一出乌龙。"顾彦之自己都觉得自己的解释很是苍白。

念宛如沉默良久，这才开口道："彦之，这种事出了，总归是不好，更何况今天那里也有那么多人看着，凌特助这个人我也是认可的。这么久了，对公司的事情也很关注，对彦之你也很负责。她几次三番来我们家，都不忘叮嘱你保重身体，我看着……也觉得是个不错的特助，可是出了这种事，这人是真的留不得了，这若是留下了，明天我们该成为海城的笑话了。"

她伸手挽住了顾彦之的胳膊，温声道："不然就将她先调任吧？调离你身边，慢慢地人们也就将这件事忘了。"

顾彦之没说话，只是死死地闭了闭眼。

他觉得很是无能为力，那种感觉几乎席卷了全身。

从什么时候开始，顾卿遥和念宛如这样默契了？

她们如此默契地策划好了这一切，单单等着自己跳进去呢！

顾彦之冷笑一声，这才道："可以，我明天就让人事部安排。"

顾卿遥微微垂着眸，眼底满是冰冷的笑意。

将凌筱蔓从这个位置逼退，也就算是第一步胜利了。

那天晚上，顾卿遥在床上辗转良久，终于还是没忍住，给黎霖言发了一条短信："我成功了，凌筱蔓明天起就不是父亲的特助了！"

三个感叹号发出去了，那边却良久也没有消息。

顾卿遥捧着手机看了好久，这才默默放下了。

也是，自己和黎霂言不过是合作关系，自己应该克制才对。

她打开上网本随便刷新了一下本日消息，顿时目光就被一则新闻吸引了——"白氏独女好事将近？"

白氏独女……

顾卿遥将这个名字好好地念了一遍，这才看向上面的照片。照片上是白楚云和一个男人的背影，白楚云的笑容很甜，似乎是看到了镜头，眼神有那么一瞬间的凝滞，而那个男人自始至终背对着镜头，穿着一身修长的风衣，干净利落得很。

顾卿遥定定地看了那张照片良久，忽然觉得浑身都有点发冷。

太熟悉了。

怎么会如此熟悉……

黎霂言。

那天的话言犹在耳，可是这张照片上面浓浓的粉色气息，黎霂言手中甚至拿着白楚云的手包，粉嫩的女孩子手包，让顾卿遥甚至没办法欺骗自己。

原来今天说有事，是真的有事。

是去约会那种有事吗？

下一秒，手机铃声响了起来。

顾卿遥差点将手机丢出去，看了一眼就觉得浑身的血液都被凝固了。

黎霂言。

她闭了闭眼，还是将电话接了起来："黎先生。"

连语气都无法淡然自若了。

黎霂言一怔，蹙蹙眉道："我以为这是一件很开心的事情，毕竟你用了三个感叹号。"

他在电话这边都忍不住弯起了唇角。

"嗯，我刚刚也是迫不及待，想要和你分享。"顾卿遥努力让自己的语气活跃起来。

而那边久久的沉默让顾卿遥说不出的不安："那个……我是不是打扰你了。"

黎霂言沉默良久，这才微微弯起唇角："不实照片的事情，我已经在追究了。"

嗯？是吗？

"当时是被设计了，所以才被拍下了这样的照片。她当时说要提一下衣服，让我帮忙拿手包。现在想来，应该是提前让媒体等在了那里，就是为了那一刻的摆拍。"

顾卿遥眨眨眼。

黎霂言……这是在解释?

"很介意?"黎霂言低沉好听的声音从耳畔传来,不知道为什么,顾卿遥感觉自己的心脏都跟着一阵阵酥麻。

她小声道:"你怎么知道我看到了?"

"忽然情绪低落,想来也是因为这件事。"黎霂言轻笑一声,"现在呢?还生气吗?"

"不了。"顾卿遥老老实实地开口,又兴高采烈地将适才的事情讲了一遍。

她素来不是个喜欢多言的人,可是面对黎霂言,她莫名地想要分享。

想要分享生活中的琐事,想要对黎霂言说自己的一点一滴。

而黎霂言只是偶尔说上一两句话,可是语气都是带笑的。

顾卿遥就兴致勃勃地继续说了下去,窝在被子里笑。

良久,黎霂言方才道:"你明天要记得确认,人事部将人调到了哪里。"

"其实我是希望直接辞退她的。我和父亲说了,今天我差一点就报警了。"

那边黎霂言的呼吸微微顿了顿,道:"如果你想,你可以考虑让警方介入调查,可是你这次又将东西拿回来,某种意义上,也算是间接影响了物证。"

"我知道。"顾卿遥轻声道,"我今天是有些冲动了,不过你对这些流程挺熟悉的。"

黎霂言轻笑一声:"我对法律事务多少有些研究。"

"嗯,说起这个,"顾卿遥瞥了一眼屏幕,轻轻敲了几下,这才道,"我最近忘了问你,你觉得美元汇率最近怎么样?"

黎霂言微微一怔:"美元汇率?和我之前说的一样,最近似乎很是动荡,虽然金融分析师还是一片看涨,可是我依然看跌。你看过最近的消费者物价、采购经理和固定资产投资指数吗?"

顾卿遥的心跳微微加快了一些,她想到一个近乎惊人的设想。然而这一刻,听到黎霂言的话,她的眼神都跟着亮了:"我也觉得,虽然看这些指数经济是一路高歌猛进,但是也正因为如此,我认为经济过热了。而且尽管现在银行仍然在大笔发放贷款,但是贷款违约率逐渐攀升……"

"你也关注了美国的楼市。"黎霂言的声线添了三分赞许。

顾卿遥点点头,沉声道:"其实我有个设想,虽然我也知道很少有人这样认为。我认为很可能会爆发二次金融危机,现在银行信誉已经受损了,这样下去……国家都无法为银行做信用背书，将会出现极大的动荡。"

黎霂言沉默片刻，道："很大胆的设想，而且我听说你在炒汇。"

"嗯，不过我问你这件事，倒不是因为这个。"顾卿遥顿了顿，这才认真道，"我听说黎氏最近还有投资美国的计划？你之前不是对我说，美元最近很波荡吗？一旦银行破产，尤其是最近已经有一些小的投资银行破产，你的资金可能会失去所有的担保……"

黎霂言顿了顿，坐直了在键盘上轻轻敲了敲，语气也严肃几分："没错，我最近的确在考虑这方面的问题。尽管公司几大股东都认为可以继续投资，毕竟美国上市的机遇可遇而不可求，最近在美国上市的公司估值也普遍偏高，可是一旦受到金融危机影响，所有的一切都会功亏一篑。"

"对。"顾卿遥笃定道，"如果我是你，我一定会放弃这次投资计划。"

她说得是如此笃定，彼端的黎霂言垂眸笑了："你在担心我，是为了我才去看美国楼市的？"

他的声音很低，带着一点点蛊惑意味的喑哑。

顾卿遥觉得自己真是没出息，就是这样的一声轻笑，她就又忍不住有点心猿意马起来。

他们可以是家人，可以是合作伙伴，唯一不能做的，就是再向前一步。

顾卿遥的确是为了黎霂言的投资规划才去关注美国的楼市情况，也因此阴差阳错地注意到了这些不对劲，被黎霂言肯定时，她知道自己该选择理智。

可是黎霂言最后的那句话，几乎将她的冷静彻底击溃了。

她闭了闭眼，努力让自己的语气古井无波："对，毕竟不是每个人都敢借给初出茅庐的我五百万，我很感激。"

原来只是感激而已……

黎霂言说不出心底莫名的失落感从何而来，却也只是垂眸笑了笑，道："你帮了我这个忙，就不必还本付息了，是我欠了你。"

"你……"

"虽然这个设想暂时没有人提出，但是你和我的想法不谋而合，而且帮我肯定了其中几个重点。"黎霂言淡淡道，"我今晚会彻夜让分析师做出汇报表，等做好了我会给你一份，以此劝说股东放弃美国投资计划。"

"谢谢。"顾卿遥知道这种资料有多难得，受宠若惊地应下了。

"是我该谢谢你，"黎霂言几乎可以想象得到电话这边顾卿遥的表情，他微微挑挑眉笑了，"去休息吧。"

黎霂言的报表送过来时，果然已经是第二天凌晨了。

睡眼惺忪的顾卿遥擦了擦眼睛看了一眼时间，凌晨五点三十七分，看来是财务分析师集中分析的结果。

结果倾向于美元看跌，可是依然是意见不一。

顾卿遥看了良久，这才将页面关了。

有些事情已经初露端倪，顾卿遥唇角微微弯起，第一次有了和黎霂言并肩作战的真实感。

顾卿遥下楼的时候，就见楼下凌筱蔓红着眼睛，和念宛如相对而坐。

"妈妈早，爸爸呢？"顾卿遥恍若未见地坐过去，自然地问道。

"爸爸出差了。"念宛如说着，又给顾卿遥递了个眼色，意思是帮帮忙啊，简直头疼。

顾卿遥笑笑，看向彼端的凌筱蔓。

"你怎么来了？"她的语气很是疏冷。凌筱蔓咬紧牙关，道："顾小姐，我想和您谈谈。"

"当然，你既然找上门来，我当然知道你的用意。"

"顾小姐说不喜欢我，我都明白。我现在也尽量减少和顾先生私人相处的时间了，可是顾小姐……您这样对我，等于是断了我的生路，我日后怎么办？顾小姐，您是天之骄女，生在这样的人家，从来都不曾考虑过生计的，可是对我而言，这就是我的全部了。顾小姐将这一切狠心剥夺了……"

"不用说了。"顾卿遥神色讽刺地笑了一声，"凌特助，不如我来问凌特助一个问题，你为什么要将礼物调包？"

"我……我没有调包，那真的是我的家人的。"

"你没有家人，至少资料上是这样的。凌特助自己填写的简历，自己要好好记住啊。你当时在简历中写，你从小就在孤儿院长大，感受尽了世间冷暖，所以才更加坚强隐忍。这么好的人设，凌特助怎么能说忘就忘？"顾卿遥的手中拿着的，不是凌筱蔓的简历又是什么。

凌筱蔓脸色煞白，良久方才嗫嚅开口："你为什么要调查我？"

"因为我不喜欢旁人和我父亲太亲近，我不是说过吗？"顾卿遥笑意微微。

凌筱蔓哑声道："顾小姐，我真是无辜的，你这样对我，你这样对我……我以后在这个圈子就活不下去了。"

顾卿遥轻声道："那么我问凌特助一个问题，希望凌特助能好好回答。"

"顾小姐当真要问我这个问题吗？"凌筱蔓眼底含泪。

顾卿遥浑身一震，倒是真的沉默了下来。

她不能将这一切告诉念宛如。

念宛如的天会塌了的,她现在忘记了那些事情或许是好事,至少……不能被自己强迫着想起来。

这一切还没有被证实,如果自己赶走了凌筱蔓,如果自己能够将这一切彻底解决,让顾彦之从此不再理会凌筱蔓,或许这一切也可以安然地过去,到了那时候,再告诉念宛如也不迟。

顾卿遥微微垂眸,念宛如却是已经伸手轻轻拉了拉顾卿遥,道:"你差点就偷了彦之的珍玩,离职其实是最轻的惩处了,但是接下来的事情,我们也并不打算干预。凌特助,希望你好自为之。就以昨天的事情而言,直接将你送到警局都是正常的。"

凌筱蔓沉声道:"可是昨天分明是顾小姐调包了我的东西。顾小姐未经我的允许,就直接将我的古玩和顾小姐的替换了,这就是正人君子之举吗?"

"你有什么证据?"顾卿遥言笑晏晏地问道。

凌筱蔓眼底含泪,轻声道:"顾小姐,有些事情都是说不得的,也请顾小姐放我一马,之后我一定也再不生事,哪怕只是让我留在顾氏也好。"

"不行。"顾卿遥定定道,"你知道原因。"

凌筱蔓咬住下唇,不甘心地应了:"那就请顾小姐日后不要再干涉我的生活。"

"你的生活,"顾卿遥将这个词重复了一遍,这才微微扬唇笑了笑,"当然,如果只是你的生活,我定然不会有兴趣干预。"

凌筱蔓得到了顾卿遥的保证,这才安心地点了点头,道:"那我先回去了。"

"等等,"顾卿遥轻描淡写道,"我送送凌特助,想来这也是最后一次了,离职补贴金领了吗?"

她一边说着话,一边将凌筱蔓带到了门口,这才停住了脚步:"凌依依是你的孩子?"

"她只是我收养的。"凌筱蔓浑身一颤,下意识反驳。

顾卿遥盯着凌筱蔓看了一会儿,目光相接,凌筱蔓没来由地感觉到恐慌。

她低声道:"如果顾小姐不相信,可以去查看资料……"

"我当然相信凌特助的话,尽管我认为它漏洞百出,可是这个答案对谁都好,不是吗?"顾卿遥话里有话,"既然凌特助将资料做好了,那么我希望凌特助可以记住这个答案,记住一辈子。"

凌筱蔓没说话,只是将头垂得更低了。

顾卿遥看着凌筱蔓失魂落魄地离开,这才微微弯起唇角,径自走了进去。

念宛如正襟危坐桌前，看了顾卿遥一会儿，方才轻声道："小遥，你现在有空吗？"

她的语气带着三分忐忑，顾卿遥心底一痛，点头应下："当然。"

"妈妈想问你，你为什么不喜欢那个凌筱蔓？那天你和你爸爸起冲突，可是因为凌筱蔓？"念宛如问道。

顾卿遥迟疑了一下，还是决定隐瞒下来："不是，那天是因为其他的事情。"

"你爸爸都和我说了，你最近一直在调查凌特助。"念宛如叹了口气，"小遥，你怀疑凌特助，可有什么原因？"

顾卿遥顿了顿，这才道："我只是单纯地不喜欢她而已。"

"既然这样，"念宛如像是下定了决心似的，开口笑了笑，"凌特助的事情现在也就算是过去了，日后她不会再在公司活动，你也莫要再继续调查下去了，知道吗？"

顾卿遥一怔："妈妈……"

"你知道为什么这么多年，我和你爸爸都是海城和睦夫妻的典范吗？"念宛如笑问道。

顾卿遥没说话。

"你还小，眼里自然是揉不得沙子的。可是生活不是如此，没有什么事情是十全十美的，换言之……有些时候睁一只眼闭一只眼也未必不是一件好事。你爸爸对你好，对我们这个家也是极好的，这就足够了。"念宛如摸了摸顾卿遥的头，认真说道。

顾卿遥忽然明白了，其实念宛如这些年，未必是不懂的。

即使失去了自己车祸那段记忆，可是这些日子很多事情自己都能有所察觉，念宛如当真一无所知吗？

只是念宛如心底将这件事当做了什么？一段短期的暧昧，还是……将所有的事情都尽数了然？

顾卿遥闭了闭眼，这才轻声道："好，都听妈妈的。"

"嗯，小遥乖。"念宛如显然是有点倦了，笑了笑道，"小遥可能不知道，其实很多投资商都喜欢顾氏，还有一个原因，夫妻关系稳定和睦，也是很多投资人考量的因素。"

顾卿遥心底一震，的确……

曾经国内有过视频网站被吞并的事情，就是因为一桩离婚官司，谁知道后来会导致了那么多——上市被推迟，股价暴跌，最后不敌对手公司，就这样被草草吞并了。

所以后来企业家慎之又慎，全然不敢再在这方面暴露出弊端，也正是因此，顾氏一直被圈中人称颂，毕竟顾彦之和念宛如的婚姻关系始终稳定如一。

顾卿遥根本不敢去想，那些被念宛如竭力维系着的一切，原来早就已经摇摇欲坠不堪一击。

"我明白了。"顾卿遥笃定地点点头。

她不是不曾怀疑过，顾彦之对自己的好是真还是假。

顾彦之曾经无比宠爱她，却也在她车祸时不闻不问。

顾卿遥是真的看不透，她知道这一切还需要时间的验证。

只是……

凌筱蔓的事情，绝对不能这样轻易过去，尤其是那个孩子。

顾卿遥用罢了早餐，念宛如便笑道："一会儿要去你外公家，莫要忘了。"

"嗯，好。"顾卿遥笑着应了。

念宛如说不出心底的滋味，她看得出来，顾卿遥成长得真的很快。她甚至不知道，顾卿遥现在努力的原因，是不是为了保护自己。

可是这种感觉真的很暖心。

念宛如垂下眸，忍不住笑了，她忽然想起了什么似的，道："对了，黎先生那边又给你派了一个人过来，昨天晚上就来了，好像是叫什么阳。"

"好的。"顾卿遥一怔，知道这八成是萧阳来了。

果然，她一上楼，就见萧泽和萧阳站在一起，似乎是在说什么。见顾卿遥过来，萧泽便道："小姐，这是萧阳，以前我们也是同事。"

顾卿遥看了娃娃脸的萧阳一会儿，满意点头："的确很适合去大学做卧底。"

萧阳瘪瘪嘴："小姐。"

顾卿遥笑了："长得年轻是好事，很多人都梦寐以求呢。"

"转学手续已经办好了，我明天就可以入学。"萧阳认真道。

顾卿遥点点头，将萧阳叫进房间，把凌依依的资料递过去，这才道："你可以看一下，有什么问题可以问。"

"所以我要去勾引她吗？"萧阳盯着资料看了一会儿，颇为嫌弃。

顾卿遥笑出声："能做到吗？"

"看凌依依的性格，应该不难。"萧阳认真道。

顾卿遥点头："那是最好，如果不能的话，就让她信任你。"

萧泽在旁边毫不留情地揭短:"他以前执行这种任务的时候基本最后都会让女孩子死心塌地地喜欢上他,渣男人设很稳的。"

顾卿遥促狭地看了萧阳一眼,萧阳红着脸摸了摸头。

顾卿遥安心地笑了:"很好,那就保持这样的风格。这次也靠你了,时间不要太长,一个月可以吗?时间太长的话,凌筱蔓那边可能会注意到。"

"当然,应该一周就足够了。"萧阳自信满满地说道。

顾卿遥点头:"你的身份给我看一下。"

萧阳将资料递过来,顾卿遥看了一会儿,忍不住在心底感慨这份资料做得实在是相当翔实了。

海外华侨之子,现在是回国来读书的,刚好念联合大学刷个学历,将来方便回美国执掌家业。再想想凌依依之前在学校表现出来的性格,萧阳这样的人,应该是凌依依这种想要一步登天的人的首选了。

家长开明,家境殷实,而且还有海外背景。

顾卿遥微微挑唇:"可以,化名叫白洋是吗?"

"对。"萧阳笃定颔首,"这份资料黎少帮忙看过的,资料都是能查到的,一定没有纰漏。"

"那就好。"黎霁言做事,顾卿遥还是放心的。

她笑了笑,道:"那就麻烦你了。"

"小姐别客气,我吃一顿法国大餐就好了。"萧阳看了萧泽一眼,笑眯眯道。

顾卿遥无奈,自己手下的人都是吃货,这该如何是好?

中午的时候,顾彦之方才匆匆回来,他的衣领有一个明显的红印,又像是被用力擦拭过。

念宛如见了,心底微微一跳,蹙眉看过去。

顾彦之显然也觉得有点心虚,立刻开口道:"这是之前客户不小心碰到的。"

"嗯。"念宛如不轻不重地应了,"还是别穿这身去我父亲那边了,换一件吧。"

"好。"顾彦之立刻应下。

他今天回来的时候没注意,不然早就在外面买一件换了。

而现在被念宛如这样平静地指出,顾彦之心底有点感动。倘若念宛如在这个时候大闹,他反而不知道如何是好。

顾卿遥下来的时候将头发挽起来,扎了个公主结,看起来俏皮而可爱,又显得青春灵动。

念宛如的眼底这才添了三分笑意:"这身很好看。"

"是吧?"顾卿遥笑眯眯地应了,挽住了念宛如的胳膊,又看向顾彦之,"爸爸身上有香水味。"

顾彦之轻咳一声,立刻道:"今天上午和客户一起,可能是沾到了,没事,爸爸这就去换衣服。"

他匆忙上了楼,念宛如这才垂眸笑了笑:"小遥,中午去了,不要和外公说这些,知道吗?"

"嗯,好。"顾卿遥轻声应了。

顾彦之下来的时候果然已经换了一身,见念宛如和顾卿遥都在楼下等着,忽然开口道:"对了,凌筱蔓的事情已经解决了。"

"嗯?"念宛如看过去。

"放心,日后不会有这种事了。"顾彦之认真道,"宛如,这么多年谢谢你。"

顾彦之的电话疯狂地响起,显然是一条又一条的短信。他看了一眼,眉头立刻蹙了起来:"我可能要等会儿才能过去,你稍等我一下。"

顾卿遥什么话都没说,只是唇角微微扬起些笑意来。

念宛如下意识地开口:"彦之……你要出门吗?这都这个时间了,我们那么长时间没去父亲那里。如果这次再迟到的话,父亲虽然嘴上不一定说,可是心底肯定会觉得不舒服的。"

顾彦之的脸色沉了沉:"公司有事,我必须要回去一趟。"

"哦。"念宛如虽然心底还是有点狐疑,却还是点头应下了,"那好,那你今天还能过去吗?不然我和父亲说……"

"你少说两句不行吗?"顾彦之脸色落了下来,"我先去了。"

他的语气是相当地不耐,匆匆抓了公文包就冲了出去。

念宛如伸出去挽留的手顿在空中,还是顾卿遥伸手握住了。

"妈妈。"顾卿遥轻声道。

念宛如吸了口气,方才道:"刚刚也是妈妈不好,你爸爸明显很着急,妈妈还拦着……"

念宛如这个时候还在找自己的不是,顾卿遥心底一痛,道:"爸爸刚刚脾气也是太大了些。"

念宛如摇摇头:"算了,我们先过去吧,不然外公该等急了。"

顾卿遥点头应下,却还是看了萧泽一眼。萧泽立刻心领神会,让人去追踪顾彦之去了。

念家现在住在海城的郊区。近年来,海城的郊区变成了别墅区,尽数都是大户型，一栋别墅下来都是动辄几千万上亿的价码，而在这些别墅中的楼王，自然就是更高的价格了。

念家便是坐落在这其中的。

顾卿遥和念宛如到的时候，就见念江成亲自在门口等着，见顾宅的车到了，便微微笑了笑，遥遥地挥了挥手。

顾卿遥露出了甜甜的笑，车刚一停稳，立刻就奔下车："外公！"

"小遥现在真没事了吧？"念江成不无担心地捏了捏顾卿遥的胳膊，又让顾卿遥转了一圈打量着。

顾卿遥乖巧点头："外公前阵子不是去德国了吗？怎么国内的事情还这么清楚……"

念江成见顾卿遥真的没事了，这才放心道："你都不知道你那时候多吓人……宛你也是，卿遥出了那么大的事，也不第一时间告诉我！"

"您身体一直不好，我哪能什么都和您说？更何况，小遥这不是好了吗？话说回来……父亲的身体还好吧？"念宛如笑问道。

念江成年前去德国做了个不大不小的手术，这段日子才回到国内。听念宛如这么一问，念江成便笑了笑，摆摆手道："没事了，不过是虚惊一场，倒是那个大夫，查出来什么没有？正常情况下怎么能误诊成那样？"

说起这件事顾卿遥就头疼，那个大夫现在是死不认账，只说是医疗事故。顾卿遥知道黎霂言在其中帮了不少忙，奈何人家就是不认。黎霂言也没有太多办法，只能让公检慢慢地调查。

"彻查，之后我也让人去跟进，不过……彦之呢？"念江成蹙蹙眉，问道。

念宛如立刻道："彦之工作太忙了，今天可能要晚点才能过来。"

"是吗……"念江成没多说，脸色却明显不太好看了。

念宛如见状，连忙道："他最近不是因为招商引资的事情忙得厉害嘛！很多天都住在公司的，也是没办法。"

念江成听念宛如这样说，眉头方才舒展开来："最近这件事我也听说了。所以我才说，我给引进一家德企的合作，让他今天过来谈，这样……卿遥，你给你爸爸打个电话，这件事还挺急的，今天就要定下来。"

"好。"顾卿遥连忙应下。

她走出去几步，这才看向萧泽："人在哪里？"

"去见凌筱蔓了。"萧泽低声道。

顾卿遥冷笑一声。

她就知道！

刚刚顾彦之离开的表情就不对，现在想来，果然是因为凌筱蔓，看来是凌筱蔓告状说委屈了。只是顾卿遥无论如何都不明白，当时能决定让凌筱蔓离职，顾彦之肯定已经做好了后续的准备。这样的情况下，凌筱蔓说什么能让顾彦之脸色大变冲了出去……

难道是凌依依？

顾卿遥沉默片刻，这才道："问问萧阳……"

"凌依依还好端端地在学校，和这件事看起来没什么关联。"萧泽也是一脸的凝重，"小姐……凌筱蔓手中想必有顾先生的把柄。"

顾卿遥见念江成看向这边，便拿起了手机拨了电话过去。

电话响了三声，终于被那边的人接起来了："小遥，怎么了？"

顾彦之的语气很温和。

顾卿遥紧忙摁了录音，徐徐道："爸爸，你公司的事情忙完了吗？外公这边说要找爸爸谈一下德企合作的事情。听外公的意思是还有竞争者，如果爸爸不来，可能就来不及商讨细节了。"

"嗯，我知道。"顾彦之顿了顿，似乎是压低了声音说了句什么，这才转过头来道，"小遥，你和外公说，公司的事情就差一个尾巴了，一会儿爸爸就过来。"

顾卿遥还没应，就听顾彦之匆匆补充道："替爸爸谢谢外公。"

电话被挂断了。

顾卿遥听着电话那边的"嘟嘟"声，唇角微微扬起，将那份录音传给了萧泽，道："查查看，刚刚里面爸爸说了句话，不知道如果将录音分析出来，能不能听出另外一个人说了什么。"

萧泽颇为佩服地看向顾卿遥："小姐，你这都是从哪里学来的……"

"刑侦剧里面经常有这种情节。"顾卿遥笑道。

"小姐喜欢刑侦剧？"萧泽像是忽然来了兴趣。

顾卿遥怔了怔，点头："挺喜欢的，怎么，你如果喜欢，下次我可以给你推荐几部经典的。"

其实顾卿遥以前也没有多喜欢，可是这一次，顾卿遥却开始下意识地关注了。

她知道自己不能像从前那样天真无邪地向前走了。那样走，留下来的只会是如出一辙的苦痛。

她必须要强大起来。

萧泽的神色却是颇为古怪，连忙摇了摇头："不用了不用了。"

顾卿遥笑了："也是，你是军队退役的，那估计是不喜欢这种。"

萧泽干笑几声，表情有点微妙。

顾卿遥没多想，径自回去找念江成了。

念江成听说顾彦之一会儿就到，神色这才微微缓和了几分，看向念宛如问道："对了，昨天那个砚台的事情，我听说了，那个凌特助很扰人吗？"

"没什么。"念宛如闻言怔了怔，立刻笑道，"那个凌特助有品德问题，后来彦之将她辞退了。"

"嗯，这样不错。"念江成满意道，"你和彦之在一起，其实是有点委屈你了。当年我如果知道彦之后来也就发展成这样，定然是不会允准的……"

"爸，"念宛如担心顾彦之随时过来，立刻阻止了念江成的话，轻咳一声道，"这种事也说不清是如何，彦之对小遥好，对我好，我也就满足了。"

念江成深深看了念宛如一会儿，方才长长叹了口气。

他心底有隐隐的担忧，可是什么都没说。

顾彦之果然没让众人等太久，很快就匆匆赶到了。

他手中拿着不少文件，一进门就直奔念江成："爸，不好意思我才到。"

"没事，公事为重，这样是好事。"念江成看了顾彦之一会儿，意味深长道，"听宛如说，你最近一直公事繁忙，也没什么时间回家里。"

"我不是这个意思，"念宛如无奈地解释道，"我是说……"

"宛如是心疼你。"念江成打断了念宛如的话，淡淡道，"可是你也要记得，作为一个男人，总是要做得到家事和公司的事情并重。如果你整天都住在公司了，你让宛如和小遥怎么办？更何况以顾氏现在的规模，委实也到不了这个程度。如果上次你在，小遥也不至于出那么大的事。"

"爸，我就算在场，也看不出医生误诊了啊，"顾彦之的语气明显冷淡了一些，道，"更何况现在顾氏已经不错了，说起来上次估值已经超过了原本念家的产业，当然这也和……"

"你自己说，当年我们念家给你注资了多少？你父亲那边根本就借不上力。"念江成不冷不热道。

顾彦之忍住心底的怒意，点头称是。

念江成见顾彦之不多说了，方才觉得心底满意了些，道："我们都是过来人了，有些话让你听着，你就多听着些，对你肯定没坏处。"

顾彦之没说话，只是低下头，手却微微攥紧了拳头。

良久，顾彦之方道："爸身体都好了吧？"

"好多了，本来就没什么事。"念江成的脸色好看了些，道，"这个给你看一下，是一家德企。我帮你看过合同了，他们的要求并不高，刚好可以和这次政策对接。"

顾彦之眼神亮了亮，看了一会儿，又和念江成讨论了一番，愈发眉开眼笑起来："那爸觉得这个合同基本能敲定了吧？"

"明天你和他们负责人见一面吧，我都给你谈到这个程度了，如果还谈不下来，我也就帮不上什么忙了。"念江成往后退了退，道，"对了，顾先生身体还硬朗吧？"

"都挺好的。"顾彦之觉得刚刚的话怎么听怎么不对味，却还是按住没说什么，只是赔着笑。

"我听闻，顾先生的生日宴，来的人都是人物。怎么没见顾先生在生意场上帮你半点？"念江成的语气不太客气。

"爸！"听念江成越说越多，念宛如急了，紧忙想要阻止。

然而念江成只似笑非笑地看向顾彦之。

想来也是，当年顾家虽然比不上念家的势力威风，却也绝对是上层社会的。这样想来，念江成当年虽然心底不平，却也就将念宛如给嫁了。没承想过了这么多年，顾远山虽然始终活跃在上层社会，却是对顾彦之的生意全然撒手不顾。

顾彦之本就没什么商业头脑，念家少不得要处处帮忙。念江成无论如何都觉得自己这桩亲事亏大了。

顾彦之听着念江成这一句话一句话刺的，却也说不出什么。

的确，这些年顾家没给帮上半点忙，顾彦之想开口都没底气。

他低声下气地笑了："父亲的朋友……在商场的不多。"

"是吗？那这个拿去吧。"念江成这才将手中的合同向前推了推，叹了口气道，"我在生意场能多帮你一些，就多帮你一些。但是你明白我的意思，我不希望宛如和小遥跟着你在顾家受委屈，你明白吗？"

顾彦之心底颤了颤，下意识地看了念宛如一眼。念宛如神色带着点忧虑，却没有半点心虚神色，想来是没将前些日子的事情说出去。顾彦之刚松了口气，就听念江成又开口了："对了，凌筱蔓的事情处理干净了吧？"

顾彦之顿时觉得心一片冷寂，点头应了："当然，她本来也只是我的特助，出了这么一档子事，肯定是要辞退的。"

"嗯，这还差不多。"念江成轻笑一声，道，"彦之，虽然这样说肯定是过分了些，你口口声声说顾氏现在的估值，却也别忘了这二十年来，这些东西是谁一步步带给你的。"

"爸对我好，我心底清楚。"顾彦之只好干巴巴地应道。

念江成点点头，道："去吧。今天就不留你们吃饭了。"

"谢谢爸，有消息我再和您说。"顾彦之觉得自己今天真是低了太多次头了，脖子都要断了。

顾彦之出去的时候，长长地叹了口气，向后靠了靠："你们说出去了？"

顾卿遥摇摇头："外公自己听说了。"

"是么？"顾彦之显然不信，神色更冷了几分，道，"先送你们回家吧，我之后去公司一趟。"

"彦之……"念宛如轻声道，"你怎么还要去公司？"

"不是要去讨论合同吗？那么大的一份协议都拿到手了，我不好好对待。万一出了什么纰漏，念总不是又要觉得我无能了？"顾彦之的脸色难看至极，显然在念宛如面前连掩饰都省了。

念宛如尴尬地看着顾彦之："我不知道你会反应这么大……"

"爸爸如果不喜欢，和外公说就好了，真的没必要勉强自己拿着的。"顾卿遥小声道。

换做是旁人说这种话，顾彦之肯定要觉得是讽刺，定然要大发雷霆的。

可是说话的人是顾卿遥，他蹙蹙眉道："你不懂，这个合同很重要。你外公给拿下来了，对顾氏有很大的好处。"

"那你也不能在爸面前那样，到我面前就这样讽刺吧？"念宛如有点动怒了，"这是爸搭着人情拿过来的合同，你这样说，倒像是爸对不起你了似的。"

"这是念总看我可怜，施舍给我的合同，行了吗？我算是看懂了，不管我将顾氏做成什么样，你们眼里的我都是这样子！我就不懂，顾氏堂堂一个上市企业怎么了？委屈你了？委屈你了当初你就不该嫁！"顾彦之说到气头上就要求停车，"行了，我自己去公司吧，你们回去吧。"

"爸爸。"顾卿遥沉声开口。

顾彦之蹙眉，却还是下意识按捺了怒气："怎么了小遥？"

"爸爸，你不能这样欺负妈妈。"顾卿遥的神色很是认真，"外公这样说，的确是外公不好，但是爸这样对待妈妈，会让我觉得爸爸很陌生。我会害怕，妈妈一定也会害怕这样的爸爸。"

顾彦之微微一怔，眉头微蹙。

第4章

仿佛命中注定的相逢

良久，顾彦之方才干涩道："是我冲动了，刚刚的话你别放在心上。"

"嗯，好，我都知道，你放心吧。"念宛如轻声道，轻轻抹了抹眼泪，这才低声道，"我爸也的确是说话过了些，回头我和爸说说。"

"别说了，你我知道就成了。"顾彦之将车门又关上了，"先送你们回去吧。"

"嗯。"念宛如听着顾彦之的道歉，心底却还是一片空茫。

直到回了家，顾彦之离开了，顾卿遥方才看向念宛如："妈妈……"

"其实没事，你外公那脾气，你爸爸一直都忍不住。今天是我不好，我该说上一句的。"念宛如苦笑道。

顾卿遥看了念宛如好一会儿，这才轻声道："妈妈觉得后悔了吗？"

"什么？"

"每次都退让，妈妈后悔了吗？"

"后悔什么……"念宛如笑了，"上次妈妈说的话忘了？更何况你看你一句话，你爸爸就知道向后退，这就不错了。"

顾卿遥垂眸，良久方才道："妈妈要不要找点事情做？"

"找点事情？"

"嗯，比如……"顾卿遥话音未落，手机便响了起来。

她看了一眼，神色登时凝重了起来："妈妈，我可能要先去接一下电话。"

"去吧，不用为妈妈担心。"念宛如笑道，"我觉得我过得挺好的。"

她的笑容很是真切。顾卿遥脚步微微顿了顿，却是无论如何都笑不出来。

萧泽在门口等，见顾卿遥出来了，方才将电话放下道："小姐，那边的声音分析出来了，的确是凌特助。"

顾卿遥闭了闭眼："内容呢？"

萧泽直接递给顾卿遥一对耳机，顾卿遥蹙眉听着："……你真的不管你的孩子死活了吗？"

顾彦之的声音极小，却是咬牙切齿："闭嘴！"

你的孩子死活。

顾卿遥闭了闭眼，面如寒霜："萧阳能想办法取到凌依依的DNA（即脱氧核糖核酸，后同）吗？"

"可以，只要学校安排体检，取得凌依依的DNA并不困难。"萧泽轻声道。

"好，尽快，不能让凌筱蔓带着凌依依逃了。"顾卿遥的脸色难看至极。

最坏的可能发生了，如果凌依依真的是凌筱蔓和顾彦之的孩子，那么自己所经历的一切，究竟是不是顾彦之的筹谋已久？

想到这一点，顾卿遥的心几乎无限地沉了下去。她不知道念宛如这些年究竟是自欺欺人还是其他。她同样不知道，顾彦之是不是为了凌筱蔓和凌依依，所以背叛了她和母亲。

顾卿遥甚至不敢往下想，自己的车祸……和顾彦之有关吗？

这一切像是巨大的谜团，将顾卿遥压得喘不过气来。

她闭了闭眼，良久方才道："我出去走走。"

"小姐要去哪里？"

"去海边明珠滩吧。"顾卿遥轻声道。

萧泽本想劝说这个季节也太冷了，可是犹豫了一下，还是停住了："也好，小姐您穿这个。"

萧泽匆忙进房间拿了一件大衣过来，顾卿遥径自披上了。这才笑着看向萧泽："我提前问一句，你平时不是事事都向黎先生汇报的吧？"

"当然不。"萧泽呆了呆，"我是小姐的人。"

顾卿遥满意地笑了："乖。"

她伸手揉了揉萧泽的头。萧泽被揉傻了，觉得顾卿遥这是将自己当成小孩子了。

他很想辩驳自己并不是这样的，可是迟疑了一下，还是沉默了。

算了，只要顾卿遥开心，也没什么不好。

萧泽觉得顾卿遥活得太压抑了，甚至不像是这个年纪的女孩子该有的状态。

果然这个季节明珠滩的人并不多，顾卿遥在海边坐了一会儿，到底还是耐不住寒凉，寻了个咖啡厅坐下了。

她有一搭没一搭地和萧泽说着话，难得的放空果然有助于放松，然而没过多久，顾卿遥就下意识朝着一个方向看过去。

直觉告诉顾卿遥，那边有人一直看着自己。

她蹙蹙眉，道："萧泽。"

"你好。"那人似乎是看出顾卿遥发觉了，索性笑了笑，走过来递过来一张名片，"这位美丽的小姐，我是一名街拍摄影师，我想请问可以帮您拍张照片吗？"

顾卿遥看了一眼那张名片："慕寒？"

"对，我叫慕寒，抱歉刚刚一直在看您。只是您实在是太与众不同，我很想为您拍一张照片。"慕寒轻声道。

男孩子生得很是清俊，看起来年纪也不大。他开口彬彬有礼，并不惹人厌烦。

顾卿遥垂眸笑了笑，道："你的口音不像是海城人。"

"啊，对，我从小在国外长大，很少回来，所以口音可能有点奇怪，让您见笑了。"慕寒有点赧然地笑了。

顾卿遥想了想，道："你拍照片是为了兴趣爱好吗？"

"也不是。是我要参加一个摄影大赛，为了高校入学做准备。我想要学摄影专业，所以我需要用一组优秀的照片去说服我的面试官。"慕寒认真地说着，眼底充满了对未来的憧憬。

顾卿遥看着慕寒，忍不住弯唇笑了笑："不商用的话，可以拍摄，但是你之后需要将照片寄给我，可以吗？"

"当然，真的十分感谢您，太感谢您了！"慕寒显然已经做好了被拒绝的准备，闻言立刻大喜过望。

萧泽有点意外地看了顾卿遥一眼，见慕寒去和店家交涉拍摄事宜了，忍不住小声道："小姐怎么会答应？"

"他很喜欢摄影，也在努力为这个专业做准备。作为这个年龄的孩子不容易。能帮帮忙就帮帮忙吧。"顾卿遥笑笑。

倘若自己从前也有这样的韧性就好了，或许就不会栽得那么惨烈。

还好，她还有向前走的机会。

慕寒很快回来了，显然已经沟通好了。他紧张地架设了三脚架，又认真地对光源，轻声细语地和顾卿遥沟通了一下拍摄事宜，便连续拍摄了一整组照片。

仅仅是看着少年专注的神色，顾卿遥就微微有点出神。

淡淡的微光透过落地窗，映在顾卿遥的侧脸，让顾卿遥显得如梦似幻，美不胜收。

慕寒看了一会儿底片，深深地鞠了个躬，道："真的十分感谢您。"

"没关系，萧泽，留一下邮箱。"顾卿遥笑道。

"是。"萧泽立刻将自己的邮箱留下了。

慕寒认真记了下来，这才道："请问我该怎么称呼您？"

"我姓顾。"顾卿遥含笑道。

慕寒的神色却是微微变了变，很快恢复了平静："顾小姐，那么我之后会再和您联络，谢谢您。"

顾卿遥微微蹙眉，一个熟悉的声音却是插了进来——

"没想到你是这样乐于助人的性格。"

顾卿遥抬头，就见黎霖言正淡淡笑着，毫不客气地坐在了自己的对面。

顾卿遥无奈："准是萧泽将我的行踪泄露了。"

她虽然如是说着，脸上却写满了笑意，哪里有半点不悦。

黎霖言手指在桌上轻轻敲了敲，却是笑道："你这可冤枉萧泽了。我之前就常来这边走走，很能静心，不过……刚刚那人给你名片了？"

"嗯，不过好像没有姓氏。"顾卿遥说着，将名片递了过去。

黎霖言看了一会儿，道："希望真的只是街拍爱好者。"

"他的很多发音的确带着美音转化过来的小毛病，"顾卿遥道，"估计是在美国长大的华裔。"

"是吗？"黎霖言若有所思。

"不过刚刚他听到我的姓氏，似乎有点意外。"顾卿遥蹙眉。

黎霖言沉默半晌，方才道："不必多想，一个人的邮箱能够暴露很多事，我回去帮你查查就是。"

"国外注册的也可以吗？"

"至少能查到地址。"黎霖言心说，也能查查是否有过图谋不轨的黑历史。

顾卿遥点点头，自然道："那就麻烦黎先生了。"

"我似乎说过，你可以叫我名字。"黎霖言含笑。

顾卿遥的心跳陡然慢了一拍，抬眼看过去。

黎霖言挑挑眉。

"那我还是叫……"

"小叔叔吗？如果你叫得出口的话，我倒是没有那么介意。"黎霂言笑意渐深。

怎么觉得自己被调戏了？

顾卿遥咬咬牙，开口："黎霂言。"

黎霂言微微一怔，几乎控制不住唇角的笑意。

顾卿遥这一声，简直像是咬牙切齿地要寻仇似的。

顾卿遥自己说出口也觉得尴尬得要命，她寻常叫旁人的名字都是如此自然。不知道为什么，面对黎霂言的时候，好像一切都变得不对劲起来。

黎霂言看了顾卿遥一会儿，这才轻笑了一声："卿遥。"

顾卿遥顿时觉得世界都变得有点混沌模糊，而她的眼前，只剩下黎霂言含笑的脸。

良久，她方才怔怔地应了一声："嗯。"

"没什么，只是给你演示一下，叫旁人的名字该是这种语气。你刚刚叫我的时候，不知道的怕是认为你和我有仇。"黎霂言轻描淡写道，见顾卿遥面前的咖啡见了底，这才笑了笑，"走吧，带你去个地方。"

他的语气不容置疑，顾卿遥没多想，径自跟了上去。

不承想，黎霂言带顾卿遥去的，却是崇星大学。

"这……如果被他们看到了，是不是不太好？"顾卿遥紧张地往车后座缩。

看出了顾卿遥的心思，黎霂言笑了笑，将人拉住了："不用紧张，玻璃是单面透光的。外面看不到里面，你能看到操场吧？等下能看到凌依依他们出来，给你实时接听。"

黎霂言说着，递给了顾卿遥一副耳机。

顾卿遥怔了怔，点头接下。

果然，不多时耳机里面便传来了声音——

"这周末的话依依有空吗？"彬彬有礼的声音，是萧阳。

顾卿遥认真地听着，她知道对面的另外一个主人公是凌依依。

凌依依的语气显得十分雀跃："当然当然，我可以过去！"

"那我去你家里接你？刚好有个地方想要和依依一起去。"

"不……那个，我就在学校等你可以吗？我是住校的。"凌依依咬了咬下唇。

"抱歉，我也知道去你家里太唐突了。"萧阳紧忙道歉。与此同时，顾卿遥看到他们果然已经从教学楼走了出来，一路朝着操场绕过来。

凌依依急了，连忙摇头："不是这个问题，虽然我是海城人，但是……是我有点事情不方便和我妈妈一起住。妈妈也想让我学会独立。毕竟是个大学生了，所以我才一直都是住在学校的。"

"这样吗？"萧阳的语气听起来十分心疼，"我还以为，你有什么事情是不方便和我说的。"

"不，怎么会……"凌依依咬咬牙，忽然扑进了萧阳的怀里，"谢谢你，你一直对我这么好，我怎么会隐瞒你。我只是害怕，我如果真的对你说出了口，你会不会从此就嫌弃我了？"

"我怎么会嫌弃你，傻姑娘！我喜欢的是你的人，又不是你的家庭。"萧阳的语气深情款款。

顾卿遥在这边险些笑出来，这种上个世纪言情剧一样的台词，亏萧阳能够这样认真地说出来。

然而很显然，凌依依很吃这一套，甚至已经将整个人都埋进了萧阳的怀里，认真道："我爸爸他……"

"依依！"不远处，顾卿遥忽然听到一个无比熟悉的声音。

她看过去，果然是凌筱蔓在校门外，看着凌依依的眼神凌厉无比。

凌依依的脸色登时变了，却是没从萧阳怀里退出去，甚至根本没有朝校门口看。

"好像是你认识的人……"

"别动。"凌依依哑声道，"那就是我妈妈，我很害怕她。她对我一点都不好，从小就不和我住在一起。我有妈妈，和没妈妈是一样的。"

萧阳一怔，下意识看向凌依依。

"你会娶我的对吧？让我离开她吧，我真的不想继续和她有任何瓜葛了！"凌依依的情绪几乎崩溃了。

萧阳沉默了一会儿，这才问道："那你怎么不去找你爸爸一起生活？"

"我爸爸……"凌依依的笑容无比讽刺，"我哪里有爸爸，我爸爸的身份是不能接我回去的。"

顾卿遥听到这里，神色微微冷峻了三分。

而彼端，凌筱蔓已经在打电话联系学校帮忙开门了。

不多时，系主任果然匆匆出来了，将凌筱蔓迎了进去。凌依依被从萧阳那里强行带离，凌筱蔓的脸色难看得要命："给我出来！"

"妈！你这是干什么……"

"我干什么？你自己知道现在是什么时候，你还在这里想这些！"

"现在什么时候？"

后面的话，顾卿遥基本听不清了。

监听器戴在萧阳身上，而凌筱蔓的距离委实是太远了。

顾卿遥沉默地将耳机摘下来，看向黎霂言。

黎霂言淡淡道："如果你想说凌依依很可怜，那就不必了，凌依依也是……"

"我知道，"顾卿遥笑了笑，道，"萧阳和凌依依认识不过一周的时间。凌依依就能对萧阳这样，说是真心实意，我也是不信的，只是……有些事情忽然被认定为真实，我还是有点难过。"

"等DNA结果吧。"黎霂言只是平静地说着，顺手摸了摸顾卿遥的头。

顾卿遥一抬手，将黎霂言的手握住了。

不过是一个简单的动作，黎霂言的手却是微微僵住了。

"你……"

"谢谢。"顾卿遥轻声道，神色认认真真。

黎霂言沉默地想着，只是谢谢，为什么要握个手？

顾卿遥似乎也意识到了自己的失态，她轻咳一声，想要将手松开。黎霂言轻笑一声，径自反手掌握了主动权，这才道："你在面对我的时候，似乎总是很紧张。"

顾卿遥没说话，她也发现了这一点。

车祸事件后，她觉得自己已经足够成熟。可是在黎霂言面前，好像所有的城府都消失不见。她就像是一个真正的小孩子一样，在他的面前束手无策。

"怕我？"黎霂言眯起眼睛。

"嗯……可能是因为……"

黎霂言挑挑眉，耐心地等着顾卿遥的答案。

"你有点像是从前高中的教导主任。"顾卿遥鼓起勇气，认真道。

黎霂言现在不想做一个称职的教导主任了，他甚至有点想打人。

他也不知道自己期待的答案是什么，然而面前的小女人依然不知悔改地说着："就是稍微有点凶，但是我也知道，那样凶是为了我好，所以……"

"我什么时候对你凶过？"黎霂言沉声问道。

顾卿遥眨眨眼："你还抓着我的手。"

黎霂言脸色不太好看地松开了，定定地看向顾卿遥。

顾卿遥看了黎霂言一会儿，闷笑了一声："骗你的，我之前说觉得黎先生性格好，是真的这样想。你对我是真的好。"

听着顾卿遥的话，黎霂言倒是微微一怔。

顾卿遥想了想，将一份文件递过去："对了，之前想传真给你，可是有点担心，所以准备亲手给你。"

"是什么？"

"之前宴会的与会名单，我确认过了，一定没问题。"顾卿遥道。

黎霂言微微抿唇："谢谢。"

"不用。"顾卿遥道，"你帮了我那么多忙，只让我做这一件事，我心底已经很过意不去了。"

"那天那个偷拍的人找到了，"黎霂言说道，递过一张照片，"只是一个侧脸。"

顾卿遥盯着看了一会儿，摇头："没有印象。"

"是八卦小报的记者，叫陈东，"黎霂言道，"之前似乎是和顾先生很熟。因为几次顾氏的不利新闻，顾先生最后都和这人达成了协议，所以没有见报。"

顾卿遥没说话，只是微微皱起眉头。

黎霂言道："你想让我怎么做？"

顾卿遥一怔："我……这张照片上面没有你的正脸。显然是这个陈东并不敢开罪你，所以这件事我自己处理就好。"

"如果是顾先生做的，那么你自己是无法处理的。"黎霂言毫不犹豫道。

顾卿遥闭了闭眼："我真希望不是他做的。"

黎霂言看向顾卿遥，她的眼底滑过一丝脆弱。"我一直觉得父亲是爱我的，可是倘若连这件事都是父亲做的，我真的无法再自欺欺人了。"

这一次，黎霂言主动伸出了手，覆在了顾卿遥的手上。

他的动作很温柔，宽厚的手掌覆在顾卿遥的手背，然后反手，将顾卿遥的手指一根根握在手心。

顾卿遥屏住呼吸看过去，就见黎霂言的神色很是认真："今天下午体检，明天DNA结果就能出来。不管结果是什么，都没什么可担心的，毕竟……"后面的四个字，黎霂言似乎是下定了决心，方才说了出来，"我会陪你。"

顾卿遥沉默良久，方才弯唇笑了："谢谢。"

她知道黎霂言没办法陪她太久，不过是合作关系而已。黎霂言现在的所作所为，已经让顾卿遥很感动了。

她必须要一次次说服自己，黎霂言和顾家的过去那么惨烈，他们之间……其实是连一点薄如纸的感情基础都没有的。

黎霂言的确好，可是那样的好，永远都无法属于自己。

顾卿遥微微垂眸，小心地将自己的手从黎霂言手中抽出来。骤然接触到外面微凉的空气，顾卿遥的手指竟然也下意识地瑟缩了一下，她笑了笑，这才问道："黎先生对每个女孩子都这么好吗？"

黎霖言面色慢慢沉下去："你将我当做什么了？"

顾卿遥能够感受得到黎霖言隐藏的怒意，她轻咳一声，还是认真地问了下去："那……你为什么会对我这么好？黎先生，你不用以合作关系来搪塞我。我知道刚刚那一切不只是合作关系可以解释得了，还是说……黎先生希望我喜欢上你？"

她的语气太认真了，连眼神都是毋庸置疑的真切。

黎霖言却忽然觉得语塞。

他发现他被难住了，被这个比他年轻快十岁的女孩子的问题困住了。

就像是被缠绕成茧，在原地动弹不得。

黎霖言静静看了顾卿遥良久，方才用最古井无波的语气开口："因为我很欣赏你。你还很年轻，但是对未来的路有很明确的规划，说是喜欢金融领域也不仅仅是说说而已，而是真正付诸实践。在怀疑你的父亲出轨时，你能第一时间找到最好的回击方式。你的情商也很高，懂得什么时候该说什么话。在你的同龄人中，这很难得，所以……"

黎霖言一本正经的语气让顾卿遥简直瞠目结舌。

她从来都没有想过，自己明明想要听黎霖言的真心话，结果被黎霖言直接开了个表彰大会。

黎霖言顿住了，微微蹙眉，心说，难道顾卿遥对这个答案不满意？

他顿了顿，干巴巴地补充了一句："而且你还很可爱。"

一句话，顾卿遥的脸腾地红了："谢，谢谢。"

黎霖言的唇角微微弯起："理由够充足了吗？"

足够了，再说下去顾卿遥觉得自己简直要膨胀爆炸了。

"不过你最近外汇亏了些吧？如果资金短缺的话，我可以……"

"没关系。"顾卿遥紧忙道，"虽然外汇亏了，但是我并未将所有资金都投入进去。这些已经很多了，我都不知道要怎么报答你……"

"说到报答……刚好下周二我生日，有空吗？"

鬼使神差地，黎霖言开口问道。

其实开口的瞬间，他就有点后悔了。

他从来不会庆祝生日，这个日子对他而言，并不是一个值得开心的日子。可是看到顾卿遥眼底顿时亮起的光，黎霖言还是微微弯起唇角。

他忽然不后悔了，或许这个生日，可以有一些其他的意义。

顾卿遥几乎没有犹豫，立刻点了头："当然，不过那天你要办生日宴吗，还是说……"

顾卿遥没有说下去，只是笑吟吟地看着黎霂言。

黎霂言心底微微一动，微微扬起唇角："人不会很多。"

"好。"顾卿遥完全没有想到，黎霂言所谓的人不会很多，最后会是怎样的情境。

她犹豫了一下，忽然想起了另外一桩事："对了，说起DNA鉴定结果，你有我父亲的DNA资料吗？需要我直接想办法带出来吗？"

黎霂言的神色有那么一瞬间的默然，却是很快道："不必了，这边应当是有过的。"

顾卿遥没多想，点头应了。

黎霂言看了一眼时间，道："一会儿要去见一个朋友，先把你送回去。"

"没关系，我也刚好要去见同学。"顾卿遥笑道。

"林夏雪？"

"嗯，对。"顾卿遥点点头，"你倒是对我身边的朋友很熟悉。"

黎霂言轻笑一声："她和岳景峰关系不错。倘若当真有一天，她要在你和岳景峰之间抉择，你觉得她会如何？"

顾卿遥微微一怔，旋即笑了："她不会有这个机会的。因为我以后不会和她争夺岳景峰，换言之……我和她不是竞争关系。"

"是吗？岳景峰向你求婚时，她也在场吧？希望她也会这样想。"黎霂言微微顿了顿，道。

顾卿遥垂眸道："我想……林夏雪对这些未必不知情，做这样的事情，她也讨不到什么好处去。"

黎霂言却只是淡淡笑了笑，没有多言。

顾卿遥和林夏雪约的是西城咖啡厅，顾卿遥到的时候就见林夏雪正在靠窗的位置上坐着，匆匆地摁着手机。

见顾卿遥进来了，紧忙将手机屏幕朝下压下去，不好意思地笑了笑："你最近是不是很忙啊……我看一直和黎先生在一起。"

顾卿遥笑笑，道："还好。你这么急着找我，怎么了？"

"景峰学长约我了。"林夏雪咬住下唇，轻声道。

顾卿遥一怔："那不是好事吗？"

"他问了我很多事情，都是关于你的。"林夏雪抬眼看向顾卿遥，眼底满是泪水，"他问我你最近怎么了。他说你很反常，很久没有理会他了。他不知道是不是你还在介怀之前车祸的事情……"

顾卿遥没说话，只是轻轻用手指摩挲着杯沿。

"卿遥，你在听我说话吗？我觉得我喜欢景峰学长可能真的是个错误。他太喜欢你了，他之前能向你求婚，以后也是一样的……"林夏雪几乎要哭出来了。

顾卿遥摇摇头："他向我求婚……也是因为我父亲的关系吧。"

"顾叔叔的关系？"林夏雪一怔。

"嗯。"顾卿遥点头应了，"父亲似乎很中意他，而且我家和岳家一直有商务往来，所以岳景峰才会对我愈发上心上意。上次车祸的事情，我这边心怀芥蒂，岳景峰那边想必也一样。而且岳景峰……大抵也不知道你的心思。"

林夏雪哑声道："我明白你的意思了。你是想说，你的家境让岳家很满意，所以岳景峰才会想追你的，是吗？"

顾卿遥有点诧异地看了林夏雪一眼。

林夏雪这句话带着浓浓的醋意，让顾卿遥几乎有点意外。

她记忆之中的林夏雪可从未有过这样失态的时候。她这语气，简直是在怪责自己了。

林夏雪显然也意识到自己刚刚说错了话，她哑声道："抱歉，小遥。我知道你对我好，我不该这样说的，可是我就是不甘心……如果我也有你这样的家境，景峰学长怎么可能不正眼看我一眼？我也没有哪里比你差啊……"

顾卿遥将手中的咖啡杯慢慢放下了。她垂眸笑了笑，道："夏雪，你的确哪里都很好，岳景峰不是喜欢不喜欢你的问题，可能是根本没往那方面去想。"

"这样吗？"林夏雪问道。

顾卿遥微微颔首："嗯，你那么好，他不会不喜欢你的。"

林夏雪犹豫了一下，方才小声道："其实我今天之所以这样急着找你，是想让你帮我一个忙。"

"嗯，你说。"

"我想去你家里借住几天，行吗？"林夏雪低声问道。

顾卿遥一怔："来我家？"

"对。"林夏雪连连点头，"我爸妈这几天又吵架了，我真的是烦不胜烦。卿遥，求求你了，你就收留我一周就好。"

"一周？"顾卿遥有点诧异。

林夏雪伸手轻轻拉了一下旁边的包，道："我保证不添乱，就这一周的时间……"

顾卿遥刚想答应，迟疑了一下，方才道："这样吧，我在市中心还有一间房子，不然你直接去那边住？家具都是齐全的，你只要拎包入住就好了。"

"啊?"林夏雪明显愣住了,"可是,可是……"

她似乎想不出一个合适的理由,而顾卿遥已经笑着开口阻住了她全部的话:"就这样吧,那边安保也挺好的,离这里也不远,我让人送你过去。"

林夏雪一脸的悻悻然:"好吧,我本来还想和你住在一起呢。"

"我这边最近可能不太方便。"顾卿遥自然地推拒道,"没关系,你在那边有什么事情的话,直接给萧泽打电话就好了。"

不知道为什么,林夏雪张了张嘴,最终还是没有说话,只是叹了口气趴在了桌上:"那谢谢你啊,卿遥。"

"不用。"顾卿遥平静地笑笑,"你就这些行李吗?"

她看着林夏雪地上放着的行李包。

林夏雪点点头,叹了口气道:"我又不是你,哪里有那么多东西可以装。"

"那要给叔叔阿姨打个电话吗?"顾卿遥又问。

"不用,他们现在也没心思理会我,我说了来找你了。"林夏雪紧忙道。

顾卿遥笑笑:"好。"

虽然这样说,顾卿遥安排萧泽将林夏雪送了出去,还是拨通了林夏雪父母的电话,将那个房子的地址给说了一遍,这才蹙眉将电话放下。

顾卿遥微微垂眸,待到萧泽匆匆回来,这才问道:"觉得怎么样?"

"没什么异样。只是小姐,她忽然要来家里住,总归是有点奇怪,而且上次也是,她手中的药粉分明是禁药,不知道她从什么途径拿到的……"萧泽的语气是明显的担忧。

顾卿遥蹙蹙眉,道:"没关系,让人盯着些吧。最近就别让她来家里做客了。"

"是。"萧泽应了,顾卿遥的手机却是响了起来——

她看了一眼上面的名字,唇角就添了三分无奈:"岳少。"

"顾小姐,你在哪里呢?"岳景峰的声音听起来十分愉悦。

顾卿遥微微蹙眉:"我在外面呢,岳少有什么事情吗?"

"那顾小姐猜猜我在哪里呢?"岳景峰笑意更深了。

顾卿遥沉默下来。

她不需要猜了,因为她已经看到了——

岳景峰就在咖啡店落地窗外,笑容满面地看着自己。

如果从前就有这么多巧合,顾卿遥一定会觉得幸福无比,可是此时此刻,顾卿遥只觉得淡淡的烦厌。

她强自弯起唇角笑了笑,就见岳景峰已经将电话放下推门而入了:"顾小姐，真是太巧了。"

他的语气都是雀跃的，顾卿遥却只是平静地笑了："岳少是不是和夏雪联系了？"

林夏雪将自己的消息卖给岳景峰，也不知道是怎么想的。

岳景峰脸色僵了僵，点头应了："不过也是有缘分啊！我就在这附近，所以就匆忙过来了，想要和顾小姐见一面。"

"嗯。"顾卿遥微微笑了笑，道，"岳少有什么事？"

"没……没什么事……这位是？"

"是我的助理。"顾卿遥道。

她每句话都言简意赅，让岳景峰的热情显得有点无所适从。他轻咳一声，只好没话找话："顾小姐等下要去逛街吗？"

"不去了，等下要回家休息了。"

"哦……那不如我们一起去看场电影？最近有个文艺片，我想顾小姐一定很喜欢。"岳景峰紧忙道。似乎是看出顾卿遥并不喜欢太过亲近的关系，他最近也不怎么好意思直接叫顾卿遥名字了。

顾卿遥笑笑，看向岳景峰："岳少，夏雪也很喜欢文艺片。"

"不……可是我想约的人是你啊。"

"我想问岳少一个问题，岳少现在还喜欢我吗？"顾卿遥言笑晏晏地抬头。

她的眼神温和而宁静，让岳景峰下意识地吞了口口水，几乎是不受控制地点了点头。老实说，从前岳景峰还真没那么喜欢顾卿遥。她追在他后面的样子让岳景峰说不出的烦厌。可是车祸之后，她开始疏远自己，也不再像是从前一样做他的小尾巴，他却慢慢开始关注顾卿遥了。顾卿遥明显学会了打扮自己，开口讲话的时候也学会了拿捏气度。岳景峰现在甚至不敢去看顾卿遥的脸，只能听到自己心跳的声音，扑通扑通。

他忽然发现自己不是因为父亲才接近顾卿遥了，相反，从前认为是任务的事情，现在变得格外让人期待。

顾卿遥却是轻轻叹了口气，将咖啡杯放下了。

她看向岳景峰，方才道："岳少，我有个问题一直想要问你。"

"你说。"岳景峰紧忙正襟危坐。

"车祸那天的事情，警方也没查出什么来。"顾卿遥的语气出乎寻常地平静。她看向岳景峰，顿了顿方才道，"你心底真的没有什么想法吗？"

"我……"岳景峰尴尬得不行，顿了顿方才道，"不是没有什么想法，是我不知道该怎么说。我的确挺恨黎霂言的，但是那不关顾小姐你的事。我之前喜欢你，车祸那件事我是真的担心你，我……我真的一点谎话都没说。"

顾卿遥只是垂眸笑了一下："我记得你从前并不喜欢我。"

"我那时候不是觉得配不上你吗，"岳景峰闭了闭眼。他曾经在心底对自己说过无数次这样的话，现在说起来也是相当娴熟，"顾小姐，我现在还是喜欢你。我知道车祸让你对我有了隔阂，可是……我不想就这样放弃，我希望你还能给我一次机会。"

顾卿遥将这些话牢牢记在了心底，道："岳少，其实我也是后来才发现，我之前自忖喜欢你，可我对你了解并不多……"

岳景峰连忙道："那没关系，我不介意重新追你。这次我追得久一点，我……我说喜欢你是真心的。顾小姐，请你再给我一次机会！"

顾卿遥看着岳景峰，说不出心底的滋味。

这些话，她从前从来都没听过。

有些时候顾卿遥也会忍不住去想，岳景峰现在能这样说，那当时病床前向自己求婚的时候是真心的吗？

还是说……不过是为了岳家的发展？

可是现在，她看得到岳景峰眼底的诚意，却是无论如何，都再也无法动心了。

"我今天要先回去了。"顾卿遥将手包抓起来，心情有点说不出的烦躁。

"啊……顾小姐真的不去看电影吗？有点可惜啊，那个电影真的很好看。"岳景峰急切道。

"今天就算了。"顾卿遥微笑道，"下次有机会吧。"

"好吧。"岳景峰叹了口气，"那我送顾小姐回去。"

"不必了，梁叔已经过来接我了。"顾卿遥的笑容完美得无懈可击。

岳景峰说不出心底莫名的失落从何而来，只好点点头应下，看着顾卿遥转身离开。

顾卿遥什么话都没说，只是静静地坐上车，这才闭上眼。

萧泽的声音在耳畔响起："小姐，岳家最近正在忙着招投标的事情。岳景峰这个时候找到小姐，很可能是希望小姐帮帮忙。"

"就算是没有我，父亲就不会偏袒岳家了吗？"顾卿遥平静地问道。

"好像也是。"萧泽点头。

"不过我就是不懂，为什么父亲就那么坚定地认为岳景峰人不错，甚至愿意将我下嫁给岳景峰。"顾卿遥睁开眼，神色有点难看。

梁忠齐正在放着说书人说的书，里面刚好讲到一句——

"喜欢一个人，就是希望她活得好，像是父母对儿女就是如此，总归是舍不得自己的孩子受哪怕一丁点委屈……"

顾卿遥听得出神，眉头微蹙，沉声道："不回家了，我去公司一趟。"

"小姐？这个时候快下班了，顾先生未必在公司……"梁忠齐一怔。

顾卿遥道："没关系，我不去找父亲。"

"是。"梁忠齐虽然不知道顾卿遥要做什么，却还是立刻应了。

顾卿遥微微垂眸，很快，车子就停在了顾氏楼下。

她径自走了进去，看向前台："我要找一下王部长。"

"王部长？"

"对，宣传部的，你直接报我的名字吧，我叫顾卿遥。"顾卿遥笃定地笑了。

果然没过五分钟，就见王同伟匆匆地冲下来了。见到当真是顾卿遥，顿时就添了满满的笑意，道："顾小姐，您怎么过来了？是顾总……"

"刚好来公司，想了想也不认识什么人，就想见见王部长问些事情。打扰王部长工作了吗？"顾卿遥微笑问道。

她的笑容温和而有礼，王同伟简直心花怒放，立刻摇头："不，我本来也准备下班了，那……"

"去楼上咖啡厅吧，麻烦王部长了。"顾卿遥遥遥看着总裁电梯开门了，就知道定然是顾彦之下来了，立刻道。

王同伟立刻喜滋滋地跟上去了。

顾卿遥点了一杯果汁，这才看向王同伟："王部长，我想问一下公司最近人事变动的事情。"

"啊……"王同伟多么人精，听顾卿遥这么一问，立刻就明白顾卿遥的意思了，"顾小姐是想问那个凌筱蔓吧？"

顾卿遥唇角微弯。

"这话……我这也不好说啊。"王同伟显然有点为难，小心地看了顾卿遥一眼。

顾卿遥含笑道："王部长，你是公司的宣传部长。听说你对公司的大事小情都是很熟悉的。那么不知道王部长是否知道，凌筱蔓为什么会从那个位置上掉下来？"

王同伟心底一凛。

其实凌筱蔓和顾彦之在公司的事情，很多人都有所耳闻。

一个漂亮却没有什么真才实学的女特助，怎么会让人浮想联翩。

尽管凌筱蔓在诸多事情上都会相当注意，可是王同伟太明白了……

那两人肯定是有问题。

此时顾卿遥这么一说显然就是在警告了。王同伟的脸色变换良久，最终还是叹了口气道："顾小姐，这样说吧，凌特助和我们顾总之间……"

"王部长……"顾卿遥余光一瞥，脸色微微一变。

"王部长，这个时候还在这里，是忙着加班吗？"一道声音陡然插入进来，顾彦之脸色似笑非笑的，"不像啊，看来王部长与卿遥很熟悉。"

顾卿遥笑了笑，道："父亲。"

"这……"王同伟被吓了一跳，想到刚刚顾卿遥的提醒，肯定是让自己注意。没想到自己就这样忽略过去了，他感觉自己的后背满是冷汗，却紧忙道："顾总，我与顾小姐也只是一面之缘。顾小姐，顾小姐刚好来公司，所以我就请顾小姐上来喝杯咖啡。"

他本就是在生意场浸淫已久，此时脸色都不带半分的紧张。

顾卿遥也抬手看了一眼时间，笑道："本来下午刚好和岳少见了一面，想来公司找爸爸一起回家的，没想到一聊天就忘记了时间。"

"是吗？"顾彦之问道，神色却看不到多少缓和，只道，"好了，小遥，今天我刚好提前下班，回去吧。"

"嗯。"顾卿遥乖乖站起身，跟了上去。

一路上，顾彦之都没怎么说话。快到家的时候，顾彦之忽然开了口："上高架桥上转一圈。"

梁忠齐一怔："顾总……"

"转一圈。"顾彦之蹙蹙眉，看向顾卿遥，"小遥，前台说，你今天去就直接找了王同伟下来，你找他有事？"

"嗯，本来是想问些事情的。"顾卿遥轻声道。

顾彦之脸色不怎么好看："有什么话你不能直接来问爸爸。要去问王同伟？"

"我想问一下凌筱蔓是否真的被开除了，我不敢直接问爸爸，我怕爸爸骗我。"顾卿遥气鼓鼓地抬起头，眼底已经有了些许泪意。

顾彦之顿时有点手足无措："小遥……"

"爸爸，凌筱蔓真的被爸爸开除了，是吗？我总觉得如果再这样下去，我们家就要完了。"顾卿遥哑声道。

顾彦之怔住了，他想起念宛如至今没有苏醒的记忆，只觉得心底有点不是滋味。

他看了顾卿遥良久，这才伸手轻轻揉了揉顾卿遥的头顶："你这孩子说什么呢……"

"爸爸喜欢凌特助吗？"顾卿遥迅速地问道。

这个问题分明已经是重如千钧,却被顾卿遥平静万分地问了出来,像是一个寻常的问题似的。

这个问题,从前的顾卿遥察觉不到,而念宛如……是永远不会自降身份问这种话的。

所以只有现在的自己,顾卿遥默然无声地攥紧拳头,问道。她的袖子中藏着一支录音笔,神色无比凝重。

"怎么可能……"顾彦之轻咳一声,像是在掩饰心情一样,这才重复了一遍,"小遥,你不要问这种话,你怀疑爸爸,你让妈妈怎么想?"

顾卿遥摇摇头:"我不会告诉妈妈的,但是爸爸,我很担心。"

顾彦之这次回应得很快:"这种问题爸爸就可以告诉你。凌筱蔓被开除了,往后也不会再有凌筱蔓这种事了,她只是在爸爸的公司工作一段时间,和我没有任何私人关系,你可以放心。"

顾卿遥没说话,只是重重点了点头。

她多么希望这是真的,可是现在,她发现自己已经没办法去相信了。

顾彦之看了顾卿遥一眼,道:"现在开心了?"

"嗯。"顾卿遥抬头笑了。

"那就好,"顾彦之看起来心情不错,"今天谈下来和岳家的合作了,以后和岳家有一个长达五年的合约。"

"说起来爸爸,和岳家的合约是做什么的?"顾卿遥问道。

"是一个投资合同。岳家现在准备在海城开一家共享汽车的分公司,我们决定注资五千万。"顾彦之说着。

顾卿遥一怔:"那这个投资合同,能让我来负责吗?"

"你要负责和岳家的合约?"顾彦之有点犹豫。

"嗯,如果现在已经洽谈好了,那么之后的后续签约,我想跟着一起去做。"顾卿遥认真道。

顾彦之想了想,还是应了:"也好,但是你不能做负责人,可以跟着一起去签约。岳家现在应该是岳总在负责,你到时候和他直接接洽,也可以和岳家人多熟悉一些。你和岳景峰之前……"

顾卿遥点头打断了顾彦之的话,笑道:"好,那爸爸就答应我了!"

"嗯,答应你了。"顾彦之神色复杂地笑道。

顾卿遥的手机短促地响了一声,顾卿遥拿出来看了一眼,下意识看向顾彦之。

"怎么?"

"没什么,是夏雪,"顾卿遥随口说道,"她家里父母吵架了,想来家里借住，我让她去市中心那个房子了。"

"嗯，夏雪那孩子人也不错，从小和你也亲近，"顾彦之显然没多想，只是平静地笑道，"你和她平时多走动，也不是什么坏事。"

顾卿遥却是下意识地又去看了一眼手机，她只觉得手脚冰凉。

那是黎霖言的短信，上面是言简意赅的一段话——

"DNA检验结果出来了，我发给你。"

下面是一张图片，顾卿遥看着上面的鉴定结果，心底仿佛也跟着冰封起来。

顾卿遥闭了闭眼，看向窗外。

顾卿遥到家的时候，很快就找了个由头上了楼。她窝进被子里将那检验报告看了一遍又一遍，只感觉到自己的眼泪顺着脸颊落了下来。

那些自己最不愿意承认的一切，尽数化为了无法改变的真实。

顾卿遥抹干了眼泪发过去："谢谢你，霖言。"

果然打字比直接开口容易多了。

然而让顾卿遥措手不及的是，黎霖言的电话径自打了过来："你还好吧？"

"我……我没事。"顾卿遥紧忙道。

黎霖言沉默片刻，声线微沉："哭过了？"

"没有。"顾卿遥连连否认，"只是刚刚在被子里面看的，可能声音有点闷。"

她想要让声音带着点笑意，却无论如何都做不到了。

那边久久地沉默着，顾卿遥有点受不住这样的气氛了，轻声道："谢谢你，我没想到结果这么快就能出来。"

"想过要怎么利用这份报告吗？"

"还在想。"顾卿遥微微垂眸。

"嗯，这种事情也不急在一时。这些天我也会帮你多查一下他们的情况。"黎霖言努力温和地说着。

顾卿遥认真地听了一会儿，点头："我想要知道，在凌依依成长的过程中，父亲究竟是否参与过。我是说，银行记录之类的，应该能查出来。"

"没错，如果是的话……"

"可以作为转移共同财产论。"顾卿遥觉得每一个字都变得极为困难。

那是她的父亲，至亲至爱的父亲，可是现在，她却要用全部的手段来查明曾经发生的一切。

是如此冰冷，却又如此真实。

良久,黎霂言方才说道:"卿遥,我知道接受这些对你而言很困难。如果你觉得心底不舒服,随时可以和我说。有什么我能帮得上忙的,也可以直接发消息给我,随时都可以。"

顾卿遥微微一怔,弯起唇角笑了:"谢谢。"

"开心一些了吗?"

"嗯。"顾卿遥认真点头。

黎霂言的语气也带了三分笑意:"那就好,别闷在心底。"

其实后来过了很久,顾卿遥都记得那天黎霂言的声音,是那样的温柔,温柔得仿佛沁入人心。

在那个冰冷的晚上,顾卿遥感觉得到温暖,被牢牢地紧握在手心。

她闭了闭眼,道:"我想到怎么办了。"

"需要帮忙吗?"

"不需要,这些已经足够了。"顾卿遥含笑道。

"好,那你去准备吧,我就不打扰你了。"黎霂言微微笑了。

顾卿遥点头应了。

她下楼时,就见顾彦之正笑着和念宛如讨论着什么。见顾卿遥下来,念宛如紧忙挥了挥手:"小遥,快来看看,爸爸问你下次年假我们去哪里玩呢?"

顾卿遥一怔,点头笑道:"反正不能去海岛,那边过些日子就要太热了。"

"是啊,我说要去美国逛逛,可是你爸爸觉得无聊。不然去欧洲怎么样?"念宛如兴致勃勃地说着。

顾卿遥看着念宛如满是期许的样子,心底不由得一痛。

她不知道怎么去告诉念宛如适才发生的一切。

顾卿遥看向顾彦之,就见顾彦之的眼神带着些许探寻。她心底一凛,笑着应道:"我觉得美国和欧洲都不错,可是欧洲的话这个季节去挺好的。"

"那就去欧洲吧,你不是之前还想去冰岛吗?这次刚好可以一起并入行程。"顾彦之含笑道。

"好,不过这个季节没极光了吧,有点可惜……"念宛如犹自说着。

顾卿遥却是看向了顾彦之:"对了爸爸,我刚好有件事要问爸爸。"

"嗯,你说。"顾彦之将手中的电脑放下。

"我有个好朋友这周末想邀请朋友一起开个烧烤会但没有场地,我想让他们都来我们家后花园算了。"顾卿遥笑着说道。

顾彦之笑了:"我还当是什么事,刚好这周末我和你妈妈都在,你让他们来就是了。"

"嗯，谢谢爸爸！"

"这周末我可能不在，小遥需要帮忙准备什么吗？记得提前和梁叔说。"念宛如看向顾彦之，笑道，"我这周末要去参加一个远足活动的，李夫人他们都过去。"

"也好，李家最近的实力也不容小觑，你和她多走动走动，将来也好说上话。"顾彦之没多想，只点点头应了，道，"到时候让梁叔找人将后花园收拾一下。在那边烧烤挺好的，我们都挺多年没去那边了。"

"谢谢爸爸！"顾卿遥笑着应了。

很快，萧泽便将一切都安排好了，待到顾卿遥回到房间，便一一汇报道："小姐，那这周六，萧阳就会带着凌依依过来。"

"嗯，好。"顾卿遥神色如常。

"小姐是打算看看顾先生的反应吗？"萧泽一边说，一边也觉得有点心疼。

顾卿遥一直以为自己是顾彦之的独女，活到了二十二岁，却忽然发现外面还有一个只小了一岁的凌依依。换做是谁，怕是都接受不了。

可是顾卿遥的神色无比平静，仿佛根本不曾被影响到一般。

"我要让他这辈子都不能认这个凌依依。"顾卿遥的笑容很是冰冷，"我还要知道，在此之前，究竟父亲曾经允诺过凌筱蔓什么。"

这些事情或许与自己险些惨死的原因有关，顾卿遥再怎么不愿意承认，现在却只能这样推测了。

所有的一切，都在慢慢揭开帷幕，顾卿遥闭了闭眼，道："凌依依不可能不认识我父亲。"

凌依依和萧阳的对话录音，顾卿遥没有告诉任何人，却是听了无数遍。

她清楚地记得凌依依在提起自己父亲时避讳的态度。即使是对萧阳，对她最喜欢的男孩子，她也是十分冷静，从未露出半点破绽。

既然如此，顾卿遥冷笑一声。她要当着所有人的面，让她的梦想彻底破灭。

她就不信，当着那么多人的面，顾彦之敢认凌依依！

顾卿遥淡淡道："记得上次爷爷生日宴来的人吗？"

"是。"

"按着上面，将所有同龄人都请来，尤其是白家，李家，一个都不要忘了。"顾卿遥的神色无比冷峻而清醒。

萧泽立刻应了，转身出去准备。

顾彦之无论如何都没想到，他随口应下的烧烤会，竟然会变成这么多人的盛会。

他盯着名单看了半响，确认了没有什么出格的人出现，这才点头道："好，记得重新编排一下椅子，最初想到的比这样要少不少。"

"嗯，谢谢爸爸，这次麻烦爸爸了。"顾卿遥甜甜笑道。

顾彦之没多想，只是笑着拍拍顾卿遥的肩膀："挺好的啊，这上面的人都很眼熟，你和他们多交际，也不是什么坏事。"

顾卿遥道："大家估计也快到了，那爸爸我就先出去接人了。"

"嗯，我一会儿就过来，你们先忙着。"顾彦之心说等下还是要出去打个招呼的，他本以为是小孩子的家家酒，没承想这次半个海城的商二代都被请来了。

没想到卿遥这位朋友……倒是挺神通广大。

果然，不过一会儿，顾彦之就下楼了。见所有人觥筹交错谈笑风生，顾彦之微微笑了笑，刚想转头，目光却陡然凝住了——

怎么会？！

凌依依怎么会在这里？

他几乎下意识要走过去，就见凌依依旁边站着一个男孩子，似乎是正在说着什么，而凌依依已经高高兴兴地朝着自己走来了！

顾彦之下意识想要向后退，然而旁边都是人。他这样狼狈地离开，定然会成为明天的话题。顾彦之惊恐地发现自己竟然无路可走！

"爸爸。"凌依依走到了顾彦之面前，几乎是下定决心一样，哑声开了口。

音乐声刚好戛然而止，全场寂静，只听到凌依依这句话。

一瞬间，仿佛平静的湖面落入了一颗石子，气氛陡然炸开。

所有人屏住呼吸，难以置信地看过来。

顾卿遥怔住了。下一秒，她径自走了过来，看向凌依依："这位小姐，你这是在说什么？"

凌依依一怔："可是，那个……"

她下意识地想要找萧阳。萧阳说要给自己一个惊喜，说自己的父亲终于愿意当众承认自己了，说自己很快就有父亲了！

所以她才兴高采烈地来了，可是现在看来，怎么不是这样啊？

凌依依有点急了，看向顾卿遥，脸红脖子粗地开口道："你还不知道吧？这是我父亲，我……"

"这位小姐，你这是在胡说些什么？"顾彦之简直惊呆了！

他在这里看到凌依依的时候就觉得不对劲,凌筱蔓怎么能没看住凌依依,竟然将她给带到了这里?

而现在,凌依依的一番话,他简直不能想象!凌依依是疯了吗?她这是想要当众逼迫自己认下她?

自己又不是疯了!

凌依依的眼底满是泪意,难以置信地看向顾彦之:"爸爸……你是又打算抛下我了吗?"

"这不是那个凌依依吗?"

"啊……崇星大学那个?"

"对啊……她怎么在这里啊?"

"她不就是个特助的养女吗?听说那个特助很努力才将她送进崇星大学的。"

"这可别是疯了吧?怎么忽然来认顾先生啊……"

耳畔的声音像是炸开了一样。

凌依依盯着顾彦之,等着顾彦之的答案。

"你是凌依依小姐?"顾卿遥蹙眉问道。

"对。"凌依依立刻点头,脸上满是耀武扬威。

"我知道你,你是凌特助的养女,"顾卿遥冷着脸问道,"是谁告诉你,你是顾先生的女儿的?"

"我……"凌依依想要去拉萧阳,一回头却发现萧阳哪里还在身边?不知何时,萧阳已经不见了。

"我就是顾先生的女儿!"凌依依咬紧牙关,她听到了那么多讽刺,这让她无法后退了。她只能咬着牙开口,"你想必就是顾卿遥吧……我知道你,我听说过。你一直觉得你才是顾先生唯一的女儿,所以无法接受这个事实。"

"够了!"顾彦之不悦道,"你母亲呢?让你母亲带你回去!"

顾彦之听不下去了,这个凌依依在胡说八道什么?

再这样下去,他相信明天的头版头条肯定就是自己了,不是金融版面,而是娱乐版面。

顾彦之知道,自己绝对不能让这个流言继续发酵,否则一旦被媒体盯上,他甚至不知道这件事会演变成什么样。

无数个念头在脑海中掠过,最终,顾彦之冷着脸拨通了凌筱蔓的电话。

顾卿遥的目光却始终落在凌依依的脸上,不冷不热的:"凌依依,我不知道你为什么会这样想,但是我很确定,不管是谁和你说,让你来做这件事，你想必都是被骗了。你是在孤儿院长大的，这么多年，父亲也没有理会过你分毫，你为什么认为你是父亲的女儿？"

鸦雀无声，所有人的目光都落在了这边。

谁能想到，顾家就是开了个烧烤会，竟然还惹出这么大一桩事情来？

有人当众认父亲！

认的还是商界模范丈夫顾彦之！

所有人的心底都是无比沸腾的，而在风波中心的顾卿遥神色却是冷峻万分："凌依依，你这样做，完全是在污蔑我父亲的形象。顾家随时保留起诉的权利，希望你能够承担得起责任。"

凌依依显然被顾卿遥的气势压得有点紧张。她向后退了半步，这才哀哀地看向顾彦之："可是……爸爸真的不要我了吗？我以为……这次爸爸当真想要认我回来的。"

顾卿遥心底一沉，看向顾彦之："爸爸，凌依依和爸爸没关系的，对吧？"

"应该是有人蓄意诽谤我，只是将凌依依送过来当了棋子，"顾彦之脸色难看得要命。他看了凌依依一眼，这才沉声道："凌依依，我和你没有关系。不管是谁说了这些话，希望你明白，你是你母亲收养来的。根据你在孤儿院期间的资料，你的父母在你出生后一周就将你抛弃了，现在……也依然不知所终。"

凌依依呆呆地看向顾彦之，向后跌坐下去，捂着脸哭了出来。

她终于还是承受不住旁边人的眼光了，这么多年了，她以为终于到了出头的时候。

没想到……到头来，还是幻梦一场。

很快，凌筱蔓跌跌撞撞地来了。她一巴掌拍在凌依依脸上，咬牙切齿地呵斥道："你这是疯了吗！"

凌筱蔓根本不明白，凌依依一向都进退有度，今天怎么就忽然疯魔了？

来顾彦之这里也不是不行，可是这样一来，顾彦之当面斩断了所有的退路，她们下一次要怎么才能让顾彦之将这件事绕过去？

这种事，若是没有准备周全，那是无论如何都不该来！

凌依依被打傻了。

这么多年，凌筱蔓从来都不曾打过她，可是这一次，她能看得出来，凌筱蔓是动了真气。

她捂着脸，声音都带了哭腔："妈妈，我错了。"

凌筱蔓心底痛得厉害。她看了顾彦之一眼，顾彦之只好狠心开口："凌特助，我自问待你不薄。在顾氏的时候，你做了那些事情，我最后也只是让你离职了，也没有追究你进一步的责任。你现在这样做，委实是太过分了。"

他的语气充满了警告，显然是要将所有的关系都撇清了。

凌筱蔓盯着顾彦之看了一会儿，哑声应道："是，顾总，您说得是。是我没有教育好孩子，我回去一定多加管教。"

顾彦之冷淡地应了一声："去吧，日后就不要再出这种事了。"

"谢谢顾总，给您添麻烦了。"凌筱蔓眼底噙着眼泪，深深地躬身。

她极力控制着自己的情绪，伸手将凌依依拉扯走了。

凌依依想要回头，可是凌筱蔓死死拉着她的手往外走。

不能回头，这顾宅再好，也不能回头。

若是当真回了头，凌筱蔓知道自己就完了。

顾彦之见凌筱蔓带着人走了，这才打心底松了口气。

凌依依会做出这种事，让顾彦之心底烦躁得厉害。这人分明就是不知分寸！居然想要趁着大家都在，要挟自己认了她，也不知道是谁的教唆。

顾彦之心底烦躁得很，却还是被迫摆出了笑模样，和众人说了一会儿话，将所有人都送走了，这才转向顾卿遥："小遥，你过来。"

他的脸色十分沉凝，将顾卿遥叫到了书房。

"今天来的人都有谁？有没有生面孔？"顾彦之蹙眉问道。

他虽然这样问着，其实刚刚也在观察，好像的确没看到谁是面生的。

顾卿遥也摇了摇头："虽然没发邀请函，可是究竟是谁来了，大家心底也都有数，是怎么了嘛爸爸？"

顾彦之蹙蹙眉，轻咳一声，掩饰住尴尬道："今天的事情……"

顾卿遥心领神会："爸爸是不希望让妈妈知道吗？"

"这件事已经不可能瞒得住你妈妈了，"顾彦之叹了口气，"知道也无妨，也没什么见不得人的，那个凌依依……就是之前有人给你发资料，资料上面的那个女孩子，她本身是从小父母双亡，可能是太渴望有个父亲了，所以被人当了枪使……"

顾彦之尽力解释着，甚至有点不敢去看顾卿遥的眼神。

顾卿遥却是明显松了口气："她不是爸爸的女儿，真是太好了。"

顾彦之一怔："小遥……"

"爸爸一直都特别疼我，倘若外面还有个女儿，我都不知道如何是好了。"顾卿遥的笑容天真而甜美。

顾彦之的眼神有点复杂,他的手在桌案下微微攥成拳,良久方才说道:"小遥想多了,爸爸怎么可能……怎么可能做出这种事?"

"嗯,爸爸最好了!"顾卿遥笑眯眯地应下。

顾彦之笑笑,摸了摸顾卿遥的头,将之前和岳家的合作案拿出来,递给顾卿遥:"这个你先拿过去看一下,有什么不能理解的,可以来问爸爸。"

顾卿遥紧忙接过:"好,我这就回去看。"

"不忙。"顾彦之笑道。

不是一点怀疑都没有的,可是此时看着顾卿遥的样子,顾彦之又觉得是自己担心得太过。

怎么可能是顾卿遥?

这样缜密的心思,这样周全的计划,无论如何,都不该出自顾卿遥的手。

只是自从车祸之后,这孩子的性格总归是变了些……

顾彦之的神色很是复杂,他其实不太想继续想下去。

顾卿遥是怎样的人,他作为她的父亲,看着她长大,怎么可能不知道?

如果是顾卿遥,刚刚她应该无法那样自如地克制自己的情绪吧……

顾彦之看着顾卿遥专注看向那叠文件的样子,忍不住在心底叹了口气,道:"小遥,你回去慢慢看吧,爸爸这边要处理一些事情。"

顾卿遥笑着应下,转身出去了。

顾彦之已经迫不及待地拿起了桌上的电话。

顾卿遥回到房间,神色微微沉了下来:"父亲看来是急着问凌筱蔓了。"

萧泽点点头:"今天萧阳已经离开了,从没有监控的地方走的。我们没有人送他,想来也不会引起怀疑。"

"萧阳之后去哪里?"

"每次任务之后,黎先生都会安排萧阳出去旅行度假一段时间,所以短时间内,想必是不会被发觉的。"萧泽微微笑道,"小姐放心,黎先生在这方面很有经验。"

他这样说着,顾卿遥就微微怔了怔:"黎先生很擅长这样的事?"

萧泽自知失言,窘迫地咳嗽了一声。

顾卿遥抬眼看他:"是吗?"

"也不能说是……"萧泽小心地看着顾卿遥,恨不得将自己的嘴堵上,"只是有些事,这种手段往往结果来得更加显而易见。"

顾卿遥沉默下来,她的手在那张DNA鉴定表上顿了顿,这才道:"将这个转成电子版,加密了存在我电脑里。至于纸质版,在外面找个保险箱存上，记得不要用我的名义。"

"他们应当不敢再兴风作浪了……"

"只是短时间。"顾卿遥冷哼一声，"凌筱蔓不是个会善罢甘休的性格。她能够隐忍这么多年才出现在我们的视野，我们就该知道，她是个沉得住气的人。倘若让她找到机会，她定然还会卷土重来的。"

顾卿遥的目光落在窗外，她心底想的却是另外一桩事。

要如何才能让顾彦之对凌筱蔓她们彻底死心……

那才是最重要的。

而外面却传来了轻轻的敲门声："小遥？"

"妈妈？"顾卿遥一怔，连忙将门拉开了。

念宛如站在门口，神色有点复杂："萧泽也在啊。"

"夫人，我这就出去。"萧泽立刻道。

念宛如摇摇头："也没什么事，只是想问小遥一些话……那个，今天凌特助也来了？"

顾卿遥微微一怔，点头应下："对，凌特助也来了。"

"那……你父亲他……"念宛如显然有点担忧。

顾卿遥轻描淡写地将今天发生的事情说了一遍，念宛如沉默片刻，方才道："也是奇怪……她的女儿平时也是温婉得很，怎么会做出这种事。"

顾卿遥微微一怔。

她倒是不知道凌依依的性格，只是念宛如怎么会了解得这样清楚？

似乎是看出了顾卿遥的心思，念宛如轻咳一声，道："其实那后来，凌筱蔓和我聊过一次。"

顾卿遥的脸色顿时沉了下来。

念宛如笑了笑："凌筱蔓性格不错，她独自一人带着个孩子，也是不容易。她和我解释了很多，她没有想过要结婚，所以当年收养了凌依依，没想到今天凌依依惹了这么大的祸事出来。"

顾卿遥安静地听着，心说这个凌筱蔓……将这故事编得不错啊。

"她后来也和我联络了，说出了这么大一件事，想来也不好继续留在海城了，所以她要将凌依依送出国了。"

顾卿遥一怔："凌依依要出国？"

"对，凌筱蔓英文不好，还是要在国内发展。"念宛如轻叹了口气，"也是可惜了。"

顾卿遥沉默地笑了一声，道："她说了凌依依要去哪个国家吗？"

"好像是说去美国吧。"念宛如平静道。

顾卿遥心底微微一震,没来由地想起之前的一次偶遇,心不在焉道:"是吗……"

念宛如摸了摸顾卿遥的头:"妈妈知道你不喜欢凌筱蔓,因为觉得凌筱蔓和父亲走得太近了。不过妈妈这次和她接触了,怎么说呢,她一个人也是可怜,若是往后和我们再无来往,这件事便也就算了吧。"

顾卿遥是真的要笑出声了。

她不想将那些事情告诉念宛如,是因为倘若凌筱蔓真的能够彻底退出,让这件事成为过去,倒也没什么不好,可是现在,顾卿遥几乎忍不住要脱口而出。

下一秒,外面传来叩门声。

"怎么这么晚还不休息?"

是顾彦之的声音,温温和和的。

念宛如将门拉开,顾彦之笑着将手中的东西递了过来:"喝点热牛奶,早点休息,你这段时间也是太辛苦了,每天都要出门,还这么晚才回来。"

念宛如眼底尽是笑意,将牛奶接过来喝了一口,道:"加了糖的?"

"加了点蜂蜜,你不是喜欢吗?这样也有助于安眠。"顾彦之含笑道。

念宛如笑意更深了几分:"你原来还记得……"

"这口味几十年都不变的,想忘记也难啊。"顾彦之笑了笑,道,"好了,没什么事就早点去休息,莫要太晚了。"

"嗯,放心。"念宛如笑着应下了,看向顾卿遥,"小遥,那妈妈就先回去了,你也早点休息。"

"好。"顾卿遥心情复杂地应下。

念宛如和顾彦之说着笑着走了出去。顾卿遥直接躺在床上,第一次觉得如此纠结。

她曾经相信,每个人都有知道真相的权利。

可是现在,顾卿遥忽然怀疑起来,关于凌依依的身世,让念宛如知道了,真的是正确的吗?又或者,关于曾经的一切,念宛如现在毫不知情,是不是也能规避一些未知的祸患?

或许有些时候糊涂也是一种幸福。

顾卿遥闭了闭眼:凌依依出国了,凌筱蔓短时间之内定然不敢再生事端。

他们现在已经是全海城人的笑柄了,人们口耳相传,总归是会将这件事传出去的,这是不是就足够了?

顾卿遥没继续想下去,至少现在为止,这些是足够了。

她在床上翻来覆去打了几个滚,还是将萧泽叫了进来,一本正经地问道:"黎先生喜欢什么?"

萧泽怔住了:"黎先生?"

"对,有什么特别喜欢的吗?"顾卿遥的脸色是前所未有的认真。

"好像没有。"萧泽苦思冥想,还是道,"小姐,黎先生什么都不喜欢。之前有客户想贿赂黎先生,让黎先生在招投标时放水,所以送了黎先生好些东西,可是黎先生好像很生气。"

这是什么套路?

顾卿遥叹了口气,道:"那往年黎先生生日,大家都会送什么?"

"大家?"

"嗯,难道黎先生生日不开生日宴吗?"顾卿遥很是自然地问道。

这一次萧泽直接笑了出来:"当然不开,黎先生从来都不开这些的,黎先生不是一个喜欢热闹的人。"

不是喜欢热闹的人,不喜欢笑,没有喜欢的东西。

黎霂言的生活……听起来就是满满的乏味,却又和自己记忆中的样子全然不同。

和自己在一起时的黎霂言,也会对自己笑,也会说一些有趣的话,甚至会主动邀请自己来参加他的生日宴。他从未说过,生日宴只会有他们两人。

那样的黎霂言,是鲜活无比的。

顾卿遥微微垂眸笑了笑,道:"好吧,那我知道了。"

"黎先生邀请小姐去参加生日宴了?"萧泽倒是有点诧异。

顾卿遥点点头:"对啊。"

"天……"萧泽一脸的震惊错愕,"那真是破天荒第一次,黎先生一直不喜欢过生日的。"

黎霂言的生活是怎样的呢?

连生日仿佛都被忽略了,他是海城万千少女的梦中情人,事业成功长相英俊。按理说,这样的人身边应当是永远热闹一片的,可是黎霂言不同,他永远孤身一人,仿佛与世隔绝了一样。

可是顾卿遥知道,他是自己走出去的。

从繁华三千中,踽踽独行,走到那个只属于他自己的世界。

顾卿遥没有继续想下去,只道:"帮我准备点东西。"

"是。"

顾卿遥道:"就定在明珠滩吧,在那边帮我订个景观好的餐厅,直接包个场。"

"好,小姐还有其他的安排吗?"萧泽问道。

顾卿遥想了想,摇头:"先这样,其他的事情我想到了再来准备。"

"明白。"萧泽应了,想了想折返回来道,"不过小姐,既然黎先生说了那天要请小姐一起过生日,想必黎先生应当已经订好餐厅了……"

"那不一样的。"顾卿遥一怔,笑了,"哪里有生日还让寿星亲自准备的道理?"

生日就应该是充满期待的,等着朋友和家人的一个个惊喜,这才是生日的奥义。

黎霖言究竟是经历了什么,才会对这些都毫无期待的啊……

顾卿遥忽然觉得有点心疼。

第 5 章

那是无意识的依赖

然而让顾卿遥意外的，却是第二天顾彦之直接找到了顾卿遥。

"你认识这个人吗？"顾彦之静静盯着顾卿遥的脸。

"我不认识。"顾卿遥看着上面的萧阳，摇摇头。

"我调查了，这个人怕是和黎先生有关。"顾彦之脸色极冷，"而这一次，他显然是听了什么人的教唆，这才去了崇星大学，他勾引凌依依！"

顾彦之的语气简直是怒不可遏。顾卿遥怔了怔，旋即问道："勾引？所以凌依依和这个人……"

"凌依依以为他们是情侣，所以很信任他，没想到他让凌依依来我们家里做了这种事！"顾彦之的手背满是青筋。

他始终紧紧盯着顾卿遥的脸，似乎是想要看出些端倪来。

顾卿遥怔了怔，忽然问道："可是也是奇怪……"

"什么奇怪？凌依依就是听了他的话，这才……"

"为什么凌依依会相信，爸爸是她的父亲呢？"顾卿遥忍不住问道。

她的眼神无辜而清澈，顾彦之的脸色登时变了："那当然是谣言……"

"谣言，是那个男生说的吗？"顾卿遥问道。

"那当然！"

"可是退万步而言，即使这件事真的是黎先生做的，这对黎先生又有什么好处呢？"顾卿遥的脸上写满了不解，"父亲，黎先生让凌依依当众出丑，好像对他也没有任何实质性好处，不是吗？"

顾彦之的脸色苍白了几分。

是啊……

凌依依做了这种事，那么直接受损失的是凌依依和凌筱蔓，可是这和黎先生有什么关系？

说到底……最有可能做出这件事的人，也只有顾卿遥和念宛如了。

可是这两人分明对这件事一无所知。

顾彦之忽然想起了之前给顾卿遥寄资料的神秘人，脸色愈发难看了，轻声道："小遥，最近那个人没有再给小遥寄什么吧？"

"没有，不过爸爸后来有帮我查到吗？那个人究竟是谁？他还拍了我的照片呢！"

"爸爸还在查。所以如果有任何消息，一定要记得及时告诉爸爸，知道吗？"顾彦之语气温和道。

顾卿遥点头应了，迟疑了一下，方才气鼓鼓道："不过一定是因为凌筱蔓之前是爸爸的特助，凌依依才能有自信来和我抢爸爸！之后爸爸一定不能再和那个凌筱蔓有接触了。昨天都有人在我耳边说闲话了！"

顾彦之心底一凛，还是点头应了。

他的确不能再和凌筱蔓有太多明面上的接触了，想到这里，顾彦之笑道："小遥放心，凌筱蔓现在不在公司了。凌依依……就是她的养女，很快也就要出国了，之后就不会有这些烦心事了。这次的事情是爸爸没处理好。"

顾卿遥这才甜甜地笑了："我就知道爸爸最好了。"

"小遥。"顾彦之心底还是有点疑虑，看了顾卿遥一会儿，这才问道，"这件事真的和小遥没关系吧？那个陌生人怎么会在邀请名单上？"

"他没在名单上，"顾卿遥摇摇头，"他可能是混进来的，门口也不是每个人都要查邀请函的。"

顾彦之只好将信将疑地点了点头，顾卿遥的神色看起来没有半点问题，实在不像是作伪。

他沉默片刻，这才道："不过还有一件事，爸爸必须要告诉你。那个黎霁言，你若是能不要接触，还是不要接触了，这件事很可能是和黎先生有关系……"

"爸爸为什么会觉得和黎先生有关系？"顾卿遥忽然反问。

"你相信那个黎霁言？"顾彦之难以置信地问道。

顾卿遥摇摇头："我只是觉得很奇怪……这个人不是转学过来的吗？这个年纪的人，又是来混学历的，不该认识黎先生才对。"

顾彦之眉头微蹙："你不用管爸爸是怎么知道的，但是爸爸就是知道了。他对你有企图心，所以才会接近你。不然你以为黎霁言他为什么要处处护着你？他那样的人，做什么事情都是考虑三步的。之所以对你好，那定然是为了图谋些什么！"

"我有什么可让他图谋的……"顾卿遥忍不住笑了笑。

"他当然不是对你。是对我，对顾家。"顾彦之正色，"小遥，你自己想想，如果有一天他将你掠走了来威胁爸爸，你觉得爸爸会不会答应？"

顾卿遥没说话，只是没来由地想起了自己车祸时不在场的顾彦之。

"爸爸什么条件都会应的。"顾彦之摸了摸顾卿遥的头，自说自话道，"你还小，但是有些事情，还是要多考虑一些。"

顾卿遥微微怔了怔，点头道："好，爸爸，那我明白了。"

"嗯，乖。对了，岳景峰这几天一直在约你呢，说你都没怎么回复。"顾彦之努力轻描淡写地说道，"你还是要多关注他一些，毕竟过些日子，他也要参加那个商业合作案的。"

"他也要参与？"顾卿遥一怔。

"对，听说你要参与，所以岳少也和那边的负责人一起参与这个合作案了。他之前就主持过几个投资案，你有什么不懂的，也可以多和岳少学学。"顾彦之笑着说道。

顾卿遥微微一笑："好，我都知道了，父亲放心。"

岳景峰的商业才能……

顾卿遥简直是太了解了，那哪里能算是什么商业才能？

简直是在开玩笑！

顾卿遥回到房间，果然看到岳景峰发来了好几条短信。最新的一条甚至加了一张照片，地点很是熟悉，是在顾卿遥市中心的房子。

他发了一张和林夏雪的合照，两个人的火锅热气腾腾。

很快，顾卿遥接到了林夏雪的电话："小遥。"

"嗯，怎么？"顾卿遥笑道。

"小遥。景峰学长来了，我真的太高兴了！他说刚好路过，就顺便上来看看有没有什么能帮忙的。我就请他一起吃火锅了！"林夏雪的语气满是欢欣雀跃。

顾卿遥笑出声："那你还不好好吃，你和我打什么电话？好了，我不当电灯泡了，你快去陪你的学长去吧。"

"哎小遥你等等。"林夏雪急了，看了一眼不远处的岳景峰，这才抓紧手机小声道，"你能来陪陪我吗？景峰学长不怎么说话，你来了气氛能好一些。"

顾卿遥一怔，下意识地想要推拒。

"小遥,求求你了,你就帮人帮到底吧,我连这房间的陈设都不熟悉,我都不知道怎么招呼学长才好……"林夏雪紧忙道。

彼端的岳景峰显然是注意到了林夏雪的通话对象,笑了笑,走过去将手机接了过来:"是顾小姐吗?"

"嗯,对。"顾卿遥蹙蹙眉,还是开口了。

"顾小姐今天有空吗?不如一起来吃火锅吧?初春吃火锅最适合了。"岳景峰笑着道,"刚好有一份文件想要请顾小姐过目。顾小姐不是要负责这次的项目吗?"

顾卿遥看了一眼时间,道:"岳少,如果要谈合作的话,下次还是请岳少提前联络预约一下时间,我这边也请顾氏的法务过去。现在这样临时邀约,实在是太唐突了。"

她的语气平平淡淡的,却是让岳景峰顿时愣住了。

是啊……

他从前都是谈的小生意,酒桌上挥一挥手,一个合同案就这样敲定了,哪里有这样认真的时候?

顾卿遥平静的一番话,却是让岳景峰的脸都跟着红了。

他早就知道自己与顾卿遥差距巨大。然而每一次,顾卿遥一开口,岳景峰就越是发觉,自己拼命向前,却是始终无法追赶上顾卿遥的步伐。

他轻咳一声,下意识道歉:"顾小姐,是我考虑不周了。抱歉,我下次一定提前联系。"

"好。"顾卿遥的语气很平和,带着淡淡的笑意,"另外岳少,我个人比较主张公私分明。若是朋友间一起用餐,那就是单纯的朋友聚餐,和合同洽谈还是分列为好。"

"顾小姐说得是,那今天……"

"今天我可以过去。"顾卿遥这才含笑道。

岳景峰显然激动得厉害,紧忙点头:"太好了,太好了。谢谢顾小姐。顾小姐,那我……我们在这里等你!"

"嗯,你们先吃就是了,不必紧着等我。"顾卿遥道。

岳景峰将电话放下。旁边的林夏雪始终静静看着他,一句话都说不出来。

原来岳景峰喜欢一个人,是这样子的……

她心中男神一样的存在,也会为了顾卿遥而笑,为了顾卿遥的一句话,而窘迫得满脸通红。

岳景峰曾经对顾卿遥,可不是这样的。

她可清楚地记得，顾卿遥车祸前岳景峰说过的话……

林夏雪垂下眸，感觉自己的心底有什么在鼓噪，就要发芽。

顾卿遥是在一小时以后才到的。

到了的时候，就见两人都没在吃东西。林夏雪正百无聊赖地看着电视，而岳景峰则是保持着三秒钟看一次手机的状态。

见顾卿遥到了，岳景峰这才笑道："顾小姐真是准时。"

顾卿遥一怔，笑了笑："抱歉，耽误你们吃东西了。"

"不，火锅嘛，就是要热闹一点才好。"林夏雪神色恍惚地笑了笑，道，"你要不要换身衣服？里面有围裙，不然小心沾染到味道。"

"好。"顾卿遥点头应了，笑着进屋换衣裳了。

萧泽出去帮忙拿食材，回来就见林夏雪正在忙着一边和岳景峰说话，一边偷瞄几眼电视，而桌上的饮料杯子已经放好了。鬼使神差地，萧泽上前一步，将林夏雪位置上的饮料杯和顾卿遥的对换了一下，这才继续若无其事地帮忙布置起食材。

很快，顾卿遥就换好了围裙出来。岳景峰和林夏雪一边一个，林夏雪笑着道："你就坐在中间吧。"

"这怎么好……"顾卿遥一怔。

"听说这房子都是你借给夏雪学妹的，"岳景峰也笑着道，"你理应坐在主座的。"

顾卿遥迟疑了一下，还是没推拒，径自坐下了。

林夏雪这才展颜："这一杯以饮料代酒，谢谢小遥。这些日子住在这里，我真的很安心。"

顾卿遥笑着应了，将饮料杯端起来，犹豫了一下，方才喝了一口。

林夏雪笑了笑，刚想继续说什么。岳景峰就开始和顾卿遥攀谈起来，海阔天空的，从顾卿遥小时候他们的相遇，说到了后来他们的重逢。林夏雪在旁边听着相当不是滋味，手中的饮料很快就见了底。

这一顿火锅，每个人都吃得各怀心思。

后来林夏雪没忍住，又开了瓶酒。顾卿遥没喝，她就自斟自饮，将那一瓶酒都给饮尽了。

林夏雪揉揉太阳穴，轻叹了口气："奇怪……我怎么头晕眼花的。"

"不是酒精炉中毒了吧？"顾卿遥一怔，下意识去查看那火锅。

"不应该的……这是火锅炉，是用电的。"岳景峰看了林夏雪一眼。林夏雪的脸很红，红得有点不寻常。

他的脸色微微变了，下意识道："夏雪学妹是不是该去休息了？"

"嗯?"林夏雪抬头看向岳景峰,露出一个带着媚意的笑,"学长,我好热……"

顾卿遥径自起身,觉得自己真是该非礼勿视了。

"顾小姐,这……"

"我先回去了。夏雪很喜欢你,这次……虽然是酒喝多了,可是说的也是真心话。岳少,您考虑一下。"顾卿遥轻咳一声,尴尬地往外走。

她哪里能看不出来!

这根本就不是酒喝多了,分明就是之前那包药!

顾卿遥自然是主张不要用这东西,之前也分明劝过林夏雪一次,可是林夏雪执意要用,她也没什么法子,只好就此点了一句。

岳景峰的脸色却是相当难看:"顾小姐,可是……"

顾卿遥脚下抹油,跑得飞快。

开什么玩笑……

林夏雪已经挂在岳景峰身上了,而且在疯狂地往下蹭衣服。顾卿遥都不知道再继续待下去会看到什么,这种时候不走,还要怎么办?

身后,林夏雪的声音甜甜腻腻的:"学长就真的不喜欢我吗?我哪里不好了,学长……你看看我嘛。"

顾卿遥跑得更快了。

直到坐进车里,顾卿遥才忍不住揉揉额头:"夏雪可真是的,想要做这种事,干吗要让我过来?如果我不过来,不是方便多了吗?"

萧泽始终一言未发。

良久,他方才开口道:"小姐,刚刚那药不是下在她的杯子里面的,是下在小姐的杯子里面的。"

顾卿遥脸色顿时沉了下去:"你说什么?"

"是我觉得不对劲,所以调换了杯子。"萧泽的脸色是前所未有的凝重。

顾卿遥从来都没有想过,这一切还会这样发生。

她静静地坐在车中,良久方才道:"可是你还在那里,他们这样做,究竟是为了什么。"

"我自始至终没有喝一口水。如果我喝了,或许结果就会不一样。"萧泽低声道。

顾卿遥轻笑一声,垂下眸去。

她知道岳景峰不可信,但是现在岳景峰的态度真的像是喜欢她。她也从不曾想过,原来林夏雪对自己也存在满满的恶意。

"你可知道是谁做的?"顾卿遥抬眼看过去。

"不知道，小姐。我去的时候，饮料已经倒好了。他们也都极力劝说小姐坐在中间，不知道始作俑者是谁。"萧泽低声说着。

顾卿遥没说话。

倘若是林夏雪，那么……她真的心甘情愿让自己和岳景峰在一起吗？

倘若是岳景峰……

那么自己和他在一起了，岳景峰就可以以此来要挟自己，让自己重新和他在一起，否则他就会到处污蔑自己的名声……

这是最坏的可能。

可是顾卿遥控制不住地往那方面去想。

她根本不敢去想，倘若刚刚萧泽没有察觉，倘若萧泽喝下了他面前的饮料，那么结果会是什么样子。

或许这一次，她又会重蹈覆辙。

分明已经是如履薄冰了，却还是不够。

顾卿遥良久方才淡淡道："不回去了，我想去一下黎氏……"

"小姐要去找黎先生吗？"萧泽一脸的震惊。

"嗯？嗯。"顾卿遥顿了顿，立刻意识到自己的行为是多么地失控。

她怎么能随便去找黎霂言……

尽管黎霂言说过，有任何困难，自己都可以去找他。可是自己从未有过这样想要依赖一个人的时候。

想要见到他，似乎只要看到他，就可以安心一样。

在最紧张最无措的时候，第一个想到的人，是他。

"算了。"顾卿遥下意识道，"我还是不该去打扰黎先生，等等……你这是在朝哪里开？"

"黎先生这时候应该已经回家了。我刚刚问了黎先生，黎先生表示随时欢迎小姐过去。"萧泽一本正经地说道，甚至将手机给顾卿遥看了一眼。

顾卿遥目瞪口呆："你这是……"

"先斩后奏！不过是小姐您说要去找黎先生的。"萧泽理直气壮道。

顾卿遥无奈地撑住额头，眼睁睁看着车往郊外开去。

海城的周边别墅区不少，可是黎霂言的房子显然是坐落在山上。顾卿遥看着车子绕着盘山道一层层上了山，忍不住感慨黎霂言还真是恶趣味，这每天回家的路都无形中被延长了。

黎霂言的房子是哥特式建筑，遥遥地只能看到一个塔尖。

而真正绕进去，顾卿遥却是忍不住睁大眼睛。

这根本就不是别墅……简直是城堡。

尽管如此，黎霂言的保安却并不多，甚至连大门都是电动开关的。

顾卿遥沉默地看着车子绕过花坛，再绕过喷泉，这才到了门口。

黎霂言已经等在了那里。他穿着一身黑色的家居服，似乎是毛绒质地的，看起来难得地温和，而他的唇角也是微微弯起的："急着找我？"

顾卿遥顿时有点窘迫："抱歉，好像太唐突了。"

"没有……我很高兴。"黎霂言挑挑眉，示意顾卿遥跟他进来。

黎霂言的房间装修风格很是古朴大方，甚至不太像是这个年纪的人该有的装修……

这个年纪。

顾卿遥从未如此真切地感受到，其实自己和黎霂言，好像不是同辈。

她轻咳一声，看着黎霂言端来了两杯茶。

"听说你今天险些被下了药。"黎霂言端起茶盘，脸色不太好看。

"还好萧泽机警，也是我……太相信他们了。"顾卿遥叹了口气，道。

黎霂言微微颔首："下次应该给你身边多派点人盯着。"

顾卿遥一怔，连忙推拒道："不不不，我以后自己也该多小心。我没有想到他们会做得这样大胆。"

"有怀疑对象吗？"黎霂言问道。

顾卿遥沉默下来。

在场的人只有那些，要么是岳景峰，要么就是林夏雪。

如果说动机，显然是岳景峰的可能性更大，可是她再也不敢掉以轻心了。

"以后这两人我都会多加防备的。"顾卿遥轻声道，端起茶来喝了一口，暖意融融的，让她整个人都跟着放松下来。

"嗯，可是你丝毫没有防备地喝了我的茶。"黎霂言好整以暇地提醒道。

"你是我的小叔叔，我如果还要防备的话，那我也太惨了吧。"顾卿遥笑笑。

不知道为什么，明明应该提醒顾卿遥戒备，然而黎霂言就是因为顾卿遥这个答案心情极好。

他伸手自然摸了摸顾卿遥的头，道："放心，我会保护好你的。"

"我知道。"顾卿遥自然地应下。

她刚想说什么，就觉得腿边有毛茸茸的东西蹭了一下。顾卿遥惊讶地低头，就看到一个白色的毛绒团子在脚下蹭来蹭去。似乎是发现顾卿遥看过来了，小家伙高兴坏了，顿时对顾卿遥摇起尾巴。

"这是……"顾卿遥忍不住笑了，"萨摩耶吧？"

好小的萨摩耶，分明是中型犬，可是这个小家伙充其量也只有几个月，叫声都奶声奶气的，呜呜呜地绕着顾卿遥转圈。

萨摩耶是犬类中相当温顺的品种，也被人称为微笑天使，只是这样温软的模样，委实是和眼前的男人清冷的性子有点不协调。

顾卿遥笑着将小家伙抱起来，这才看向黎霂言："这是黎先生养的？"

黎霂言笑了笑："当然，叫团子。"

团子……

还真是简单粗暴。

顾卿遥忍笑，伸手揉了揉小团子，小心地将小家伙放在一旁。黎霂言便说了下去："之前的事情，调查结果出来了。"

"啊……之前偷拍的人。"

"对。"

黎霂言道："背后还有人操纵，而查明的结果，是这个人。"

顾卿遥看了一眼，脸色登时沉了下去："怎么会……"

"很意外吗？"

"嗯，这是爷爷的管家，一直跟在爷爷身边的。"顾卿遥神色凝重。

顾远山的管家濮靖和，实在是太熟悉了，也太让顾卿遥意外了。

濮靖和为什么要这样做？

顾卿遥完全不能理解。

一直以来，顾家对自己的态度都是相当疏冷的，这样的疏冷体现在方方面面。顾远山不喜欢自己，因为自己是个女孩子，这一点顾卿遥始终明白。有些时候顾卿遥甚至会想，顾远山一直不肯支援顾彦之半点，是不是也是因为自己。

毕竟顾家再怎么发达，将来他也没有孙子能继承了。

顾卿遥不怎么在意这些，只是这一次，她还是觉得这件事很不能理解。

似乎是察觉到了顾卿遥的疑问，黎霂言淡淡笑了一声："你应当知道，顾家人都不怎么喜欢我。"

"嗯？嗯。"顾卿遥微微一怔，点头应了。

"既然如此……你来接近我，他们心底定然是不舒服的。"黎霂言说着，将小团子从顾卿遥身旁抱了过来，径自揉了揉。

他的动作温柔无比，绝不像是平日的黎霂言。

顾卿遥就觉得自己的心随着黎霂言的手，一下一下地摇摆着。

她沉默良久，这才轻声道："我知道，父亲之前对我说过。"

黎霂言轻笑一声。

顾卿遥迟疑着问道:"顾家和黎先生之间,究竟有什么渊源?"

黎霂言挑挑眉,道:"当年我父亲和顾远山是很好的朋友,后来我父亲离世前,对我不放心,便嘱托顾远山,让顾家照顾我。顾远山应下了,我就成为了顾家的养子。"

顾卿遥没说话。她总觉得这件事不会这样简单,倘若真的只是如此……为什么现在一切会变成这样剑拔弩张的模样?

黎霂言淡淡道:"可是当年顾家应下这件事,完全是因为不好拒绝,顾远山并未想过对我负责。后来又发生了一些事情,没过多久,我就和顾家断绝了往来。"

顾卿遥微微垂眸。她记得念宛曾经说过,黎霂言发展到今天,从未借过顾家半点力。他是完全靠着自己闯出了一片天。

黎霂言那时候才多大……

他的坚强与隐忍,是旁人无法想象的。

顾卿遥迟疑了一下,这才伸手轻轻拍了一下黎霂言的手背,像是无声的安抚:"这些年,是顾家做得不好。"

黎霂言微微一怔,下意识看向顾卿遥。

顾卿遥的动作很笨拙,显然是不怎么会安慰人。

可是莫名的,黎霂言还是微微扬起了唇角,觉得心情不错。

"你信我?"

"爷爷对这件事避而不提,定然是有原因的。爷爷的性格……倘若是觉得自己做的事情不曾理亏,定然会四处宣扬。"顾卿遥轻声道。

黎霂言的眼底添上三分讽意:"你倒是了解。"

"嗯。"顾卿遥无奈地笑了笑:"不过,你是如何查到这件事是濮靖和做的?"

"架设再多次网络地址,多少还是会找到端倪。濮靖和的手段很高明,却不曾想到……"

"道高一尺魔高一丈。"顾卿遥笑得有点得意。

黎霂言莞尔:"没错。"

顾卿遥拿着那张纸看了一会儿,道:"这件事,我会亲口去问濮靖和。爷爷从未对我加以太多关注,而这一次……他的管家做法很奇怪。"

"好。"黎霂言颔首应下,"有什么需要帮忙的,直接找我就是。"

"嗯,我不会客气的。"顾卿遥毫不犹豫。

黎霂言笑出声:"去吧。"

他将顾卿遥送到门口。顾卿遥便是微微一怔:"这……"

梁忠齐就在门口静静候着，见顾卿遥出来，便对黎霂言感谢地笑了笑："多谢黎先生给我电话。"

"应该的。我一会儿还有事，不能送顾小姐回去。"黎霂言解释道。

梁忠齐又鞠了个躬，这才帮忙拉开车门。

顾卿遥有点想笑，这个黎霂言……

说了要保护自己，倒是不知何时和自己身旁的人都这么熟稔了。

直到坐上车，萧泽方才小声问道："小姐，今天的事情要告诉顾先生吗？"

顾卿遥一怔。

和黎霂言在一起的时间过得真快，或许是因为心底无比安定，连这件事都差不多给抛到了脑后。

那些惶恐不安，那些如履薄冰，在黎霂言的面前全都化为了虚无。

顾卿遥轻轻攥紧衣角，道："要，而且要大张旗鼓地闹上一遭。"

她顿了顿，道："现在如果要找记者的话，还来得及吗？"

"找记者过去吗？"萧泽一怔。

顾卿遥抓住手机，狠狠闭了闭眼。

她本以为，这件事是林夏雪为了留住岳景峰而做的，可是那杯饮料分明摆在自己的面前。两人推让自己坐在主座，林夏雪甚至劝了自己一杯……

这一切的一切，都让背后的目的昭然若揭。

那不是酒精，是单纯的媚药。

只是这件事究竟是谁做的？

是林夏雪，还是岳景峰？

倘若林夏雪是无辜的，那么自己让记者过去，是不是她的一辈子也就跟着彻底毁了？

顾卿遥无意识地攥紧了手机，脸色阴霾得很。

"小姐其实不必替林小姐想那么多。她本就喜欢岳少，倘若这次真的被媒体曝光了，以林小姐的家世，想必也不会闹得太大。不过是情侣之间的恩爱戏码罢了，记者或许也不会当做大事件的。"萧泽想了想，道。

顾卿遥沉默良久，这才微不可察地点了点头："那……"

话音未落，手机疯狂地响了起来。

顾卿遥看了一眼，眉头微蹙："是父亲。"

她刚刚接听起来，就听那边顾彦之的声音无比急促而阴沉："你在哪里？"

"爸爸？"顾卿遥一怔。

"在哪里?!"顾彦之声线紧绷,"你是不是去了市中心的房子?你现在还在吗?"

"我没在啊……"顾卿遥有点诧异,却是知道那边定然是出事了,"怎么了爸爸?"

"不在就好,不在就好……"顾彦之明显松了口气,"那边被警方围住了,记者也很多。你现在别过去,尽快回家。我们再商讨下一步怎么办。"

"被警方围住了?"顾卿遥一脸的讶然,却很快了然。

林夏雪用的是禁药,那东西定然是来路不正,而现在……

想必是被察觉了。

可是记者是怎么这么快过去的?如果不是自己找去的,那么……

她的脸色愈发阴沉。

顾卿遥到家的时候,就见念宛如和顾彦之都在沙发上坐着。见顾卿遥毫发无损地回来,他们这才松了口气。

"还好小遥你不在,你不知道那边现在什么情况。"念宛如叹道,"林夏雪这孩子也是个不让人省心的。"

"发生什么了?"顾卿遥蹙眉问道。

"有人实名举报,说那间房子里面有人在吵架。声音很大,就报警了。"顾彦之沉着脸,道,"怎么回事?你刚刚是不是也过去了?"

"嗯。"顾卿遥心底一沉,点头应了,"我的确是过去了,当时一起吃了个火锅,觉得时间也不早了,就先回来了。"

"那他们那边什么情况?你觉得有什么不对劲了吗?"顾彦之紧紧盯着顾卿遥的脸。

顾卿遥蹙蹙眉,道:"说起来也是,临走的时候我觉得夏雪好像情况不对,但是我当时以为她是酒喝多了。毕竟夏雪平时也不怎么喝酒,今天自己一个人喝了一瓶。"

"那哪里是酒……"念宛如失声道,"那孩子不知道打哪儿吃了些那种药,警察进去的时候,听见夏雪还缠着岳景峰要做那档子事呢……"

"少说几句。"顾彦之叹了口气,道,"岳景峰被缠住了,没脱了身。第一时间给我打了个电话,说不知如何是好。电话还接听着呢,警察就冲进屋了。"

顾卿遥听着这些细节,眉头微微蹙起。

顾彦之道:"你刚刚从那边出来,又去了哪里?"

时间上实在是太不对劲了,顾卿遥知道顾彦之在怀疑,索性一五一十地说了,唯独隐瞒了饮料被换掉的环节。

自从出了凌依依的事情，顾卿遥实在是无法对顾彦之和盘托出了。

顾彦之脸色不怎么好看道：“你又去找了黎霖言……我不是对你说过吗？黎霖言那个人性格阴晴不定，你去找他，将来真的出了什么事，他将你卖了你还在帮他数钱！”

顾卿遥微微一怔："黎先生曾经做过什么对不起顾家的事情吗？"

她的语气天真无邪，倒是让顾彦之的语声滞涩住了。

"这……"

"彦之，你对黎先生也是成见太重。"念宛如温声劝道。

顾彦之叹了口气，想要说什么又咽下去了，只道："一会儿警察估计要过来，你也准备准备。对了，你说你从他们那里出来去了黎霖言那里。黎霖言能给你作证吗？"

"黎先生应该可以吧？"顾卿遥没觉得这是什么大问题。

"是吗？我看他未必。"顾彦之冷冷道。

然而让顾彦之无论如何都没想到的是。最先到的不是警察，而是刚刚被他断定为"未必会作证"的黎霖言。

黎霖言隔着面前神色阴沉的顾彦之，径自看向后面的顾卿遥，淡淡笑了笑："放心吧，一会儿警察来了，直接交给我就是了。"

"啊……"顾卿遥有点手足无措。

她完全没有想到，黎霖言居然会将这件事这样管到底。

他第一时间来到她的身边。可是刚刚，他分明说过等下还有事的。

"你刚刚直接去了我那边，警察估计会盘问这件事。"黎霖言平静道。

明明整个大厅还有那么多人，可是黎霖言的眼中就像是只有顾卿遥一人似的。

顾彦之在旁站着都觉得憋屈，不冷不热地开口："是啊，如果当时小遥不是受了黎先生的蛊惑直接去了黎先生家中，现在早就在家里排除嫌疑了。"

"顾先生，"黎霖言转头看向顾彦之，眼神冰冷彻骨，"说来也是奇怪，岳少出了事情，第一时间想要找的不是家人，而是顾先生。"

"你少在这里挑拨离间！"顾彦之怒道。

他的声线饱含怒意，脖子都迸出青筋，这也显得对面的黎霖言格外沉稳自如。

黎霖言淡漠地笑了一声："我只是提出合理怀疑罢了。但是想来也不可能，顾先生始终将卿遥视为掌上明珠，怎么也不可能做出这种损害卿遥名誉的事情。"

虽然他这样说着，可是眼底的神色分明凉薄无比。

顾彦之被气得要命，却也没办法多说什么，只好咬牙道："你不用多说，你以为你和小遥认识几天，就能够挑拨我们家人的关系了？黎霖言，你休要忘了，我们顾家不欠你什么！"

不欠他什么……

黎霖言冷笑一声，径自在沙发上落座。

他没有否认，这让顾彦之的心思又笃定了几分。

很快，警方便上了门，看到一众人都在，显然是松了口气。

为首的警官自我介绍道："你好，我是岑荣，也是这次案件的负责人。"

"你好，我是顾彦之。"顾彦之正色，伸出手去。

岑荣颔首应下："这位想必就是黎先生。"

黎霖言抬头看过去，神色冷静而自持："的确。"

"黎先生说明的情况我们刚刚已经听过了。这件事和顾小姐无关，顾小姐可以去休息了。"岑荣的语气变得很是客气。

顾卿遥微微一怔，下意识看向黎霖言。

黎霖言唇角微弯笑了笑："去吧。"

顾彦之蹙起眉头。

黎霖言淡淡道："去楼上休息吧，今天的事情你应当也是受惊了，好好睡一觉就好了。"

"可是……"顾卿遥还是有点犹豫。黎霖言起身，径自拉了顾卿遥的手，在她耳畔说了句什么。

顾卿遥这才点点头："那麻烦你了。"

黎霖言微不可察地笑了一声："不用客气。"

念宛如目瞪口呆地看着这两人之间旁若无人的气氛，很少看到顾卿遥这样轻信旁人。这个黎霖言和顾卿遥的关系，是不是在她不知道的时候渐次发展了？

顾彦之脸色也相当难看。他盯着黎霖言，就见黎霖言对那岑荣警官开口道："岑警官，事情的情况我刚刚电话中已经做过简单说明了，接下来的事情主要是和顾先生有关。关于那个电话，我认为是调查的重点。岳景峰为何会在那种情况下给顾先生打电话，无疑是疑点重重。如果有任何我能协助的事情，还请岑警官不必客气。"

"这已经足够了，多谢黎先生。"岑荣笑了笑，将目光转到了顾彦之身上，"顾先生，接下来我们希望您可以配合。"

语气顿时疏冷了下来，顾彦之蹙眉，狐疑地看了黎霖言一眼。

黎霖言的笑容深不可测。

那天顾彦之被询问到很晚，黎霂言始终在沙发上静静坐着，手中一直敲着笔记本的键盘。

待到顾彦之从书房精疲力竭地出来，黎霂言这才抬眼看过去："看来是结束了。"

"黎先生，我们该谈谈。"顾彦之神色阴沉。

"都这个时间了……"念宛如看出气氛不对，试图劝说。

岑荣警官带着人走了，顾彦之的目光却死死锁定在黎霂言身上："你究竟想从小遥身上得到什么？"

念宛如不再开口，也看向了旁边的黎霂言。

黎霂言双手插兜，淡漠地笑了一声："不如我问顾先生一个问题。顾先生为什么执意撮合卿遥和岳景峰？"

顾彦之冷笑一声："小遥是我的女儿。我知道小遥是什么性格，我也知道什么人更适合她，我是她的父亲，难道我还会拿她的未来开玩笑吗？倒是黎先生，你是以什么身份来质问我的，你有资格过问小遥的未来吗？"

"适合……即使是在车祸之后，岳景峰心术不正，这一次次的事情还不能让顾先生明白吗？"黎霂言冷笑道。

顾彦之蹙眉："黎先生就这么急着给这件事盖棺定论吗？警方还没有结案，或许这不过就是一起乌龙事件。另外说来，林夏雪不是喜欢岳景峰吗？这件事有很大的可能就是林夏雪做的。"

黎霂言淡漠地笑了笑："没关系，药检结果很快就会出来。"

顾彦之沉默不语地攥紧拳头。

果然，不过十分钟的时间，黎霂言的手机就响了起来。

"怎么样？"黎霂言抬头。就见顾卿遥站在楼梯上，嘴唇抿紧看过来。

黎霂言将电话放下，微微蹙了蹙眉，道："林夏雪将一切都担下来了。说这些都是她做的，她通过特殊渠道买的药，目的就是要和岳景峰在一起。"

"是吗……"顾卿遥的神色有说不出的失落。

黎霂言道："这件事就告一段落了，那些药并不是毒品。虽然是违禁品，但是除了没收警告，警方更在意的，大抵是这些药的来源。"

顾卿遥点点头："好，我明白了。"

黎霂言看了顾卿遥一会儿，这样从下往上看过去，顾卿遥整个人都显得极为单薄。她站在那里，黎霂言想到的却是刚刚匆匆跑来黎家的顾卿遥。

分明已经是紧张得不行了，却还是那样笃定地看向自己，笃定地相信自己能帮她。

这样想着，黎霂言的心微微动了动，道："我先回去了。"

"嗯，今天真是麻烦你了，黎先生。"顾卿遥认真道。

念宛如见顾彦之一言不发，只好也跟着点点头："黎先生，我送送你。"

"不用了，谢谢。"虽然这样说，可是黎霂言的神色分明缓和了些。

顾卿遥没有说话，只是径自将人送到了门口，这才抬头，抿紧唇看向黎霂言。

黎霂言笑了笑，下意识抬手摸了摸顾卿遥的头："先去睡，明天早上等着看报道。"

"今天没有耽误你做事吧？"顾卿遥小声问道。

"没有，放心吧。"黎霂言好笑道。

这个小家伙……

顾卿遥刚一进屋，就见顾彦之正冷冷地看过来。

她心底一动，道："爸爸。"

"你当时为什么会去找黎霂言？"顾彦之沉声问道。

"爸爸，当时我原本应该坐在中间的。他们的药是对我下的。"顾卿遥开口道。

顾彦之眉头蹙紧："怎么会……你是说林夏雪和岳景峰他们中有人做了这种事？"

"对。"萧泽在旁补充道，"是我觉得有点奇怪，所以下意识将林夏雪的饮料和小姐的换过了。"

顾彦之的脸色愈发难看，而旁边的念宛如的手都在微微发颤："他们怎么能做出这种事来？是林夏雪还是岳景峰？！"

"那肯定是林夏雪，如果是岳景峰做的，之后为什么还要给我打电话过来……岳景峰喜欢小遥，我们也支持，更何况之前本就出过一次事情了。他无论如何都不可能也根本没必要用这种方式……"顾彦之下意识道。

"可是夏雪也不该这样做，"顾卿遥轻声道，"爸爸，夏雪喜欢岳景峰，爸爸还不知道的对吧？"

"那你还和夏雪做朋友？哪里有朋友能做出这种事来的？"顾彦之不悦道，"那个林夏雪摆明了就是心术不正。"

顾卿遥没有反驳，只是闭了闭眼，道："爸爸，我有点累了。"

"小遥累了就早点去休息吧，至于这件事……"念宛如迟疑了一下，道，"彦之，那个岳景峰可能真的不是什么好人。车祸的事情也是，今天也是。他今天的所作所为也的确是有违常理，而且小遥一直不喜欢他。车祸以后小遥一直想要和他断绝往来，他想要让小遥被迫和他在一起方才出此下策，也是可能的。"

顾彦之始终没开口，只是眉头紧锁着。

念宛如趁机给顾卿遥递了个眼色，示意顾卿遥上楼休息去。

顾卿遥一进卧室，就看到手机上跳出一大串短信，很多都是岳景峰发来的。显然是刚刚离开了警方的监控，就紧着给自己发消息了——

"顾小姐，你没事吧？"

"顾小姐，警察去找你了吗？应该和顾小姐没关系，这次让顾小姐受惊了，真是抱歉。"

"我和夏雪没发生关系，我喜欢的人是顾小姐。这一点请顾小姐放心，我从来都没变过。"

"顾小姐，你别再误会我……"

顾卿遥还没来得及看完，电话再次响了。她看过去，就见是林夏雪的电话。

顾卿遥犹豫了一下还是接了，对面的林夏雪声音都带着哭腔："小遥，你……"

"怎么了？"顾卿遥无奈。

"小遥，你说这可怎么办啊……刚刚记者还进来拍了我的照片。学长倒是好好的，可是我的照片，我……"林夏雪的哭声凄厉无比。

顾卿遥没说话。她的脑海中那个被调换的饮料杯挥之不去，沉默片刻，顾卿遥忽然问道："夏雪，今天的饮料是谁倒的？"

顾卿遥听黎霈霁言说了指纹鉴定的事，两个人的指纹都在上面，显然是后来又有人动过杯子了。

林夏雪的呼吸猛地窒住："什么饮料？不是我们都倒了吗？"

"我是说，最初的那一杯。"顾卿遥的语气很平静。

林夏雪的呼吸却是无比急促："哎呀小遥你在说什么啊……这种事谁能记得？"

她在紧张，顾卿遥心底想着。

如果说丝毫不怀疑，那是假的。

可是顾卿遥始终觉得，林夏雪没有动机，除非……是为了岳景峰。

心底的怀疑抽丝剥茧，最后定格在岳景峰的名字上。

岳景峰就是始作俑者，他将那饮料筹备好，之后无论将被下了药的自己怎样处置，最终都能达成他的目的。

他想让他们生米煮成熟饭，他想要和她结婚。

为什么？他究竟贪图自己什么？

顾卿遥微微垂眸，脸色极冷。

只可惜，这一次她定然不会让这件事这样容易。

岳景峰，既然敢对我动手，那么想必你也想好了要如何承担责任。

林夏雪显然紧张得厉害，很快就将电话挂断了，含糊其词地倒是没说出什么。

既然敲定了怀疑对象，顾卿遥也没怎么在意，只是迅速地打开电脑，调出了岳景峰的资料。

让顾卿遥不解的，是顾彦之的态度。

顾彦之究竟为什么愿意让岳景峰接近自己，到底为什么要赞同这样一桩亲事？

是真的像顾彦之说的那样，因为岳景峰对自己好，自己下嫁一些，才会更加受宠吗？

顾卿遥看了大半夜资料，快到凌晨方才迷迷糊糊地睡了过去。

第二天一早醒来，顾卿遥窝在被子里面刷了一下手机。果然如黎霂言昨晚说的一样，岳景峰和林夏雪的事情被媒体刷了屏。

角度不尽相同，但最终的结论都差不多——

岳少私生活混乱。

顾卿遥看着看着，差点笑疯了。

她不知道黎霂言是怎么做到的，竟然能够将舆论给引导到这个方向上来。

如果说是林夏雪下药，这样涉及隐私权的报道，定然是不能被轻易放出来的。可是感概一下上层社会的富二代私生活混乱，这是完全没问题的，而且完全符合了人们八卦的欲望。

顾卿遥推开卧室门，就听楼下顾彦之正在和人说话："这肯定不是我们顾家放出去的新闻，对啊……我们为什么要做这种事？"

"可是伯父……"顾卿遥一怔，却是没办法向后退了。

岳景峰就愁眉苦脸地坐在顾彦之对面，脸色是说不出的悲苦。

顾卿遥心情不错地走下去，看到岳景峰却是下意识后退了半步："岳少……"

岳景峰看出顾卿遥的回避，心底简直说不出有多气。

在他看来，这些小报媒体简直是唯恐天下不乱！

以前的时代都是说女孩子不检点，现在可好，这些人笔杆子一个比一个厉害，简直字里行间都是在说自己不检点！

私生活混乱，你听听，这叫什么话？

这样一来，和顾家的联姻若是泡了汤，简直是得不偿失！

他看向一脸戒备的顾卿遥，只好苦笑道："顾小姐，这……这完全是无中生有啊！昨天顾小姐走的时候也看到了，那林夏雪分明就是不要脸，生生地往我身上扒。我也知道不行，所以第一时间就给伯父打了电话，这真的不能怪我啊顾小姐。"

他说着就要上前拉顾卿遥。顾卿遥这次后退的姿势更夸张了，她戒备地看向岳景峰，干笑了一声道："岳少现在不该出现在这里吧？"

"啊？"

"我看报纸上说，岳少对夏雪也不错，而且夏雪也喜欢岳少。出了这样的事情，岳少难道不该对夏雪负责吗？"顾卿遥问道。

她的语气是如此理所当然，岳景峰简直有苦说不出："我……我哪里对夏雪不错了？我都给她直接摁进浴缸里面了……"

难怪，媒体说照片用不了，因为推开门的时候，林夏雪肯定是狼狈极了。

换做是从前，顾卿遥还会为朋友担心，可是现在，她的全部演技都用在此时了。

"岳少，事情都已经发生了，往后还是请岳少不必再来找我了。"顾卿遥笃定道。

岳景峰睁大眼睛："怎么能这样……我，我真的什么都没对林夏雪做啊！"

他简直要恨死了林夏雪！

这个成事不足败事有余的女人！

顾卿遥看向岳景峰的眼神是如此冷淡："岳少是个如此随便的人，我也是第一次想到。虽然岳少口口声声说喜欢我，可是看来也不过如此。"

"我……顾小姐，我真的没做什么啊，我是被冤枉的……"岳景峰简直不知道如何是好。他看向顾卿遥，想要伸手去拉人，却无论如何都不敢了。

顾卿遥的神色那么冷冰，眼神仿佛不含任何温度。岳景峰无论如何也不敢逾矩了，只好站在原地干哑道："顾小姐，我以后肯定不敢这样了。我一定和其他女孩子都保持距离。我喜欢你，我知道顾小姐不喜欢我，可是我会证明给顾小姐看到。"

岳景峰的眼神饱含深情，顾卿遥却只觉得有点反胃。她轻咳一声压抑住自己的情绪，淡淡道："车祸的事情你是被冤枉的，你不知道医生在骗我。这次的事情你也是被冤枉的，你没和林夏雪做任何事……"顾卿遥的神色很是讽刺，"随便你，我一会儿要出去一趟。"

"那我……"岳景峰简直百口莫辩。

"请岳少最近不要接近我了。"顾卿遥沉声道,"我不想被媒体冠上花边新闻。"

岳景峰脚步僵在原地。他觉得自己真是惨,简直是太惨了。顾卿遥现在的态度,就像是要和"行为不端"的自己划清界限似的。

岳景峰犹豫了一下,只好看向顾彦之:"那伯父我先回去了。"

"去吧。"顾彦之也是无奈。顾卿遥的态度这样强硬,他是没想到。

可是顾卿遥的顾虑也不是没有道理,如果现在和岳景峰走得近,还不知道要被八卦小报怎么说呢。

"你也莫要急这一日两日的,这次的新闻,的确是不该出。"顾彦之沉声道,"你是个好孩子,小遥迟早会看出来的。"

岳景峰这才觉得心底舒坦了几分,点点头草草应了,紧忙出去了。

顾卿遥则是看向顾彦之,道:"对了爸爸,还有一件事一直忘了问。爸爸查到那个给我发信的人究竟是谁了吗?"

"啊,这件事……还没有消息,怎么了?"顾彦之问道。

顾卿遥笑了笑:"我让朋友帮忙查了一下。现在找到了来源,不过让我有点意外。"

"什么意外?"顾彦之问道,手却微微攥成了拳头。

顾卿遥心底一紧。她明白了,顾彦之其实早就查到了,只是一直没有和自己说罢了。

"网络地址据说是爷爷家里。"顾卿遥轻描淡写地说道,"爷爷是想警告我什么吗?"

顾彦之脸色一沉:"是什么人造谣生事?这怎么可能?"

"是网络地址一层一层查找过去的,最终定在了爷爷家里。"顾卿遥有点诧异。

顾彦之的反应明显是从紧张变成了释然,眼神也无比笃定。

顾卿遥太了解顾彦之了,这个人不太会说谎,他如果是这样的反应,那么就说明他查出来的结果不一样。

顾彦之轻咳一声,道:"不可能的,你爷爷不是这种人,你爷爷家里……也没有那么在意你的情况。"

顾卿遥一怔,心底也跟着冷淡下来。

是啊,她也觉得奇怪。顾远山根本不应该在意自己的死活,何以这次忽然来威胁自己?

"更何况,后来那人不是还寄了凌依依的资料给你吗?你自己想想,如果是你爷爷,何必要寄凌依依的东西给你?"顾彦之说着。

念宛如的脸色不太好看:"凌依依的事情不是已经过去了吗?"

"是过去了。你别多想,我就是举个例子。"顾彦之心情不错地说道:"是什么人和你说的?你哪个朋友懂这些?"

"是我查的。"顾卿遥还没反应声,就听萧泽说道,"不过我对计算机网络方面也不算是精通,可能是查错了。"

"哦,"顾彦之果然放下心来,"以后查这种事,还是找专业的人来。我这边也让人继续查找着呢,这种事不能急于一天两天。"

"是,我明白了。"顾卿遥低声应下。

"今天和我去一趟公司吧。"顾彦之说着,将手中的东西放下了,"你不是想要接手那个合作案吗?刚好今天有说明会,你可以跟着听一下。"

顾卿遥笑吟吟应了:"谢谢爸爸。"

"这种说明会一般来说,你是作为实习生进入的,所以如果有什么问题,最好会后再开口,明白吧?"顾彦之提醒道。

顾卿遥乖乖点头:"都听爸爸的。"

顾彦之笑笑,拍拍顾卿遥的肩膀:"吃点早饭就走吧。"

顾卿遥二话不说,一口将咖啡饮尽了,又抓了一片面包:"这样就好了。"

看她兴奋的样子,顾彦之没多说什么,忍不住笑了笑:"走吧。"

这是顾卿遥第一次因为公事来顾氏。顾彦之一路往前走,顾卿遥紧赶慢赶地跟在身后。顾彦之丝毫没有和旁人介绍一下她的意思,顾卿遥也没在意。

她要做的事情还有很多,不急于这一时得失。

直到了会议室,顾卿遥方才发觉大家都已经来齐了。顾彦之看了一眼前面坐着的人,微微颔首道:"开始吧。"

"是,顾总。"那人的目光在顾卿遥身上停留片刻,问道,"这位是……"

"是我的女儿顾卿遥,对岳家有点兴趣,所以来旁听的。"顾彦之轻描淡写地介绍道。

这话说的,摆明了是将自己和岳家绑在一起了。顾卿遥心如明镜,却也没说什么,只是笑了笑,垂眸看向那份案子的简介说明。

那人这才笑笑:"你好,自我介绍一下,我是这个案子的负责人,我叫秦凯丰。"

"你好。"顾卿遥抬眼看过去,微微一笑。

秦凯丰心底一动,却还是笑道:"那好,那么现在开始,我会对这个案子的基本情况做简单的说明,重点部分我也会重点介绍。大家有任何关于合作案的问题，都可以尽快提出。下午一旦合作案敲定，那么我们的具体条款再行修订，就要经过双方法务部的会议了。"

他借助幻灯片将整个案子的脉络进行了简单的梳理，顾卿遥认真听着，倒是明白了秦凯丰的意思。

这是一个典型的关联企业合作案，顾氏对岳氏的共享汽车项目注资，另一方面岳氏给予相应的红利回报。

只是……

顾卿遥微微垂眸，道："我觉得这个合作案草案中第十条存在定义不明的问题。"

一时之间，整个会议室都安静了。

顾彦之的眉头微微蹙起："小遥，有什么问题回去再说……"

"可是下午就要敲定合作案了不是吗？对于第十条，我认为属于很重要的定义，是关于顾氏在整个分公司中的表决权问题。对方法务部将这条写得含糊不清，我认为是故意模糊混淆概念，一旦将来出现矛盾纠葛，他们可以依据这一条，主张控制权剥离。"

她的语气是如此冷静，却又将条条款款讲得如此分明。

秦凯丰静静地看了顾卿遥一会儿，点头应道："……顾小姐说得是，这一条我一会儿也会让法务部再次进行探讨。"

"嗯，还有关于合同第六节，违约责任部分。什么叫做违约，是在合作途中毁约吗？还是说如果没有达成预期，也算是违约的一种？我们现在这样的投资，应当已经走出了天使投资环节。换言之，根据我们之前和岳家的联络，我认为这次投资属于典型的对赌协议。我们进行了大笔投资，而岳家倘若没能在期限内达成目标，就属于实际上的违约，需要对顾氏进行赔付，这一点是绝对不能含糊其词的。"顾卿遥的神色十分笃定，沉声道，"我想，关于责任部分，法务部需要重新拟定撰写。现在时间不多了，法务部的负责人是谁？有来与会吗？"

所有人都无比安静，有人在忍不住和旁边的人低声说着什么。可是不可否认的是，顾卿遥的一番话，让她成为了当之无愧的焦点。

虎父无犬子。

顾彦之在商业方面并未有太多的才能。可是人们心知肚明，顾氏家大业大，又有念家的财力在后面支撑着，这些年无论如何，好歹也没走下坡路。

可是顾卿遥……

这是她第一次走进顾氏吧？

她的气度，她的口才，她的领导能力，更重要的是对商业态势的把握，都是如此地让人错愕而震惊。

顾彦之最初的那番话，本来让众人对顾卿遥有了几分轻视之意，还以为顾卿遥是为了小男朋友而来。

可是顾卿遥用自己的态度表明——

她是为了捍卫顾氏的利益而来，她坐在这里，便是寸土不让！

可是也有明眼人觉出不对劲来，顾卿遥这态度……

怎么和顾彦之不太一样？

顾彦之的态度摆明了是在拉拢岳家，很多人也慢慢看懂了。虽然顾家和岳家现在相对悬殊，可是有顾彦之这样对岳家好，想必是存着继续联姻的心思了。

本来顾卿遥从前就没来过顾氏，这时候忽然走进来，参与的第一个项目还是和岳家有关的，很多人心底都有了点算盘——

哦，看来顾卿遥这是对岳家挺满意，忙不迭地来帮忙了。

没承想顾卿遥这可好！

里面的一些模棱两可的条款瞬间就被摸了出来！

这根本就不是倾向岳家，反而是和岳家有仇吧？

有人想起了昨天发生的事情，又有人想起了之前的车祸。

啧啧，岳家那岳景峰……看来也是个拎不清的啊。

都有了顾卿遥，还在外面和其他女孩子拉拢不清，难怪顾卿遥会如此。

秦凯丰却是没多想，他本就是实干派，最初以为顾彦之带顾卿遥来，无非是为了让顾卿遥累积经验。还担心顾彦之拖了个拖累，结果顾卿遥这一开口，秦凯丰就知道自己错了。

顾卿遥哪里是花瓶？这分明是顾氏未来的一柄剑，一剑既出，所向披靡！

秦凯丰端正了神色，认真地和顾卿遥一起讨论起来。

不知何时，顾彦之竟是一声都没了。

他静静地看着顾卿遥认真严肃的侧脸，心底百感交集。

直到散会，顾卿遥方才和法务部重新敲定了一些条款。顾卿遥将东西收了，看向旁边的顾彦之，那眼神颇有些邀功请赏的意思。

顾彦之失笑。

这样的顾卿遥，哪里还有半点之前的雷厉风行模样？

"小遥，你来办公室一趟。"

"好。"顾卿遥只好婉拒了秦凯丰继续聊聊的请求，跟着顾彦之一起去了总裁办公室。

一路上，顾彦之都一言未发，直到将门关上。顾彦之这才神色复杂地开口："小遥，你和爸爸之前想的……不太一样。"

顾卿遥扬唇笑了，神色自信无比："父亲觉得我不能胜任吗？"

"不……"他只是从未想过，顾卿遥是这样认真的，甚至认真地做了这么多准备。

不说顾卿遥还没有进商学院，纵使是商学院的毕业生，倒是也很难达到顾卿遥这样的高度。更何况，这是她第一次参加行政会议，却是丝毫不怯场，条分缕析的时候客观又让人信服。

这样的顾卿遥……

分明是堪当大用。

顾彦之沉默了一会儿，心底却是想起了另外一桩事。

"小遥，不是爸爸泼你冷水，只是……爸爸觉得你还年轻，不好锋芒太露。爸爸可以理解你喜欢商业，但是你毕竟需要多加历练，"顾彦之顿了顿，方才说了下去，"小遥你也知道，爸爸这个位置，将来本就是你一个人的，所以你也不必急于一时。"

顾卿遥看向顾彦之，虽然还是笑着，可是心底却是慢慢冷了下去。

不，不对劲。

倘若是当真想要历练自己，顾彦之根本就不该是这样的态度。

顾彦之现在的态度，是想让自己退出这个项目了？

"我不太明白爸爸的意思。"顾卿遥直截了当地说道。

"这个项目中有很多东西，是之前就设计好的。可是小遥这样当众说了出来，倘若我们的法务部不插手修改，就像是这件事是父亲假公济私了一样，"顾彦之轻咳一声，道，"小遥，你毕竟还年轻，有些利益之争，你可能还不能理解……"

"所以这些漏洞，是父亲早就知道的。"

"嗯，毕竟是和岳家，我也不希望将事情闹得太难看。可是现在这个合同落下去，岳家肯定会怀疑我们帮忙的动机……"顾彦之无奈道，"小遥，你这是在好心办坏事。"

"这不是合作，合作的话最重要的便是互利互惠。父亲这样，是在无条件地投资，是在施舍。倘若当真要这样做，我们应当用私人财产，而不是用公司的财产开玩笑……公司的利益属于全体股东，父亲这样做……"

"小遥，你这是在指责我吗？"顾彦之脸色微沉。

顾卿遥陡然沉默。

"小遥，你自己想想，爸爸这样做是为了谁？岳家现在正是最难的时候，倘若将来你们真的在一起了，我们现在能帮忙，自然是要稍微帮帮忙的。"顾彦之蹙眉道。

"父亲是为了我，是吗？"顾卿遥平静问道。

"不然呢？"顾彦之反问。

"那么父亲，"顾卿遥微微笑了，"我不用，因为经过了车祸的事，我不可能再和岳景峰在一起，父亲就不必想了。"

顾彦之的脸色愈发难看了几分，"小遥……你还小，你不明白父亲这样做的用意。"

"我的确不明白。我不明白我为什么要委屈自己这样下嫁，我也不明白为什么这样就可以注定了下半生的幸福。爸爸，我知道你是为了我好，可是我不甘心，所以我也不可能尝试和岳景峰交好。"顾卿遥笃定道。

她的神色平静，却也不可屈服。

顾卿遥平静地笑了笑，道："爸爸若是没什么事，我就先回去了。这个案子我会继续跟下去的，我不能让旁人说我的父亲为了私事算计公司利益。"

顾彦之蹙起眉头，良久方才问道："你刚刚那句话，什么意思？"

他忽然站起身。

顾卿遥没再动，只是转头看向顾彦之。她的眼神很平静，看了顾彦之好一会儿，这才问道："爸爸，凌依依真的和爸爸没有任何关系吗？"

顾彦之的手微不可察地一颤，立刻否认道："你这是说什么浑话？你又不是不知道，我和你妈妈的感情一直很好……"

"那就好。"顾卿遥微微垂眸，"其实想来也是奇怪，我现在有点不懂将那份资料寄给我的人的用意。倘若真的是爷爷的人，为什么要将凌依依的资料也一并寄给我。不过父亲说凌依依和父亲没关系，这也是我最后一次问，我相信父亲。"

顾卿遥甜甜地笑了。

顾彦之却是觉得心头一震，见顾卿遥转身走出去好远，这才颤抖着手拨通了电话。

"放好了？"顾卿遥看向萧泽，轻声问道。

萧泽点头："就在刚刚进门的时候放好的。"

"好。"顾卿遥微微垂眸。

她将耳麦连接好，果然，顾彦之的声音都有点急促，很快便开口道："到底是不是你做的？"

那边的人不知道说了什么，顾彦之蹙紧眉头："这件事太像是你做的了，你到底想要做什么？我们不是说过了吗？我给你钱，但是我的家庭你不可能介入得了。"

是凌筱蔓……

没有任何一个时候，顾卿遥比现在更加笃定。

她微微垂眸冷笑了一声，就听顾彦之在那边继续说了下去："你现在不能留在顾氏总公司了。蔓蔓，我知道这份工作没了，对你的打击很大，但是其实仔细想想，最初可能就不该让你来公司的。你来了对我们都没有好处……"

"好好好，都听你的，你想要做什么，回头你再和我说……我不是污蔑你，我只是问问你。不是你就好，蔓蔓，我知道你一直最懂事了。"

"当然，你和宛如性子不同，我当然明白。"

顾卿遥摁电梯的手都微微发颤。

她哪里能想到，自己刚刚出门没多久，顾彦之就能对凌筱蔓说出这种话。

凌筱蔓和念宛如不同……

是啊。

念宛如能够违背家里的心意嫁给顾彦之，能够为了顾彦之不顾一切。

可是凌筱蔓呢？

凌筱蔓和顾彦之交好的时候，顾彦之已经可以给她一切了。

那些困难，凌筱蔓没有和他一起走过，她不过是坐享其成，所以可以温婉动人，可以百依百顺。

因为她什么都不曾付出过，她当然显得很好。

离开公司……只是一个开始，而不是结束。

顾卿遥微微蹙眉，她不会轻易放过凌筱蔓的。

而让顾卿遥无论如何都没想到的是，她从顾氏一出来，却是在门口看到了一个绝不该在这里看到的人。

"凌依依？"顾卿遥微微蹙眉，看向近在咫尺的人。

凌依依见顾卿遥出来了，立刻拍拍身上的灰站起来，尴尬地笑了笑："顾小姐……"

她今天化了个很浓的妆，见顾卿遥眉头微蹙，便窘迫地开口："我如果不这样的话，怕被人认出来。"

"你妈妈不让你和我们接触吧？"顾卿遥淡淡道，"父亲应当也说过，日后就不要过来找顾家了。"

她说完，抬腿就要走。

这不过是套路，顾卿遥知道，既然凌依依人都来了，定然不可能轻易离开。

果然，凌依依顿时就急了："顾小姐，你不想听我说说我的事情吗？"

顾卿遥蹙眉回头。

凌依依小声道："我这个月零花钱都被扣了，你能不能请我喝杯饮料？"

顾卿遥笑了一声，打量了凌依依一眼，道："走吧。"

凌依依笑逐颜开地跟上去："去圣蒂兰吧。"

"你认识的地方不少。"

"很多海城的有钱人不都在那里吗？我知道。"凌依依含笑道。

顾卿遥没多说，让司机掉头去了圣蒂兰。

她一路都没怎么说话，倒是凌依依小心翼翼地摸了摸车内昂贵的装饰，眼底写满了钦羡。

顾卿遥将凌依依的反应尽数看在眼里，再想想之前她对萧阳的态度，多少也就知道凌依依的性子了。

果然，在圣蒂兰落座不过一会儿，凌依依就开口了："我其实……真的是顾先生的女儿。"

顾卿遥淡漠地笑了一声。

"我知道你不信，"凌依依苦恼地咬住下唇，道，"可是我真的是，我给你看样东西。"

凌依依说着，将一张纸推了过来。

顾卿遥看了一眼，蹙眉："你给我看转账记录做什么？"

"这是我妈妈每年从顾先生那里拿的钱，你看这个就能看出来。"凌依依说着。

"你怎么能证明这是我父亲的银行账号？"顾卿遥将那张纸拿起来，道，"复印件是吧？我先收着了。"

"你收着吧，我拿来就是给你的。"凌依依挑挑眉，道，"我是想对你说，如果我想要证明我是顾先生的女儿，我总能证明的。"

顾卿遥的神色愈发冷峻。

"可是我妈妈也不知道是怎么回事……她也拦着我，不让我这样做，"凌依依小声道，"我今天去看了，顾氏的大楼那么大，如果我真的能证明自己的身份，那里面也有我的一份吧？"

"你在想什么？"顾卿遥冷笑一声，淡淡道，"你如果觉得你能做到，不妨就去试试看，凌依依是吧？不要忘了，你的身份是个孤儿，是从小被你父母抛弃的。那天烧烤会也是一样，父亲当众否认了你的身份，你认为你还回得来？"

"我……"凌依依显然没想到顾卿遥反应这么大,她的眼底噙满了泪水,哑声道,"可是我真的是啊。"

"所以呢?"

"所以……"凌依依低声道,"顾小姐,你也不想让顾氏被我分走不是吗?既然如此,顾小姐,我们不妨做个交易吧?"

顾卿遥的笑容无比讽刺。

就以凌依依的身份,也有资格和自己做交易了?

凌依依低声道:"很简单的,只要顾小姐愿意给我一笔钱,我之后肯定不会再说这些话……"

"你现在能证实你的身世吗?"顾卿遥淡淡问道。

"不……不能,因为我母亲拦着。"凌依依无奈道。

"所以你什么证据都没有,就想要从我这里拿走一笔钱?凌依依,你是不是如意算盘打得太好了些?"顾卿遥冷冷看着凌依依。

"我妈妈再过几天就要将我送出国了,这几天的宽限还是我讨来的。顾小姐,我要的也不多,你给我一笔钱,我之后就不找你麻烦了,不好吗?"凌依依的眼底写满了恳求,"我只是想要和你们一样,本来这些我也该有的,可是我什么都没有……现在,我只是想要一个和你们平起平坐的机会,这都不行的吗?"

顾卿遥淡漠地笑了:"求人就该有求人的态度。凌依依,和你的合作我看不到任何好处。现在在我眼中,你无非就是一个骗子。"

她在饮料杯下压了几张钱,淡淡道:"这次记我的账,下次就不要再让我看到这样的你了。"

第6章

你是有喜欢的人了吗？

凌依依静静地坐在位置上，一动没动，直到顾卿遥出去了。

她这才将头埋在手臂里，觉得自己委屈得想哭。

顾卿遥静静坐回车里，淡淡开口："回家吧。"

萧泽小心地看了一眼顾卿遥的脸色。被小三的孩子这样找上门来，换做是谁都不会太开心，可是顾卿遥神色淡淡，就像是这一切并没有怎么影响到她的心情似的。

"小姐……"

"这件事很奇怪，"顾卿遥淡淡道，"换做是我，有一个孩子做筹码，即使不是男孩，我也会试图得到一席之地。凌筱蔓为什么没有这样做，反而不许凌依依妄动？"

萧泽微微蹙眉："可能是因为觉得胜算不大。"

"胜算……"顾卿遥轻笑一声，"至少能拿到一些继承权，不大吗？"

顾彦之的孩子尽管没办法和自己平起平坐，可是在法律上是有继承权的。

凌筱蔓为什么要放弃这些？

甚至隐忍了这么多年？

如果说凌筱蔓无私，顾卿遥是断然不信的，只是……

倘若这些转账就是凌筱蔓拿到的全部，那么她这么多年还真是不容易。

顾卿遥总觉得什么地方被她忽略了，转头看向窗外，什么话都没说。

然而还没到家，顾卿遥的手机就又一次响了起来。

顾彦之的语气显然带着点如释重负:"小遥,你在哪里?"

"在回家路上,怎么了爸爸?"顾卿遥疑惑问道。

顾彦之道:"是岳总想要见你一面。"

顾卿遥一怔,岳总……岳景峰的父亲岳建成,他这个时候要见自己是做什么?

"你如果现在没什么事,就直接转道来华庭吧。岳总订了包厢,翡翠厅。"顾彦之说道,倒是也没给顾卿遥什么反驳的机会,直截了当地说道。

顾卿遥犹豫了一下,点头应了。

华庭的翡翠厅,那也是海城绝好的地点了,景观视野也好。顾卿遥去了报了名字,直接坐直升电梯到了顶楼89楼,面前便是唯一的旋转餐厅翡翠厅。

而今天,显然岳建成是将这里包场了。

见顾卿遥来了,岳建成直接站了起来,笑着开口:"顾小姐果然是一表人才啊……"

顾卿遥忍住眉头微跳的冲动,心说这人真是连夸奖都不会的。

她笑着走上前去,对岳建成伸出手:"岳总。"

"这孩子……现在这是家宴,叫伯父。"顾彦之笑道。

旁边的岳景峰连看都不敢看顾卿遥一眼,只敢小心地偷觑。

昨天被顾卿遥那么一番话说的,现在岳景峰只觉得无地自容。

而岳建成依然是笑容可掬:"顾小姐这样也好,毕竟我们现在也是合作期间,这样好,这样好。"

他自己给了自己个台阶下。顾卿遥也没多说,只是微微笑了笑,在旁边坐下了。

岳建成关切地问了顾卿遥的身体情况,寒暄够了这才道:"顾小姐,我今天也是刚好从外面回来,就听说顾小姐主张了这次合同改动。我也看了一下,的确原本的合同内容有些对顾氏不太公平妥当,这次也是承了顾总的情,顾小姐这样改,我们是决无异议的。"

顾卿遥温文地笑了:"既然岳总没有异议,那就太好了。"

"是,当然没有,顾氏肯直接投资给我们,我们已经很感激了。毕竟也是新项目,最近这段时间共享的项目虽然多,但是惨遭滑铁卢的也不少。我们这个项目成本挺大的,如果没有顾氏的资金链在后面支撑,肯定是维持不久,"岳建成的语气很是诚恳,继续道,"只是顾小姐,有件事……我作为长辈,还是要问一问。"

顾卿遥抬眼看过去,多少知道岳建成想要说什么了。

"岳总请讲。"

听顾卿遥一口一个岳总,叫得那叫一个泾渭分明,岳建成就知道这件事八成是不好了。

"是这样的,我其实也了解我这个儿子。景峰有些时候做事不经过大脑,但是真的是没什么恶意。车祸的事情都证实了是个乌龙嘛,景峰也是急坏了。昨天那件事……如果会给顾小姐带来什么不好的影响,我们岳家也是过意不去,你看……"

"岳总误会了。"顾卿遥一怔,微笑着开口,"岳总,岳少的事情不会给我带来什么不良影响的。"

"这……"

"我和岳少没有在交往,从前我的确是喜欢过岳少,也给岳少添了不少麻烦。可是最近我也想通了,过去的事情就让它过去吧。倒是我的朋友很喜欢岳少,所以最近……我也是在做一个中间人罢了。"顾卿遥言笑晏晏,却是在只言片语之间,将自己和岳景峰的关系完全撇清了。

这句话一出,不仅是岳景峰,岳建成的脸色也变了。

这怎么回事?

这和说好的不一样啊!

岳景峰看向顾卿遥,总觉得事情有点不对劲。

从前的顾卿遥哪里是这样的?

是从什么时候开始……

是从那场车祸吗?

发生车祸之前,她分明对自己还是热情的。可是那天晚上以后,遇到了黎霖言以后,顾卿遥的态度就来了个一百八十度大转弯,现在和自己真是渐行渐远了。

想来也是……顾卿遥最近还真是天天都忙着躲着自己,对自己也是始终爱搭不理的,倒是经常叫上林夏雪一起。

她这是在撮合自己和林夏雪?

岳景峰的心一下子冷了。

"顾小姐,你现在是有喜欢的人了吗?"岳景峰几乎是下意识地脱口而出。

顾卿遥微微怔了怔,脑海中第一个浮现出来的,竟然是黎霖言的脸。

她都被自己吓了一跳,紧忙摇头:"没有,只是我现在想通了,我和岳少的确是不合适……"

"那我不会放弃的。之前伯父觉得我还可以,也是因为我一直一心一意地喜欢顾小姐。现在也一样，顾小姐，我知道我们之间差距很大，但是我一定会努力弥补这些差距的。我喜欢你，我会用时间来证明这一切。"岳景峰握紧拳头，像是喊口号一样说着。

岳建成神情复杂。

从前他是听过岳景峰的形容。岳景峰说过，顾卿遥肯定是喜欢他的，甚至看着他的眼神都带着笑。

可是现在看来……自家儿子可别是癔症了吧？

这顾卿遥的眼神分明充满了嫌弃啊！

顾彦之始终没怎么说话，只是这时候方才开口道："岳总，你看这……"

"小孩子之间的事情，感情这东西，我们也操不得心，能够让顾总说一句靠谱，我替犬子高兴。"岳建成连忙举杯。

岳景峰似乎是想给顾卿遥夹菜，可是犹豫了一下，还是没敢。筷子伸出去又缩回来，岳建成看着，心底说不出是什么感受。

顾卿遥径自吃着，动作优雅而好看。她席间没怎么说话，岳景峰和岳建成本就不太懂得他们这些人吃饭的规矩，只当做是"食不言寝不语"，顿时也跟着不说话了。

这一餐饭，倒是吃得相当安静。

只是没人品出自己嘴里吃的是什么滋味，岳景峰更是觉得这些昂贵的菜肴简直是味同嚼蜡。

直到最后一道甜品撤下去，岳景峰这才松了口气。看向顾卿遥，小心地开口："对了，顾小姐，过些日子……那个，我想要去美国一趟。"

顾卿遥怔了怔，道："那祝岳少旅行愉快。"

"不，他那个是一个国际青年商业领袖大赛。景峰打算去参加，刚好要组队，所以要问一下顾小姐是否有意。"岳建成在旁解释道。

顾卿遥微微一怔，倒是想起来有这么一桩事，自己前段时间还看到了大赛的相关消息，但是事情太多也就放下了。

顾卿遥想了想，垂眸笑了笑："估计是不去了吧，谢谢岳少。"

"啊……"岳景峰顿时词穷。

他的邀请函都捏在手里了，顾卿遥不是最喜欢这些吗？怎么说不去就不去了？

"小遥不考虑一下吗？"顾彦之问道，"刚好这次是邀请制，景峰这边也是从朋友那边拿到的资格。你不是很喜欢商业模型建构吗？这次是一个很好的机会。"

顾卿遥当然知道这是很好的机会。她甚至还记得粗略看了一下与会名单，在最后的颁奖典礼上，是股神亲自颁奖。

她并不想放弃这难能可贵的机会。

手都要碰触到岳景峰伸出的邀请函了。萧泽却凑过来看了看，忽然开口："啊，这个比赛……我也听说过。"

岳景峰的脸色难看无比！

不过就是个助理，这个萧泽怎么神出鬼没的！

"那天我好像也看到有人被邀请了……"萧泽意有所指，对顾卿遥眨眨眼。

顾卿遥微微一笑，顿时心领神会："我也想起来了，之前的确是有朋友邀请了我一起组队，刚刚差点忘了。"

她云淡风轻地看向岳景峰，含笑道："那这次我们可能不能做队友了，真可惜。"

岳景峰呆坐在那里，根本没明白到底发生了什么！

怎么会这样？

还有谁能被邀请？

他哑声开口："难道是……黎先生？"

"他哪里算是青年？"顾彦之在旁冷声开口。

见顾彦之给自己撑腰，岳景峰顿时来了精神："顾小姐，我其实已经有了初步的谋划。顾小姐既然参赛，自然就是想要夺冠的不是吗？顾小姐真的不考虑和我一起组队吗？我保证我们的队伍可以所向披靡！"

顾卿遥微微笑了："谢谢岳少，可是我的确已经早有安排了。"

"那真是太可惜了……"岳景峰的神色顿时暗淡了几分。

顾卿遥想了想，忽然道："不过岳少，之前夏雪说过，对这个比赛也很有兴趣。"

"她有兴趣没用，我对她没兴趣。"岳景峰心情差得要命，甚至连伪装都忘了。

顾卿遥被他骤然转变的态度惊了一跳。岳景峰顿时反应过来自己刚刚太过激了，立刻讪笑道："我还是去问问吧。毕竟如果只有我一个人，这次也的确是无法参赛，不过……顾小姐不介意吧？"

他对顾卿遥挤眉弄眼的。顾卿遥觉得心底一阵恶心，知道岳景峰这又是在暗示了。

她不明白，为什么有些事情总是晚上一步。

倘若从前岳景峰就对自己这样上心上意，自己该有多么欢喜？

可是现在，她看着这一切，只觉得有点恶心反胃。

所有的一切，晚了，也就毫无意义了。

顾卿遥淡淡笑了笑："夏雪是我的朋友，倘若能够和岳少在一起，我自然是为你们高兴的。"

"我们岳家怎么可能容许那样的女孩子进来。"岳建成忽然开口，警告似的看了岳景峰一眼。

岳景峰果然立刻噤声："是啊……我也这样想。"

顾卿遥微微垂眸笑了笑，心说岳家和顾家之间的沟壑，或许也是一样大吧。怎么就没见你们觉得不匹配了？

顾彦之显然是担心顾卿遥再说什么，立刻道："好了好了，小遥既然有安排，这件事就算了。不过也是可惜，之前岳少还和我说过一些这次的议题，岳少的确是很有想法。"

"是啊，这样就只能和顾小姐打擂台了。倘若顾小姐想知道什么，也可以随时和我联系，我们可以一起探讨共同进步嘛。"岳景峰不死心地说着。

顾卿遥却只是弯唇一笑。

只是这样清浅的笑意，岳景峰都忍不住心驰神往了一会儿。

真好看啊……

怎么一颦一笑都能如此完美呢？

从前她死皮赖脸追着自己时，岳景峰可从来都没这样想过。

岳建成和顾彦之又说了一会儿话，这才道："对了，这次的项目，之后顾小姐若是参与的话，景峰，你就跟着一起吧。"

"是，谢谢爸！"岳景峰眼神一亮。

顾卿遥微微一笑："这个合作案到了这一步，剩下的事情我基本不会继续参与了。我也只是在第一步做一个审核罢了，之后的事情，大多都是由秦凯丰部长负责。相信岳少可以和秦部长合作愉快。"

岳景峰是真的被这一串的打击震傻了。

他看了顾卿遥良久，这才发出一个"啊"字。

第一次，岳景峰如此明确地感觉到——

顾卿遥好像是真的不喜欢自己啊。

从华庭出去，顾彦之看了顾卿遥一会儿，方才轻叹了口气："小遥，不是爸爸说你……这种场合，就算是不喜欢，也不能表现得太明显，这样之后的合作多尴尬。也是岳家和我们感情深了，不会多想，换做是旁人，这合作就不一定能成了。"

顾卿遥笑了笑，挽住了顾彦之的手臂："以后都听爸爸的，"朝他嘟嘴小声道，"可是我觉得，既然不喜欢人家，就不应该给人家念想。"

顾彦之忽然想起一件重要的事："你之前不是还喜欢他的吗？那……小遥现在有喜欢的人了吗？"

顾卿遥一怔，道："没有。"

"你刚刚说出这句话的时候，反应可是没有这么快。"顾彦之的目光带着一点审视，在顾卿遥脸上转了转，"小遥，不知道是不是爸爸想多了，车祸那件事之后，你的变化很大。"

顾卿遥心底一震，顾彦之继续说了下去："你从前……并不像是现在这样。你知道爸爸为什么觉得你和岳景峰在一起也不错吗？你从前不是也很喜欢他吗？"

顾卿遥小声笑道："可是人总是会变的，我现在觉得我和岳少性格是真的不搭配……"

"不对吧？小遥，你是不是喜欢上黎霂言了？"顾彦之的语气轻描淡写的，目光却是紧紧锁在顾卿遥的脸上。

顾卿遥顿时摇头："怎么可能……"

"那还好。"顾彦之显然松了口气，"黎霂言比你大了十岁，也是你名义上的小叔叔。话说得难听些，他根本就是个老狐狸，你和他亲近，爸爸本来就不赞同。你若是当真喜欢上他……那我只能将他的身世公之于众了。到时候先受不住流言蜚语的人，定然是他。"

顾卿遥微微笑了笑："爸爸放心吧，黎先生对我也没有那方面的感情，大概只是将我当成了小辈吧，而且……"

她说出这番话的时候，心脏也跟着轻轻地瑟缩了一下："黎先生可能是有喜欢的人了。"

"这也不让人意外，他都那个年纪了，早就该成家了。"顾彦之笑笑，道，"对了，你说要组队，是和谁一组？爸爸怎么没听说？"

"我也一直在纠结要不要参与，所以现在具体的人员还没有敲定，等决定了就和爸爸说。"顾卿遥语气如常。顾彦之果然没多想，点头应了，"好，那我先回公司一趟，还有些东西要拿，你先回去吧。"

"好，爸爸早点回来。"顾卿遥甜甜笑道。

顾彦之拉开车门的手微微一顿，到底还是点头应了。

顾卿遥这才迫不及待地看向萧泽："是黎先生那边有邀请函吗？"

"对。"萧泽见顾卿遥的眼神都写满了期待，忍不住笑了，"小姐有想好和谁组队吗？"

"啊？"顾卿遥一怔。

她以为这是黎霂言要邀请自己的意思啊……

原来不是吗？

"那我可能……"顾卿遥苦思冥想，还真是一个人选都定不下来。

单枪匹马倒也不是不可以，只是那样的话连报名都成了问题。

"黎先生的话……不行吗？"顾卿遥犹豫了一下问道。

萧泽听出顾卿遥语气之中的犹疑，立刻一本正经道："这个问题，顾小姐最好直接问黎先生。我们也做不得黎先生的主，不过如果是顾小姐亲自去问的话……黎少一定会答应的。"

萧泽的语气无比笃定。

顾卿遥想了想，到底还是退缩了："算了，黎先生应当很忙。"

"虽然很忙……"

可是哪次小姐有事，黎先生不是都去了吗？萧泽腹诽。

顾卿遥抓着手机犹豫良久。刚打开黎霁言的号码，一个电话就拨了进来，顾卿遥被吓了一跳，差点将手机直接丢了。

"小遥？"那边的声线带着点笑意，顾卿遥就有种错觉，像是被人看到了自己刚刚的窘态似的。她轻咳一声掩饰住尴尬，道："黎先生，我是想什么时候您方便的话，我去您那里取一下邀请函。"

"现在就很方便，不过你想好要和谁一组了吗？"黎霁言平静问道。

顾卿遥顿时愈发苦恼了。

她以前朋友不太多，更是懒于参加各种社交，生活更是基本和林夏雪绑定了。后来认准了岳景峰，也一门心思地追着人家，哪里还有什么朋友？

可是这样的狼狈，顾卿遥忽然就不想对黎霁言坦白告知。

和黎霁言相比，她活得太狼狈了。

她犹豫了一下，道："嗯，应该是有的。不过黎先生有邀请函真是帮大忙了……"

"如果是应该的话，是还没有确定的意思吧？"黎霁言淡淡笑了一声，道，"这次参赛年龄限制是十八岁到三十五岁。"

顾卿遥眨眨眼，这是在说……

"我年纪也刚好。"黎霁言继续说道，语气颇有点好整以暇的意思。

顾卿遥的眼底浮现出笑意。

"黎先生的意思是……"

"不知我可有这个荣幸，和顾小姐一组？"黎霁言含笑问道。

顾卿遥这次真的笑出了声。"谢谢。"她真心实意地说道，"那我这就过来。"

"不用过来，"黎霁言平静道，"向右看。"

刚好车子在等红绿灯，顾卿遥下意识地向右边看去，就见黎霂言的车就停在路边。车窗开着，他对顾卿遥挥了挥手，顾卿遥就觉得自己的心跳快了几分。

她不知道黎霂言在那里停了多久，还是说，这就是一场充满了际遇的邂逅。

可是顾卿遥知道，那一刻，身边的声音仿佛顿时不复存在。

刚刚的烦忧也不再重要，她微微扬唇笑了："真巧。"

黎霂言笑意更深。

顾卿遥刚想让司机靠过去，就见黎霂言的车后面有一辆车一个急刹车，却是停住了。

白楚云从车上下来，兴高采烈地走过去，轻轻敲了敲黎霂言的车窗，似乎是在说着什么。

顾卿遥犹豫了一下。萧泽一脸目瞪口呆地看过去，心说这个白楚云真是会挑时候啊。

"小姐，那我们……"

"过去吧。"顾卿遥淡淡道。

萧泽一怔，却顿时激动雀跃起来——

他家小姐终于知道冲上去了！

本来就是啊……白楚云算是个什么东西！

不过车子越靠越近，萧泽真的忍不住佩服起黎霂言了……

这也太不为所动了。人家白楚云在外面高兴地说着话，黎霂言可好，车窗都不给开一下的。

简直是大写的冷漠。

顾卿遥过去的时候，眼底就带上三分笑意。

她眼睁睁地看着白楚云在外面近乎跳脚的模样，好整以暇地笑了："白小姐，抱歉，黎先生和我已经有约了。"

她余光微微一瞥，便看到了白楚云手中紧捏着的邀请函，看样子也是为了这次比赛而来的。

白楚云适才的小女儿娇态顿时不见了。她看了顾卿遥一眼，冷淡地笑了："看来是我打扰了。"

顾卿遥没多言。黎霂言已经将车门打开了："找个地方聊吧？现在天气寒凉，不适合在外面说话了。"

顾卿遥笑着应下。黎霂言就像是才看到白楚云似的，淡淡道："白小姐，如果有什么私事的话，还请白小姐下次记得先和我的助理预约时间。"

白楚云张了张嘴,有点无措地将手中的邀请函收了:"好,抱歉打扰黎少了。"

后面的半句带着些不甘心,也带着些许郁卒。

顾卿遥笑了笑,径自坐了进去。

她抬眼看向黎霂言,眼底带着满满俏皮模样。

黎霂言莞尔:"怎么?"

"你对白小姐的态度……"

"很不绅士。"黎霂言微微一笑,"是想说这个吗?"

顾卿遥认真想了想,点点头又摇了摇头:"可是我喜欢。"

她的笑容带着点得意,黎霂言失笑:"怎么忽然想参加这个比赛?"

他将手中的邀请函递过去。

顾卿遥没收,道:"如果你也要参加的话,你来做队长。"

她看向黎霂言的眼神很认真,黎霂言心底一动:"你知道这次的冠军基金是多少,对吧?"

"我知道。股神会亲自颁奖,而且有在美国的一个合作项目。"顾卿遥点头应了。

"而且冠军队的队长有机会在美国深造一个月。我以为你会很期待这个机会。"黎霂言定定地看着顾卿遥。

顾卿遥微微笑了:"换做是和旁人一队,这个机会我自然是要争取的。可是和黎先生的话就不必了。"

黎霂言有点意外地挑挑眉。

"你对我好,这个机会对黎先生而言也是有用的吧?最近美国经济动荡不安,黎先生之后要去美国投资,自然需要实地考察。有这样的一个月时间可以和美国华尔街的经济大亨相处,一定是有益处的。"顾卿遥分析着。

她的神色无比认真,一看就是仔细忖度过的。

黎霂言看了顾卿遥一会儿,扬唇笑了。他将邀请函直接放进顾卿遥的手里,道:"你建队,我辅助你。"

顾卿遥张了张嘴:"可是……"

"没有可是,就这么决定了。"

黎霂言觉得心情大好。

他哪里能看不出顾卿遥心底的渴望。可是尽管如此,她还是将这个自认为很好的机会拱手相让,只因为这个人是自己。

这个小丫头啊……

黎霂言含笑道:"建队资料尽快按照上面的说明上传。关于项目的部分,如果有任何问题或者需要协助，你可以随时和我讨论。"

"好。"顾卿遥点头应了，抓着那张邀请函，手都在微微发颤。

曾经梦寐以求的一切，不知道什么时候开始，好像离自己越来越近了。

而这一切……都和眼前的这个人息息相关。

顾卿遥明明知道，自己不该去过分依赖任何一个人，可是她却还是下意识地靠近了黎霖言。

一步又一步。

"对了，顾先生知道你和我同队的事吗？"黎霖言不经意地问道。

"还没……"顾卿遥一怔，问道，"我要说出去吗？"

"都可以。"黎霖言的神色很平静，"如果你和我组队，顾先生想必会竭尽全力阻拦。"

顾卿遥迟疑了一下，道："我倒是以为，是你会更在意一些。"

黎霖言一怔："我？"

"嗯，之前听闻，你并不喜欢被媒体拍到，也不希望受到过多关注。"

"你是在说这个。"黎霖言看了顾卿遥一会儿，微微笑了笑，道，"也没什么关系，而且比赛主要在国外，国内也未必会有多少关注。"

"那就好。"顾卿遥松了口气。她不想给黎霖言带来任何麻烦，"刚刚我看了一下，这次白楚云似乎也是想要参加这个比赛的。"

"我知道。"黎霖言淡淡道，"她之前和我联系过，发了很多短信，但是我没有回复。"

顾卿遥笑了笑，这才认真开口："谢谢。"

黎霖言的动作微微一僵，看向顾卿遥。

"我知道你是为了我才会去参加这种比赛的。你平时事务繁忙，根据我对你的了解，你也不是会喜欢这种事情的人。这次真的麻烦你了。"顾卿遥认真道。

黎霖言的手犹豫了一下，这才放在顾卿遥的头上轻轻揉了揉，看起来心情颇佳："不用。"

有些时候顾卿遥想不通，自己和黎霖言之间的关系，在黎霖言心底算是什么呢？

如果说是合作，顾卿遥并不认为黎霖言会对合作对象这样好。

顾卿遥微微垂眸，道："那我先回去了。"

"嗯，去吧，不要忘了之前答应我的事情。"黎霖言含笑道。

顾卿遥一怔，顿时了然。

黎霖言说的应当是生日宴的事情。想到到时候可能只有他们两人，顾卿遥的脸微微红了些许，却也有按捺不住的期待："嗯，放心，我不会忘记的。"

她的语气一本正经认认真真。黎霂言笑意更深，伸手帮忙开了车门。

那天，顾卿遥觉得自己回家的脚步都是在飘的，心情好得不得了。

也正是因此，一进门就看到林夏雪，是绝对在意料之外了。

她轻叹了口气，看向近在咫尺的人："夏雪。"

"小遥……"林夏雪的眼睛红得厉害，看了顾卿遥好一会儿，方才哑声道，"怎么办，小遥，学长现在不理我了。"

顾卿遥心情复杂。

那天的事情还没有盖棺定论，到底是林夏雪还是岳景峰，顾卿遥无论如何都想不通。

也正是因此，现在和林夏雪这样面对面坐着，若是说心底没有半点芥蒂，那绝对是假的。

她沉默片刻，这才开了口："岳少不理你了，你来找我有什么用？"

林夏雪惊讶抬头。

她从来没见过顾卿遥这样冷淡的样子。

这让林夏雪几乎惊呆了。

她的脸色变了变，小声道："可是卿遥……你是我的朋友啊，而且你不是一直都很支持我和景峰学长在一起吗？还是说……你后悔了？"

说到后半句，顾卿遥明显看出来，林夏雪的眼底滑过一丝受伤。

除此之外，再无其他。

顾卿遥淡淡道："那天我问你的话，你一直没有告诉我答案。"

"什么答案？"

"夏雪，那天的饮料是谁倒的？你将药下到了哪里？"顾卿遥紧紧盯着林夏雪的眼睛。

"药……我是直接吃的药啊。"林夏雪的语气支支吾吾的。

顾卿遥便轻笑了一声，声线冷得厉害："既然你对我无法坦诚相待，那么我想我们的对话也没有必要继续下去了。我将你当成最好的朋友，你说喜欢岳景峰，我就会全心全意地支持你。可是现在看来，你一直都在欺骗我。"

"小遥……你这是说什么呢？我怎么可能欺骗你！"林夏雪心底一震，咬住下唇，眼底写满委屈，"而且景峰学长，也不能说是你让给我的吧？小遥你自己想想，你是不是自己也看不上岳景峰，之前你在病床上不是也拒绝了吗？所以才这样心甘情愿地让我去了。现在你这样说，倒像是我欠了你似的。"

顾卿遥承认，自己的确是有私心。

可是她清楚地记得，从前岳景峰相比于自己，也是和林夏雪更加交好。这样想来，撮合他们两人或许才是对的。

只是顾卿遥无论如何都没有想到，现在还会发生这么多事情。

很多事情盘根错节，顾卿遥曾经看不清，现在却是无论如何都不想深陷其中了。

"我真的没做对不起你的事情，从前没有，以后也不会有。至于你相信不相信，那就是你的事情了。"林夏雪咬牙发狠，"卿遥，我真没想到我们变成这样了。"

顾卿遥笑笑，道："你什么时候回家？"

"你！"林夏雪气结，"行了，不让住就不住，我也不是稀罕住在那儿！"

她抓了手包就要走，顾卿遥淡淡道："夏雪，我奉劝你一句，我不知道这次你是帮人背了责任还是什么，但是有些事情不是你承担得起的。"

"我没有。"林夏雪忽然回头，看向顾卿遥的眼神带着肯定，也带着受伤，"我不知道你这是怎么了，但是小遥，我从来都没有做过什么事情。你说我隐瞒你，你明知道我喜欢岳景峰学长，我的确是做了不好的事情了。我对学长下药了，这件事我一直承认……你这是在怀疑我什么，怀疑我害你吗？总不会，连车祸的事情你也怪到我头上了吧？"

顾卿遥微微蹙眉。

林夏雪见顾卿遥不说话了，咬着牙说了下去："你自己想想，我给你下药有什么好处？我喜欢学长，如果你被下了药，学长把持不住和你发生了关系，到时候我哭都没地方哭去。你还怀疑我给你下药！"

她跺跺脚，转身出去了。

顾卿遥静静地坐在原处，没有去送。

良久她方才垂眸笑了笑，笑容中带着些许苦意。

萧泽小心地凑上来："小姐？"

"她自己说话的时候错漏百出，她自己却是不知道。"顾卿遥轻笑了一声，道，"如果说之前我还有半点不确定，那么现在我终于能肯定了。"

"小姐要怎么办？"

"还能怎么办？日后多加注意罢了，这次也的确是没有关键性的证据。只是……林夏雪对岳景峰还真是百依百顺。"顾卿遥的眼底滑过一丝冷色。

她想了想，干净利落地给岳景峰打了个电话过去。果然，岳景峰立刻就将电话接了起来。他的语气满是难以置信，甚至是带着笑意开口了："顾小姐？"

"嗯，是我。"顾卿遥含笑道，"岳少找到合作的对象了吗？"

"不，那个，还没……"岳景峰手忙脚乱地换了个手，小心地问道，"顾小姐是打算和我一起合作了吗？"

"岳少，我这边的确是有约了。只是刚刚想起一件事似乎是忘了问岳少，"顾卿遥顿了顿，方才笑问道，"是关于那天的事情，那天我吃完火锅也有点不太舒服，觉得头晕眼花，而且有点呼吸困难。不知道岳少有没有类似的情况……"

岳景峰的语气顿时踟蹰起来："啊……有这回事？"

"嗯，岳少觉得呢？"

"我这边倒是还好，那天的饮料也没什么问题啊……难道是夏雪学妹她做了什么手脚？"岳景峰的语气吞吞吐吐的。

顾卿遥得到了想要的答案，淡淡笑道："可能是我错觉吧，谢谢岳少。"

"不用，顾小姐太客气了。"岳景峰松了口气，还想寒暄几句，就听对面顾卿遥已经将电话放下了。

"如果换做是旁人，听到刚刚的情况，第一反应不该是饮料被下药了。毕竟按照林夏雪自己的说法，她是主动吃的药。"顾卿遥看向萧泽，认真分析道。

萧泽点头应下："的确，虽然所有的责任现在都是林夏雪承担了，但是无论怎么看，岳景峰都不像是无辜的。"

"他不可能是无辜的。"顾卿遥冷笑一声。

"岳景峰怎么了？"一道声音陡然插了进来。

顾卿遥被吓了一跳，立刻站起身看过去。就见念宛如正打理着头发，一边往外走，看向顾卿遥的脸色却是无比凝重："岳景峰这次又做什么了？"

"妈妈……"顾卿遥见瞒不过，只好将那天的事情尽数讲了一遍。

念宛如气得直发抖："我以为只是林夏雪那孩子太作，居然还有这么一回事。亏你爸爸还说岳景峰对你一门心思地好！"

"之前小叔叔也说过，岳景峰心术不正。"顾卿遥轻声道。

念宛如脸色微沉："好，你放心，这件事妈妈给你做主。今晚回来就和你爸爸说，日后一定不让你和岳景峰接触了。"

顾卿遥靠过去，小声道："妈妈，其实我觉得挺奇怪的，爸爸为什么一直喜欢岳少。"

念宛如一怔："小遥……"

"你想啊妈妈，我之所以和男孩子不亲近，也是因为之前缺少社交。往后进入社交圈，以顾家的家境，其实完全没必要因为岳少对我好，就对岳家死心塌地的……"顾卿遥认真说道。

念宛如神色有点复杂,看了顾卿遥一会儿,这才问道:"妈妈问你一句话。"

顾卿遥点头:"妈妈你问。"

"不知道最近是不是妈妈的错觉,你和你爸爸怎么了?"念宛如认真问道。

顾卿遥微微一怔,道:"我和爸爸很好啊……"

"是吗?"念宛如盯着顾卿遥看了好一会儿,方才轻轻叹了口气,"以前你和你爸爸,从来都没有这么多争端。妈妈有些事情不记得了,但是如果有什么事你想不通,你一定要告诉妈妈,知道吗?"

"妈妈放心。"

"可是因为那凌筱蔓的事?"念宛如迟疑片刻,还是问道。

顾卿遥一怔,立刻道:"没有的事。"

顾卿遥又和念宛如说了一会儿话,顾彦之就回来了。他见母女二人都在客厅里,倒是微微怔了怔,道:"我先上去处理一些文件,一会儿再下来吃饭。"

"彦之,"念宛如将人叫住了,神色凝重,"我有话要和你说。"

顾彦之的眉头蹙起,神色有点不耐:"我现在有很紧要的事情。"

"也不差这一会儿时间……"念宛如温声劝着,一边道,"你就先听我说完。"

"也好。"顾彦之只好坐了过来。

"是关于岳景峰的事情。那天的事我听小遥说了,岳景峰那孩子……往后就别让小遥和他来往了。"念宛如的语气是从未有过的强势,"之前我就觉得不对劲,车祸之前他吊着小遥,车祸了立刻向小遥求婚。这次又是,一定要让小遥过去吃火锅。小遥去了,就差点被他们下了药。即使是巧合,这也太多次了,如果不是因为当时黎先生发现了不对劲,现在还不知道是什么样子呢……我的记忆迄今没有恢复,也不知道是不是……"

顾彦之脸色微沉:"这叫什么话!现在我们和岳家还有往来,你说的这些事也没有证据。捕风捉影的事,总不能随便怀疑。"

"如果小遥当时真的出了事呢,到时候后悔还有什么用!"念宛如根本不明白顾彦之为什么在这件事上这么寸步不让。她沉声道,"反正这件事我肯定是不同意。小遥也说过,之前的确是对岳景峰有好感,可是现在小遥都怕岳景峰了。既然如此,日后有岳家的场合,就不要再让小遥过去了。"

"而且岳景峰和凌筱蔓关系也不错……"顾卿遥忽然小声开口。

念宛如听了，脸色愈发难看了三分："彦之，这个岳景峰总不会是凌筱蔓介绍给小遥的吧？"

顾彦之蹙起眉头："胡说什么？"

他显然心情不太好，蹙眉道："行了，这种事也没必要闹得这么僵。你如果觉得岳景峰不好，日后我们就尽可能不和岳景峰碰到，可是毕竟都在海城……"

"这种事怎么得过且过？"念宛如难以置信地看向顾彦之，"彦之，你以前不是这样的。岳景峰喜欢小遥是一回事，如果他对小遥有那种图谋，那就是另外一回事了。说得严重一点，这是有法律责任的。"

"所以你想让我怎么做？"顾彦之冷着脸问道，"警方都已经下了调查报告，说了一句岳景峰做了这种事吗？既然都没说，单凭小遥一句话，我还能怎么办？你是希望我去质问岳家吗，还是去找岳家取消这次合作。合作案都签署了，我这边单方面取消那是违约！这件事只能引以为戒，之后小遥在我身边，我也能时时护着。更何况你自己问问小遥现在和谁走得近？那黎霁言一句话，小遥立刻就过去了。如果真的出了事，真是连防备都没得防备！"

顾彦之说完，转身就上楼了。

念宛如颓然地站了一会儿，径自坐在沙发上，捂住了脸。

顾卿遥闭了闭眼，伸手揽住了念宛如的肩膀："妈妈……"

"妈妈是忘了很多事情，也不知道你爸爸这是怎么了。"念宛如哑声道，"小遥，你现在长大了，自己一个人在外面，是该多考虑一些，就算你身边有萧泽也是一样，知道吗？妈妈是真的为你担心。"

顾卿遥低声应了："妈妈放心，我都明白。"

念宛如这才勉强笑了笑："好了，你也别生你爸爸的气。他最近也是太忙了。而且之前八卦小报报道了不少你爸爸的消息，关于凌筱蔓的事情也挺多，你爸爸最近忙着处理这些事情呢。"

"八卦小报？"

"你不用去看，反正都是些捕风捉影的东西。"念宛如苦笑道。

这么多年，这些事情并不少见。

越是完美的模范夫妇的面纱，越是让人想要揭开一窥究竟。

很多人坚信，完美的背后定然满是疮痍。

可是这一次，顾卿遥打开手机随便看了看，眉头便愈发蹙紧。

这也太真实了，很多东西真真假假，竟然和真相无比靠近了。

这件事……究竟是谁做的？

她的脑海中掠过无数个名字，却还是想不通。

这个手笔太像是黎霂言，可是黎霂言真的会做这种事吗？总觉得不像是黎霂言的风格。

顾卿遥回了房间，下意识地打开了藏在顾彦之房间里面的窃听器，就听顾彦之果然又在打电话——

"爸，那件事真的是你做的？"

"你为什么要这样做……"

"什么？好，好，那我知道了。"

"嗯，他们最近的确是走得太近了，我听说小遥这次比赛也是和他组的队。"

"是，我明白，不过岳家估计是不成了。"

"也行吧。"

电话被挂断了，顾卿遥紧忙将窃听页面切换，想了想，又将之前的DNA鉴定结果抽出来一点。

果然不过一会儿，门就被人敲响了。

顾卿遥拉开门，就见顾彦之站在门外，脸上有点犹豫。

顾卿遥的神色有点别扭："爸爸。"

"爸爸问你点事情。"顾彦之示意了一下屋里，"我进去说。"

"嗯。"

顾彦之打量着屋里面的陈设，顿了顿方才道："你最近买了不少金融方面的书。"

"对……想要仔细看看，毕竟要参加比赛了。"

"和黎先生一组？"顾彦之蹙眉问。

顾卿遥点点头："应该是。"

"小遥，你最近的情况不对劲。怎么了，能和爸爸说说吗？"顾彦之迟疑了一下，和颜悦色道。

顾卿遥看了顾彦之良久，这才垂眸笑了笑："爸爸，你为什么讨厌黎先生？"

"黎霂言对顾家有怨言。他当年想要开公司，被你爷爷阻拦了，没想到现在成功了。你觉得他回来，甚至还来接近你，是为了什么？"顾彦之反问道。

"爸爸觉得他另有所谋。"顾卿遥轻声道。

"他一定是。"顾彦之蹙眉，"要么是为了继承权，要么是为了报复。"

顾卿遥呆了呆，想说养子走了法律程序的，本身就有继承权。可是想了想还是将这句话吞回去了。

顾彦之的目光却是定格在旁边的一个信封上。

他的眼神无比凌厉，盯着那信封看了良久。这才哑声开口："小遥，你之前说过，不让爸爸进你的屋子，你是为了什么……"

顾卿遥顺着顾彦之的目光看过去，唇角微弯笑了。

"你最近对爸爸的态度改变，也是因为这个吧？"顾彦之的眼神有说不出的复杂。

顾卿遥沉默半响，这才轻声问道："爸爸为什么对这个东西这么敏感？"

"你知道不知道这东西是违法的？你什么时候……"顾彦之已经将那信封抽了出来。确认自己没看错，他的脸上登时面如死灰："你……"

"爸爸打算怎么办？"顾卿遥的脸色带着些许讽刺，语气却是出奇地冷静。

顾彦之的手都在发颤。

他根本就没有想到，顾卿遥会做出这种事！

而这背后的推手是谁，几乎想都不用想！

顾彦之咬牙看向顾卿遥，沉默片刻，道："小遥，你不要相信这些。这肯定是黎霂言安排的吧？没有我和凌依依的同意，这种鉴定结果根本就是不生效的……"

"爸爸想要一个生效的鉴定结果，随时都可以有，更何况，"顾卿遥顿了顿，道，"爸爸，凌依依来见我了，就在那天我从爸爸公司出来的时候。"

顾卿遥的眼神带着些许探寻。

顾彦之几乎坐不住了。

怎么会这样？

怎么会出这种事？

这凌依依是疯了吗？她怎么敢直接去见顾卿遥！

凌筱蔓是怎么想的，居然还没有将凌依依送出去！

顾彦之觉得自己简直要爆炸了。他努力平复了一下呼吸，看向顾卿遥，沉声道："小遥，你冷静一点听爸爸说……你这件事，和你妈妈说了没有？"

"没有。"顾卿遥哑声道，努力让自己的眼底蓄满泪水。

不能表现得太过强势，她总觉得这件事没有那么简单。

果然，顾彦之听顾卿遥这样说，立刻松了口气："小遥，你听爸爸的，这件事有误会。凌依依那孩子一定要巴上来，这才故意做了这种东西骗人。你千万别信，你才是爸爸的孩子。"

"那爸爸肯去和凌筱蔓对峙吗？"顾卿遥小声道，"凌依依那天可过分了。"

顾彦之没说话。

若是从前,他肯定就答应了,可是现在他忽然有点担心,这个凌依依现在有点不可控。

这孩子好像是被压得太厉害了,现在愈发想要爆发出来。倘若真的当面对质,还不知道会发生什么。

顾卿遥见顾彦之不开口了,脸色登时更难看了:"爸爸欺负人,我要去告诉妈妈。"

"小遥你等等!"顾彦之的脸色有点灰暗。他抬手将顾卿遥拦下,看了顾卿遥一会儿,这才道:"你也知道,我和你妈妈感情一直很好。如果因为这件事,我们感情破裂了,你就真的开心了吗?小遥你相信爸爸,爸爸这么多年对你,对你妈妈什么样,你自己不知道吗?你真的希望爸爸妈妈离婚吗?"

顾卿遥没说话,只是觉得无比讽刺。

自己的爸爸……

在劝说着自己一起骗人吗?

"小遥,你别和你妈妈说,这件事也别和你外公说。爸爸一定会处理好这件事,给小遥一个满意的答案,好吗?"顾彦之看向顾卿遥,微微屏息。

顾卿遥沉默了一会儿,小声道:"那天爸爸明明说,凌依依不是爸爸的孩子的。"

顾彦之心底一冷,心说不会那天就是顾卿遥的局吧?

让自己当众表态,以后就不可能再认回凌依依了……

这样心思缜密的局,想来也不该是顾卿遥的手笔才对。

顾彦之这才安下心来,摇摇头道:"小遥,你听话,你……你不是喜欢进公司吗?爸爸给你在公司安排一个位置好不好?"

顾卿遥看向顾彦之。她知道,现在的顾彦之,为了封住自己的嘴,是什么都能应下的。

她犹豫了一下,认真道:"我要公司的股份,这样我就可以参加股东大会了。"

顾彦之脸色微变。

他看向顾卿遥,蹙眉问道:"这是谁和你说的?"

"我看了公司法的书。爸爸,我要公司百分之三的股份,我就保证不把这件事说出去。"顾卿遥认真道。

"连你妈妈都不能说。"顾彦之不放心地说道。

"嗯。"顾卿遥应了。

顾彦之盯着顾卿遥看了良久,闭了闭眼,道:"公司的事情不是儿戏。

小遥你……爸爸让你参加，但是你就不要拿股份了，可以吗？"

"我也不要当董事，也不负责公司运营，而且爸爸，我已经二十二岁了。"顾卿遥瘪瘪嘴。

顾彦之听到外面有走动的声音，顿时就觉得心更揪成一团了。

他不能承担任何风险，倘若这件事真的被念家知道了，这次和德企的合作肯定是泡汤了，之后……也是麻烦大了。

相比之下，不过就是百分之三的股份而已。

顾彦之咬咬牙，点头应了："可以，小遥，那你要记得，这件事无论如何都不能说出去。这个我就带走了。"

他死死抓着那个信封。

顾卿遥想了想，还是问了一句："爸爸，你答应小遥，那天说的话是真的，对吗？凌依依真的不是爸爸的孩子？"

"不是，你相信爸爸，这东西就是无中生有，为了离间我们一家人的。"顾彦之这句话说得简直咬牙切齿。他轻轻摸了摸顾卿遥的头，沉声道，"行了，这件事到此为止。"

顾卿遥的手拉住了顾彦之的袖口，仰头认真道："股权转让……"

顾彦之脚步一僵。

顾卿遥……她几乎是在步步紧逼。

顾彦之希望这不是自己的错觉。

他叹了口气，还是去书房拿了股权转让书，下笔的时候手都在微微发颤。

顾卿遥其实从来都没想过，这件事会来得这样容易。

顾彦之的态度，换做是十八岁的她可能会不懂，可是现在她怎么会看不出来？

顾彦之……宁愿给自己百分之三的股份，都要保住这个秘密。

那个信封里面的内容不是假的。

顾卿遥太明白了。

她将那份股权转让书收了，方才看向顾彦之，甜甜地笑了："以后这个DNA鉴定的秘密，我就帮爸爸保守了。"

顾彦之总觉得这和刚刚说的话有哪里不一样，却也没来得及多想。

一晚上损失了百分之三的股权，尽管是给顾卿遥的，却依然让顾彦之说不出的肉疼。

他长叹了口气，道："行了，小遥，你先和爸爸说，你这东西究竟是谁给你的？"

"是凌依依啊。"顾卿遥眨眨眼。

顾彦之的动作一僵。

"凌依依给你的?"他的眼底滑过一丝戾色。

反了,真的是反了!

凌依依这怕是疯了吧!

顾卿遥道:"爸爸,她就是不要脸,还和我说她要来分家产的,让我先给她钱,她就替我保守这个秘密,以后也不来找爸爸的麻烦了,不然过些日子可能还要去找爸爸的!"

顾卿遥添油加醋地说着,顾彦之气得浑身都在发颤。

她还不知足!

给了凌筱蔓凌依依多少东西了,她居然还不知足?!

顾彦之根本坐不住了,他起身就往外走,一边道:"行了小遥,你先休息吧,明天起你如果要来公司,就和我说一声。我让助理给你安排事情做。"

"好,谢谢爸爸。"顾卿遥乖乖应下。

顾彦之心情相当不好,也没心思理会了,径自往书房走去。

顾卿遥拿着那张股权转让书,面无表情地看了良久,这才好好地收了起来,将萧泽叫了进来。

"小姐还是将那东西用上了。"

"如果再不用,过些时日凌依依出国了,也就没有意义了。换来了这个协议,挺好的。"顾卿遥说着,心底却是说不出的悲凉。

顾彦之一定对股权另有打算,否则怎么会给自己百分之三的股权都那么吝啬?

倘若父女齐心,那么根本就不存在这个问题……自己分明是顾彦之唯一的女儿,将来享受全部继承权的。

可是顾彦之没有,他下笔的时候手都在发颤,最后连印章都按歪了。

凌依依倘若没有了继承权,那么顾彦之另外的打算,究竟是谁?

顾卿遥蹙起眉头,只是能够借着这个机会打入公司,倒是意外之喜。

"小姐是真的打算不告诉夫人吗?"萧泽担忧道,"夫人应当有知情的权利的。"

"要告诉。"顾卿遥淡淡道,"我只答应父亲,不会将DNA结果说出去。毕竟东西他已经拿走了,一手交钱一手交货,也算是天经地义。想要将这件事告诉母亲,我有很多种方式,也不在意那一张纸。"

萧泽张大嘴,心说语言果然是博大精深。

顾卿遥吸了口气,翻开日历看了一眼,登时就呆住了——

"等等，明天就是……"

"对，明天就是黎先生的生日。"萧泽好整以暇地提醒道。

"那你怎么没提醒我一下？"顾卿遥无奈。

"小姐今天这么忙，而且黎先生不是已经提醒了吗？"萧泽有点委屈。

顾卿遥沉默了一会儿，顿时就苦恼了起来。

要给黎霂言准备什么生日礼物？

这的确是个大问题，黎霂言这样的人，平日里就是什么都不缺，想来自己需要什么，早就买下来了，哪里还用旁人来送？

之前问萧泽，萧泽似乎也支支吾吾说不出个所以然来。顾卿遥想了想，还是别别扭扭地给黎霂言打了个电话。

电话响了一秒就被人接了起来："怎么了？"

"黎先生现在有空吗？"

"有，怎么？"

"我想问一下，那个……黎先生你平时有什么兴趣爱好吗？"顾卿遥认真拿起笔，准备记下来。

那边沉默片刻，倒是笑了："没什么。"

啊？

怎么会有人没有兴趣爱好的……

"平时一般会锻炼身体，听听音乐，其他的就没有了。"黎霂言似乎是努力想了想，这才道，"哦，有的时候还会分析一下指数图。"

顾卿遥的眼神亮了亮，点头应下："那我知道了。"

她想起刚刚的事情，还是没忍住，小声开口将适才的一切讲了一遍，黎霂言在那边听得很认真。

等顾卿遥说完了，黎霂言方才开口："凌依依的DNA结果是我给你的，你后悔吗？"

"什么？"顾卿遥怔了怔。

"如果没有这份材料，或许你只会觉得怀疑，而这样的怀疑很快就会被温馨的家庭生活淹没，你们的生活还会回到正轨，像是从前一样。你有爱你如珍似宝的父母，而你不用去想这么多，"黎霂言淡淡道，"你有想过吗？或许我的确是如顾先生所说，是另有所图。"

"这并不重要。"顾卿遥垂眸，哑声笑了。

黎霂言没开口，顾卿遥便说了下去："与其活在虚伪的幸福里，我宁愿要残忍的真相。"

她没有说出口的是，曾经那些虚伪的幸福已经足够多了。

那些所有的温暖,到头来都是镜花水月一场,车祸宛如浴火重生的机会,而这一次,她很感激黎霂言,将她带到了一个全新的世界。

在这个世界里,她得以看清周遭的一切。

她活得步步为营,也如履薄冰,心底却是无比踏实的。

因为她知道,她在一步步接近真相。

黎霂言沉默片刻,轻声笑了:"我一直没有问过你,你打算怎么办?"

顾卿遥一怔。

"发现了你父亲外面另有情人,甚至还有个孩子,你打算怎么办?"黎霂言的问题一针见血,听不出什么情绪。

顾卿遥不自觉地咬紧下唇,低声道:"属于我的,终究还是要属于我,我不会让给任何人。"

黎霂言的呼吸声清浅,仿佛响在顾卿遥的耳畔。许久,就当顾卿遥准备说晚安时,黎霂言终于开口了:"小遥,这条路很长,也许比你想象中的要难。"

"你会陪我吗?"鬼使神差地,顾卿遥开口问道。

顾卿遥一句话出口,其实就已经有点后悔了。

她迟疑了一下,刚想开口补救一下,就听那边的黎霂言轻咳一声,道,"什么?抱歉刚刚信号不好,没听清。"

分明还是平静温和的语气,可是那句"你会陪我吗",顾卿遥却再也问不出来了。

她只是垂眸笑了笑,道:"没什么。"

心头的失落感挥之不去,湮灭在黎霂言低笑的声音中。

他的呼吸声仿佛就在耳畔,可是顾卿遥知道,有些话问过一次没有得到答案,不管是阴差阳错还是其他,她都没有勇气再问一遍了。

曾经栽得太惨了,即使现在一切都美好得如同一场梦,她也不敢了。

黎霂言的语气很是平和:"那就早点休息吧。"

"嗯,好。"顾卿遥乖顺地应下了。

这一夜,顾卿遥都不知道自己究竟是怎么过去的。

恍惚之间好像是迷迷糊糊地睡去了,可是梦里面都是黎霂言的侧脸,明明离得那么近,却又那么远。

第二天醒来的时候,顾卿遥一下楼,就见顾彦之难得也在。他看了顾卿遥一会儿,这才开口道:"今天和我一起去公司吗?"

念宛如一怔:"小遥要一起去公司?"

"她说要去公司历练一下。"

"可是你之前不是还反对吗?"念宛如有点诧异。

顾彦之笑了笑:"我想了一下,既然孩子喜欢,早点去感受一下,也不一定是什么坏事。"

念宛如只好将信将疑地点头:"那也好,小遥今天就要去吗?"

"嗯,过去看看。"顾卿遥笑道。她一边说着,一边快速发了条短信给黎霂言,"黎先生今晚有空吗?我订了明珠滩的丽影旋转餐厅的位置。"

黎霂言半晌没回复,顾卿遥下意识地将手机解锁,又关上。

"你这是在等什么吗?"顾彦之看了顾卿遥一眼。

"哦,没什么。"顾卿遥笑了笑,安心吃起早餐。

顾彦之的眼神带着三分探寻,却还是克制住了,没有继续问下去。

其实在去顾氏的路上,顾卿遥就一直忍不住在想,顾彦之会将自己安排在什么位置。

毕竟顾卿遥自己心底也是明镜一般,顾彦之不可能真的不怀疑。

然而真正到了顾氏,顾卿遥还是有点诧异,因为顾彦之一言不发,直接将自己带到了总裁办公室,指着外面凌筱蔓的桌子道:"你就坐在对面吧。"

凌筱蔓位置上的人顿时站起身,诚惶诚恐地看了过来:"顾总……"

"这是新来的特助,是美国top5商学院毕业的,比你大不了几岁,慕听岚,这是我女儿顾卿遥。"顾彦之简单介绍道,"卿遥是来这边实习的,你看看有什么事情可以让卿遥帮忙,就一起研究研究。"

顾彦之说完,也没有多说什么,就径自进办公室了。

倒是慕听岚笑着和顾卿遥打了个招呼:"你好,我是在美国那边回来的,这次刚好赶上顾氏招聘,就想要投个简历试试看,结果就中选了。"

顾卿遥抬眼看过去,慕听岚笑容和善,看不出什么心思。

顾卿遥便也没有多想,只是看向慕听岚,笑了笑道:"你好,未来一段时间我都会在这边实习,麻烦慕特助了。"

"不用不用,你现在有什么想要看的材料吗?我这边可以拿给你。"慕听岚说道。

顾卿遥还没开口,就听里面的顾彦之说话了:"你们先进来一下。"

顾彦之看向慕听岚,道:"你还是做好你的本职工作。卿遥来这边实习,但是不能影响公司的正常安排,你明白我的意思吧?"

"是,我明白。"慕听岚立刻应下。

"嗯,"顾彦之淡淡道,"卿遥你也是,不要总是打扰慕特助。慕特助最近事情很多,这样,这边的报表,你先拿去看。"

"顾总,这好像是五年前的报表。"慕听岚看了一眼,提醒道。

顾彦之手微微一僵，在心底感慨了一下慕听岚真是多话，却还是道："你先拿过去看，有很多东西可以参考。还有这边，这是我们当年上市时候提交的招股说明书，你也可以参考借鉴，至少对上市公司的基本架构有一定了解。"

顾卿遥心底冷笑。

这些东西拿来糊弄外行人也就算了。招股说明书的确还有一看的必要，可是这么多年早已经时过境迁，说是参考都有点夸张。至于五年前的报表……摆明了就是浪费时间吧？

慕听岚显然也意识到了这父女二人之间气氛不对，再想想之前关于岳家一事的传闻，顿时心底也有了些盘算。

待到和顾卿遥一起出来，掩上总裁办公室的门，慕听岚这才小声地比了个噤声的手势，道："你看这个。"

她将一个箱子拖过来，道："这是这两年内的报表，刚好昨天我去档案室取了出来，你可以一边看一边整合，商业数据还是最新的好。"

顾卿遥微微一怔，下意识抬眼看过去。

慕听岚吐吐舌头笑了："顾总那是想要考验你呢，不过这方法不对。以前我们有个教授就喜欢这样，我觉得没什么意义，人的兴趣都在这其中被消磨没了，您别和顾总说啊。"

顾卿遥微微笑了："谢谢你，听岚。"

"没事，别客气。"慕听岚笑了，转头去敲电脑了。

顾卿遥小心地打量了慕听岚一会儿，慕听岚神色如常，似乎根本没将刚刚的事情放在心上。

她还很年轻，顾卿遥小心地打量着慕听岚的侧脸。年轻的人真好，似乎总有无限的原动力，也似乎……总能期待着世界的每一点美好。

不知道慕听岚将来如何，至少这一刻，顾卿遥想，她想要这样的人和自己熟识。

想到等自己羽翼丰满的一天，也还能让慕听岚在自己的身边，做她真正想做的事情。

下午的时候，倒是秦凯丰来了一次，见顾卿遥坐在这里，显得很是意外。

顾彦之沉默片刻，开着门问了顾卿遥一句："小遥，你确定不参加这次项目了对吧？"

顾卿遥道："如果不是和岳家直接接触的话，我可以参加。"

"那你过来看一下。"顾彦之也不好在秦凯丰面前闹得太难看，挥挥手示意道。

顾卿遥走过去看了一眼，眉头就微微蹙起："他们不同意对赌协议。"

换言之，就是不愿意承担风险，他们希望空手套投资？

"这也很正常。我们之前商谈的时候，我也并未提出对赌协议。"顾彦之试图缓和。

秦凯丰看了顾卿遥一眼，忽然开口："顾总，有件事我不知道当讲不当讲。"

"说。"顾彦之蹙眉。

"其实这次的合作，因为金额巨大，根据我们的公司章程，理应经过我们的股东大会董事大会讨论，而不仅仅是高管讨论就足够了的。而我也私自征求了一些股东的意见，如果这不是对赌协议的话，大家普遍认为应当审慎投资。"秦凯丰沉声道。

顾彦之的脸色立即难看起来。

他看了秦凯丰一眼，忽然问道："你问了谁？你面前这位吗？"

听出他语气之中的不悦，秦凯丰微微一怔，却是没能理解。

面前？

顾卿遥？

他耿直地摇了摇头："不，我问了董事会和股东会的一些成员，其中有……"

见秦凯丰已经在摸笔记本准备查看名单了，顾彦之一阵头疼，连连挥手阻止了。

他就是不明白，自己最近怎么会如此诸事不宜！

昨天一个晚上就割让出去百分之三的股份已经让他很心疼了，现在可好，连秦凯丰也来和自己作对！

"很多人可能是认为，父亲在这件事上有假公济私之嫌。"顾卿遥认真道，"爸爸，我们应该让他们明白，爸爸并不是假公济私。这一次的合作，的确是有经过缜密的计算的，我们顾氏是可以从中获利的。"

顾卿遥的语气十分笃定，带着无比的自信，可是顾彦之只觉头痛。

什么缜密的计算？什么可以从中获利？

别人不知道，顾彦之自己还不知道吗！

他这个案子从最开始就没想着这些，只要不亏本就不错了。现在海城的共享经济基本已经饱和了，这几年共享经济大批度滑坡，很多共享经济体都已经宣告破产。这个时候冲进这个市场，他都和岳家说了很多次不看好。

可是岳家坚持，他也就只好硬着头皮应了。

可是顾卿遥这么一句话，顾彦之登时就有点慌了。

他在这件事上面是存了私心的，如果真的拿到股东会董事会上去说，那么这些见不得光的事情不是全都暴露了？

想到这里，顾彦之立刻开口："那不成，这……"

他话音未落，秦凯丰已经说了下去："顾总，我也认真考虑过了。我认为顾小姐说得对，如果顾总执意要进行这个项目，那么我们应当进一步，让全体董事会成员商议讨论。毕竟这对于我们顾氏而言，也并非是一个小数目。倘若是对赌协议，相信没有几人会反对，可是如果岳家得寸进尺，那么我想……这需要我们开会探讨通过。"

"我相信父亲的判断，"顾卿遥依然在旁边天真无邪地添油加醋，"既然父亲认为我们能从中获利，那么相信我们一定可以说服股东和董事的……"

顾彦之就觉得自己的太阳穴鼓噪着疼。

开什么玩笑……

这种事一旦闹到公司讨论的程度，那肯定是无法通过的！

甚至连背后的一切都会被人捞出来说！

顾彦之根本没办法承受这些，来不及多想，连连摆手道："这个合作案先压下来，我回头去和岳家说说，最好能争取一个对赌协议。如果争取不来，那……我再想办法。"

"这样啊？"顾卿遥的脸上显出些不甘来。

顾彦之明明心底憋闷得厉害，却也没办法直言，只好道："行了，这件事先这样，你们也莫要说出去了。凯丰，你也是……这种还没定下来的事情，以后也别到处去说，明白吗？"

"是。"秦凯丰立刻应了。

顾彦之挥挥手，让两人出去了。

走到门外，顾卿遥方才微微笑了笑，开口道："谢谢您，秦部长。"

"这是我应该做的，我也觉得这次顾总的确是太过一意孤行了。"秦凯丰低声道。

顾卿遥还想说什么，余光瞥见旁边，便噤声了。

秦凯丰显然也意识到了不对劲，微微点了点头，便转身离开了。

里面的顾彦之咬紧牙关，脸色难看至极。

他早就知道，顾卿遥这次肯定是动了手脚的。看昨天晚上那一出就知道了，顾卿遥最近心思活络了，和从前大不相同了。

可是顾彦之无论如何都没想到，顾卿遥竟然还和秦凯丰有了联系。

是谁教会她这些的？

念宛如吗？不……不可能，念宛如这么多年温婉贤淑的性子不可能是装的，更何况她还没有恢复记忆。如果念宛如恢复了记忆，事情定然不会这么简单……

那么就只有一个人了——

黎霂言。

想到这里，顾彦之脸色一沉，将顾卿遥叫了进来。

"小遥，晚上有安排吗？"他努力和颜悦色地问着，却不知道自己刚刚发过怒的脸色有多么可怕。

"今晚有安排了，爸爸有什么事吗？"

"爸爸想和你聊聊，主要是关于……"

话音未落，门外的慕听岚开口道："顾总，前台有位凌女士找您。"

顾彦之登时脸色一沉。

凌女士……

顾卿遥心底满是讽意，面上却是一脸惊愕地看向顾彦之："父亲……这……"

"没事。"顾彦之冷着脸道，"让她上来吧。"

这种时候，避而不见，顾卿遥不知道又要怎么多想。

顾彦之太了解了，所以只能兵来将挡水来土掩。

他知道，凌筱蔓不敢将这件事闹大。倘若在这里将事情闹大，对凌筱蔓没有任何好处。

顾彦之就是要赌这么一次！

顾卿遥犹豫了一下，不甘不愿道："父亲，我要出去吗？"

顾彦之心底想着你出去当然是最好，可是无论如何，这种话都不能说出口。他只好僵着一张脸道："无所谓，你留下吧。"

顾卿遥径自坐下了，根本没打算推托。

第7章
追一个人太辛苦了

果然，凌筱蔓又是精心打扮过的，推开门的时候身上都带着一股精致的雅香。

她看向顾卿遥，似乎也没有多么意外，只对顾彦之微微颔首道："顾总。"

"嗯。"顾彦之淡淡道，"你不该来这里，你已经离职了。"

"我知道，只是我想了一下，顾总，您似乎还有些费用没有和我清算。"凌筱蔓含笑道。

她看了顾卿遥一眼："顾小姐，好久不见。"

这一次的打击对于凌筱蔓而言不可谓不大，可是凌筱蔓的精神似乎并未受到太大的影响。她径自站在两人面前，神色如常。

"什么费用？"顾彦之不悦道。

"这是清单。"凌筱蔓将一叠纸推过去，"顾总，您可以去和财务查核，这是我在公司期间应得的。"

"差旅费、加班费、经济补偿金……还有后面这些……"顾彦之猛地将手中的A4纸叠住了，蹙眉看了凌筱蔓一眼，"你这是什么意思？"

"我说过，顾总，这是我应得的部分。"她从包里面轻轻翻了翻，将另外一份拿在手上，"不如我请顾小姐也帮忙核算一下？没记错的话，顾小姐商业天赋了得。"

顾卿遥好整以暇地看过去，凌筱蔓手中的东西，绝对不只是之前顾彦之念的那样简单。

倘若当真如此，那么顾彦之也不会露出这样见鬼的表情。

顾卿遥太了解了。

顾彦之的呼吸都带着微喘。他拿出支票本就要提笔，顾卿遥却淡淡开口了："差旅费和加班费，按理说都是会和每个月的薪资一起计算的，没有合并计算的说法。至于经济补偿金，这个的确是法律明文规定的。可是凌小姐，如果我没记错的话，你在公司是因为盗窃品行不端才会被开除的。换言之，这样的情况属于特例，是不会给予经济补偿金的。当时也是我母亲仁慈，才免除了凌小姐的法律责任。凌小姐若是认为自己的主张没有问题，不如将那一摞纸都给我看看，让我来帮凌小姐再核算一下？"

"不用了。"顾彦之立刻开口，"这些我都看过了，的确是之前财务出了问题，没有及时核算。"

"财务出了这么大的纰漏，看来我们是要找财务部长过来当面清算一下了。按照凌小姐的计算，这一笔钱应该是数额不小吧？"顾卿遥露出惊讶的神色。

凌筱蔓下意识看向顾彦之。顾彦之张了张嘴，沉声道："小遥！我说了这件事是我们这边出了问题，的确是该给凌小姐的。"

"我想看一下，父亲，这毕竟是凌小姐的一面之词。更何况，之前我也被凌依依威胁过，这样类似的手段，我想我们不得不防。"顾卿遥笃定地伸手。

顾彦之的脸色难看至极。

凌筱蔓含笑靠近了一些："顾总，如果您觉得这样闹也没脸的话，不如之后直接将账目打到我的卡上吧？我想您知道我的卡号，不是吗？"

她靠得很近，幽香逼人。

顾卿遥却只觉得有点反胃。

"凌特助。"顾卿遥淡淡开口，手中拿着手机，轻笑道，"不如我现在报警如何？让警方来好好查查，当时的那两个砚台，究竟是怎么一回事。"

凌筱蔓的脸色登时白了三分："顾小姐，你可知道我为什么敢站在这里？"

"够了！"顾彦之沉声呵斥道，"你满口谎言，就不必再在这里多言了！"

凌筱蔓迟疑了一下，快要脱口而出的话还是咽了回去。她看向顾彦之，哑声道："我只是想要回属于我的东西而已，如果这是惩罚，那也太多了。"

"行了，我知道了。我之后再让人核算一下，就给你打到账上。"

"那好，经济补偿金我也不要了，就像是顾小姐说的一样，那的确不该是我的钱。"凌筱蔓低声说着，眉眼微垂，又恢复了温婉的模样。

顾彦之打鼻音哼了一声，没有说下去。

凌筱蔓这才最后戒备地看了顾卿遥一眼，径自走了出去。

顾卿遥看着一脸颓然的顾彦之，心底却如明镜。

凌筱蔓是个聪明人，能将凌筱蔓逼迫到这里，怕是只有一个原因。

这个月，顾彦之很可能没有给凌筱蔓打钱。

顾彦之因为凌依依的事情心力交瘁，所以想要给凌筱蔓一点教训，可惜……最后还是被凌筱蔓拿捏得死死的。

顾卿遥轻声道："爸爸，凌小姐明明已经离职了，怎么还会有没有清算完毕的账目？"

"是我私人之前的账目没有理顺。"顾彦之顿了顿，道。

顾卿遥似懂非懂地点了点头："那数额多吗？"

"不太多，也就几万吧。"顾彦之轻描淡写，"现在我也尽可能避免这种情况，都让钱款分明，之后也不会这么麻烦。"

"哦，"顾卿遥点点头应了，忽然笑了，"那父亲，这次我来帮您核算吧。"

"小遥……"顾彦之紧紧闭了闭眼，这才开口，"你最近到底怎么了？"

顾卿遥微微一笑，看向顾彦之的眼神也平静了三分："是我想问父亲，父亲您最近到底怎么了？"

顾彦之浑身一震。

"凌依依的事情也好，凌小组的事情也罢，甚至是父亲一心想要让我远离商界，还给我许了一门我强烈反对的亲事，父亲……您怎么了？"顾卿遥的语声轻轻柔柔的，紧紧盯着顾彦之。

顾彦之几乎要在顾卿遥的目光里败下阵来。

良久，他方才道："卿遥，你现在还小，有些事情你可能不懂，不过是身不由己……"

"身不由己，就要让我和母亲为这一切买单吗？父亲有什么身不由己的，不如说出来，我和母亲都会尽全力帮忙啊。父亲，我们才是一家人不是吗？"顾卿遥认真地说道。

有那么一个瞬间，顾卿遥觉得自己看到顾彦之的眼神有些许动摇。

可是最终，那些动摇还是化为灰烬。

顾彦之垂下眸去，淡淡笑了一声："好了，小遥，这些事情你就不必多想了，爸爸都会处理好的。"

"那我相信爸爸。"顾卿遥认真地说道。

尽管说出口的时候，自己都不知道自己心底还有几分笃信了。

有些时候顾卿遥想，信任大概就是这样一点点被磨灭的。

DNA鉴定结果出来之前，顾卿遥还有那么一点希望。

可是现在，那些希望早就化为了尘埃，点滴全无。

顾彦之早就出轨了。在她和母亲还沉浸在家庭和睦的美梦之中时，顾彦之就已经在外面经营了一个家庭。

不，或许念宛如曾经是知道的。

也正是因此，念宛如"被坠楼"了。

顾卿遥根本不敢想下去，她要怎样才能继续相信？

顾卿遥不知道，也永远都不会知道。

她在心底轻叹了口气，就听顾彦之说了下去："你现在成天和黎霖言在一起，你别忘了爸爸的话，我们才是一家人。黎霖言这些年快速崛起，你不知道他的背后有什么背景，换言之，你根本就不懂黎霖言，他比你大那么多，他想要看清你的心思比什么都容易。还是说，你真的以为你能和他在一起了？"

顾卿遥微微蹙眉，有些时候她不想承认，可是又不得不承认。

黎霖言的心思，她的确是看不清。

就像是今天早上发出去的短信一直石沉大海。黎霖言对人好的时候，可以让自己如沐春风深陷其中，他能给你安排好一切，让你再无后顾之忧，可是疏离起来的时候，顾卿遥甚至不知道自己这样发短信，算不算是对黎霖言的打扰。

沉默良久，顾卿遥方才轻声道："我都明白。"

从前的覆辙，而今怎么可能再走一次？

顾卿遥明白，先动心的人，或许就是输了。

就如曾经的自己对岳景峰，也如现在的岳景峰对自己。

所以自己无论如何，无论如何，都不能先对黎霖言动情。

顾卿遥在心底对自己说。

顾彦之深深看了顾卿遥一会儿，无奈道："你若是当真明白，那就太好了。有些时候我也觉得力不从心，我劝你的话，你还是要放进心里。"

"好。"顾卿遥哑声应了。

顾彦之将那几张纸挑挑拣拣，递给顾卿遥一叠："你看这些就是了。"

他将剩下的都丢进了碎纸机，方才放下心来："你算好了，告诉我一声。然后我给你卡号，你直接给打进去。"

"嗯，我这就去。"顾卿遥抓着那一叠纸走了出去。

刚刚落座，顾卿遥的手机就响了一声。

她紧忙抓过来，见不是黎霂言，心思就又跟着浮沉了一圈。

陌生的号码，却也不算是陌生，因为自己已经标注了名字——

凌筱蔓。

"你好，我是凌筱蔓，请问是顾小姐的手机号码吧？我有些事情想要和顾小姐聊聊，不知道顾小姐最近有没有时间？打扰了。"

她的语气也是谦恭而客气的。

顾卿遥知道顾彦之的玻璃是单面的，犹豫了一下，明知道不该有摄像头，却还是借着隔板微微压了压手机，这才回复过去："我不知道有什么和凌小组见面的必要。"

"顾小姐，我想要和顾小姐说明一些情况。"凌筱蔓回复道。

顾卿遥闭了闭眼，手指在手机上快速敲过去："可以，明天中午，在公司对面的咖啡厅吧。"

"好，莱曼咖啡是吗？"

"没错，十二点见。"

"谢谢您，顾小姐。"

顾卿遥看着那些短信沉默半晌，将消息截了个图，这才小心地将手机收了。

到了快晚上的时候，顾卿遥愈发坐立不安起来。

她一整天没收到黎霂言的消息，这在从前几乎是从未有过的事情。

似乎已经习惯了被秒回重视的感觉，顾卿遥第一次发现，原来等待是这样难熬的事情。

好在快到五点的时候，手机终于响了，顾卿遥紧忙抓起，就觉得悬了一天的心安定了下来。

"好。"简简单单的一个字，顾卿遥看了一遍又一遍，说不出心底的滋味。

"抱歉才回复，今天白天一直有点事情走不开。"

紧接着又是一条，顾卿遥终于觉得自己心底那些莫须有的念头烟消雾散了。

她几乎无法控制唇角弯起的弧度，忙不迭地回应道："没事没事，抱歉打扰你了。"

"没有的事，我很高兴被你打扰。"

顾卿遥盯着这一句，总觉得心跳的速度不太对。

今天刚巧没什么事，对面的慕听岚正要下班，看着顾卿遥的样子，忍不住笑了一声："顾小姐是恋爱了吗？"

"啊?"顾卿遥一怔,立刻摆手否认,"没有没有没有,慕特助怎么会这样想?"

"刚刚顾小姐脸上的笑容太甜蜜,抱歉,看来是我想多了。"慕听岚含笑道。

顾卿遥下意识摸了摸自己的脸。

那么明显的吗……

她倒是完全没有想到。

她的手在包里面轻轻摸了摸,闭了闭眼,不知道这个礼物,黎霖言是不是会喜欢。

这么久了,虽然说是合作关系,可是说到底还是自己受黎霖言照顾良多,顾卿遥想要表达谢意,却也没有一个合适的途径。

想来想去,似乎也只有这一个办法了。

顾彦之拎着包匆匆出来,顾卿遥刚想开口说今晚要晚点回去,就听顾彦之先开口了:"你今天让你妈妈不用等我了,我今天要去江城一趟,估计来不及回来了。"

顾卿遥一怔:"哦,好。"

"嗯,就算你和黎先生一起,也早点回家,别让你妈妈担心,知道吗?"顾彦之习惯性地给顾卿遥整理了一下衣服,又将围巾围紧了些,叮嘱道,"最近天冷,你穿得太少了。"

顾卿遥说不出心底什么滋味,点点头应了:"嗯,我知道,谢谢爸爸。"

她的声音温温软软的。顾彦之笑笑,摸了摸顾卿遥的头,这才转身离开。

顾卿遥站在原地良久,轻轻闭了闭眼。

顾彦之的办公室门没关。刚好保洁员过去整理东西,顾卿遥开口道:"对了,那个碎纸机,爸爸说卡纸,你拿出来我让人看一下,谢谢。"

保洁人员没多想,点头应下了,将碎纸机搬了出来。

顾卿遥微微垂眸,将碎纸机的后面打开,将里面的东西一股脑收了,重新运转了一下,这才点点头:"好像好了,你放回去吧,麻烦了。"

"没事,您客气了。"保洁员笑笑,将碎纸机放回了原处。

顾卿遥的手心有微微的冷汗,什么都没说,收好东西快步出去了。

顾卿遥之前其实只抱着争取一下的心态,等真正看到那些碎纸时,脸色却是微微变了:"这应该可以恢复。"

"的确可以。"萧泽在旁边研究了一下,"碎纸机分两种,新款碎纸机是能够将纸张变成小碎片的,那种虽然理论上也能恢复,但是很困难。刚巧顾先生这个碎纸机是旧款的，只是将纸张变成长条状，这样的很容易拼合回来。"

"那麻烦你了。"顾卿遥将那些小心地整理了一下，交给了萧泽。

萧泽笑笑："小姐客气了，"接过去想了想，然后认真道，"一顿意餐，不许告诉黎先生那种。"

顾卿遥笑出声："成交。"

她面上还带着笑，心底却是紧张得厉害。

这是在去明珠滩的路上，换言之，很快就是他们两个人的生日宴了。

顾卿遥迟疑了一下，忽然开口问道："萧泽，以前黎先生也会一整天才回复一次消息吗？"

"今天黎少一天才回了小姐一次消息？"萧泽一怔。

顾卿遥点头，尴尬地笑了一声："我知道这也不算什么，毕竟也不是很紧急的事情，只是……"

"小姐，黎少有时候忙起来会短时间关机的。"萧泽的眼神很认真，"那时候一般没办法看到旁人的消息。"

"哦，是吗？"顾卿遥觉得有点奇怪。

按理说，像是黎霂言这样的人，每天商业活动这么繁忙，是不该有这种时候的，除非……他在做的事情是不能开机的。

顾卿遥暗忖自己定然是多想了，笑了笑，转头看向窗外。

就听萧泽在旁边轻声道："不过说起来小姐，黎少以前也不是一个秒回的人，小姐千万别多心。"

顾卿遥怔忪半晌，心说那自己也不知道该不该觉得与有荣焉。

有些时候人还真的就是个习惯，好像已经习惯了每次遇到什么事情和黎霂言说一说，黎霂言立刻就会回应的日子。

黎霂言对自己……似乎永远都是二十四小时在线的。

顾卿遥微微垂眸，却发现似乎已经到了。

明珠滩的丽影旋转餐厅历来都是相当难订的，顾卿遥说要包场的时候，其实已经做好了失败的准备，然而一进去，顾卿遥就微微怔住了。

"这里……"

"是黎先生的产业。"萧泽流利地开口。

顾卿遥眼前一黑。

亏自己还想在这里给黎霂言一个惊喜，现在看来简直就是开玩笑一般……

这原来是黎霂言的产业，真是很会挑地方了。

丽影旋转餐厅位置选择得好,更何况噱头也够多,这么久以来,都是海城诸多名流心向往之的地方,一年四季基本都是订满的。

而此时,顾卿遥无奈地坐电梯到了顶层,看了一眼装潢,这才觉得心底的石头落了地。

她之前参考了黎霖言家中的摆设,让萧泽紧赶慢赶,请了设计师在这里做了简单明快的装饰。灯光也选择了优雅的暖黄色系,旁边尽数挂满了欧风的装饰,风格充满节日的欢喜,却又不会过分浮夸。

顾卿遥在屋里面转来转去,再一回头,就发现不知何时,萧泽都已经不知去向,而电梯门正缓缓打开——

今天的黎霖言,穿着一身修长的黑色风衣,利落的剪裁将他的身形衬托得极为潇洒恣意。他的目光带着些许讶然,看了一眼周遭,这才看向顾卿遥,眼底终于添了三分暖意:"谢谢。"

"不……不客气。"顾卿遥一开口,就恨不能咬掉自己的舌头!

自己怎么能这么紧张!

心底的情绪仿佛呼之欲出,而顾卿遥只能拼尽全力地克制。

她看向黎霖言,将人拉到了桌前坐下,这才认认真真地开口道:"生日快乐。"

黎霖言挑挑眉,忍不住莞尔。

太久了,太久没有人这样认真地给自己庆祝过一个生日。

他历来不喜欢庆祝这个日子。起初还有人心心念念想要讨他的欢心,可是后来人们就慢慢了然,也就避忌在他面前提起这些了。

久而久之,这一天对于黎霖言而言,就是和平常无二的一天,再无差别。

他从未想过,有一天自己也会因为这样的一句话,而忍不住弯起了唇角。

尘封已久的心仿佛被什么东西解封了一样,黎霖言不知道这是好事还是坏事,只是静静看向眼前认真又有着些许忐忑的顾卿遥,微微笑了。

生日歌悠扬而悦耳,顾卿遥亲手将生日蛋糕推了出来。

"我仔细想了想,这是我为你过的第一个生日,你有什么心愿吗?"顾卿遥含笑问道。

她的眼底仿佛有光。

黎霖言静静看了顾卿遥良久,方才淡淡笑道:"算是有吧。"

他看向蛋糕上面的蜡烛,顾卿遥插得很认真,横平竖直,像是一个完美主义者。黎霖言闭了闭眼,顾卿遥下意识伸手,将黎霖言的手拉起来,摆了一个许愿的姿势。

她离他太近了,身上清甜的香水气息就萦绕身侧,让黎霂言几乎沉醉其中。

顾卿遥认认真真地开口:"要这样,而且不能说出口,这样才会成真。"

黎霂言轻笑了一声,低音炮的声音好听得很,松开手,道:"你来吧。"

顾卿遥一怔。

"生日愿望这种事,我已经很多年没有许过了,这个机会让给你。"黎霂言看向顾卿遥,眼神温和无比。

顾卿遥简直好气又好笑:"这种事情也可以让的吗?"

黎霂言没有说出口,只是微微弯唇笑了笑。

他最想要做的事情,却是无论如何都不能在顾卿遥面前道出口的,一旦说出来,一切就都结束了。

他愿意沉溺在这样的温暖中,哪怕一直沉溺下去。

下一秒,黎霂言的手机响了。

顾卿遥一怔,下意识道:"应该是要紧事。"

"嗯,"黎霂言看了一眼,蹙眉应了,"稍等,我接一下电话。"

顾卿遥没动,点头应了。

黎霂言走到窗边,声音压得很低。顾卿遥静静坐在蛋糕旁,看着那些蜡烛慢慢燃烧殆尽。黎霂言这才回到桌前,眼底写满了歉意:"抱歉,小遥,我今天可能要先去处理一些事情,难得你这样精心准备……"

"没关系,"顾卿遥笑了笑,点头道,"黎先生,你快去吧。"

黎霂言看了顾卿遥一会儿,这才吩咐道:"萧泽,一会儿让顾家的车过来接。"

"是。"

黎霂言走后,顾卿遥弯起的唇角方才慢慢落了下去。她伸手摸进包里,这才想起自己的生日礼物还没有送出去。

顾卿遥盯着自己的手包看了良久,轻轻闭了闭眼,起身往外走。

萧泽在门口有点手足无措。

他知道顾卿遥对这次生日有多么重视。顾卿遥请了人设计了这里面的一切,甚至加了一些软装,也参考了之前黎霂言家里的装修风格,一切的一切,都只为了给黎霂言一个惊喜。

可是黎霂言来了,匆匆坐了不到半小时,连餐点都没有上来,就这样离开了。

"小姐,那等下的烟花……"萧泽迟疑了一下,还是小声问道。

"放了吧。"顾卿遥笑了笑,神色显得有点若无其事。

萧泽没敢多说话,只是点了点头:"好。"

"哦对了,也和厨师师傅说一下,就不要忙了。"顾卿遥想了想,道,"早点回去吧。"

"小姐……"萧泽追上去几步,又挥挥手,示意服务生快去后厨,这才紧忙跟上顾卿遥。

顾卿遥表现得越是平静,他心底就越是不安,很多话卡在唇齿之间,却是没办法言明。

"小姐,黎先生也不是有意的。"

"我知道。"顾卿遥一怔,却是笑了,"你放心,我没有生黎先生的气。"

顾卿遥的语声轻轻柔柔的:"黎先生不过是一句话,是我太大张旗鼓了。"

现在回想起来,当时黎霂言或许不过是随口一问,而自己却为此做了那么多准备。

有些时候顾卿遥也会忍不住去想,其实现在的自己在做的事情,和当年对岳景峰做的是不是如出一辙?

说好的只是交易,最不该的,就是在这期间丢了自己的心。

顾卿遥微微垂眸,轻声笑道:"回家吧。"

萧泽忍不住看向顾卿遥,迟疑良久,还是没有开口。

顾卿遥回来得这么早,倒是让念宛如有点诧异。

"小遥今天不是说十点才回来吗?"念宛如忍不住问道。

顾卿遥笑笑:"嗯,刚好黎先生那边有急事,我就先回来了。"

"哦,"念宛如没多想,笑笑道,"那过来一起吃点晚饭吧?晚上煲了汤,用了之前我们郊区田园的土鸡,很好喝的。"

"好。"顾卿遥笑了笑,摸了摸自己的肚子。

当真是有点饿了,刚刚都没有反应过来,仿佛感官都跟着一起变迟钝了。

念宛如看着顾卿遥的脸,一边帮顾卿遥舀汤,一边温和地开口:"小遥,黎先生平时很忙,虽然这次可能是应下了,不过临时有事这种情况也是有的。"

顾卿遥一怔,这才意识到念宛如是在开解自己。

她垂眸笑笑,点头应了:"我知道。"

"嗯,你明白就好。将来这种事也会很多,别放在心上,"念宛如想了想,又补充道,"只是啊……这个世界上总会有些人,他会排除万难来到你身边。到了那个时候，你就知道，那就是对的人了。"

顾卿遥喝了一口汤。鸡汤很香浓，显然是煲了很久的，将里面的精髓都熬了出来。

念宛如的语气很平和，顾卿遥却觉得眼泪都差点在眼眶里打转了。

是啊……

自己错过一次，怎么能再错一次？

追人太辛苦了，太辛苦了。

她再也不想感受一次那样的心酸了。

顾卿遥笑了笑，吸了口气掩住眼底近乎崩溃的泪意，喃喃道："真好喝。"

"嗯，好喝就多喝些，今天在公司还顺利吧？"

和念宛如絮絮地说了好一会儿话，又陪着念宛如一起看了会儿电视，顾卿遥这才慢吞吞地上了楼。

时钟绕了一圈，已经到了十点多了。

她犹豫着打开手机，调出黎霂言的号码，要保持合作关系，又不能深陷其中，这实在是不容易……

她斟酌着措辞，删删改改。结果下一秒，一条短信直接跳了出来——

"睡了吗？抱歉这个时候打扰你。"

顾卿遥紧忙将自己刚刚敲好的内容一一删去，重新编辑文字发送过去："还没，生日快乐！"

"谢谢，我在你楼下，顾小姐方便下来一下吗？"

顾卿遥猛然跳了起来。

她拉开窗帘，果然就见黎霂言的车子停在楼下。黎霂言靠在车门边，长身而立。

顾卿遥呆了呆，甚至没有来得及回复，抓了手包和外套就冲下楼。

她拉开门，看向门外的黎霂言，眨眨眼："怎么这个时候过来了？"

"今天的事情，我很抱歉。"黎霂言看向顾卿遥，认真道。

顾卿遥微微一怔，摇摇头道："没有的事……我没有放在心上。"

"给你带点东西，当做赔罪。"黎霂言笑笑，将手中的东西递过去。

是一个小巧的纸袋，顾卿遥打开看了一眼，就忍不住笑了："是法式杏仁派。"

"嗯，之前记得你说过，你母亲也很喜欢。就让保罗做了一份，刚刚顺路过去取了。"黎霂言眼底都带着笑意。

在遇到顾卿遥之前，他从来都不知道，自己也会为了讨人欢心而将这种事深深记在心底。可是现在看到顾卿遥释然的眼神,他忽然就觉得这些都是值得的。

他不想再看到从旋转餐厅匆匆离开的时候顾卿遥的目光。那种极力掩藏着失落强作欢笑的样子,让黎霂言觉得心痛如绞。

"烟花……我也看到了,谢谢。"黎霂言认真道。

他没有说,这是第一次,有人为了他而燃放了那么多烟花,仿佛能够照亮海城的夜。

"黎先生喜欢就好。"顾卿遥眼神又亮了亮,像是忽然想起了什么似的,紧忙从手包里面拿出来一个小巧的数据盘,"这个是给你的。"

"这是……"

"还有这个。"顾卿遥微微一笑,将手中的卡递过去,"谢谢。"

"我说过,这个不用急……"

"不是全部,只是近来出手了一只股票,现在刚好回笼了一百万,就当做是一种证明。"顾卿遥笑着道,"至少可以给你一点信心。"

黎霂言微微一怔,唇角微弯:"对你,我一直很有信心。"

分明是很普通的一句话,顾卿遥却感觉自己的脸都跟着灼热起来。

"谢谢。"顾卿遥轻声道,"这个里面是一些我分析的数据,包括一些近期的基金,最重要的是关于房地产的全国走势。我想……对公司的未来发展方向可能有所助益。"

"我知道这都是我的一己之见,但是我将我的想法进行了汇总,包括对过去的历史分析,还有对未来国家政策方向的变动,都进行了一定程度的考虑。你……至少可以作为参考,"顾卿遥有点紧张,语速也很快,"我其实想了很多,但是无论如何都不知道该送你些什么,想了想,还是这样的礼物比较实际。"

黎霂言忍不住莞尔。

他看着眼前的女孩子,分明才二十二岁,对商业没有太多经验。却是如此认真地考虑了这么多。

为他,考虑了这么多。

"你应该知道,顾家也是做房地产的。"黎霂言平静道。

顾卿遥一怔,点头应了:"所以这份资料我之后可能也会用的。"

"谢谢。"黎霂言认真道。

顾卿遥笑了:"不必,这是我能做的。我们……是合作伙伴不是吗?"

她认真地强调了一遍,却不知道是在骗自己,还是在对面前的人说。

黎霂言深深地看了顾卿遥一会儿,这才轻笑了一声:"我是你的长辈,收你的东西不好。"

顾卿遥微微一怔。

"你生日是六月对吧?"

"嗯?嗯。"顾卿遥点头应了。

"好,我记下了。"黎霂言含笑道,又摸了摸顾卿遥的头,语气温和得出奇,"外面有点冷,快回去吧,早点休息。"

他的声音那么好听,顾卿遥忍不住唇角的弧度:"好,晚安。"

黎霂言似乎是怔了怔,这才点头应了:"晚安。"

见顾卿遥轻快地小跑回了房间,黎霂言下意识地摸了摸自己的脸,这才发现自己竟是一直在无意识地笑着。

他慢慢闭了闭眼,坐回车里,道:"回去吧。"

"黎少,回家吗?"

"嗯。"黎霂言淡淡应了一声,打开了旁边的文件夹。

那是顾家的资料,详略得当,而上面的日期刚好是今日,黎霂言看了一会儿,这才略显烦躁地将文件夹合上了。

第二天,顾卿遥一早上醒来,就想起今天倒是约了凌筱蔓。

一早上她都有点心不在焉,念宛如显然是看出来了,忍不住笑了笑:"昨晚黎先生来过了?"

"嗯?对啊。"顾卿遥不好意思地笑了笑。

念宛如将手中的面包片放下,道:"你觉得黎先生如何?"

顾卿遥一怔。

这个问题,念宛如并不是第一次提起。

然而顾卿遥总觉得,念宛如这一次的语气很是不同寻常。

她沉默片刻,方才试探地开口:"我觉得……黎先生人不错,也帮了我许多。"

"他对你和对旁人不同。"念宛如沉默了片刻,忽然道,"从前我很少见到黎先生会这样主动来解释什么。其实走到了黎霂言那种高度,便可以相当肆意妄为了。他不需要去和旁人解释什么事情,也没有人敢怪责他。可是对你……黎先生显然是用了心思的。"

顾卿遥的心微微颤了颤,抬眼看向念宛如。

"有些话妈妈也不好多说,但是你心底要记得,他……毕竟是你名义上的小叔叔。"念宛如轻咳一声,道。

顾卿遥微微一怔,摇摇头道:"妈妈,没有这回事的。黎先生对我好,我都记在心底,我日后定然也是要报答的。"

"嗯，这样就好。"念宛如明显松了口气，轻轻摸了摸顾卿遥的头，"吃东西吧。"

她的目光落在不远处的杏仁派上，精致的盒子，上面还系着丝带，似乎是昨天晚上黎霂言带来的。

黎霂言……何曾对人这样好过？

至少念宛如从未见过。

如果说半点都不感动是假的，可是感动之余，却也忍不住为顾卿遥担忧。

他们之间的年龄差距太大了。以黎霂言的心机深沉，想要攻破顾卿遥的心防简直太容易，可是黎霂言，又有几分真呢？

念宛如想了想，这才道："对了，你爸爸这几天是不是都要出差？"

"嗯，对，"顾卿遥笑道，"最近新的特助很好，在工作上也对我多有照顾。"

"昨天工作还顺心吧？听说你反对了岳家的合作项目。"念宛如说着。

"岳家的项目，我总觉得有点奇怪。不知道为什么爸爸一直在坚持。按理说……那个项目对于我们的盈利很小，而且和我们的主方向也并不相关。"顾卿遥认真道，"一个共享汽车项目，可以说并非现在的朝阳项目，前景也未必可观，如果父亲坚持的话，想必也会在公司会议中被拿掉，对父亲的威信也有减损，还不如现在拿掉。"

念宛如深深看着顾卿遥。

顾卿遥很少这样直白地说出自己的主张。

她一直说自己喜欢经济，念宛如只当做是孩子之间的嬉闹，却不曾想过顾卿遥竟然已经走到了这里。

良久，念宛如方才点点头："你说的这些，妈妈也明白。可是你知道……为什么妈妈从来没有反对过你爸爸吗？"

顾卿遥一怔，摇摇头。

"他啊……和我说过，之所以给岳家这个项目，是为了让岳家记着我们的情分。将来岳家处处低你一等，总会顾虑着这些，一直对你珍而重之。"念宛如说着，眼底就添了三分笑意。

顾卿遥却觉得浑身冰冷。

不……不是的。

顾彦之之所以一直想要将自己和岳家拉扯到一起，究竟是为了什么？

顾卿遥虽然现在还看不清，可是到底也不会轻易相信这句话了。

这样一个明显不平等的婚事，又有车祸的事情在前，顾彦之还要抵死坚持,一定有坚持的理由,却未必是为了自己。

从前的天真一点点褪尽,顾卿遥微微扬唇,将手中的餐点放下,道:"妈妈,我先去公司了。"

"去吧,"念宛如想了想,忽然开口,"小遥,你今晚稍微早点回来,妈妈有事要和你说。"

顾卿遥微微一怔,点头应了:"好。"

念宛如似乎是还想说什么,可是迟疑了一下,还是化作唇边温婉的笑:"去吧。"

顾卿遥拿了公文包,匆匆出去了。

念宛如迟疑良久,方才看向梁忠齐:"那个凌依依的资料,就是那天拿到的那些吗?"

"对,夫人,老爷坚持说是个误会……"

念宛如苦笑一声,摇了摇头。

顾卿遥用一上午的时间将这几年的资料汇总都看了一遍,眉头微微蹙起。

她总觉得有哪里不对劲,现在终于发觉了,父亲的股份占比是一年比一年要少了。最近的融资力度很大。

按理说,一个上市公司不需要这么大的融资力度,换言之……

是不是有人在暗中操作着什么?

顾彦之在想什么?倘若真的出了什么事情,他手中的股份慢慢都无法支撑起公司的控制权了。

顾卿遥将手中的资料合起来,笑道:"慕特助,今天我就不和你一起吃午饭了,我外面有约了。"

"哦,好。"慕听岚没多想,笑笑道,"那改天吧,我带你去尝尝附近几家好吃的店。"

"谢谢你。"顾卿遥笑笑。慕听岚又转身忙碌去了。

顾卿遥到了莱曼咖啡时,凌筱蔓已经等在那里了。

她穿得很是得体,咖啡厅暖意盎然。顾卿遥远远地就看到一身旗袍的凌筱蔓。见顾卿遥看过来,凌筱蔓微微一笑,道:"顾小姐。"

她的脸上戴着一副眼镜,顾卿遥便笑了笑:"看来凌女士有顾虑,不想轻易被人认出来?"

凌筱蔓僵了僵,示意道:"顾小姐要喝什么?"

她没有就着顾卿遥的话题说下去,顾卿遥淡漠地笑了笑,道:"卡布奇诺,加一份糖浆。"

凌筱蔓点头应了，待服务生点了餐，便看向顾卿遥："顾小姐，我一直想要和您谈谈。"

"我不知道我们有什么可谈的，"顾卿遥看向凌筱蔓，淡淡道，"事实上，在此之前，凌依依小姐也曾经来找我谈过，不知道可是出于凌女士您的授意？"

凌筱蔓浑身一僵，显然很是意外："这……"

"很诧异吗？我也认为这毫无意义，可是凌小姐的确是这样做了。"顾卿遥向后靠了靠，淡淡道。

凌筱蔓沉默半晌，指甲在桌上轻轻叩了叩，这才道："顾小姐，我无意破坏您的家庭，我知道顾总一向以家庭为重，所以我想过了，只要能够保证我和依依的生活，我就一定不会介入您的家庭。相信顾小姐也是这样打算的。"

顾卿遥抬头看向凌筱蔓，唇角的冷霾藏都藏不住。

开什么玩笑？

凌筱蔓这时候来这里说这种话，简直就和耀武扬威无异！

"顾总不会承认依依的身份，我也觉得没关系。毕竟……顾总也有顾总的苦衷，而且顾小姐一向在这样和睦的家庭里长大，我也不忍心看到顾小姐失去自己最重要的父亲……"凌筱蔓的语气很沉。

顾卿遥忽然笑了一声，笑声满是轻蔑，看向凌筱蔓，淡淡道："凌女士，我不明白你的意思。你是在对我说，凌依依是我父亲的女儿。"

"顾小姐想必也明白这个结果不是吗？"凌筱蔓对视过来，低声道，"那份DNA鉴定书，顾总拿给我了，是从顾小姐那里拿到的。顾小姐当真认为那是假的吗？"

"这番话凌女士和我父亲说过吗？"顾卿遥淡淡问道。

"说……当然说过。"凌筱蔓轻声道，"我这么多年从未想过介入顾小姐的家庭，也从未想过要破坏顾总的生活。我只是太喜欢顾总了，所以心甘情愿有了和顾总的孩子。可是顾小姐，扪心自问，我不曾亏欠顾家什么，也不曾亏欠过顾小姐什么，顾小姐这样对我，是不是有点过分了？"

顾卿遥微微一怔。

她最近根本没腾出手去对付凌筱蔓，倒是不知道凌筱蔓这一脸悲愤，究竟是怎么了。

"我知道，那次的事情有媒体报道了，最初不过是一些八卦小报，很少有商界会注意到，而且顾总也帮我压了舆论。可是现在那些舆论愈演愈烈，我现在甚至无法找到一份合适的工作。顾小姐，您究竟要做到哪一步，才能满意?"

顾卿遥看向凌筱蔓,唇角微微弯起:"凌女士,这样说吧,我并没有阻拦过你的任何工作机会。你未免高估我了,我在海城并没有这样的名望,能够做出这样只手遮天的事情。"

凌筱蔓微微一怔。

她也觉得很是奇怪,按理说,顾卿遥的确没有这样的本事。

可是每次去应聘,对方看到她的简历都像是见了鬼,更有甚者,好不容易通过了简历关,见到人事。人事和旁边的人说上几句话,就会直接否决自己的入职。久而久之,凌筱蔓也就明白了,自己被人暗中阻拦了。

想必现在整个海城,都没有自己能容身的地方了!

她分明有顾氏的经验,放到任何一个公司,都绝对是应该被器重的存在,怎么会沦落到这种地步?!

更何况前阵子顾彦之为了给他们一个教训,甚至断了每个月的固定生活费用。凌筱蔓自己也没有工资来源,顾氏的遣散费用也没拿到多少,一来二去,就只要硬着头皮来找顾卿遥了。

她哪里能想到,顾卿遥会是这样的态度?

凌筱蔓咬咬牙,低声道:"顾小姐,我真的是走投无路了,这才会来找顾小姐。顾小姐自己不妨想想,我之所以走投无路,是为了给顾家留下一点退路,倘若我真的无所顾忌,到时候难看的还是顾家。更何况……顾小姐,你可莫要忘了,倘若凌依依的身份被认可了,那么从法律角度来说,依依也是有继承权的。"

顾卿遥看了凌筱蔓好一会儿,这才微微扬唇笑了:"凌女士这是在威胁我?"

凌筱蔓忽然觉得浑身发冷,看向顾卿遥,下意识地告诉自己不要畏惧。

自己的年龄比面前的女孩子大很多,有什么可畏惧的!

"我只是在提醒顾小姐,顾小姐还年轻,很多事情或许不会想到后果……"

"后果……"顾卿遥含笑道,"你不过是个见不得光的存在,凌依依更是如此。凌女士,你不必对我说你有多么宅心仁厚,如果你当真有不顾一切的勇气,那么你可以来试试看。父亲那天没有当众认依依,我敢保证父亲往后也不会认。你和依依会成为全海城的笑柄。到了那个时候,不知道凌女士还有没有勇气在这个城市继续生活下去。"

凌筱蔓咬紧牙关,静静盯着顾卿遥。

顾卿遥的笑容很是平静,淡淡道:"凌女士还有什么话要说吗?"

"我……如果我将这些话告诉夫人,你觉得念女士真的承受得住吗?"凌筱蔓哑声道。

顾卿遥挑挑眉:"你可以试试看,凌女士。现在是我在对你说,我不希望你将事情闹得太难看。"

她将一张支票摆在桌上,推了过去:"这是给你的。"

"这是……"凌筱蔓看了一眼上面的数字,脸色难看至极,"顾小姐,您未免欺人太甚。"

"一千零三十三元人民币,刚好是之前差旅费你垫付的部分。凌小姐有什么异议吗?"顾卿遥好整以暇地笑道,"哦,对了,这是之前你给我父亲的清单,我看过了。里面有些部分我觉得很可笑,如果凌小姐要起诉的话,尽可以用我这一份。"

顾卿遥说着,将复原的那张纸推过去:"陪床费,甚至是怀孕的费用。凌女士,父亲将清算的事情交给了我,这是我清算出来的结果。如果凌女士觉得委屈了,大可向法庭提出诉讼,我们可以让法律来决定,凌女士该得到的费用究竟是多少。"

顾卿遥的笑容笃定万分。

凌筱蔓只觉得自己的手都在发颤!

错了,全都错了。

她今天本该是来给顾卿遥一个下马威的,她要告诉顾卿遥,不要这样轻易欺负她,她也是不容小觑的!

可是现在看来……反而是顾卿遥的气势将自己压倒了。

她甚至一句话都插不进去。

凌筱蔓咬紧牙关,道:"我会曝光你的,倘若这些事情上了报纸……"

"那凌女士就真的一分钱都要不到了,不仅是从我这里,从父亲那边也是。父亲之所以这么多年持续不断地给你资金,也是因为凌女士一直很乖顺听话,从来不曾给父亲惹过什么麻烦不是吗?"顾卿遥含笑道,"这份协议,请凌女士签署一下。"

她将纸笔递过去,凌筱蔓看了一眼,简直需要克制住自己当场翻脸走人的冲动:"你让我将这一千块钱拿了,以后就一分钱都拿不到了……"

"你没有要求抚养费的权利,因为从法律角度来说,凌依依是你领养的,和我的父亲没有任何关系。"顾卿遥冷静道。

凌筱蔓的手微微发颤:"我不可能签署。"

"是吗?"顾卿遥淡淡笑了,"凌女士,之前你也说过,我让你在海城甚至找不到一份工作……虽然我一直都说这件事不是我做的,但是你尽可以发挥你的想象力,你认为是谁在背后帮我?"

凌筱蔓的脸色愈发苍白:"你……"

"没错,这一次我是在威胁你。"顾卿遥靠近了一点,笑道,"换言之,凌女士,倘若你真的执迷不悟,将这些事情尽数曝光出去的话,第一个不能容下你的人,怕就是我的父亲了。"

凌筱蔓看了顾卿遥良久,忽然弯唇笑了,提笔顿了顿,问道:"我签署了这一份,你便不会再为难我?"

"希望你看清上面的条款。"

"至少现在……不会再影响我的工作。"

"当然,如果有企业愿意顶着这样的名声要你,这与我无关。"顾卿遥平静道。

凌筱蔓笑了笑,在上面签了字,这才看向顾卿遥,道:"有件事我或许忘了告诉顾小姐。"

顾卿遥抬眼看她。

"顾小姐,你现在或许不明白,顾总是不会轻易放弃我的。"凌筱蔓的眼神带着势在必得。

她拿起手包,又拿起那张一千多的支票,轻笑一声:"这么少的数额,很少有人会用签署支票的方式。"

"这样你在银行兑换的时候会留证。"顾卿遥轻笑,好心提醒。

凌筱蔓的手微微一顿,道:"放心,我不会因为依依的事情再纠缠了。"

她的语声很轻,径自转身走了出去。

她的背脊挺得很直。顾卿遥不得不承认,其实凌筱蔓的容颜当真姣好,至少在同龄人中,称得上是风情万种。

她微微垂眸笑了笑,将那份合同展开,又看了一遍。

凌筱蔓……

顾卿遥迟疑了一下,叫了萧泽过来:"是黎先生做的是吧?"

"对。"萧泽的眼底带着笑意,"黎先生说只是举手之劳而已。"

"嗯。"顾卿遥笑了笑,"帮我谢谢黎先生。"

"这种事还是顾小姐自己来的好……"萧泽小声道,"我和黎少说,黎少可能会生气的。"

顾卿遥微微一怔,笑出声。

她转身回到办公室,就见顾彦之不知道什么时候回来了。很快,岳景峰和岳建成匆匆上来了,看到顾卿遥,岳景峰的脸色变了变,倒是岳建成神色如常地打了个招呼:"顾小姐。"

"一起进来吧。"顾彦之开口道,脸色微沉。

顾卿遥笑了笑,径自跟了进去。

顾彦之看了那份合作案良久,这才开口:"岳总,这件事……合作案一修再修,想必岳总也看出来了。"

"我明白,顾总的意思我都明白。"岳建成叹了口气,"毕竟是一笔不小的投资,顾氏的股东担忧,也是正常的。"

"只是……"顾彦之还没说完,岳建成就忍不住开了口,"听说这件事是顾小姐提出的主张?"

岳景峰听到这件事时,简直是丈二和尚摸不着头脑。

他知道顾卿遥主动接下这个案子的时候,还没来得及高兴,结果就来了这么个晴天霹雳。

现在在公司里面都有人偷偷说,顾小姐根本就不喜欢岳少吧……这才会在这个合作案上这么使绊子。

岳景峰在公司里面走着都觉得没脸,此时看到顾卿遥云淡风轻的态度,简直觉得怒火在上涌:"顾小姐一直说做事要公私分明,可是顾小姐自己当真做到了吗?"

顾卿遥诧异地看了岳景峰一眼,岳景峰……这是在对自己发脾气?

这样的态度,真是久违了。

从前的岳景峰被自己缠得不耐烦了,也是这般模样。

顾卿遥太熟悉了,甚至有点想笑。

岳景峰咬咬牙:"顾小姐,我想和你谈谈。"

"没关系,就在这里谈吧!岳少,有件事岳少大概是理解错了,我是带着万分的公正来审视这份合同的。这是我们的法务部最初出了纰漏,才没有将重要的违约条款订立进去。"顾卿遥平静道。

岳景峰浑身发冷。

从什么时候开始,顾卿遥变成这样了?

她的眼底没有半点感情,满满的都是冷静和自信。

而岳景峰甚至在她的眼中看不到半点动摇。

岳景峰忽然有点迟疑了,自己怀着满腔怒火而来,内心觉得顾卿遥一定是为了冷落自己,这才故意订立了这样的合同,现在想来……是不是自己太自作多情了?

岳建成也是老油条了,此时见岳景峰如此,只好轻咳一声道:"抱歉顾小姐,犬子这件事的确是说错了。我之前就说过,有些条款的确是该设立的,只是……倘若加了这份对赌协议,那么我想我们的合作可能要重新考虑了。顾总，我之前也说过，是因为两个孩子感情好，我们好歹也算是世交，所以我们肯定尽力做。现在顾小姐这样，我们这个合同就基本等于是重新敲定了，要走董事会股东会那套程序，对我们而言实在是太复杂了。我们可能就要考虑其他合作方了。"

顾彦之的脸色相当难看，手在桌上轻轻叩着，显然心底烦躁得厉害。

良久，顾彦之方才道："这件事也是我考虑不周，这样吧，我个人给你们投资，就不走顾氏这边的途径了。"

顾卿遥抬头看向顾彦之，眉头微微蹙起。

岳建成自然是紧忙感激，想了想又看向岳景峰："景峰，你不是之前一直没来过顾氏吗？不如去和顾小姐转转，我这边和顾总谈个人的投资协议。"

岳景峰心情有点复杂。他看了顾卿遥一眼，倒是有点意外，顾卿遥竟然没有直接反对。

"那……顾小姐？"岳景峰的语气带着小心翼翼。

顾卿遥淡淡应了："那好，那我陪岳少转转吧。"

"谢谢，谢谢你，真是麻烦顾小姐了。"岳景峰欣喜若狂，紧忙跟着顾卿遥出去了。

一路上他都极为规矩，见顾卿遥始终不开口，只好努力打开话匣子："对了，昨天晚上，海边放了一晚上的烟花，放到十二点多。"

"嗯，我知道。"顾卿遥平静地摁了电梯，笑了笑道，"昨天刚好是黎先生生日。"

黎先生……

又是黎先生。

这个名字怎么就这么阴魂不散？！

岳景峰咬咬牙，转头看向顾卿遥："顾小姐昨天不会是和黎先生在一起吧？"

"的确是在一起，怎么？"顾遥反问。

"恕我直言，黎先生都那么大年纪了，谁知道每天都在想什么啊？我看黎先生身边的女人就从来都没缺过，顾小姐，你可千万别犯傻啊……"岳景峰恨恨地说着。

"身边的人从来没缺过？"顾卿遥看向岳景峰。

岳景峰咬咬牙，道："那个什么白楚云白小姐，不就天天跟着黎先生吗？还有……还有……其他人我就不多说了，反正顾小姐肯定也知道。"

顾卿遥微微笑了："岳少想去哪里逛？"

见顾卿遥明显不想说这方面的事情，岳景峰只好忍着气道："哪里都好。"

只要能和顾卿遥多相处一会儿,岳景峰其实并不在意。

顾卿遥笑笑,将人带到了观景平台,上面有不少卡座,这会儿刚好没什么人,阳光暖洋洋地从上面的玻璃隔板映照下来,带出三分春意来。

顾卿遥看了岳景峰一会儿,这才问道:"有件事我一直想要问岳少,可是没有想好怎么样开口。"

"你说。"岳景峰连忙正襟危坐。

"你是从什么时候开始喜欢我的?"顾卿遥认真问道。

她的眼神澄澈无比,岳景峰微微一怔,却是不知道怎么开口才好。

按理说,自己应该说对顾卿遥一见钟情,可是岳景峰自己都知道,顾卿遥在车祸以后就像是脱胎换骨了一般。自己从前对顾卿遥当真提不起几分好感,就连求婚都是被迫的,可是现在……他恨不得整日都追着顾卿遥跑。

曾经任务一样的事情,现在他变得如此心甘情愿。

可是顾卿遥忽然问起,岳景峰只好挠挠头道:"顾小姐性格好,人也好看,之前和顾小姐在学校社团活动的时候就喜欢上了,就……一直喜欢到现在。"

说谎。

顾卿遥看着岳景峰的眼睛,就知道他在骗人。

和岳景峰认识太久了,岳景峰说谎的时候习惯性的小动作就是挠头,顾卿遥始终铭记在心。

她却是没有揭穿,只是含笑道:"岳先生似乎也知道……"

"知道我喜欢顾小姐吗?"岳景峰笑了笑,"是啊,我父亲很高兴的。其实我一直都知道,自己配不上顾小姐,可是毕竟伯父一直很支持,所以我才……"他讪笑着道,"不过说起来,不仅是伯父,连顾爷爷也是知情的,也没反对过,我真的很高兴。顾小姐,你看我家长关都过了……"

顾卿遥心底的狐疑却是越来越发酵起来。

不仅是自己的父亲,连自己的爷爷都支持?

为什么?

岳家究竟有什么好,能让他们一致认定,想要让自己嫁过去?

顾卿遥看向岳景峰,良久方才笑笑问道:"那夏雪呢?"

岳景峰浑身一僵,连忙摆手:"我不喜欢夏雪学妹的。"

"高中的时候,我记得岳少对夏雪很好。"顾卿遥好整以暇地笑道,"前段时间也是……"

就像是兜头一盆凉水,这一刻,岳景峰简直恨透了林夏雪了。

好端端的吃什么催情药!

现在可好,自己被顾卿遥简直是嫌弃得死死的!

顾卿遥定定地看向岳景峰,认真道:"岳少,恕我直言,现在的你在我心里只是一个普通的学长而已,和任何人都没有区别。我想我们以后或许可以做朋友,但是绝对不是情侣。我知道我父亲很喜欢你,但是你应该明白,没有人能够左右我的想法。"

岳景峰咬咬牙,认真开口:"我父亲说过,你终究会嫁给我的。"

顾卿遥眉头微蹙:"你说什么?"

似乎是意识到了自己说了错话,岳景峰干笑几声,道:"不过顾小姐也不必放在心上,那天我父亲可能是喝多了。"

"是吗?"顾卿遥平静地笑了一声,淡淡道,"无妨,我没放在心上。"

岳景峰顿时又觉得心底有点堵了。

顾卿遥带他来的这个地方员工并不算多,本就是上班时间,很少有人会来这边逛。岳景峰忍不住偷觑了顾卿遥好一会儿,这才小声道:"顾小姐,我们去别处逛逛吧?我想看看企划部那边。"

"好。"顾卿遥点头应了,抬手看了一眼时间道,"不过现在这个时间,看来是来不及预约了。"

"预约?"

"如果要参观的话,自然是要预约的。毕竟现在岳家和我们顾氏也算是可能的合作关系,"顾卿遥含笑道,"倘若当真看到什么不该看的,到时候我也承担不起责任。"

岳景峰的脸色变了变,道:"可是刚刚伯父明明说……"

"那岳少要去问问父亲吗?"顾卿遥笑吟吟问。

岳景峰哪里有这个本事?

更何况,即使他的确不擅长察言观色也能看出来,顾卿遥的脸色并不算好看,显然是心底带着怒的。

岳景峰轻咳一声,道:"没什么,算了,其实能和顾小姐这样走走坐坐,我就已经很满足了。"

顾卿遥微微一怔,有点诧异地看了岳景峰一眼。

岳景峰笑笑,道:"是真的,顾小姐,你可能不知道,我一直觉得和顾小姐特别有距离感,不过这可能也是因为顾小姐不喜欢我吧。"

"岳少,最初父亲主动找到岳家,说可以联姻的时候,你是怎么想的?"顾卿遥忽然问道。

岳景峰果然一怔,下意识看向顾卿遥:"你……都知道了?"

顾卿遥说不出心底的感觉。

她总觉得这件事有蹊跷。从最初父亲在自己车祸时的表现开始，到后来不管岳景峰做什么，在顾彦之那里都是可以原谅的时候，顾卿遥就觉得这一切有问题。没想到自己这么一试，岳景峰竟然就真的说出口了。

"是吧！"岳景峰猛地一拍大腿，"说起来当时我都觉得像是做梦一样。毕竟……顾小姐的家境，我们岳家是绝对配不上的，可是伯父既然都应允了，那我，我就真的鼓起勇气来了。"

岳景峰挠挠头，有点不敢去看顾卿遥的眼睛。

顾卿遥觉得浑身发冷。

真的是顾彦之主动的……

按理说，无论如何，顾彦之都不该选择岳家的，可是他不仅选择了，甚至主动上门提出了这一切。

所以代价是什么？是岳家抓到了顾家的把柄，让顾彦之不得不将自己卖给岳家吗？

顾卿遥总觉得哪里不对，却是无论如何都想不通。

她看向岳景峰，微微笑了："所以……父亲是找到了岳伯伯？"

"对。"岳景峰有点飘飘然。他很少能够看到顾卿遥这样和颜悦色的样子，顿时连语气都变得轻快了几分，"顾小姐，其实直到现在我都觉得像是做梦一样。"

顾卿遥微微垂眸，只是笑了笑。

最初……

岳景峰最初对自己的态度，顾卿遥可没觉得有多喜欢，和现在简直是判若两人。

可是顾卿遥却是比任何人都明白，现在的岳景峰……她是可以利用的。

想到这里，顾卿遥笑着开口："岳少，有件事想请你帮个忙。"

岳景峰看着这样巧笑倩兮的顾卿遥，简直是心都不知道飞到哪里去了，立刻点头应了："当然当然，顾小姐您说。只要是我能做到的，我肯定是全力以赴。"

顾卿遥满意地笑笑，道："这次的邀请赛，有个人我想请你考虑一下。"

"是夏雪学妹吗？"岳景峰心领神会，想了想却又苦着脸道，"上次那件事情以后，我父亲……你也知道的，就不让我和夏雪学妹多接触了。毕竟上次的事情的确是影响不好，也影响我们的相处。"

顾卿遥似乎是微微一怔，道："夏雪学妹在这方面很有天赋，如果这次没有办法参与的话，委实是有点可惜。"

"是吗……"岳景峰有点纠结。

他不明白顾卿遥这样说的用意,倘若是喜欢一个人,不是应该有很强烈的独占欲吗?

可是岳景峰清楚地感觉得到,顾卿遥对他是真的半点独占欲都没有,甚至极力撮合着自己和林夏雪。

他不想拂了顾卿遥的意,却无论如何都不愿意和林夏雪有更多的接触。

林夏雪简直就是成事不足败事有余!

沉默片刻,岳景峰方才道:"让我带上林夏雪倒也不是不可以,但是……"

顾卿遥静静看过去。

岳景峰咬紧牙关,这才开口:"我想请顾小姐答应我一件事。"

"你说。"

"我过生日的时候,也请顾小姐给我一个一模一样的生日,可以吗?我听说昨天晚上的烟花都是顾小姐给准备的。黎先生真是太幸运了。"岳景峰眼神中都带着渴求。

顾卿遥微微垂眸笑了笑,道:"岳少的生日宴,一向都是要请很多人的吧?"

"如果是为了顾小姐,我可以只请顾小姐一个人!只要顾小姐答应!"

顾卿遥看着岳景峰眼底的光芒,忍不住有点感慨。

他是真的喜欢上自己了吧……

人可以伪装很多东西,表情可以伪装,语言可以虚假,可是眼底的喜欢却是无论如何都不能掩藏。

岳景峰现在对自己……简直是痴迷。

现在顾卿遥看过去,只觉得啼笑皆非。

"如果到时候岳少还坚持的话。"顾卿遥顿了顿,含笑道。

岳景峰立刻松了口气:"谢谢,那好!我一定答应。"

"嗯,那就麻烦岳少了。"

"不麻烦不麻烦。"岳景峰笑着和顾卿遥往回走,却见顾卿遥的脚步慢慢顿住了。

"顾小姐!"王同伟的大嗓门在走廊里响起。他紧忙往前走了几步,看到顾卿遥旁边的人便是一怔:"这位是……"

"我是顾小姐的学……"

"学长"两字还没说完,顾卿遥就含笑介绍道:"是岳家的公子,岳景峰。岳少,这位是我们公司的宣传部部长。"

岳景峰面上的笑容僵住了。

从来没有任何一刻，岳景峰比现在还要确信，顾卿遥是真的不想在任何人面前和自己有多一点的联系。

顾卿遥毫不犹豫地打断了自己的话，就是为了不让旁人听到自己是她的学长。

不是这样亲近的联系，而是简简单单的，合作对象家的岳少岳公子。

仅此而已。

岳景峰的脸色白了白，还是伸手过去："你好，王部长。"

"哦，你好你好。"王同伟忽然想起来眼前这位是谁了。之前公司会议上顾卿遥的一番话都传开了，顾卿遥现在可以说是一个传奇，很多人都忍不住啧啧感慨，不愧是老总的女儿，看看人家这教育，看看人家这言行！

而面前这位就更让人印象深刻了……

王同伟竭力控制着自己的面部肌肉，心说这不是之前小报报道"不检点"的那位吗？

他本来就是做媒体交接这一块的，想起这件事就知道肯定是被人做了手脚了，不然哪里来的小报那么闲，天天揪着这件事不放？

然而王同伟什么都没说，只是笑着道："顾小姐，之前的汇总表我已经交上去了，不知道今天顾小姐有空初审一下吗？"

"表格已经交给慕特助了，今天之内可以初审完毕交给顾总。"顾卿遥点头应下。

"太好了，现在换了慕特助，效率是真的高。换做是从前……不知道要等多少天。"王同伟明显松了口气，想了想又道，"另外还有一件事，关于这周五的股东大会，顾总说了让我通知所有人，但是有些人的联系方式变更了，需要今天和顾总确认一下。一会儿上去的话不知道方便吗？"

"哦，可以。"顾卿遥微微一怔，点头道，"现在就可以，你跟我过来吧。"

顾卿遥带着王同伟上去时，顾彦之的脸色就有点变了。

他蹙眉看了王同伟一眼，就听王同伟已经大喇叭似的开始说了："顾总，实在是股东大会的事情急着请顾总确认。顾总，名单上有几个股东现在一直联系不上……"

顾彦之根本无暇顾及王同伟，只是看向顾卿遥。

顾卿遥唇角微弯，道："我想这次我应该也有参与权了，父亲？"

她分明是笑问的，可是顾彦之却没来由地觉得自己心底一寒。

他点点头应了，旁边的岳建成却显得很惊讶："顾小姐现在有了顾氏的股权？"

"嗯，之前父亲当做礼物送给我的。"顾卿遥乖巧地笑道。

顾彦之心底一松，心说顾卿遥果然还是聪明。

这个台阶给得好，他点点头应道："毕竟小遥喜欢商业，家里的产业将来也都是小遥的嘛。想着就提前让小遥多接触一些。"

岳建成却始终难掩眼底的诧异，看了顾彦之良久，这才勉强点了点头。

岳景峰却是忍不住了："爸！我也想要岳家的股份！"

"你跟着凑什么热闹？"岳建成拍了岳景峰的头一下，蹙眉道，"你也不看看顾总的情况，就在这里吵！"

"我对商业也有兴趣的爸，您给我股份，我肯定不让您失望！"岳景峰哪里愿在顾卿遥面前落了下风，立刻道。

岳建成简直烦不胜烦，只好道："好了，顾总，那我就先带景峰回去了。多谢顾总慷慨，这个合同……我肯定会好好珍惜，带着员工一起，绝不辜负顾总的厚望。换言之……我们的合作也是继续有效的，谢谢顾总。"

顾彦之蹙蹙眉，像是觉得这话里话外有什么不对劲似的。他的语气明显顿了顿，道："行了，岳总满意就好好做，我们之后合作的机会也多。"

"顾总说得是，"岳建成笑了笑，看了顾卿遥一眼，方才道，"那我就先回去了。"

"去吧。"顾彦之将慕听岚叫进来，简单说了下情况。王同伟就跟着慕听岚去了。

顾卿遥一直没动，站在那里赌气似的看向顾彦之。

顾彦之叹了口气，道："小遥，爸爸知道你肯定是多想了。"

"没有，爸爸就是信不过我而已。"顾卿遥咬住下唇，"我不会给爸爸丢脸的。"

原来是在想这个……

顾彦之明显松了口气，道："小遥别想那么多，只是因为那个名单是以前的，新的股东都没有加进去。不是股东大会不想让小遥来参加，往后就不会出这种纰漏了。"

"嗯！"顾卿遥看了顾彦之良久，方才点点头笑了，"我就知道爸爸最好了！"

顾彦之心底五味杂陈，想了想道："对了，今晚要去你爷爷家里一趟，你让你妈妈也准备一下。"

"哦，好。"顾卿遥忽然想起之前查出来濮靖和做过的事情，看来今晚有机会验证了。

刚想出门,顾卿遥忽然想起了一件事,转头看向顾彦之,忽然笑着开口了:"爸爸,其实刚刚岳景峰说了一句话,我还是有点在意的。"

"他说什么了?"

"他说,是爸爸主动去找的岳伯伯,说是我们两家可以联姻。这真的是爸爸做的吗?"顾卿遥笑着问道。

"他胡说八道!"顾彦之气结,猛地拍了一下桌子,"这孩子怎么什么都乱说!"

顾卿遥看了顾彦之的脸色一会儿,这才微微笑了:"也是,我也觉得爸爸不会这样做的。"

顾彦之急切地吸了口气:"你别听他胡诌,这种事情亏他编得出来。"

顾卿遥的神色倒是没什么波动,见状就笑了笑,亲近地抱了抱顾彦之的肩膀:"我也觉得,岳少现在说话真的没几句能让人相信了。"

她笑着走出门去,还能听到里面顾彦之愤怒的呼吸声。

顾卿遥在门口静静靠了一会儿。手机上忽然跳出了一条短信,是林夏雪发来的——

"小遥,你在哪儿啊?"

"我在公司,怎么了?"顾卿遥微微一怔回过去。

"哦,那个,我在这边看到黎先生了。我记得你最近不是和黎先生走得很近吗?就是觉得挺奇怪的,黎先生怎么会在这种地方。"

顾卿遥微微蹙眉。林夏雪就又发来了一条:"是我们以前的小学啊,黎先生不知道怎么就过来了。"

顾卿遥怔住。

第8章
那是他从不曾提起的曾经

其实毕业这么多年了,顾卿遥自己都没怎么回去过。

而今忽然听说黎霂言在,她倒是真的有点惊讶了。

黎霂言的过去……

她从来都没有想过要仔细查看,而现在,顾卿遥忽然有点好奇。

顾卿遥想了想,索性将萧泽叫了过来:"我问你件事,黎先生是海城人吗?"

"小姐怎么忽然问起这个?"萧泽一怔。

"只是有点好奇。"顾卿遥笑着说道,努力让自己的神色看起来波澜不惊一般。

"哦,黎先生的确是在海城长大的。"萧泽笑道。

"那……黎先生是在崇明小学毕业的吗?我同学说今天在毕业照里面好像是看到黎先生了,"顾卿遥恍若无事地编着故事,"如果是的话,那黎先生就是我学长了。"

"不是啊,"萧泽忍不住莞尔,"黎先生小时候好像去的部属小学吧?对了,小姐还不知道吧?黎先生的父亲是警察。"

顾卿遥一怔。警察?

这她还真的一无所知。

"后来黎先生的父亲执行任务意外过世,临死前才将黎先生托付给了顾老先生。"萧泽的眼神有点陈黯,显然是觉得很惋惜。

"原来是这样……"顾卿遥微微垂眸。

原来这个故事，从一开始她就只听到了一半。

"嗯，不过说起来，黎先生从小就失去了母亲，父亲也离得远，其实从前的日子还是过得很苦的。只是黎先生自己从来都不曾说过而已。"萧泽低声道。

顾卿遥的心底泛起丝丝缕缕的疼。

其实人和人之间不过就是如此，很多时候人们看到的都是光鲜亮丽的外表，很少有人能够透过这些去看到内心。

那么多女孩子喜欢黎霖言，可是黎霖言那充满伤痛的过去，却是无人能知。

他是怎么变成现在这般无坚不摧的模样的？没有人知道，也没有人想要深究。

人们喜欢的，只是现在无所不能坚不可摧的他。

"不过小姐，黎少不怎么喜欢旁人提起过去的事情的，小姐还是莫要说起为好。"萧泽低声道。

顾卿遥微微垂眸："我知道，你放心吧。"

萧泽这才点点头。

顾卿遥回到座位，果然看到王同伟神色复杂地将股东大会的议程递上来了。

老实说，富二代持股的并不少，可是顾卿遥是个例外。

因为从前顾彦之将顾卿遥藏得很深，甚至导致外界也有很多传言，说顾彦之根本就没有打算让顾卿遥参加公司管理，将来打算觅个金龟婿，直接将公司的管理权转移给女婿，结果现在……

顾卿遥自己站了出来，表明了自己势必会参与公司运营的决心。

不过是二十二岁的女孩子，却已经有了好几次堪称亮眼的表现。

这已经足够让人惊讶了。

"顾小姐，您确认与会的话，请在这里签名，也可以直接发送电子签名给我。"王同伟道。

"好。"顾卿遥又看了一遍，然后签下了自己的名字。

"另外，顾小姐需要表决权委托吗？这是顾先生交给您的委托书，如果您想要将表决权委托给顾先生的话，您可以在这里签署。这也是我们股东大会很经常有的事情。"王同伟说道。

顾卿遥微微一怔，看向顾彦之紧闭的房门。

连亲口问自己的勇气都没了吗？

顾卿遥有点想笑，摇摇头道："没关系，我知道这个规定，但是这次我确定可以与会，就自己过去参加表决就好了。"

王同伟点点头。

直觉告诉他，暗潮汹涌，或许还是不要参与其中为好。

王同伟将手中的东西收了，这才匆匆下楼了。

对面的慕听岚却是笑了笑，开口道："不过顾小姐，您看到与会名单了吗？"

"怎么？"顾卿遥凑过去。

"刚刚来的那个岳先生也是我们公司的股东，而且还有几个新近加入的，比如……"

"黎霂言。"顾卿遥的目光定格在最下方。

"哦，对，黎先生从前是没有持股的，这次显然是收购了市面散股，截住了很多市面流通股，都已经超过百分之八举牌线了……"慕听岚有点诧异。

顾卿遥也定定地看了良久，方才微微笑了："的确让人意外。"

岳建成……也是让她很意外了。

很快就到了下班时间，顾彦之出来的时候看到顾卿遥正在收拾东西，脸色就不怎么好看："小遥，我不是说了今晚要去你爷爷家吗？怎么没有提前准备？"

"刚刚在忙工作的事情，现在就好。"顾卿遥很快将东西收进了包里，笑笑跟了上去。

"小遥，爸爸之前就和你说过欲速则不达的道理。"

"嗯，我明白。"顾卿遥装傻道，"我只是收拾得快了些……"

"我说的是表决权委托。"顾彦之没什么耐心，"你现在年纪还小，虽然已经有表决权了，可是你真的能够行使好吗？你问问你的朋友们，哪个不是将表决权委托给了自己的家人，怎么会有自己独立行使的？小遥，你是爸爸的女儿，爸爸在顾氏这么多年，比你了解顾氏得多。你现在新近成为股东，就想要独立行使自己的权力，不觉得太早了些吗？"

顾卿遥看了顾彦之片刻，道："所以爸爸一开始就没有让人通知我股东大会的事情，也是为了直接取代我的表决权吗？"

"你怎么会这样想……"顾彦之缓和了语气。

"爸爸也应该知道，从凌筱蔓那件事以后，我就很难再全心全意地去相信爸爸了，"顾卿遥半真半假地说着，"从前爸爸做什么，我都相信爸爸是为了我好的，可是现在呢？现在我甚至不敢去多想半点。"

顾彦之沉默片刻，叹了口气："算了，小遥，是爸爸不好。"

他偏开头去看向窗外的景色,轻声道:"小遥,我们毕竟是一家人。有什么想不通的,其实时间慢慢都会告诉你爸爸的一片苦心,爸爸也不多解释什么了。"

顾彦之语重心长,顾卿遥却只是微微垂眸笑了笑:"嗯,好。"

在顾卿遥目不能及的地方,顾彦之的脸色相当阴霾。

顾远山今天叫顾卿遥来,原因却是让顾卿遥有点意外。

"卿遥,你过来给爷爷看看,这个人你可晓得?"顾远山招招手,示意道。

顾卿遥走过去,就见那上面的人不是萧阳又是谁?

她按捺下心底的诧异,问道:"爷爷,这是……"

"认识吗?"

"不认识。"

"就是他之前寄了凌依依的资料给你。"顾远山沉声道,"还有之前你和黎先生在医院的照片,都是这个人拍的。他甚至还去了凌依依的学校,欺骗凌依依,让凌依依去认你爸爸,都是他一个人做的。"

顾卿遥抬眼看向顾远山。

她不明白顾远山为什么要这样说!

她忽然意识到自己被先下手为强了。

分明是濮靖和做的事情,很可能是顾远山命令的,可是现在顾远山将自己择得干干净净。

"那你知道这是谁的人吗?"顾远山的眼神很是凌厉。

"不知道。"顾卿遥其实隐约知道顾远山想要说什么了。

顾远山轻咳一声,道:"是黎霖言的。"

"怎么可能……"顾卿遥还没开口,倒是顾彦之一脸诧异地开口了,"黎霖言为什么要这样做?"

"我也不知道,所以我让黎霖言过来了。"顾远山的目光一直定格在顾卿遥的脸上,"他这样做,肯定是有用意的。当然,也可能是因为有什么人拜托了他。卿遥,你说爷爷说得是吧?"

顾卿遥心底极冷。

她静静地颔首:"可能吧,但是还有一种可能,就是黎先生也是被冤枉的。"

"是吗?"顾远山冷笑一声,见门铃响了,便道,"估计是来了。"

果然,门外的人正是黎霖言。

他双手插兜,看向顾远山,神色冷峻而凌厉:"顾老先生,好久不见。"

"按照当年你爸爸说的话，你该叫我一声父亲。这些年我说了这么多次，黎少似乎都不曾放在心上。"顾远山沉声道。

黎霂言轻笑一声，径自将风衣脱了交给旁边的管家，淡淡道："顾老先生，也是很巧，我本来也的确是要来的。"

"你来做什么？"

"我来问一件事。"黎霂言淡淡道。

"刚巧，我也是要问黎少一件事。黎少，这个人你可认识？"顾远山老神在在地将手中的东西推过去。

黎霂言瞥了一眼，道："不认识，怎么？"

"我怎么记得，这人是黎少专门用来打探消息的，叫萧阳吧？我也是见过几次了。"顾远山沉声笑道。

黎霂言挑挑眉。

顾远山便说了下去："黎少，你自己好好想想，可是这次有人规劝黎少，让黎少帮忙，黎少就毫不犹豫地让这个萧阳来帮忙了？黎少真是性情中人啊，连请你帮忙的人姓什么都忘了？"

顾远山一字一句都是在敲打顾卿遥，顾卿遥心如明镜。

顾远山这是希望黎霂言直接将自己供出来呢？

她下意识看向黎霂言。而念宛如已经坐不住了："父亲，您这是什么话？父亲这话可是在怀疑小遥了？"

"宛如急什么？"顾远山转身，凉凉道，"小遥还是个孩子，我这话也是问问黎少。毕竟小遥是孩子，黎少可不是。黎少这年纪，可是小遥的小叔叔呢，总该好生关照着。可是黎少这关照的方式，可是不太妥当啊。"

"你有什么证据吗？"黎霂言淡淡问道。

顾远山一怔，笑了一声："若是想要证明萧阳是谁的人还不容易吗？除非他一直不入境，否则一旦入境，我们就直接逮人了啊。"

黎霂言轻笑一声，道："逮人……"

他挥挥手，门外的人就走了进来。

顾远山面色微沉："你这是什么意思？"

他看着面前的警察，脸色都难看起来。

"王队，这里就是这个网络地址，没错吧？"黎霂言好整以暇地问道。

王队长点点头应了："的确。"

"嗯，那看来没错。"黎霂言微微笑了。

"你好顾先生，这是我们的搜查令。我们查看到这里曾经三次发出指令，要求监视顾小姐的行动。后来对顾小姐发出恐吓邮件的网络地址来源也是这里。根据多方查核,我们认为濮靖和有很大的嫌疑,希望顾先生能够让濮先生配合我们的调查。"王队长客客气气地开口,可是语气没有丝毫缓和的余地。

顾远山难以置信地看向黎霂言。

黎霂言轻笑一声:"顾老先生,你没有证据,可是不巧,我手中有。"

面前的一切都是铁证,顾远山看着濮靖和从楼上下来时,脸色愈发阴霾。

他恶狠狠地拿起桌上的东西看了一会儿,这才叹了口气:"濮靖和,你去吧。好好配合调查,有任何需要的,再和我联系。"

濮靖和脸色惨白:"老爷……"

"去吧,不该说的话别说。我给你找律师。"顾远山狠狠背着手。

黎霂言淡淡笑了笑,看着濮靖和一脸铁青地被请了出去。

他平静地转头,看向顾远山。

"顾老先生刚刚似乎有话没说完?"

顾远山盯着黎霂言看了良久,唇角冷峻地弯起:"你虽然现在算不上是顾家的人,可是你应当明白我的行事作风,和我作对有什么后果,你不是不清楚。"

"是吗?"黎霂言平静地将一支录音笔放在桌上,轻轻摁了下去。

顾远山的声音从里面传来,顾彦之立刻上前一步:"你这是什么意思?"

"放心,这个我不会拿出去,我不需要这些手段。只是顾老先生,我希望你能够明白,我最讨厌被人威胁,今天的濮靖和就是一个警告。"黎霂言含笑道。

顾远山和黎霂言的目光在空中交接,良久,顾远山方才冷哼一声。

他觉得浑身凛然,黎霂言和他的交锋,竟然早已不落下风。

他是怎么做到的?

不过是个血气方刚的小子罢了……

竟然能够在自己面前丝毫不露怯。

"还有,顾老先生甚至丧心病狂到怀疑自己的孙女,实在是让我无比惊讶。"黎霂言淡漠地笑了一声。

"这是我们顾家的事,你……"顾彦之不悦道。

"所以顾先生也不护着自己的女儿了?更何况顾先生莫要忘了,适才顾老先生还说我是小遥的叔叔。"黎霂言好整以暇道。

"你这样挑拨离间,到底是什么意思?"顾彦之忍不住怒火,咬牙道。

黎霂言这次是真的愉快地笑了出来:"顾先生,你怕是忘了,刚刚是顾老先生怀疑我,我被迫将证据递了过来。"

被迫……

顾卿遥在旁边听着有点想笑。

好一个被迫,被迫到连警察都给找来了,真是被迫。

顾彦之气得手都在微微发颤,他哪能看不出来,黎霂言根本就是有备而来!

想必从最开始就做好了充分的心理准备!

黎霂言却并没有继续说下去,只是淡淡道:"看来最近顾老先生有得忙了,我就先回去了。"

"黎霂言,"顾远山阴沉沉地开口了,"你父亲的忌日,最近也快到了吧。"

"的确。"黎霂言沉默半晌,淡淡道。

"今年也是一样,我会过去的。"

"这是顾老先生的事情,顾老先生愿意做戏,我自然无法拦着。"黎霂言轻笑一声,径自转身。

这一晚,顾远山的脸色始终不好看。

尽管知道顾卿遥是被冤枉了,可是顾远山显然没有道歉的意思,只随便说了些家常话,就让顾卿遥他们回去了。

回去的路上,念宛如一直紧紧握着顾卿遥的手,良久方才轻声开口:"小遥受委屈了。"

"没有的事。"顾卿遥低声道,却是下意识看向了旁边的顾彦之,"爸爸……"

顾彦之长叹了口气:"这件事是你爷爷不好,明明都是没头没脑的事情。哎,小遥乖,下次再有这种事,爸爸肯定……"

"你肯定什么?"念宛如蹙眉道,"彦之,你今天应该拦着的。"

"我去的时候不是不知道吗?"顾彦之不悦道。

一路上,念宛如的语气都不太好。到后来顾彦之的态度也软化了几分,念宛如这才作罢。

而顾卿遥则是一直在按着手机,眼底的笑意几乎藏不住。

"在那之前,顾老先生没刁难你吧?"黎霂言的短信回复得很快。

"没有,虽然问了我几句话,但是我没想到你来了就这样轻松地解决了。谢谢你,黎先生。"顾卿遥的语气仿佛都带着轻快的笑意。

"之前就准备好了,濮靖和是顾老先生的左膀右臂,一旦少了他,日后你的麻烦应该也会少去很多。只是让我有些意外的,是濮靖和居然会这样盯上你。"

顾卿遥收敛了笑意，手上的动作也慢了几分。

的确……

自己和黎霁言离开医院那天，濮靖和怎么会出现？

他拍下自己和黎霁言的照片，是意外还是其他？

那时候自己本该在医院里生死未卜，可是濮靖和还是准确无误地堵在门口。

如果自己没有找黎霁言求救，那么……濮靖和的到来意味着什么？

"那天的事情，我不认为是岳景峰一手操纵的，背后想必是有人在控制。"顾卿遥一字一顿地打过去。

刚好车子停在了顾宅门口，顾卿遥和顾彦之念宛如说了几句话，便径自上楼了。

黎霁言的电话刚巧打过来："你说有人操纵，是有具体的怀疑对象了吗？"

"之前我有想过……"顾卿遥的话音猛地顿住。

她忽然想起今天白天林夏雪说过的话，黎霁言今天去了自己的小学。

对黎霁言推心置腹，真的可以吗？

她迟疑了一下，这才道："想过我爷爷。"

"嗯，的确是有可能，可是在此之前，顾老先生并没有表现出对你的关注。我很难想象究竟是发生了什么，让他转变了态度。更何况……即使是和岳家，顾老先生也几乎没有什么交集。"黎霁言淡淡道。

顾卿遥微微垂眸，低声应了："我明白你的意思。"

"小遥，虽然我知道对你而言这些可能很难接受，可是你有想过……"

"黎先生，我有件事想要问你。"顾卿遥忽然开口。

"你说。"

"黎先生对我的事情，是很感兴趣吗？"顾卿遥含笑问道，"今天我听说黎先生去了我的小学。"

黎霁言没说话，电话那边只能听到清浅的呼吸声。

顾卿遥轻声道："如果黎先生想要问什么，其实直接问我就好，不用这样麻烦的。"

"小遥……"不知道为什么，顾卿遥总觉得黎霁言的语气带了三分叹息，"你是在怀疑我吗？"

"我没有。"几乎是下意识地，顾卿遥否认道。

"我不会伤害你，"黎霁言顿了顿。他不知道自己为什么要去解释，但是他就是不想听到顾卿遥刚刚那样的言辞,"从前是,以后也是。"

顾卿遥抓着手机怔在了原地。

她沉默良久,这才说了下去:"其实最近我听到了很多关于黎先生的消息,包括黎先生刚刚成为了顾家股东一事。"

"所以?"黎霂言的声线听不出情绪。

"我们是合作对象。我不需要黎先生对我毫无隐瞒,可是我希望黎先生不要欺骗我,这就足够了。毕竟……"

顾卿遥不自觉地抓紧了手机。

她没办法说下去了。

毕竟……

她相信黎霂言,可是她不能再掉进一个新的旋涡。

她赌不起。

黎霂言对她太好了。倘若有一天她被告知,这一切都是假的,顾卿遥不知道自己要怎么样重新走出来。

"你放心,我不会骗你。"黎霂言的面前摆着的,是那天顾卿遥给他的名单,上面被画了几个红圈。有人进来了,黎霂言将那份名单折叠好递过去,这才继续对话筒这边的顾卿遥开口道,"早点休息吧。我只能向你保证,你需要提防的人里面,绝对不包括我。"

"好。"良久,顾卿遥方才心情复杂地应了。

"对了。"黎霂言忽然开口。

"嗯。"

"那天你给我的数据我看过了,你认为美元崩盘会在两周后,是吗?"

"对。"顾卿遥来了点精神,将电脑打开,条分缕析起来。

黎霂言的声线带着笑意,点头应了:"那时候我们刚好去比赛。针对这一点,你可以考虑撰写一个报告,相信到时候会有用处。"

"这样吗,那我……"

"黎少!"黎霂言那边陡然插入一个女声。

顾卿遥微微一怔,声音立刻顿住了。

顾卿遥没说话,那边的黎霂言也罕见地沉默了一下。顾卿遥迟疑了一瞬,正在犹豫要不要挂断电话,就听黎霂言开口了:"是白小姐,白楚云。"

顾卿遥呆呆地点了点头,道:"你到公司了吗?"

"到了。"黎霂言言简意赅道。

顾卿遥顿时有点窘迫,道:"没关系,那你先忙吧,我就不打扰了。"

"你没有打扰,白小姐没有预约,"黎霂言似乎是在对旁边的人说着什么,"有什么重要的事情吗?"

"黎少,你答应过我这几天可以见一面的,"白楚云咬咬牙,道,"黎少,最近我们两家公司的合作一直都拖延不前,不知道黎少可有什么考虑?"

"考虑……"黎霂言似乎是轻笑了一声,道,"白小姐,如果是公务的话,贵司似乎还是白总更有话语权。之前合同已经发给白总了,白总有什么意见,自然可以直接和我联络。白小姐这样前来,倒是让我有点诧异。"

白楚云语塞:"可是……"

"抱歉白小姐,可是下次,希望你记得预约。"黎霂言指了指通话中的手机,见白楚云不甘心地出去了,这才语气温和地重又开口,"已经没关系了。"

"嗯。"顾卿遥有种说不出的开心,"刚刚说到报告,我记得这次比赛之余有一个研讨会。"

"没错。"黎霂言含笑道:"时间刚好在你预测的时间点之前,只是……"

"只是倘若我真的将报告递交上去,怕是就不能准确无误地投机了。"顾卿遥狡黠地笑了,"不管怎么算都是赔本买卖。"

黎霂言一怔:"你打算买入多少?"

"全款买空。"顾卿遥笃定道。

黎霂言沉默半响,轻声笑了。

不愧是顾卿遥……

和他想象中的一模一样。

顾卿遥听那边的笑声,忍不住道:"我是认真的,如果黎先生想要……"

"为什么告诉我?"黎霂言含笑问道。

"我……"

"你不是在寻找肯定。事实上,你已经在操作了,是吗?"黎霂言轻声问。

顾卿遥没说话,只是微微垂下眸去。

她的确是已经开始多线操作了,这种事情必须掩人耳目。

这是她孤注一掷的豪赌,她太需要资金了。

只是她告诉黎霂言的时候,并没有想过黎霂言会这样相信自己,甚至真的动摇了在美国投资的想法。

黎霂言静静地笑了笑,又问道:"既然不是在寻求我的肯定,那么,你是单纯地希望我获利,或者说……在担心我?"

他的声音压得很低沉,清浅的呼吸声仿佛响在耳畔。顾卿遥只觉得自己的耳朵都跟着这好听的低音炮酥酥麻麻的。

她沉默半晌，这才道："我不希望你输。"

黎霖言一怔。

顾卿遥语速很快，但是他确定自己清楚地听到了。

"既然是我认为可靠的情报，那么我希望你能够和我一起从中获利。我们是合作伙伴，不是吗？"顾卿遥笃定道。

黎霖言淡淡笑了："是。"

他其实很想要继续问下去，顾卿遥这番话，到底骗的人是谁？

可是他终究没有，有些话，黎霖言不知道如何开口才是最好的方式。

"黎先生，其实有些事情我一直都想问您。"顾卿遥轻声道。

"你说。"黎霖言显然心情不错。

"黎先生，我给你的邮箱寄送了一份我的个人资料。从我有记忆开始直到现在，一应俱全，"顾卿遥犹豫了一下，还是下定决心说了下去，"黎先生今天去我的小学，想必也没办法得到这样详尽的资料。所以我想还是我直接交给黎先生比较好，然后……"

黎霖言轻笑了一声："你想要我的信息。"

"可以吗？"顾卿遥轻声问，"如果黎先生觉得不方便的话……"

"你询问过顾先生吗？"黎霖言平静地问道，鼠标点开了顾卿遥的邮件，看到上面的证件照忍不住莞尔……这个小家伙。

顾卿遥摇摇头，又意识到黎霖言看不到，立刻道："没有，我想这种事还是直接问黎先生比较好。我总觉得父亲对黎先生有偏见。"

黎霖言笑了。

"偏见"……

顾卿遥会用这个词，倒是让他有点意外。

顾卿遥是顾家人，虽说自己是她的小叔叔，到底还是隔着血缘关系的。

顾卿遥并未选择相信家人，而是相信了自己。没来由地，黎霖言觉得心底无比熨帖。

他沉默片刻，道："我可以给你一份我的资料。改天吧，在我们出国前，可以吗？"

黎霖言的语声很是温和。顾卿遥连连点头，认真道："谢谢。"

黎霖言笑出声："你啊……"

以个人资料换自己的消息，亏她想得出来。

她如此真诚地将一颗心捧到了自己的面前，手段直白而不加掩饰，倒是让黎霖言有点手足无措起来。

似乎是习惯了，习惯了在这个商业的时代，所有的一切都是有价值的都是有目的的。

可是顾卿遥呢？

顾卿遥用一颗真心来换，黎霈言的手指不自禁地敲了敲桌案。他不知道自己能不能还得起。

"这几天我可能要出差一段时间，手机不一定能及时回信。"黎霈言道，"如果有什么急事，你可以联系我的特助。"

"哦，好。"顾卿遥点头应了，"是霍文斌特助吧？"

"对。"黎霈言报了一串数字，顾卿遥匆匆记下了，这才笑道："所以回来的时候会给我带伴手礼吗？"

黎霈言微微一怔，忍不住莞尔："可以，我会记得的。"

他从来都没有意识到，自己也会这样笑。

在遇到顾卿遥之前，黎霈言觉得自己并不是一个爱笑的人。在媒体鲜少的报道中，也曾经只言片语地提及过，黎霈言始终是个不苟言笑的人。

海城很多人对黎霈言的形容词，都还有一个"高冷"。

可是放下手机，黎霈言不经意地瞥见暗下去的屏幕，自己依然在笑。

顾卿遥……

仿佛是照进他的世界的一道光。

那天她伸手拉住了他的衣角，像是一种宿命。

而自己……怎么会拒绝这唯一的光呢？

"黎少。"霍文斌走近，将一份资料递过来，一脸的忧心忡忡。

第二天，顾卿遥一到办公室，就被顾彦之直接叫了进去。

顾彦之抬眼看了顾卿遥一眼，淡淡问道："那天我记得我让你清算了一下，欠了凌特助多少薪资，最后的结果是多少？"

"凌特助找爸爸告状了？"顾卿遥脸色不愉。

顾彦之蹙蹙眉："你做了什么？凌特助什么都没说。但是你也不能因为凌特助性格好，就这样欺辱……"

"凌特助对我说了，虽然现在已经不是凌特助了。嗯，凌女士对我说了。爸爸，她还是一口咬定那个凌依依就是爸爸的孩子，后来被我辩驳了，这才放弃。哦，对了，我还让凌特助签了这个！爸爸放心，有了这个，凌特助就是承认凌依依和父亲无关了，日后也绝对不会再用这件事来要挟父亲了。"顾卿遥一迭声地说着，将手中的合同推了过去。

顾彦之狐疑地将合同接过来，脸色就愈发沉了下去。

顾卿遥……

这摆明了是早有打算！

他将那份合同看了一遍，又看向最后，果然是熟悉的凌筱蔓的签名笔迹。

凌筱蔓怎么会这样轻易地签署了？

顾彦之甚至有点难以想象。可是想到最近顾卿遥的诸多手段，他终究还是蹙了蹙眉："小遥，这都是你自己想的法子？"

"嗯。"顾卿遥骄傲地点点头。

顾彦之显然看出了顾卿遥的情绪，心说果然还是个孩子，只是……

他沉默半晌，道："是爸爸的错，爸爸让小遥变成了这个样子。"

顾卿遥似懂非懂地蹙起眉头，就见顾彦之轻叹了口气："小遥，爸爸一直希望你能够无忧无虑地长大，不需要考虑这么多。将来嫁个疼你爱你的人，像是一直在父母身边时候一样，保持着你身上难能可贵的天真，这是最理想的状态，可是小遥……你现在做的事情，早已经偏离了我和你妈妈给你设计的轨道。"

难能可贵的天真……

顾卿遥微微垂眸，心说那不是车祸前的自己吗？

自己被养得太好了，甚至不知世事险恶，头破血流也要由着自己的性子向前，最后呢？

最后自己被设计高位截瘫躺在床上的时候，还有谁能这样拼死护住自己？

她宁愿像现在这般，却也再不想回到从前的模样了。

至少现在，她能够掌控自己的命运。

顾彦之长叹了口气，道："小遥，我不知道是不是谁和你说了什么，但是你要记得一句话，爸爸是不会害你的。"

顾卿遥认真点点头："我是相信的，我只是想要保护爸爸。这个凌筱蔓太过分了，爸爸都不知道她之前说的话！"

顾彦之面色一僵。

顾卿遥的话如此无邪。顾彦之没办法验证顾卿遥的真心，却也只好勉强笑了笑："小遥长大了，也懂事了。"

是吗……

可是为什么自己看向顾彦之的眼神，却只看到满满的怀疑。

顾卿遥说不出心底的滋味，顾彦之却道："去吧，周五的股东大会，记得提前准备一下。"

"好。"顾卿遥甜甜笑了，这才转身出门。

孰料刚一出门，就见慕听岚正蹙紧眉头在敲着键盘："顾小姐。"

"怎么了？"顾卿遥凑过去。

"你看员工持股这一块，"慕听岚看了一眼紧闭的门，低声道，"按理说，已经离职的员工，手中的股份是要被回购的。然而现在看来，有些人的一直都没有被回购。"

顾卿遥淡漠地笑了笑："是凌特助吧？"

慕听岚听闻了一些之前那位特助的事情，担忧地看了顾卿遥一眼。

顾卿遥微微垂眸，道："让人联系一下凌特助，今天下午让她来公司一趟。"

"好。"慕听岚立刻吩咐人去打电话联络了。

"怎么了？"总裁办公室的门开了。顾彦之蹙眉走了出来，他手中拿着一个几乎满着的茶杯，颇有些欲盖弥彰的意思，"说股东大会的事情呢？"

"是关于离职员工手中的残留股份回购问题。顾总，您觉得是不是应该尽快回购？"慕听岚聪明地隐去了名字。

顾彦之的手微微一颤，下意识看向顾卿遥。

顾卿遥笑了笑："对，现在查明的只有一个特例，是凌特助。"

她好整以暇的笑容让顾彦之有种说不出的感觉，仿佛这一切都在顾卿遥的掌控之中。

可是怎么会呢……

"估计是财务部那边的问题吧，她手中持有的应该也是散股，并非公司的原始股……"顾彦之道，"这部分是作为当时的员工福利发下去的，每年都会有。换言之，也是薪资的一种转化方式，避免给出太高的薪水。"

顾卿遥安安静静地听着。

"所以现在不管是否回购，其实都是一样的。"顾彦之最终得出结论。

顾卿遥笑笑："顾总，我认为这并不相同，毕竟这是员工股权池中的福利股。倘若每个人离职的时候都不进行回购，这部分的表决权原本是尽数委托给顾总您的。但倘若被员工一再分散，尤其是这些离职员工，那么将来顾总对公司的控制力也会越来越弱，不是吗？我认为这是财务部当时离职清算时候的失职。事实上，关于凌特助的部分，已经出了太多纰漏，所以这一次，我想主动请缨。顾总，我已经联系了凌特助，下午凌特助会来公司，和我一起重新进行清算。"

顾卿遥一口一个顾总，简直是公私分明得很。

顾彦之说不出心底是什么滋味，看着顾卿遥，分明应该觉得高兴的。

这是吾家有女初长成，可是顾彦之想到顾卿遥倾尽全力对付的人，就觉得自己笑不出来。

"凌特助在公司期间尽职尽责，这些事情也……"

"这是原则性问题。"慕听岚接了一句道，"倘若开了这个先例，如果没有哪个离职员工不尽职尽责，那么岂不是所有人都可以带着公司的股份离职了？顾总，这件事的确是要慎重。"

顾彦之觉得胸口闷闷地痛。

这两个人你一言我一语，意见却是无比统一了。

良久，他方才勉强点了点头："可以，去联系吧。"

"已经联系好了，凌特助说下午就过来。"慕听岚含笑道。

顾彦之冷哼了一声，将茶杯放在慕听岚面前的桌上："去帮我倒杯茶。"

"是。"

顾彦之耍够了威风，这才觉得心底的郁结稍微散开了些，径自进去了。

顾卿遥紧忙起身："我来吧。"

"没事。"慕听岚笑笑。

"这不该是你的工作……"顾卿遥低声道。

慕听岚笑意更深："这种事不重要。顾总其实没有错，即使是出于私心，作为总裁，能够听进去旁人的意见，已经是不易了，"停了停小声道，"我去了。"

顾卿遥神色复杂地看着慕听岚的背影。

以慕听岚的学历和背景，做特助的确是不该被这样差遣的。可是慕听岚始终尽力维护着自己，这让顾卿遥心底有种说不出的感觉。

慕听岚……或许可以成为自己的朋友。

很快，慕听岚就回到了座位上，轻声道："顾小姐，这个可以给顾小姐参考。"

"这是……当时的股权赠予协议书？"

"对，没看错的话是附条件赠予。换言之，在短期内离职，是一定可以将股份无条件收回的。"慕听岚含笑道。

"如果按照市价赎回，现在大概是……"顾卿遥看了一眼股份数量，又看了看现在顾氏的市价，蹙眉道，"一百三十万。"

"并不算一个大数目，可是对于现在的凌特助而言，怕是不会轻易交还了。"慕听岚道。

顾卿遥微微一怔，下意识看了慕听岚一眼，什么都没说。

没过多久，一楼前台就打来了电话，凌筱蔓到了。

顾卿遥和慕听岚对视了一眼，慕听岚还没开口，就见办公室的门又一次打开了："我和你去。"

顾彦之脸色很难看，看向顾卿遥："你东西都带好了吧？"

"都带好了。"顾卿遥点头应了。

顾彦之这才勉强点了点头："走吧。"

很显然，凌筱蔓也没有意识到今天居然能见到顾彦之。她整个人微微一僵，轻声道："顾总。"

"嗯。"顾彦之冷冷应了一声，"上楼去吧。"

"凌小姐，请吧。"顾卿遥明明是在笑，可是眼底却是半点笑意都没有。

凌筱蔓只好咬住下唇跟了上去。

一路上遇到的人不多，可是几乎所有人的目光都有意无意地靠近过来，凌筱蔓啊……

曾经在公司趾高气昂的人物，现在虎落平阳，听说都是因为顾总的女儿顾卿遥。

啧啧，那手段高明的，说让人下去，凌筱蔓就不得不离职了。

凌筱蔓自然不知道众人在想什么。然而从他们的目光中，凌筱蔓也知道绝非善意。

这些人的眼神像是一把把小刀，让凌筱蔓整个人都难受得厉害。

良久，顾卿遥方才淡淡开口："这边。"

"不过是股权赎回罢了，我想我直接去财务部就……"凌筱蔓推开偌大的办公室门，登时就怔住了，"这……"

"怎么这么大阵仗？"顾彦之也有点诧异。

他完全没想到，顾卿遥会将事情变成这样。

他看向顾卿遥，眉头微蹙："小遥，你这是什么意思？"

"哦，凌小姐请放心，这些是我们公司财务部和法务部的人……"

"我知道。"凌筱蔓脸色难看，那么多摄像头又是怎么回事？

"这些不过是做个见证，毕竟这是一笔不小的财产。但很显然，在交接的过程中，凌小姐刻意隐瞒了。"顾卿遥淡淡道。

"我没有隐瞒！"凌筱蔓下意识捂住了自己的包，"我怎么能是隐瞒了？这是顾总曾经交给我的奖励金。换言之，这是我应得的部分，是对我薪资的补充。"

顾卿遥有点想笑，心底一片冰寒。

这个说辞太熟悉了，根本就是和顾彦之说的如出一辙。

是谁教会了凌筱蔓这样辩驳的？

顾彦之吗？

"凌特助……你别激动。"顾彦之伸手拍了拍凌筱蔓的肩膀，像是下意识的动作,又很快缩回手来,"先坐,我们坐下谈。"

"顾总,这么久了,我是什么样子的人,我以为顾总是最了解的。可是现在看来,顾总实在是欺人太甚了。"凌筱蔓的眼底含了泪,实是楚楚可怜。

顾彦之的手微微一僵,低声道:"凌特助,这件事也不是没有缓和的余地。"

"是吗?"凌筱蔓轻声道,"我认为这些是我应得的,就像是公司每个人都有的年终奖一样。我在顾氏的贡献理应得到这些报酬,所以如果顾小姐执意要收回,那么我想,应当按照市价溢价赎回。换言之,是要比现在的市价高,否则……我们就走法律途径吧。"

"法律途径。"顾卿遥好整以暇地笑了,"凌特助,走法律途径的话,我想麻烦的应当是凌特助吧?"

她含笑将一张纸推过去,淡淡道:"这是当时我请警署来取得的现场调查报告。上面显示凌特助的指纹曾经出现在真正的古砚台上,而这个,是当时警方调取的监控录像,上面显示凌特助曾经抱着一个木盒子回到住宅。而这个盒子,现在还在父亲的办公室里,是曾经古砚台的盒子,那么……凌特助,你当时为何将真正的古砚台带回家去了?"

"我……"凌筱蔓咬住下唇,忽然道,"是顾总让我帮忙清理,我这才带了回去。"

顾彦之登时就怔住了。

那边还在摄像,凌筱蔓就这样将责任直接转嫁给自己了?

顾彦之脸色难看至极!

他咬咬牙,忽然起身将摄像头给捂住了:"行了,今天的摄录就到这里吧。"

"顾总,我不喜欢一直被人威胁,相信顾总也是一样。"凌筱蔓抬眼看向顾彦之。

顾彦之站在门口,良久方才道:"这件事就算了。当时办理离职的时候,的确是没有对这部分进行清算。现在员工已经离职两周了,忽然清算也的确是说不过去,"顾彦之顿了顿,看向顾卿遥,"小遥,到此为止吧。让财务部核算一下,按照市价,将这部分股份赎回。"

财务部部长脸色微变,恳求地看向顾卿遥。

她知道,如果这件事真的这样敲定了,那最后责任肯定是要均摊在财务部和法务部身上的。

这是重大过失!

哪里有员工离职,事情还没清算好的道理?

顾卿遥倒是微微笑了笑:"父亲的意思是,当时凌特助瞒而不报也是应当的?"

"我不是这个意思,但是我们体恤离职员工。毕竟这件事现在也没有证据……"顾彦之觉得自己的嗓子都有点干。

"我这边有证据。"法务部长忽然开口。

他翻开眼前的离职程序单,道:"这里,凌特助,如果你手中持有公司的股份,且并未为人所周知的话,那么凌特助有主动告知的义务。这已经在后面明确规定了,可是很显然,凌特助并没有告知。既然如此,那么我认为这部分的责任应当由凌特助承担,而且需要承担延期履行的滞纳金。"

凌筱蔓看向眼前的众人,忽然咬了咬牙,低声道:"我觉得有点头晕,还有点恶心。"

"这……"顾彦之有点手足无措起来。

"我可能是……那个了。"凌筱蔓看向顾彦之,声音很是低柔。

顾彦之的脸色登时变了:"如果是真的,那么现在的确不是说这个的时候。"

"顾总,您能陪我去医院看看吗?"凌筱蔓伸手撑住了桌角,另一只手向顾彦之探去。

"凌特助,请你自重。"顾卿遥冷冷开口。

顾彦之的喉结猛地滚动了几下,道:"凌特助现在情况特殊,今天的事情便改天再继续讨论吧!公司派车,先送凌特助去医院。"

顾卿遥站在原地,一句话都没说。

良久,顾彦之离开了。顾卿遥方才转向面面相觑噤若寒蝉的众人,淡淡开口道:"改天吧,到时候我再和大家联系。"

众人只好连连点头应了,心底却不是没有疑惑。

这顾总……对那个凌特助是不是太特殊了些?

可是这话只能在心底放着,说什么都不能开口说出来。

顾卿遥可是在这里站着呢!

这是人家顾总的独女,而且顾卿遥明显对那个凌筱蔓敌意正盛。

啧啧……

果然老板家的事情不能跟着掺和,这还不知道鹿死谁手呢。

顾卿遥面无表情地上了楼,沉默地坐了下来。

对面的慕听岚迟疑良久,这才轻声开口:"顾小姐,您没事吧?"

"我现在看起来像是有事吗?"顾卿遥一怔,问道。

"你看起来心情不太好。"慕听岚犹豫了一下,道。

顾卿遥勉强笑了笑:"看来还是功夫不深。"

慕听岚将手中的事情放下，笑了笑，道："其实顾小姐已经做得很好了。只是……是凌特助的事情吧？"

"我出去一趟，慕特助。如果顾总回来了，就说我去医院了。但是我想，父亲应该不会在下午回来。"顾卿遥笑了笑，神色有说不出的苦涩。

她下楼径自走向前台，道："刚刚顾总叫车了吧？"

"啊，是。"前台有点犹豫，却还是点头应了。

"去了哪里？"

"去了宁济医院。"前台立刻说道。

顾卿遥点点头："谢谢。"

她径自出了门，萧泽已经将车开了过来："小姐。"

"宁……"

"宁济医院是吧？刚刚已经派人跟上去了。"萧泽低声道。

顾卿遥一怔，笑了笑："嗯，对。"

"听说顾先生去了，就带着人直奔了产科。"萧泽看着顾卿遥的神色。

顾卿遥说不出心底是什么滋味。

都说是模范夫妇，顾卿遥现在依然没有告诉念宛如真相。可是现在想来，记忆中似乎是有那么一次的——

有一次自己回到家，就听到念宛如正指着报纸和顾彦之吵架。顾卿遥依稀记得自己看到过，正是顾彦之和凌筱蔓一起被拍下来的镜头。

现在想来，大抵从那时候开始，念宛如就知道凌筱蔓的存在了。

顾卿遥冷笑一声，淡淡吩咐道："让人封锁医院，不要让任何消息传出去，不要让媒体进入，能做到吧？"

"当然。"萧泽立刻应了。

顾卿遥淡漠地垂眸。

凌筱蔓啊凌筱蔓……你倒是聪明。

在公司故意让人看到顾总对你的不同，然后呢？

这是想要让公众看到顾家夫妇之间的裂缝，然后慢慢上位吗？

如果是从前，或许你能做到，可是既然我在，那么这一切就只能是你的痴人说梦了。

选择权永远在念宛如手中，而不是她凌筱蔓。

顾卿遥赶到宁济医院时，就见旁边果然已经有人围住了。记者都离得很远，见顾卿遥来了眼神就亮了亮，显然是觉得里面发生了什么。

一个接一个的话筒递过来："顾小姐，请问您的到来是不是意味着，里面的人真的是顾先生和顾氏的特助？"

"顾小姐,听说顾先生是带人直接去了产科,请问顾夫人知情吗?"

"顾小姐,您对令尊的所作所为有什么想法?"

顾卿遥看向众人,神色淡然自若:"有什么想法?"

她的语气那么平静,平静得仿佛无坚不摧。顾卿遥微微扬唇笑了:"我不知道大家在想什么。凌特助虽然做了很多错事,现在已经被顾氏解雇了,可是凌特助这次险些晕倒在顾氏,出于人道主义考虑,我们将凌特助送到了医院,这有什么问题吗?"

记者们面面相觑。

这件事真的能这样简单吗?

怎么总觉得有哪里不对?

可是眼前的顾卿遥言之凿凿。一个刚刚走进社会的人,真的会说谎吗?

"父亲只是来替离职员工垫付医疗费用的,如果大家还有什么想要了解的,也请不要阻碍医院的通道。这是病人的生命通道。"顾卿遥的神色微微沉了下去,径自转身走进了医院的大门。

众人拦截不及,只好看着顾卿遥走了进去。

顾卿遥甚至不知道自己等下应该保持怎样的表情。然而当她看到顾彦之发现自己来了时的慌张失措时,顾卿遥忽然觉得很可笑。

顾彦之本来是低着头准备和凌筱蔓说什么的,也可能是想要倾听,然而一抬头发现走廊尽头的顾卿遥。顾彦之几乎是下意识跳了起来,甚至是若无其事地摸了摸自己的下巴。

顾卿遥垂眸笑了笑,淡淡开口:"父亲。"

她看向躺在病床推车上的凌筱蔓,这才走近了些:"凌特助不会是怀孕了吧?"

她的脸上写满了诧异:"这里似乎是产科。"

凌筱蔓犹豫了一下,看向顾彦之。

顾彦之摇摇头:"她好像是怀疑自己怀孕了。"

"哦,那就是没有。不过凌特助也是的,这样的喜事,怎么能不告诉自己的爱人呢?之前我问凌特助的时候,凌特助不是还说过,自己还没有过恋爱对象吗?这样看来,凌特助的进度有点快。"顾卿遥含笑道。

"顾小姐,您到底要自欺欺人到什么时候?"凌筱蔓嘶哑着嗓音开口。

顾卿遥挑挑眉。

"我的爱人是谁,顾小姐当真不知道吗?还是说,顾小姐只是不愿意承认?"凌筱蔓伸手,小心地去钩顾彦之的手。

顾彦之猛烈地咳嗽几声,径自缩回手来,道:"好了,我也差不多该回去了。这样留在这里，容易让人非议。"

"记者就在外面，等下我和父亲一起出去。"顾卿遥笑了笑。

凌筱蔓脸色惨白，小声唤道："彦之……"

"你该叫我顾总。"顾彦之冷眼看过去，沉声道。

凌筱蔓颓然地松开手。

顾卿遥则是看向神色复杂的医生："大夫……"

"凌女士没有怀孕。"医生立刻道，"可能是近期压力太大，需要好好休养。"

"这样……"凌筱蔓的眼底写满了不甘。

顾彦之蹙蹙眉，道："你也该清醒了，不要总说这些不切实际的话。"

他的眼底有轻微的厌恶。凌筱蔓见了，顿时就不敢开口了，只小声嗫嚅道："是，是我不好。"

"我先回去了，公司的事情你的确是该好好交接一下，回头你直接去和财务部法务部交接吧。"顾彦之毫无留恋地说道，看向顾卿遥，"小遥，我们走吧。"

顾卿遥这才看向凌筱蔓笑了笑："下次如果要叫记者，记得不要总叫这几家，我都快眼熟了。"

凌筱蔓死死咬住下唇，脸色煞白。

顾卿遥沉默不语地跟着顾彦之往外走。倒是顾彦之觉得该解释几句，只是看着顾卿遥的脸色，他又不知道如何开口才好了。

"小遥……"

"爸爸今天说过，所有的事情都是为了我好，所以我来了，我也让记者离开了。可是爸爸，凌筱蔓已经和我说过很多次了。"顾卿遥的眼底有隐约的泪光。

顾彦之没说话。

顾卿遥低声道："所以这件事也不能告诉妈妈是吗？爸爸和那个凌特助究竟是什么关系？"

"她一个女人带着孩子不容易，所以爸爸一直想着，毕竟是自己的员工，能帮上一把就帮一把。可是现在看来，凌筱蔓自己也走了歪路。是爸爸不好，不该让她有了念想。"顾彦之叹了口气道。

"真的只是如此吗？"顾卿遥看向顾彦之的眼睛。

顾彦之忽然有点不敢回望，良久方才勉强点了点头："当然，小遥，你相信爸爸，嗯？"

顾卿遥点了点头，哑声道："好，我相信爸爸。"

然而一出医院门，顾彦之的神色就凝住了："是你找的你妈妈？"

"不是。"顾卿遥摇摇头。

"那……"顾彦之看向迎面走来的念宛如，只觉得嗓子堵得厉害。

"有记者给我打了电话，我就过来看看。都处理好了吧？"念宛如的笑容很是温和，春风和煦。

就好像这件事并没有给念宛如的心底带来一丝一毫的波澜。

顾彦之迟疑了一下，点头："都好了，垫付了一笔医疗费用，之后她会直接转账过来。"

"嗯，我过去看看病人。小遥，你跟妈妈一起。"念宛如说道，拉起了顾卿遥的手。

顾彦之顿时犹豫起来，不知道自己该何去何从。

他在原地站了一会儿，还是道："我去车里等你们吧。"

"好。"念宛如含笑应了。

顾卿遥看着念宛如平静的面容，却能感觉到念宛如的手在微微使力，显然是在极力克制着自己的情绪。

"妈妈……"顾卿遥小声开口。

"妈妈没事。"念宛如吸了口气，闭了闭眼。

她这才拉着顾卿遥的手走进去。有那么一个瞬间，顾卿遥有种感觉，念宛如或许什么都知道。

她不明白的是，这么久了，念宛如为什么从来都不曾爆发。

凌筱蔓正在病床上躺着，双目望向天花板，似乎是有点晃神。见念宛如带着顾卿遥进来了，她微微一怔，立刻笑了笑："夫人，我们又见面了。"

"凌女士。"念宛如定定地看了凌筱蔓一眼，淡漠地笑了一声，"听说凌女士家境不怎么好。"

"……我的确从小家境贫寒，不知道念女士这是什么意思？"凌筱蔓面色一僵，很快恢复如常。

"凌女士有个弟弟，是吗？"念宛如平静地问道。

凌筱蔓脸色微变。

"听说现在在钢铁厂工作。虽然没有什么学历，可是现在也升到了主管的位置，实在是不容易。"念宛如笑了笑，道。

她的笑容那样好整以暇，像是猫拿耗子一样，分明是捉弄。

凌筱蔓却不得不开口："念女士，您不是这样的人……"

"我是，凌女士纠缠不休的时候，应该就想到了这样的结果。"念宛如含笑起身，"你的弟弟已经被解雇了，没猜错的话，应该是在十分钟前。想必很快，你的电话就会响起。可是仔细想来，现在凌女士自顾不暇，想必也无法照顾你的胞弟了。"

凌筱蔓咬紧牙关："这件事和我弟弟无关……"

"那就真的可惜了，你的弟弟有你这样一个姐姐。凌女士，我建议不要对我卖弄心机。"念宛如沉声道。

顾卿遥忍不住看向念宛如，这是她第一次看到念宛如这般凛冽的眼神。

而凌筱蔓咬咬牙，却是开口了："念女士可知道依依的事情？"

念宛如静静看着面前的凌筱蔓，弯起唇角笑了笑："你是说你领养的那个孩子。"

凌筱蔓显然怔了怔，忽然就笑了："原来念女士当真相信那是我领养的孩子。念女士如此天真，倒是让我有点意外。"

"天真……"念宛如靠近了一些，蹙眉道，"不然呢？你希望我将凌依依当做什么？"

"有些事情，虽然我没有说，但是念女士应当也明白吧？那是谁的孩子，念女士不是心如明镜吗？何必要让我说出口？"凌筱蔓低声笑了笑，这才道，"念女士，往后的日子还长着呢，虽然我现在的确是退出了，可是念女士心底当真安稳吗？"

"为什么不安稳？凌特助做了这么多亏心事，还不也是如此？凌特助说旁人心底不安稳，自己心底就真的过得去吗？"顾卿遥忽然开了口。

凌筱蔓蹙眉："顾小姐一直将这些事情隐瞒着念女士很辛苦吧？顾小姐，我不介意你将这些事情都说出去，毕竟全世界都知情了只有你母亲一无所知，想来也是可怜得很。"

顾卿遥却只是淡淡笑了笑："凌特助不必阴阳怪气，有些话若是你想说，就自己说出口，不必假借他人之口。更何况，现在的凌特助不堪一击的模样，还有心思说这些话，当真是让人发笑。"

顾卿遥拉紧念宛如的手，低声道："母亲，我们该回去了。"

"嗯。"念宛如微微颔首，最后看了凌筱蔓一眼。

凌筱蔓留下一个意味深长的眼神，念宛如心底一紧，这才跟着顾卿遥出去了。

直到走回车上，念宛如看向面前的顾彦之，方才哑声开了口："回去吧。"

顾卿遥想过很多种反应，却没有想到会是这么平静的一种。

念宛如就像是当真不想追究似的，甚至静静地看向了窗外。

可是顾卿遥清楚地感觉到，念宛如的手始终微微发颤，而且始终不曾松开她的手指。

直到回到家，顾彦之轻咳一声，将顾卿遥叫住了："小遥，你过来，和爸爸说说话。"

顾卿遥眉头微蹙，她本想直接去找念宛如的。念宛如回到家就失魂落魄地进了卧室，显然是心情不愉，顾卿遥不怎么放心。

然而顾彦之的眼神不容顾卿遥反驳。顾卿遥在心底叹了口气，只好跟了上去。

念宛如却猛地将卧室房门拉开了。她看向顾彦之，脸色相当难看，良久方才道："彦之，你不用和小遥说了，有什么话你直接对我说吧。"

顾彦之的动作猛地一僵，迟疑了一下，方才干笑一声道："宛如……你看你这一天下来也累了，不如早点休息？"

"凌依依是你的孩子吗？"念宛如低声问道。

她看向顾彦之，眼神写着淡淡的绝望。

顾彦之的手猛地攥紧，沉声开口："你怎么会这样想？宛如，我们在一起这么多年，我什么时候在这种大是大非的事情上骗过你？"

"所以凌依依不是你的孩子，是吧？她只是凌筱蔓收养的孩子。"念宛如哑声道。

"对。"顾彦之点头道，"那不是自然的吗？你难道真的相信凌筱蔓的鬼话？"

"那好。"念宛如恍惚地笑了笑，将一张纸递了过去，"你看一下这个。"

顾彦之看完了，唇角微弯，眼底满是寒意："你和卿遥还真是母女。"

他将那纸上的条款尽数看完，这才淡淡道："这个已经不需要了，你的好女儿让凌特助也签了一份一模一样的协议。凌筱蔓根本不能以凌依依为由主张任何权利了。这件事我也知情，可是我并未反对，你知道为什么吗？"

念宛如咬住下唇。

"因为根本就不存在，凌依依不是我的孩子。她不会从小遥这里分走任何东西，你可以放心。从一开始就是如此，往后更是如此，有没有这张协议，其实都是没有任何差别的。"顾彦之低声道，轻轻将念宛如揽进怀里，嗓音都带上些许嘶哑，"现在放心了吗？"

"彦之……"念宛如低声道。

"别哭，你哭起来，我多心疼。"顾彦之叹了口气，道。

念宛如闭了闭眼，紧紧搂住了顾彦之："我们走到今天不容易，小遥也这么大了。我不想怀疑你，是因为我知道，你不会对不起我，不会对不起我们这个家……"

"那是当然。"顾彦之轻轻摸着念宛如的头发，语气温柔。

顾卿遥没说话，只是静静地攥紧了手指。

她要走的路，当真还很长。

顾彦之的演技太高明，又或者说……每个脚踏两只船的人，都寄希望于两只船都稳固如初。

顾卿遥不否认，顾彦之对念宛如和对自己都不错，可是这并不是他在外出轨的理由。

顾卿遥微微闭了闭眼，悄无声息地回了房间。

美元汇率还是形势一片大好，之前提出主张外汇买空的人已经沉寂下去。很显然，他们的观点已经受到了太多嘲讽。

慢慢地，就很少有人说美元即将崩盘了。

暗波汹涌，顾卿遥看了一眼新闻，就见黎氏果然已经开始收拢在美的资金了。

看来黎霂言是当真听从了自己的意见，顾卿遥微微垂眸笑了笑。想要给黎霂言打个电话过去，却是忽然想起黎霂言现在应当是在出差。她的动作微微顿住了，心底却忍不住浮现起一个疑问，黎霂言若是出差了，那股东大会也不会出席了吗？

想到这里，顾卿遥紧忙打开邮箱，神色便是微微一凝。

"萧泽。"

"是，小姐。"萧泽立刻推开门应道。

"黎先生将股东大会的表决权委托给我了？"顾卿遥的眼底满是惊诧。

"没错，"萧泽神色如常，"黎先生出差前，曾经说过这次可能没办法及时赶回来，所以给小姐做好了准备。"

顾卿遥看向那张亲笔签署的表决权委托书，心跳愈发快了几分。

"那关于这次的议题，黎先生说过要怎么处理吗？"顾卿遥忍不住问。

"没有，"萧泽笑了笑，"黎少说过充分信任小姐的决定。"

"可是……"

门外却是响起了一阵躁动，顾彦之的语气满是怒意："这次我必须要过去一下，我倒是要看看是谁在背后捣鬼！"

"你这种时候过去，媒体岂不是最高兴的了？"是念宛如的声音。

"怎么了？"

"凌依依去医院看凌筱蔓被记者围住了。结果也不知道谁说的话激了一句，凌小姐就到天台上去了，现在警察也都过去了……这……"梁忠齐拿着手机，也是一脸的厌恶与不耐。

顾彦之的手微微攥紧。他想要赶过去，可是很快就冷静了下来。

他的确不该去。按理说，凌筱蔓对于顾彦之而言，不过就是前下属而已。

这样的关系,无论如何,自己都不该过去。

他死死闭了闭眼,就觉自己的手被念宛如死死抓住了:"我们谈谈。"

顾卿遥站在一旁,神色很冷淡。

"宛如,我现在的确是没心情……"

"你什么时候有心情?"念宛如沉声反问道,"如果你这样敷衍下去,我们的日子也没办法过下去了。"

顾彦之长叹了口气,勉强点了点头道:"行,你说吧,你想说什么?"

"卿遥,你先回房间去。"念宛如的神色很是凝重。

顾卿遥有点犹疑。

念宛如这样的态度,顾卿遥心知肚明,肯定是因为凌依依的事情了。

念宛如究竟知晓到了什么程度,顾卿遥不得而知。

念宛如却已经催促了起来:"小遥,听话。"

顾卿遥只好心不甘情不愿地回到了卧房。隔音不算太好,她能听到那边的声音,有念宛如崩溃的哭声,还有砸东西的声音。

顾卿遥心惊胆战,她甚至有点想不起,这是不是和曾经的场景有那么点相似?念宛如……是不是什么都想起来了?

然而意识到这一切的时候,她已经站在了走廊,和从房间里匆匆披上衣服出来的顾彦之面面相觑。

"父亲。"顾卿遥冷静下来,低声开口。

顾彦之勉强点了点头,道:"小遥,这件事你母亲的确是太不冷静了。我先出去住一晚,你今晚好好劝劝你母亲吧。"

"是因为凌依依的事情吗?"顾卿遥一把将顾彦之拉住了。

顾彦之闭了闭眼,道:"你自己问你母亲去吧。"

顾彦之猛地一甩手,顾卿遥猝不及防,险些一个趔趄。

她看向顾彦之,沉声开口:"父亲若是现在离开了,日后就不必再回来了。"

"你说什么?"顾彦之难以置信地转头。

"这件事是父亲有错在前。父亲没有处理好凌筱蔓和凌依依的事情,这才让母亲这样伤心难过,而现在父亲这样离开是要去何处?是要去找媒体吗?"顾卿遥的眼神很是冷峻。

顾彦之的喉结滚动了一下,看向顾卿遥的眼神有种说不出的意味。

"小遥,你这是说,这一切都是我的不是了?"顾彦之问道。

"父亲觉得呢?"顾卿遥反问道,"难道母亲的一次次退让,换来的便是父亲这样的态度吗?"

念宛如猛地拉开房门,让顾卿遥所有快要脱口而出的话卡在了喉间。

"你都知道了?"念宛如神色复杂地看向顾卿遥。

顾卿遥一怔:"什么?"

"我是说……那些事情,小遥,你都知道了?"念宛如显然是快要哭了,连拉着门把手的手指都在微微发颤。她看向顾卿遥,眼底有明显的惊慌。

顾卿遥的心忽然一痛:"妈妈……"

"小遥,你先进屋去。"念宛如的神色无比坚定。

顾卿遥犹豫片刻,还是向后退了几步,将房门掩上了,将耳朵紧紧贴上去。

"你这是什么意思?"顾彦之的喉咙有点沙哑。

"以前我一直以为,卿遥还小,所以很多事情能够得过且过,我也就得过且过了。小遥一直觉得我们很恩爱,我就一直做出恩爱的样子给人看。彦之……这么多年了,这么多年了,我配合你演了一出又一出的戏。我从来没有怪责过你什么,可是你的确是变本加厉了。"念宛如低声道。

顾彦之有点慌了:"你这叫什么话……我都说了,那都是误会。"

"如果当真是误会,你就不会给小遥股份了。我的确是从未怪责过你,可是你当真以为我什么都忘了吗?"念宛如的眼眶红了。

顾彦之的脸色难看至极,顾卿遥的脸色也蓦地变了。

顾彦之许久方才开口,像是承受了无尽的挣扎:"你……"

念宛如苦笑一声:"是啊彦之,我全都想起来了。"

想起了医院里面的挣扎与绝望,想起了自己曾经发现的一切,想起了自己不该联想到的事情。

顾彦之的脸色立刻变了,许久方才找回了自己的声音:"宛如,既然你想起来了,你就该知道小遥的车祸和我没有关系,我和你一样为小遥着急。而且凌依依的事情都过去了,我往后也不会和他们有任何瓜葛。这么长时间了,我们过得不好吗?宛如,就算是看在这么多年的分上,你就将这件事翻篇吧,行吗?"

后面的话,几乎都带了哀求的味道。

顾彦之见念宛如没说话,只好伸手去拉念宛如的手:"宛如,我什么都没为他们做过,不是吗?你想想看,你排除那些偏见想想看……我的确是做错了,可是我没打算过放弃这个家!"

顾卿遥看向顾彦之,眼神微微闪烁。

"不必说了,"念宛如的眼神有说不出的悲恸,"顾氏现在正忙着海外第二上市,如果我真的在这个节骨眼上提出离婚,想必你也不好过,顾氏也不好撑下去……你就是看准了我不会这样做,所以才会这样逼迫下去。"

顾彦之急了,紧忙上前两步,低声道:"宛如,你怎么会这样想?你之前不是也说过吗,你说没有人会像我一样爱护你们母女二人。这是实话啊,你真的忍心让小遥跟着一个后爸一起重新组建家庭?"

念宛如的脸色微微变了,将顾彦之的手甩开,沉声道:"小遥的车祸,你不要以为我真的什么都不知道,你……"

"宛如,给我一个机会。"顾彦之低声道。

念宛如看了顾彦之良久,这才沉默地垂下眸去。她推开顾卿遥的房门,像是知道顾卿遥就在门后似的,垂眸轻轻笑了一下。

慢慢掩上房门时,顾卿遥看到了念宛如眼底的泪光。

"妈妈不用那么在意我的……"

"妈妈也的确没想将事情闹那么大。刚刚说那些话,不过是想要探探你父亲的底罢了。"念宛如苦笑了一声,想要说什么又忍住了,"好了小遥,你也别想那么多,好好休息吧。"

"我车祸的时候,我听到妈妈……"

"那时候我刚刚得知凌筱薆的存在。我偶然间听护士说,你的车祸是有人预谋的。想到岳景峰的求婚,我总觉得事情没有那么简单,"念宛如伸手轻轻摸了摸顾卿遥的侧脸,眼底蓄满了泪水,"还好……还好小遥你没事。"

"还好妈妈没事。"顾卿遥咬紧下唇道,"如果不是因为妈妈的话,我也不会那么快知道真相。"

"可是什么是真相?"念宛如摇摇头,苦笑道,"我刚刚才想起来那些事情,然而直到现在,我也想不通你父亲他到底在你的车祸中扮演了怎样的角色,又或者他到底知道多少。"

顾卿遥的心沉了沉,本以为只要念宛如回忆起过去,定然就会将一切都揭开。现在看来,念宛如了解的和自己也差不多。

只是无论如何,她都定要护住念宛如。

念宛如又和顾卿遥一起聊了一会儿,情绪平复了方才离开。

顾卿遥隔着门听着,就听外面念宛如似乎是低声和顾彦之又说了什么。顾彦之低声下气地道了歉,似乎是就一起回房间了。

顾卿遥沉默良久,萧泽进来送水果的时候,就见顾卿遥似乎是在出神。

他迟疑了一下,还是开了口:"小姐没事吧?"

"哦,没事。"顾卿遥摇摇头道,"萧泽……你说婚姻本身就都是如此吗?"

"小姐?"萧泽一怔。

顾卿遥像是瞬间回了神似的,摇摇头苦笑道:"算了,没什么。"

第9章

谁会拒绝生命中唯一的光

萧泽犹豫了一下,出门就给人发了条短信。

顾卿遥的手机很快响了起来,看了一眼上面的名字,下意识就开始头疼。

萧泽简直搞事情!

然而电话铃声始终作响,顾卿遥只好硬着头皮接了。

"黎先生。"顾卿遥心情复杂。

好像每次自己心情不好的时候,最后都是拜托黎霂言开解了。

黎霂言的语气很平静:"还好吗?"

"嗯,其实还好。"顾卿遥实话实说,"抱歉,萧泽又打扰你了吧?"

黎霂言低笑一声。

顾卿遥就觉得心底的弦像是被人轻轻拨了一下,低落的心情好像也跟着疏解三分。

"我说过不介意被你打扰。"黎霂言道,"凌依依这边,我让人过去了。"

顾卿遥一怔:"黎先生……"

"过去的人带去了萧阳的消息,所以凌依依一定会下来。我想你也不希望她在那里吸引太多的曝光度。"黎霂言道。

顾卿遥有种说不出的感觉。

黎霂言的语气很是温和沉稳,顾卿遥听着,莫名地就跟着一起冷静了下来。

"谢谢。"顾卿遥轻声道。

"不用。"黎霂言含笑道,"家里是发生什么事了吗?"

"哦……"顾卿遥思来想去,也觉得这件事不是三言两语能说清楚的,想了想只好道,"黎先生觉得婚姻是什么?"

"婚姻?"黎霂言一怔。

"对。"顾卿遥轻声道,"婚姻对于黎先生而言究竟是什么?"

"如果没有最称心如意的那个人,那么我宁愿独自一人。"黎霂言笃定道。

顾卿遥微微一震。

"我不知道你那边究竟发生了什么,但是仔细想来,大抵就是因为顾先生和念女士的事情。"黎霂言的语气很平静,却又仿佛能直击顾卿遥心底最后一道防线,"卿遥,你现在看到的,不过是一些人的生活状态,但是绝非所有人的态度。喜欢一个人就该一心一意,这样的婚姻是无比幸福的,只是想要遇到一个对的人,无疑是很难的事。"

对的人……

顾卿遥没来由地想起那天,念宛如似乎也笑着对自己说过这样的话。

倘若有那么一个人,在你最绝望的时候出现在你的面前,或许那就是对的人。

而那天,黎霂言裹挟着一身的寒意,在他生日第二天零点钟声敲响之前来到了自己的面前。

顾卿遥闭了闭眼,狠狠地控制着自己的情绪。

不能继续想下去了,绝对不能了。

顾卿遥还没开口,黎霂言便说了下去:"所以不必想那么多,不用去想其他人的生活究竟过成了什么样子,那其实都和你无关。你需要做的,只是做好你自己就好了。"

顾卿遥垂眸笑了:"好。"

黎霂言微微一怔。

顾卿遥的语气十分笃定,认真地重复了一遍:"你放心,我明白了。"

黎霂言笑了一声:"你看一下窗外。"

"嗯?"顾卿遥一怔。

"我给你送点东西。"黎霂言道。

顾卿遥被吓了一跳,立刻到了窗口。她静静看过去,就见楼下果然停着黎霂言的车,梁忠齐正在旁边说着什么。顾卿遥说不出心底的感觉,匆匆下了楼,就见顾彦之也堵在门口:"你什么意思?"

他神色凝重地看向黎霂言:"你不是说去出差了吗?"

"没想到顾先生这样关心我的近况。"黎霖言眼底带着清冷的讽意。

"我不是关心你的近况,是因为你一直没有回应股东大会的事情。黎先生,如果你决定做一个公司的股东,那么希望你至少可以做到对公司负责。"顾彦之冷着脸说道。

黎霖言淡淡笑了:"你误会了,我对公司很负责,这次的表决权我已经委托出去了,请顾先生放心。"

顾彦之的嗓音微微滞涩,蹙眉道:"你委托给谁了?"

"今天我就是来履行下一步手续的。"黎霖言站直身,看向顾卿遥,"上次的文件收好了吧?"

顾卿遥下意识抬眼,就看到顾彦之的脸色相当阴霾,死死盯着自己。

她点点头:"收好了。"

"我想了一下,还有一些手续没有履行完毕。为了避免明天股东大会出现效力问题,所以还要和你核对一下。"黎霖言的语气一本正经,看向顾卿遥的眼底却含了笑意。

顾卿遥下意识点头应了:"好,那我们去书房说。"

"等等。"顾彦之忽然开口,将顾卿遥的手拉住了,"你什么时候拿到了表决权委托?"

"就是昨天。"顾卿遥道。

"这种事你应该提前和我通报一声,毕竟……"顾彦之想说毕竟我们是一家人。

然而黎霖言已经开口了:"顾先生,顾小姐是完全民事行为能力人。换言之,顾小姐做任何事,都不需要得到顾先生的批准。"

"的确是不需要经过我的批准。可是黎先生,卿遥是我的女儿。我说这些话的时候,黎先生有什么干涉的权利?"顾彦之脸色极为难看。

黎霖言淡淡道:"我是顾小姐的小叔叔,莫要忘了。这周顾老先生还要去我父亲的墓前拜祭。这个身份于我虽然无用,可是于顾家,却是至关重要的,不是吗?"

顾彦之登时沉默下来。

他说得对,现在的顾远山的确没办法突然宣称和黎霖言没有任何干系。这样说出去,顾家的名声就不知道要如何了。

想到这里,顾彦之只能咬着牙开口:"小遥,黎霖言说的话,你莫要尽信,明白吗?爸爸不会害你,旁人就不一定了。"

顾卿遥乖乖点头:"爸爸放心。"

顾彦之哪里能放心?

倘若是从前，顾彦之还知道自己的女儿定然是跟自己一条心的，可是现在……

顾彦之心如明镜，顾卿遥根本就不相信自己。

看着顾卿遥和黎霂言有说有笑地上楼去书房了，顾彦之狠狠地捶了一下旁边的桌面。

他看向电视里面凌依依仓皇从天台下来的镜头，觉得头更疼了。

这都什么事啊……

而此时，黎霂言刚刚关了书房电视的声音，微微笑了笑："如何？"

"很好。"顾卿遥淡淡笑了，"这样一来，凌依依就真的成了海城的笑柄。她现在想要不出国，都是不可能的了。"

"她要去美国了，听说学校都联络好了。原本联络了一所私立贵族大学，后来不知道出了什么事。忽然转到了一所普通的大学。"黎霂言说着。

顾卿遥微微蹙眉："这件事也是父亲安排的吧？"

"当然。"黎霂言颔首，"这样的事情，也只有顾先生才能做得到了。"

"那么很可能是因为现在国内的流言甚嚣尘上，那些学校里面想必有不少熟人，父亲不敢让凌依依去冒险。"顾卿遥含笑道。

黎霂言挑挑眉："这样看来，的确是顾先生看不过最近凌依依的所作所为，这也算是对凌依依和凌筱蔓的惩罚吧。"

顾卿遥浅笑一声："倘若不是因为黎先生帮忙，现在想必也不会这样容易。"

"举手之劳。"

顾卿遥想了想，问道："你刚刚说没有走完的程序是……"

黎霂言将手中的文件递过来："你可以看一下。"

"这是……"顾卿遥看了一眼，神色愈发凝重了起来，"黎先生，这个太贵重了，我不能收。"

"只是这部分股权罢了。之后我可能还会继续持股，那些不会轻易交给你。"黎霂言淡淡道。

顾卿遥神色复杂。

即使只是部分股权，可是这也是市值几千万的东西，黎霂言将表决权就这样永久委托给自己了。合同言简意赅，简直半点模糊言辞都无。

顾卿遥抬眼看向黎霂言，将合同在桌上放好，道："黎先生，您想要什么？"

"我们是合作关系，现在的你处于逆境，我想尽可能地帮你一把，很难理解吗？"黎霂言平静问道。

"不……只是，即使是未来，我也不知道我能如何回报黎先生。"顾卿遥轻声道。

"这是你的书房？"黎霂言忽然问道。

顾卿遥点头，觉得这话题转圜有点奇怪。

黎霂言笑了笑，看向旁边的书柜："这是你小时候的相册吗？"

"嗯？对。"顾卿遥有点茫然，这些都是念宛如整理出来的，按照年龄排列开来。见黎霂言始终在书柜前面打转，顾卿遥只好硬着头皮开口，"你想看？"

"嗯，看十岁以前的可以吗？"黎霂言笑问道。

顾卿遥的脸微微有点红，迟疑了一下，还是抽出了七岁那年的："那就看这本吧，其实我长大以后都没怎么翻过。"

黎霂言笑笑："谢谢。"

"没……没关系。"

黎霂言翻着相册，顾卿遥就侧着头看。黎霂言的神色很认真，翻开相册时修长的手指姿态好看得很。

他看得很慢，偶尔会问上两句话。顾卿遥说不出那种感觉，温馨得让顾卿遥都有点恍惚。

"这是……"黎霂言指着上面的人问道，"顾先生？"

"这个？"顾卿遥看了一眼，摇摇头笑道，"这是爷爷，那时候打扮得也很年轻，认错也是常事。"

"是吗？"黎霂言的目光在上面定格良久，又翻了一页，"这也是顾老先生吗？"

那是一张三人的照片，左边是顾远山，他单手抱着顾卿遥，笑得很高兴，而右边的那个男人……

顾卿遥皱着眉头认真看了好一会儿，还是无奈道："这个我真的没印象了，可能是爷爷的朋友吧。"

黎霂言只是笑笑："应该是，不过看起来那时候顾老先生也很高兴的样子。"

"是啊……"顾卿遥也有点意外，"我倒是没印象爷爷有这样宠爱我的时候。不过也可能是因为我不太记得小时候的事情了。"

"很少有人能够将小时候的事情牢牢记住，这倒也是常事。"黎霂言平静道。

顾卿遥笑笑："是啊，我也没想那么多。只是现在回忆起来挺感慨的，那时候爷爷可能是觉得我母亲还会顺着顾家的心意再生一个男孩子吧。"

现在倒是彻彻底底心灰意冷了，对自己也是愈发不如从前。

黎霂言的目光在顾卿遥身上顿了顿，道："或许不仅如此。"

顾卿遥一怔："嗯？"

"没什么。"黎霂言将手中的东西收了，道，"你小时候很可爱。"

顾卿遥看向黎霂言，眼神很是认真："黎先生是要找什么东西吗？"

她还是习惯叫黎霂言黎先生，霂言两个字太好听，却也太亲近。

不论如何，顾卿遥都觉得自己很难叫出口。

黎霂言笑道："只是想要更了解你一些罢了。"

连自己都觉得很是敷衍的话，顾卿遥却是微微笑了："好，我相信你。"

黎霂言一怔。

"黎先生说过不会骗我。"顾卿遥眨眨眼，眼底满是笑意。

黎霂言就觉得心底像是有涟漪一圈圈化开，带出些难以言喻的意味。

沉默良久，黎霂言方才道："如果方便的话，十岁之前的相册，能借我看一下吗？"

"哦，"顾卿遥怔了怔，道，"可是你方便拿吗？"

"方便，放心。"黎霂言说着。

顾卿遥便微微收敛了唇角的笑容，沉默地从书柜里面给黎霂言抽出来。翻到十岁那年时，她微微蹙了蹙眉："就这一年的少了些。"

"的确，往年都是三本相册，十岁只有一本。"黎霂言道。

"那年我出国了一趟，可能就是因为这个吧。"顾卿遥没多想，径自将相册递过去，"好了，就这些了。"

"谢谢。"黎霂言沉默了一下，道，"一方面，是因为想要更了解你。另外一方面，我想要查一些事情。"

顾卿遥将手边的文件签了字："这个，谢谢。"

"卿遥。"黎霂言微微蹙眉。

顾卿遥反应越是平静，黎霂言越是觉得心底有点忐忑。

顾卿遥垂眸笑了："黎先生其实不必和我解释的，我很清楚我们之间的关系。"

黎霂言的神色有种说不出的复杂。

他们的关系，是啊，他们不过是合作关系……仅此而已。

黎霂言沉默地在文件上按上自己的名章："好。"

黎霂言将文件一式两份整合好，却是忽然开口了："卿遥，我不知道你是怎么想的。但是我现在在做的事情，我想已经远远超出了商业合作伙伴应有的范畴。"

他抬眼看向顾卿遥，神色凝沉。

顾卿遥微微一怔，这才低声笑了："所以黎先生是何意呢？"

"我想你明白我的意思。"黎霂言的声线带着三分喑哑，看了顾卿遥一眼，却又很快收回目光，"算了。"

"小叔叔。"顾卿遥忽然伸手，轻轻碰触了一下黎霂言的手背，又像是触电一样收了回来，"谢谢。"

一句"小叔叔"，黎霂言不明白，这是顾卿遥无言的亲近，抑或是悄无声息的拒绝。

他也不知道，他们全部的关系，是不是只能止步于此。

然而黎霂言终究什么都没说，只是垂眸笑了笑："天色不早了，明天的股东大会我不会出席，你要面对的远比你想象中的要多，加油。"

"我明白。"顾卿遥低声应下。

黎霂言挥手示意霍文斌将东西拿了。他伸手，似乎是想要摸一下顾卿遥的头，可是很快又收了回来："好了，那我先回去了。"

"嗯，我送送你。"顾卿遥自然道。

黎霂言没有再说什么，只是笑了笑："不必了。"

顾卿遥的脚步微微顿住，看着黎霂言毫无留恋地下了楼梯。

她忽然就没有追上去的勇气了。

黎霂言刚刚说的话犹然在耳，可是顾卿遥却是不敢往下想。

黎霂言究竟是什么意思……

他是在暗示什么吗？

顾卿遥闭了闭眼，心底有种说不出的滋味。

这一夜，顾卿遥睡得很不安稳，迷迷茫茫中，她似乎是梦到了自己在医院拼死挣扎的那段时间。

最后的最后，她梦到病房外面的念宛如被人拖走了，她拼命想要跟上去看看是谁做了这一切，可是终究还是没能做到。

她的灵魂仿佛被束缚在了那张病床上，她什么都做不到，却又能清楚地见证过去的一切。

病房的门似乎是有响动声。她看着黎霂言走了进来，在病床前站了一会儿，似乎是发现了异样。黎霂言神色顿时变了，匆匆想要按下救护铃，救护铃却是根本按不动。

黎霂言冲了出去，很快，医生护士鱼贯而入——可是已经迟了。

顾卿遥努力去看黎霂言的神色，黎霂言的脸色带着说不出的悲恸。

他静静地在顾卿遥的床边站了一会儿，这才默然走了出去。

梦境在这里结束，顾卿遥挣扎着醒来，呼吸急促无比，只觉得整个世界都跟着混沌无边。

这不是真的，因为她分明还好端端地在这里。

是最近太紧张了吗？

顾卿遥闭了闭眼，摁了摁太阳穴。

萧泽进来的时候，顾卿遥还在电脑前敲敲打打。

萧泽轻轻叩门："小姐，该吃早点了。"

"嗯，我就不下去了吧……"顾卿遥回过头，就见萧泽了然地笑着，"给小姐带上来了。"

顾卿遥满意地笑笑："聪明。"

"这是助理的基本功。"萧泽笑眯眯道。

"不过今天外面很安静，爸爸妈妈都没在家吃早点？"顾卿遥问。

"顾先生倒是在家里吃的，可是很快就去公司了。应该是为了股东大会做准备，念女士似乎是去了高中学校的校庆活动。"

"这么早？"顾卿遥有点意外。

"对，听说顾先生股东大会结束也要去校庆现场陪夫人的。"萧泽说着。

做戏就要做全套……

是这个意思吗？

顾卿遥微微垂眸，觉得面前的奶黄流沙包都有点寡然无味。

她很快将早点吃完了，换上一身刚定制的西装，匆匆化了妆，这才道："是不是时间快赶不及了？"

"不，小姐提前了半小时。"

"嗯，那我们这就……"

顾卿遥一下楼，登时就无比头疼。

她忽然意识到自己或许应该提前两小时就出门的……

"顾小姐，"岳景峰显然也看出了顾卿遥的心思，尴尬地笑了笑，"是我父亲说……让我来接一下顾小姐的。"

"顾家的股东大会，岳少这样来接，怕是影响不大好。"顾卿遥淡淡道，不掩饰眉间的不悦。

"这……我也知道这不太好，但是顾小姐，你看我来都来了，而且我也不能代表岳家不是吗？代表岳家的那不是我爸爸嘛！我就代表你……代表顾小姐朋友，来送顾小姐去一下会场。"岳景峰觉得自己简直就是低声下气了。

虽然如此，可是他心底倒是也没有多少心不甘情不愿。顾卿遥今天穿了一身定制款西装，整个布料剪裁都十分考究，甚至袖扣还镶着碎钻，岳景峰看过去，就觉得简直赏心悦目。

这样的女孩子……自己之前为什么觉得不甘不愿的？如果当时自己就和顾卿遥好了，那时候顾卿遥追自己追得正紧，岂不是水到渠成？

顾卿遥倒是没看出岳景峰的心理活动，只道："岳少今天去参加股东大会吗？"

"啊，听顾伯伯的意思是给我们岳家安排了两个位置的，但是如果顾小姐说要避嫌的话，那我就不去了也成。反正我的表决权都委托给我爸爸了，我就单纯送送顾小姐。真的，没有别的意思。"岳景峰紧忙说着，觉得自己都有点结巴了。

顾卿遥看了岳景峰一会儿，似笑非笑地应下了："那好，那就麻烦岳少了。"

岳景峰登时笑得像是开了花似的："不麻烦不麻烦，我的荣幸。"

顾卿遥看着岳景峰忙前忙后的样子，只道："对了岳少，赴美比赛的事情，岳少问过夏雪了吗？"

"问过了，"岳景峰道，"夏雪已经应下了。我们队伍里面还有白楚云小姐，是我父亲联系的。我怕顾小姐生气，就先和顾小姐报告一声。"

他的脸上明显写满了紧张，顾卿遥心底有种说不出的滋味。

所以说风水轮流转，现在岳景峰这模样，竟是和从前的自己别无二致了。

顾卿遥平静笑道："我曾经对岳少说过，我对岳少……"

"没有那方面的心思，我知道，我都明白，顾小姐，"岳景峰拉开车门，"请吧。"

"岳少确定不参加股东大会，是吧？我不想在这方面被人非议。"顾卿遥含笑问道。

"当然，都听顾小姐的。"岳景峰谄媚笑道。

顾卿遥笑笑，坐了进去。岳景峰刚想帮忙关门，就见萧泽一个箭步也跟着冲进去了。

岳景峰看着一脸凝重的萧泽，简直气结。

这人怎么这么不要脸的？

然而事已至此，他倒是也不能将人赶下来。顾卿遥已经神色淡然地开始看手机了。岳景峰只好忍气吞声地坐到了前排，开口道："顾小姐……"

"嗯？"顾卿遥抬头看过来。

她的神色文文静静的，好看得很。岳景峰心底微动，那点不甘不愿的心情顿时烟消云散。他笑了笑，道："没事，顾小姐您好好准备，我不打扰您。"

"谢谢岳少。"顾卿遥对岳景峰笑了笑,岳景峰就又一次心猿意马起来。

真是可爱,笑起来的时候两个酒窝也好看得很,平添了三分灵动。

从前怎么就没发现呢?

岳景峰其实已经有点后悔了,倘若从顾卿遥刚进高中那会儿就开始追顾卿遥的话,现在顾卿遥应该已经和自己如火如荼了吧?哪里还有黎霂言什么事?

岳景峰没有再想下去,只是侧过头看向窗外。

"前面左拐。"萧泽忽然开口。

"啊?"司机却已经一脚油门开进去了。

岳景峰诧异地回头:"怎么了吗?"

"昨天晚上有轻度地震,这边刚好沿着山走,如果有落石可能会影响路况。"萧泽微微蹙眉。

顾卿遥也不再看手机了,蹙眉道:"能掉头吗?"

"前面可以,这边不行了,不过导航的确是说这边是最近的一条路。"司机开口道。

岳景峰凑过去看看,道:"没事,我们看看退回去……"

话音未落,他的脸色也难看起来,哪里还能退回去?后面已经跟上来好几辆车了。

本就不是什么宽广的八车道,此时若是要退回去,显然后面的车都要跟着连累,根本就是不现实。

"这……"司机为难地看向萧泽。

萧泽蹙蹙眉道:"往前开吧。"

"好。"司机立刻应了。

岳景峰不自在地轻咳一声,低声道:"对不起啊顾小姐,应该不会碍事的。"

"嗯。"顾卿遥的神色冷淡了三分,淡淡应了。

越往前开,萧泽的脸色就越是难看。前面有个弯道,而弯道上去已经可以遥遥看到一些落石了,车速都跟着慢了下来。萧泽看了一眼导航,道:"前面能有下去的路,往下走吧。"

"可是那样绕得比较远。"司机道。

"没关系,你这样开下去,前面万一堵住了就真的走不下去了。"萧泽面色微沉。

顾卿遥侧过头看向萧泽,心底有种说不出的滋味。

倘若刚刚萧泽没有跟上来,她甚至不知道现在会是怎样的境况。

"顾小姐您别急,肯定会顺利的,现在时间还早……操!"

一个急刹车,岳景峰没忍住,一句脏话骂出来:"你怎么开车的?"

司机一头冷汗:"前面急刹车了,这……"

"怎么回事?"顾卿遥开口。

"应该是前面被落石阻碍通行了,现在只能等救援车……小心!"萧泽忽然扑向顾卿遥,将顾卿遥护住。而与此同时,后面刚刚转弯过来的车躲闪不及,径自撞了上来。岳家的司机猛地打轮,车子几乎是不受控制地撞向了崖壁,砰然一声巨响——

顾卿遥回过神时,就发现后排安全气囊都没弹开。萧泽死死地护在自己的身前,用身体形成了一道屏障。

而前排的岳景峰显然已经有点晕头转向了,安全带将他死死卡在座位上,前面整个安全气囊都打开了。

"顾小姐……"岳景峰哑声开口。

顾卿遥沉着脸摸了一下萧泽的头,触手可及的是一片黏稠。

后排的安全气囊坏了?

哪里有这么巧的事情?

岳景峰的车子不错,上来的时候看起来也是全新的,现在最重要的安全气囊却出了问题。

"救护车。"顾卿遥冷着脸吩咐前座的司机。

"小姐,你没事就好……"萧泽哑声道。

顾卿遥伸手握住了萧泽的一只手,声音嘶哑:"你说说话也好,要保持清醒,等救援过来,知道吗?"

她看向萧泽,声音很是低哑:"看着我,和我说话。"

"小姐……你要小心。"萧泽道。

顾卿遥微微一震,点头应了。

她更加使劲地抓紧了萧泽的手,一边看着萧泽的伤势。

萧泽的头被玻璃划伤了,其他的应该就是急性的脑震荡。顾卿遥死死闭了闭眼,是她大意了。

自己浴火而归,要面对的或许是更多的风浪。

自己勇往直前,他们何尝不是一样想要夺走自己的一切?

顾卿遥始终低声和萧泽说着话。萧泽困了倦了,顾卿遥就拍着萧泽的手,让萧泽勉强保持清醒。

直到萧泽一边的玻璃被狠狠砸开,顾卿遥看到了黎霂言焦急的侧脸。

他带着救援人员，那一刻从顾卿遥的角度看去，就觉得黎霂言的身上披着万丈微光。

黎霂言的神色很冷，直到看到顾卿遥安然无恙，这才松了口气。

"萧泽怎么样？"

"看起来没有生命危险，我们这就将人送医。"

黎霂言仿佛从嗓子里面挤出来一声"嗯"，将顾卿遥小心地抱出来，低声问道："头晕不晕？"

"我没事，我去看看萧泽。"顾卿遥挣扎着要起身。

黎霂言叹了口气，挥挥手道："一起去医院做个检查。"

"我真的不用……"

"萧泽也要去，刚好一起。"

黎霂言说着，在顾卿遥的身上披了一条毛茸茸的毯子，这才让医护人员上前将人带走了。

黎霂言摸了摸顾卿遥的脸，然后径自走向副驾驶位置，扭曲的车门被他一把拉开，下一秒——

他的拳头狠狠砸在岳景峰的身上。

"黎少！"

"你这是干什么啊……这也不是我想的！根本就不是我爸让我去接的，那是顾先生让我去接，我有什么办法啊？"

"你……真的是顾先生让的啊。啊！我要报警了！"

"你报警吧。"黎霂言的声音极冷。他静静站在岳景峰面前，眼神冰寒慑人，"你若是当真以为这样的手段不会被人察觉，那你真是太天真了。"

"这是车祸撞的，明白吗？"黎霂言又是一拳砸过去，岳景峰倒在地上，抱着头甚至不知道该往何处逃。

逆光的黎霂言身形那么好看，顾卿遥看着看着，眼眶就不受控制地热了几分。

她狠狠地抬手想要擦掉，眼泪却愈发急促地涌了出来。

像是受尽了委屈的小孩子，明明最艰难的时候都咬牙撑住了，可是在家人到来的瞬间——

忽然就失去了全部的力气，忽然就想要崩溃地号啕大哭，因为知道……自己分明是有人护着的。

从前怎么就没发现呢？

自己竟然早就已经那么依赖他了。

顾卿遥跌跌撞撞地起身，直到撞到了黎霂言身上，这才安心地伸手。环住了黎霂言的腰,将头贴在他的后背上,听得到他有力的心跳声。

那一瞬间,顾卿遥所有的慌乱忽然都消失不见,只觉无比安定。

她沉默良久,方才哑声开口:"黎先生,我……"

话到了唇边,方才发现原来语言都如此苍白。

我才发现原来我这样在意你。

从在医院的走廊里你反握住我的手开始,从你带着我一步步走向未来开始,从你……

为了我不顾一切开始。

顾卿遥的眼泪终于落了下来——是我后知后觉,黎先生……我喜欢你。

顾卿遥再次醒来的时候,忍不住在心底轻轻叹了口气。

她轻轻蜷缩了一下手指,想到的却是昏迷前最后一瞬。

在那种时候,或许她还有孤注一掷告白的勇气。可是现在风波散尽,冷静和理智重回大脑,她却没来由地有点紧张了。

那些没能说出口的话,或许再也没有说出口的机会。

听说她最终还是在急救车上睡着了,虽然安然无恙,可是极大的心理负担让她迷迷糊糊地昏睡过去,醒来便已经在这里了。

顾卿遥闭了闭眼,不知道这是幸运还是不幸。她更加不知道的是,倘若那时候自己没有晕过去,现在的她和黎霂言……又会如何?

"萧泽……"顾卿遥闭了闭眼开口,没人应声。

她对医院这个地方没有半点好回忆。下意识就想起车祸后,那时候的无助仿佛被刻入骨髓,她始终不敢忘记。

良久,顾卿遥方才微微垂眸,按下了医护铃。

先进来的人是念宛如。念宛如匆匆走了进来,见顾卿遥醒了,这才松了口气,眼眶瞬间就红了:"还好,还好你没事。"

"妈妈……"顾卿遥的嗓子异常沙哑。

"喝点水,来,喝水……"念宛如几乎要哭出来了。

她的手都在微微发颤,顾卿遥想开口劝她别怕,可是嗓子嘶哑的声音又害怕惊到了念宛如。

"我来吧。"一道熟悉的声音插了进来。顾卿遥微微一怔,就见黎霂言正站在旁边,将一杯插好了吸管的水递了过来,顺便将顾卿遥的床头摇高了,"好些了吗?"

顾卿遥喝了几口,水温适中,果然是和从前别无二致的体贴温柔。

她点点头应了:"我没事,萧泽他……"

"头部有玻璃碎片,所以刚刚做了清创手术。没有生命危险,不用担心。"黎霖言言简意赅道。

顾卿遥这才松了口气："那就好……"

她太明白了，在那千钧一发的时候，萧泽根本就是赌上了性命来救自己的。

倘若萧泽真的有个三长两短，顾卿遥甚至不知道自己该要如何是好。

"不过你也是……"念宛如红着眼睛开口，"你怎么能上岳景峰的车呢？你之前不是还说，岳景峰对你可能是有歹意吗？"

"这次能抓到证据吗？"顾卿遥低声问道。

黎霖言的神色顿时沉了下来："你是故意的？"

"什么？"顾卿遥立刻装傻。

"你是故意上车的，即使你知道有问题，可是你还是去了。因为你想要以身涉险，这样就可以抓到确切的把柄了，是吗？"黎霖言的声线带着满满的沉怒。

念宛如怔住了，将顾卿遥的手握紧："你……你真的是这样想的，小遥？"

顾卿遥责备地看了黎霖言一眼，看向念宛如时眼神已经温柔无比："怎么可能，妈妈。我真的只是没想那么多，现在才觉得后悔。"

"你可千万不能做傻事啊！若是觉得岳景峰不对劲，往后不和他联系就算了。为了这种人搭上自己，你觉得值得吗？"念宛如一脸的惊疑不定。

顾卿遥乖顺地点头："我也觉得不值得！妈妈你放心，我往后一定不会这样了，不过好想吃灌汤小笼包啊……"

"现在吗？"念宛如一怔，道，"那我让梁叔给你送。"

"想吃妈妈包的，这边有厨房吗？"顾卿遥小声撒娇。

这是私人医院，自然是一应俱全。

念宛如虽然气顾卿遥刚刚以身涉险，却还是忍不住笑了一声："好好好，拗不过你，去给你做。"

见念宛如出去了，顾卿遥这才松了口气："黎先生……"

"你刚刚做得的确是不妥。"黎霖言蹙眉。

顾卿遥打量了一下周遭没有摄像头，这才道："黎先生和我有什么区别？刚刚黎先生不是打了岳景峰？我可是都看在眼底的。"

看着顾卿遥眼底了然的笑意，黎霖言挑挑眉道："当时我打他，他有回击的能力吗？"

顾卿遥一怔。

的确是没有，这简直就是单方面的吊打。

岳景峰别说还手的能力了，根本连还嘴的机会都没。

"那不就是了？"黎霖言的手落在顾卿遥的脸上，像是着了迷似的轻轻捏了捏，"卿遥，你现在还没有这样强大的实力。但是我不主张你为了报复，将自己都算进去的这种行为。这样下来，无论如何你都是输家。"

黎霖言的眼神深沉了几分，道："有什么需要帮忙的，你明明可以找我，我什么时候拒绝过你？"

他的语气很是平静，顾卿遥却是觉得心底微微一震。

的确，黎霖言从来都不曾拒绝过她。

真正忐忑不安的，只有自己罢了。

自己不敢轻易地将所有的筹码都交出去，所以才会做出这样的决定。

顾卿遥微微垂眸，低声道："我明白了。"

"希望你是真的明白了。"黎霖言轻叹了口气，温和道，"好了，你也好好休息吧。这家医院的院长是我的朋友，你在这里不会被打扰。"

"股东大会……"

"本来顾先生想要将你的表决权委托给他自己，可是我阻止了。你当时处于昏迷期间，自然不能随便将委托权交付出去。即使那个人是你的父亲也不可以。"黎霖言道，"有几个重要事项因为缺席率过高，所以下周三还会再开一次。"

听他沉声说出这些，顾卿遥终于放下心来。

她强撑着对黎霖言笑了笑："谢谢。"

"不用和我这么客气。"

这一次，黎霖言的手终于落在顾卿遥的头顶，轻轻揉了揉。

像是对小动物似的，温软的触感让黎霖言的唇角微微弯起。

"不过岳家真的不会报复你吗？"顾卿遥忧心忡忡，"按理说，这本该是由我自己来解决的，将黎先生拉扯进来真的是非常不好意思。"

黎霖言微微一怔，笑了："我不在意，我说过有什么事你可以找我帮忙。岳家不足以对我造成威胁，放心吧！"

"那就好。"顾卿遥没再客气，点头乖顺地应了。

黎霖言显然对顾卿遥的反应很是满意。他摸了摸顾卿遥的额头，又和自己的对比了一下："应该是没发烧，不过还是要小心一些。你刚刚受到了惊吓，现在还是要安稳为主，这几天就不要想那么多了。"

"嗯。"顾卿遥应了，笑吟吟地看向黎霖言。

门口刚好回来取东西的念宛如见了，眼神忍不住添了三分复杂。她静静看了两人一会儿，这才刻意弄出些声响来。

"妈妈。"顾卿遥倒是没想那么多，径自笑道。

念宛如勉强笑笑，道："等会小遥就有小笼包吃了。"

"太好了。"顾卿遥笑眯眯地应下。

念宛如的心情终于跟着好了些，想了想还是看向黎霂言："黎少，我想问您一些事，不知道现在可否方便……"

"当然。"

见黎霂言应了，念宛如显然松了口气，嘱咐了顾卿遥几句，就和黎霂言一起出去了。

她看向黎霂言，道："黎少，有件事我虽然一直不想提起，可是还是不得不问问黎少的意思。"

"你说。"

"黎先生似乎对小遥特别好……"

"卿遥的性格很好。"黎霂言平静道。

念宛如迟疑了一瞬："的确，所以黎先生只是将自己当做小遥的小叔叔，仅此而已，是吧？"

她从来都没有想过，自己会这样直白地问出这句话。

黎霂言看了念宛如一眼，轻笑了一声。

念宛如登时就有点紧张："黎先生……"

"念女士，这样说吧，其实这个问题是没有任何意义的。毕竟……如果是我势在必得的事情，谁都没有阻挡的可能。反之，如果我没有这方面的想法，那么谁也不能逼迫我向前。这么多年，我想念女士心底应当也明白。"黎霂言的眼底带着淡淡的讽意。

"卿遥是我的女儿，既然你也说了，小遥性格很好，那么我希望至少你不要骗她。"念宛如沉声道。

骗她……

黎霂言的脑海中忽然浮现起刚刚顾卿遥的眼神，那个女孩子……

哪里是那样轻易就能被骗到的？

当然这些话就没有说出口的必要了，黎霂言平静地笑了笑："我不会伤她，这一点请念女士放心。"

念宛如还想说什么，可是看着匆匆赶来的顾彦之，犹豫了一下，还是将话音吞回去了。

"一言为定。"

"一言为定。"黎霂言难得应了一声。

顾彦之到了病房门口，看到门口站着的黎霂言和念宛如，脸色登时就不好看起来:"你们怎么在一起?"

"黎先生第一时间带着清障队和救援队一起到了现场。"念宛如解释道。

顾彦之看向黎霂言,神色有说不出的复杂。

"黎先生今天似乎做了件不得了的事情。"顾彦之咬牙。

"我不明白顾先生的意思。"黎霂言挑挑眉。

"彦之……?"念宛如也有点诧异。

顾彦之咬牙:"岳景峰一身的伤,虽然一口咬定是车祸导致的,可是无论怎么看,那都是人为的。"

"人为的?"黎霂言看向顾彦之,淡淡问道,"迄今为止,媒体报道上都没有出现任何人的照片和影像,不知道顾先生是怎么知道的岳景峰的近况?"

顾彦之顿时不说话了。

念宛如看向顾彦之的眼神有说不出的错愕:"你还没有来确认小遥的情况,就先去了岳家?"

"不,我没有,"顾彦之急了,紧忙解释道,"宛如你听我说,我怎么可能做这种事。只是岳建成给我打了个电话,和我说了一下情况,而且小遥这边的事情刚刚梁叔也和我说了。小遥不是没什么大碍嘛,我就开完了股东会再过来的。"

念宛如的眼底满是失望:"我真的没想到,你现在连小遥都不放在心上了。"

"我怎么不放在心上了?我当时急得会差点都没开完,就紧忙过来了,宛如你……,你说话不能不过良心啊!"

念宛如垂眸笑了一声,觉得心都跟着冷了。

顾彦之见念宛如不说话了,只好跺跺脚,径自要进病房。

黎霂言一伸手,直接将人挡住了。

顾彦之脸色难看得要命,低声道:"让开。"

"顾先生,卿遥好不容易才睡着。你现在进去,怕是又要醒了。"黎霂言淡淡道。

顾彦之咬紧牙关,静静看了一眼玻璃板。

从外向里面看看不真切,但是的确里面安安静静的,顾卿遥大概真的是睡着了。

顾彦之长叹了口气,只好又转向念宛如:"宛如……"

"小遥也是失望得很,而且这次的事情总归是有蹊跷,你到时候直接和小遥解释吧。"念宛如也叹了口气,转身走了。

顾彦之的手僵在半空,心底有说不出的郁闷。

他就是不懂，为什么现在所有的矛头都指向了他。

他怎么可能伤自己的女儿？

虽然最近顾卿遥总是和自己作对，可是……

自己无论如何都不会对自己的女儿下手啊？！

他看向黎霂言，语气几乎是咬牙切齿的："这样你就满意了？"

"满意？"黎霂言轻笑一声，眼神极冷，"顾先生不妨好好想想，可是自己得罪了什么人，让人决定对卿遥下手。卿遥本身从不与人结仇，这件事却是摆明了对着她而来。顾先生身为小遥的父亲，又做了什么？"

顾彦之浑身一震。

这件事不像是巧合，一点都不像。

警方却是说不出后座的安全气囊问题的所以然来，现在已经与检验科和4S店分别联系了。

岳景峰的车是新车，怎么可能后座的安全气囊刚好坏了。而刚好是在这一天，岳景峰派车来到家里，要接顾卿遥，更重要的是……

刚好走上了那条山路。

顾彦之闭了闭眼，哑声道："我都不知道岳景峰怎么会去家里接卿遥。"

"岳景峰说是他父亲让的，可是后来改了口，说是你让的。"

"怎么可能？"顾彦之一脸的惊愕，"我什么时候让了？"

"那就不得而知了。"黎霂言冷笑一声，"顾先生，这件事定然是与顾先生有关，希望顾先生好好行动，莫要再让卿遥寒了心。"

黎霂言看了顾彦之一眼，便径自离开了。

而顾彦之站在顾卿遥的门口良久，终究还是没有勇气推开那扇门。

他不知道这一切究竟是从何而来。他只知道，他的的确确从未告诉岳景峰，让岳景峰去接顾卿遥。

想到这里，顾彦之蹙眉拨通了岳建成的电话。

岳建成的声音难听得很："顾总，景峰还没醒。"

"我知道，我问你一件事。"顾彦之开门见山，"是谁让岳景峰去接小遥的？"

"不是你吗？景峰接了电话还很高兴。"岳建成的语气满是诧异。

顾彦之心底一沉。

他蹙眉开口："不是我，我没打过这个电话。你可以查我通话记录……"

"别的我不知道，可是景峰接了电话，的确还和我说了。说很高兴，肯定是你那边认可他了，估计这话他也对顾小姐说了吧。"岳景峰还没醒，岳建成的语气也不好，只蹙蹙眉道，"行了，等景峰醒了，我再和顾总您说吧。

这件事我现在也说不清楚，而且也有不少警察在等着，先这样吧。"

顾彦之没有力气再说什么，只能匆匆应了，将电话放下了。

良久，顾彦之方才小心地推开门。

顾卿遥果然立刻醒了，见是顾彦之，便向后缩了缩。

注意到顾卿遥的动作，顾彦之心底一痛，低声道："爸爸给你带小笼汤包了，你是不是想吃了？"

"妈妈给我包了。"顾卿遥小声道。

"不然先吃这一份吧？爸爸让人从国华楼带的。"顾彦之温声劝着。

顾卿遥固执地摇摇头："不了，那样一会儿妈妈给我带过来，我就吃不下了。"

顾彦之看得出来顾卿遥的心思，却也只觉得心底难受得很。

顾卿遥缠着自己撒娇的样子仿佛就在昨天，可是现在一切都变了。

他看了顾卿遥一会儿，道："不是爸爸做的。"

顾卿遥猛地抬头，这一次，顾彦之看清了顾卿遥眼底的戒备。这让顾彦之心底愈发难受了："真的不是爸爸做的！小遥，你相信爸爸，爸爸怎么可能让人这样伤害你？"

"可是……岳景峰说了是爸爸。"顾卿遥低声道。

"我知道，岳景峰现在还没醒。等岳景峰醒了，我再亲自问他。小遥，爸爸的手机上没有打过这一通电话，办公室也没有。你如果不相信爸爸，到时候爸爸带你去查通话记录。你放心，爸爸一定没有做过。"

顾彦之的语气很急，目光定定地落在顾卿遥的脸上。

两次都是车祸……那人究竟是多想让自己死？

顾卿遥看了他良久，终于还是点了点头："我相信爸爸。"

她也觉得这件事处处透着不对劲。

顾彦之这才松了口气，想要摸摸顾卿遥的头，可是看到了顾卿遥的表情，还是缩回手来。

"股东大会的事情你也别担心，推迟了，周日还有一次。"顾彦之温和道。

顾卿遥有点意外顾彦之主动提起股东大会的事情，看来是真的觉得心底有愧。顾卿遥笑笑，点头应了："好。"

见顾卿遥的情绪终于缓和过来三分，顾彦之这才松了口气："好了，小遥，你好好休息。"

这一次，他的手落在了顾卿遥的头上。

顾卿遥由着他摸了摸头，这才小声开口："爸爸要帮我。"

"嗯?"顾彦之一怔。

"帮我找到欺负我的人。"顾卿遥小心地拉住顾彦之的胳膊,低声道,"我当时真的很害怕,我以为我没办法再见到爸爸和妈妈了。"

顾卿遥说着,眼圈就跟着红了。

顾彦之的心登时一痛,低声道:"小遥放心,爸爸一定尽力找到。而且等岳景峰醒了,很多事情也就跟着真相大白了。"

顾卿遥用力点点头。

不知道为什么,顾彦之忽然觉得心底难受得厉害。顾卿遥的信任让他有种说不出的感觉,他匆匆出去了。

顾卿遥闭了闭眼,顾彦之的话犹然在耳。

顾彦之对自己信誓旦旦地说过很多话,咬牙发狠的时候也有,像是刚刚那样子的……却是第一次。

她忽然意识到,其实这件事或许真的另有隐情。

岳景峰刚来顾家的时候,说的是岳建成让他来的。

可是后来被黎霂言几拳头下去,倒是一直吵着说是顾彦之让的。

顾卿遥想不通,到底他为什么要改口。

甚至想不通,为什么岳景峰在车上总是忍不住去看手机。

是发生了什么吗……还是说……

有人在说谎,可是是谁?

中间念宛如又进来了一次,将热腾腾的小笼包送了进来,做的很是清淡。顾卿遥胃口很好地吃了好几个,又喝完了一碗汤。

念宛如看着顾卿遥,忍不住跟着红了几次眼眶。

下午的时候,顾卿遥倒是能起身了,去看了一趟隔壁的萧泽。萧泽的头上缠着纱布,或许是为了清创,一部分头发被剃掉了。

顾卿遥静静地隔着玻璃看着,心底有种说不出的滋味。

萧泽的样子看起来很是狼狈,可是安静下来,却又有点不像是他了。

顾卿遥轻叹了口气,手轻轻贴在玻璃上。

怎么真的会有这样的人……会在自己有危险的时候这样舍身来救了自己。

顾卿遥记得他的血黏在自己的手上黏稠的样子,也清楚地记得他的笑。他说小姐没事就好,他说小姐你要小心。

关于自己的,他却是只字未提。

只是黎霂言让你来照顾我,你就这样全力以赴吗?

顾卿遥的心止不住地痛。

到了晚上，黎霖言打来了电话，说是岳景峰醒了。

顾卿遥闭了闭眼，看向旁边的念宛如。

念宛如显然也是太累了，撑着头在旁边睡了。

顾卿遥犹豫了一下，道："我想过去看看。"

"下来。"

"嗯？"顾卿遥一怔。

"知道你会这样说，我让车子在下面等你。"黎霖言道。

顾卿遥忍不住笑了："那我这就来。"

"来吧。"黎霖言的语气带着纵容的无奈。

顾卿遥一下楼，果然就看到黎霖言的车子稳稳停在楼下，旁边站着一脸不愿的梁忠齐。

顾卿遥笑笑，道："梁叔，我真的没事了。"

"你啊……"梁忠齐的脸上写满了无奈，道，"小姐，您要自己保重。"

顾卿遥这才正色："梁叔放心，我都明白。"

"那……"

"梁叔去照顾母亲吧，母亲今天也累坏了。我和黎先生一起去就是了。"顾卿遥笃定道。

梁忠齐显然有点犹豫，可是黎霖言这些天的所作所为，梁忠齐也看在眼里。想了想，他方才点头应了。

黎霖言帮顾卿遥拉开车门。上车的时候，顾卿遥晃了一下，头撞在车框上，本来以为的剧痛却并没有传来。顾卿遥一怔，抬头看过去，就见黎霖言若无其事地缩回手："走了。"

顾卿遥眼底带了三分笑意，低声道："谢谢。"

"不用。"黎霖言笑笑，"不疼吧？"

"这话该问黎先生的。"顾卿遥有点不好意思。

黎霖言笑了一声："你现在是病人，毕竟刚刚经历了车祸，有点轻微脑震荡也是正常。你现在还年轻，医生说静养的话很快就会恢复，我会让司机开得慢一点。"

"好。"顾卿遥点头应了。

岳景峰的医院安排得并不远，现在刚好是警方要取证，所以无法让岳景峰离开。顾卿遥到的时候，就见警方刚刚取证完毕。见顾卿遥和黎霖言一起来了，便打了个招呼："这……"

"顾小姐现在情况不太好，暂时还无法取证。"黎霖言淡淡道。

王队长看了黎霖言一眼，又看了看状若无事的顾卿遥，只好点头应了：

"是，那我们安排在明天。"

"好。"黎霂言淡淡颔首。

王队长这才带队离开。

岳景峰神色凄惨地坐在一旁，脸上身上都是伤，很多却是被黎霂言打的。

岳景峰其实觉得有点奇怪，黎霂言是怎么做到的？每一拳都砸得无比狠戾，甚至让他觉得骨头缝都要开裂了。这样的手法，根本就不是一般人能有的。

黎霂言……可别是个练过的吧。

可是这些商界精英，怎么可能有时间做这种事？

岳景峰暗忖自己想多了，一边戒备地看向黎霂言。

黎霂言淡淡开口："情况怎么样？"

"还……还好。"岳景峰低声道。

"黎先生，您也别欺人太甚。你真的以为我不知道我儿子身上的伤是怎么来的？"岳建成抱着双臂站在一侧。

岳景峰倒是先开口了："爸，你先出去吧。我真的没事，这伤我刚刚不是也和警察说了吗？真的是摔……不是，车祸，车祸撞的。"

那青一块紫一块的，哪里像是车祸撞的了？

岳建成甚至忍不住地觉得，岳景峰的头是不是也被黎霂言硬生生打成了脑震荡。

可是看着岳景峰恳求的眼神，岳建成只好忍气吞声地点了头："那你一会儿有事，记得大声叫我进来。"

黎霂言的眼底划过一丝讽刺。

岳景峰尴尬地应了。

岳建成出去了，黎霂言方才拉了把椅子，让顾卿遥坐在沙发上，道："说说吧，那电话到底是怎么回事？"

"就是这个电话……"岳景峰忙不迭地将手机贡献出来，"您可以看看，那在我手机里头存着的就是顾先生的号码啊。"

"那你之前为什么对我说，是你父亲让你来的？"顾卿遥蹙眉。

"那也是顾先生打电话吩咐的。"岳景峰无奈，"不让我直接说是顾先生让来的，不然怕顾小姐您生气啊。"

顾卿遥蹙眉："是座机。"

"就是座机，是总裁办公室的电话。"岳景峰道。

"是爸爸亲自和你说的？"顾卿遥问。

"那倒不是,说是顾先生的特助。"岳景峰一怔。

"性别。"黎霂言将手机页面截图发了出去,这才问。

"是女的。"岳景峰道,"我听声音的确是觉得挺模糊的,以前没听过。不过顾先生不是最近刚换了特助吗?以前顾先生也经常让特助和我联系的,所以我也没多想,就急匆匆地来了。我也怕耽误顾小姐的事情……"

女的……特助……

顾卿遥心底多了三分计较,微微蹙眉道:"不是凌筱蔓特助吧?"

"不是不是绝对不是,凌小姐的声音我能听出来的。"岳景峰紧忙摆手,"更何况她不是离职了吗?"

顾卿遥沉默片刻,问道:"那路线……"

"都是电话里面说的。说另外一条路经常堵车,所以让我们走这条路,哪里能想到……"岳景峰的脸上写满了懊恼。

"这也太背了啊!"岳景峰低咒一声。

顾卿遥微微垂眸,看向黎霂言。

黎霂言淡淡颔首:"如果还有什么事的话,你记得直接和我们联系。"

"啊?哦。"岳景峰点点头,伸手要去接黎霂言手中的手机。

黎霂言却已经将手机放进透明袋里面装好了:"我带走了,这是证物。"

"啊?"岳景峰一怔,"证物也该交给警方啊,交给黎先生……"

"你觉得不满意?"黎霂言淡淡问道。

"没……没有。"岳景峰心底一颤,尴尬地应道,"您拿去吧。"

不过是一部手机,岳景峰在心底想着,倒是也不值钱。

"只是……"岳景峰看向顾卿遥,讪讪道,"顾小姐,这件事我真的不知道。我现在想明白了,我这是被人当枪使了。您真的别怪我,我也没有什么不好的心思。"

顾卿遥淡漠地看了岳景峰一眼,还没应声,就见黎霂言将自己往旁边拉了几步,淡淡道:"只是岳少也是运气不好,卿遥和岳少在一起的时候,似乎就没有过什么好事。"

岳景峰干笑几声,觉得好像是这么回事。

顾卿遥最近遇到的几件事,都是和自己有千丝万缕的联系。这样想来,顾卿遥无论怎么看待自己,都是情有可原了。

他顿时沮丧起来,再抬头的时候,发现两人都已经出去了。

黎霂言始终拉着顾卿遥的手,直到走出门去。顾卿遥抬头看向黎霂言,眼底带了三分戏谑笑意:"小叔叔?"

她想闹的时候,就特别喜欢叫他小叔叔,神色满是好整以暇。

黎霂言轻咳一声，将手松开了，欲盖弥彰道："自己走能走稳吧？"

"我又不是三岁小孩子。"顾卿遥笑意更深。

"你怎么看？"坐进车里，黎霂言方才问道。

"我觉得我父亲可能真的没有让人打那个电话。"顾卿遥神色微沉，道，"现在想要伪装电话很容易，也不一定真的是从我父亲的办公室打出去的。"

"我让人调查一下办公室电话的通话记录。"黎霂言沉声道。

"好。"顾卿遥很是自然地应了，又道，"可是也很奇怪……到底是谁这样处心积虑，一直在对付我，甚至不惜利用岳家。"

顾卿遥微微蹙眉，无论如何都想不到自己最近究竟是侵犯了谁的利益。

"可会是凌筱蔓？"黎霂言沉声问道。

顾卿遥一怔，看向窗外，目光却微微凝住了："这倒是巧了……"

顾卿遥看向窗外，就见凌筱蔓正在和人打着电话，眼底眉心都是温温柔柔的笑意。

刚好车子也停着等红绿灯，顾卿遥静静打量了凌筱蔓片刻，这才微微蹙眉："其实我倒是觉得很奇怪，换做旁人，凌依依上次闹了那么大的事情，总归是要有点反应的。可是凌筱蔓似乎并没有太放在心上。"

"的确。"黎霂言点头。

"寻常做母亲的，当真会如此吗？"顾卿遥问道。

就见凌筱蔓已经将电话放下了，黎霂言这辆车，凌筱蔓显然是认得。

她迟疑片刻，倒是主动走了过来。

车流开始缓慢地移动，凌筱蔓固执地站在车流的罅隙里，就是笃定了黎霂言不会开车。

黎霂言淡淡蹙了蹙眉。

他不喜欢这种威胁的方式，简直和地痞流氓耍赖无二了。

"你可有事问她？"黎霂言转头看向顾卿遥。

顾卿遥一怔，摇头。

黎霂言淡淡应了："好，开车。"

车子呼啸而起的声音让凌筱蔓下意识向后退了半步。很快，她的身影就被甩在身后了。

顾卿遥忍不住莞尔："你不喜欢她？"

"她心机颇深，手段倒是简单得很。"黎霂言轻笑一声，淡淡道，"你平日小心一些，她这个人，倒是不知道会做出什么来。"

"放心，我都明白。"顾卿遥温声应了。

下一秒，顾卿遥的手机响了起来。

她看了一眼，就微微蹙起眉头："凌筱蔓。"

"嗯，估计是刚刚看到你了。"黎霈言道。

顾卿遥将电话接了："你好。"

"是顾小姐吧？"凌筱蔓的声音听起来气喘吁吁的，却还是柔声笑道，"顾小姐，我刚刚好像是看到黎先生的车了，顾小姐是不是也在后座？我隐约看到了光影，不知道可是我看错……听说今天顾小姐出了车祸，心底还是挺挂念的。就总想着去看看顾小姐，刚刚不留神就走上来了，可是黎先生似乎不太愿意见到我……"

"你想多了。"顾卿遥平静道，"你什么时候过来的？我们不曾看到你。"

她的语气如此冷静淡漠，凌筱蔓微微一怔，还是笑道："那可能是没见到。不过也没关系，顾小姐没事，我也就放心了。"

"谢谢。"顾卿遥淡淡道。

凌筱蔓迟疑了一瞬，道："那就不打扰顾小姐了……"

"凌特助，有时间的话，我想和你聊聊。"顾卿遥平静笑道。

凌筱蔓明显一怔："顾小姐的意思是……"

"听说昨天凌依依已经出国了，想必凌特助近来也是很闲。"顾卿遥淡淡道。

凌筱蔓犹豫良久，这才点头应了："也好。"

顾卿遥这才满意地笑了笑："明天中午十二点在顾氏对面的咖啡厅吧，凌小姐之前也在那里和我见过面。"

这话说出口，凌筱蔓心底就更加不是滋味了，勉强点头应了。

顾卿遥将电话放下，对身旁的黎霈言笑了笑："我打算将人约出来问问，我不喜欢事情模棱两可的状态。"

黎霈言微微颔首，轻轻摸了摸顾卿遥的头："你现在更应该做的是好好休息。明天还要去公司吗？"

"要去。"顾卿遥轻叹了口气，道，"如果我不去公司，不知道公司那边会出什么事情。现在媒体还压得住，倘若媒体将我车祸受伤的消息曝光出去，会出现什么舆论尚且不好说。"

黎霈言沉默了好一会儿，方才道："也好，虽然我并不认为这件事是凌筱蔓做的。"

"那你怀疑我父亲？"顾卿遥下意识问道。

黎霈言看了一眼手机，摇头："通话记录查出来了。顾先生的办公室电话和手机里面的确都没有那通记录，显然是有人伪造了电话号码基站打过去的。"

顾卿遥神色微敛。

这样说的话，那倒真的是麻烦了。

一旦这件事当真和顾彦之无关，顾卿遥甚至没有半点头绪。伪造基站的话，无论在何处，都可以用这个号码拨出电话了。

"不管如何，你先回去休息吧。"黎霂言道。

顾卿遥回到医院，就见念宛如没走。她和医生说着什么，见顾卿遥安然无恙地回来了，这才松了口气："小遥……你这孩子，怎么这么急着出去？"

"刚好听说岳景峰醒了，就去看了看，问了些事情。"顾卿遥笑着道。

念宛如轻声应了一句，转头看向黎霂言的眼神却很是复杂："这次真的多谢黎先生了。"

"不必。"黎霂言略站了一会儿，看出念宛如似乎是顾忌着自己在此处，便笑了笑道，"我先回去了，你注意休息。"

顾卿遥点头应了，想要送黎霂言，却还是被念宛如拦下了："小遥，妈妈问你点事。"

"这次车祸是人为的是吗？"念宛如神色凝重。

顾卿遥一怔，道："现在还说不清，警方还在排查安全气囊故障的原因。"

"岳家这次出了这么大的事情，之后想必也不会主动来找你了，"念宛如沉吟良久，问道，"卿遥，你实话和妈妈说，这次是不是你爸爸让岳景峰来接你的？"

"不是。"顾卿遥笃定摇头。

"可是你刚刚……"

"我让朋友帮忙查了父亲的通话记录。虽然岳景峰一口咬定是父亲的电话号码，可是事实上打电话的人并不是父亲。而且从父亲的通话记录中也的确没有查到这一通电话，"顾卿遥看向念宛如，良久方才轻声道，"而且老实说，我也不相信父亲会这样做。"

念宛如定定地看了顾卿遥良久，闭了闭眼，像是在强忍情绪似的："不是你爸爸就好……"

顾卿遥蓦地有点心疼，轻轻将念宛如拥住了："妈妈别担心，没事的。"

念宛如的心底满是说不出的滋味。

这些天发生太多事了，凌筱蔓、凌依依，还有现在的车祸。

曾经坚定不移地相信着的，一点点坍塌殆尽，念宛如甚至不知道自己还能相信什么。

良久，她方才轻声道："小遥，有件事妈妈一直没有告诉你……"

"顾小姐,您在这儿呢。萧先生醒了!"一个护士匆匆跑了过来。

顾卿遥紧忙冲了过去,果然,萧泽已经醒了过来。他的头上还包着纱布,眼神有点茫然,然而看到顾卿遥,很快就弯唇笑了:"小姐没事真是太好了。"

顾卿遥的眼眶差点红了。

她三步并作两步冲过去,低声道:"你怎么样?觉得头晕吗?有没有难受的感觉?有的话一定要尽快告诉医生……"

萧泽眨眨眼:"小姐放心,我什么事都没有。"

顾卿遥呼出一口气,看向萧泽的眼睛还是有点泛红。

萧泽笑容更是温和了三分:"不过我什么时候才能出院啊?我出院之前,小姐身边岂不是就没人护着了?"

"你别急着出院的事情了,好好休息一下。"顾卿遥紧忙道。

萧泽认真道:"小姐其实不用那么担心的,那时候我大概就知道了。失血很大程度上是因为安全气囊失效,所以后脑被炸裂的后窗玻璃伤了,应当都是皮肉伤,只是……"他顿了顿,沉声道:"那安全气囊故障的确是十分可疑,这件事和4S店联系了吗?"

"警方已经介入调查了。你现在当务之急就是养伤,其他的事情都是后话。"顾卿遥沉声道。

萧泽只好点头,很快医生过来做了简单的检查,道:"应当是没有什么大碍了。患者的身体素质很好,剩下的就是注重平日的疗养,不要再受到二次伤害,应该就可以在一周内出院了。"

"我想请问一下大夫,在医院疗养和回家休养的区别是什么。如果我很小心很小心,是不是也可以回家继续休养?"萧泽看向大夫,眼神可怜巴巴的。

大夫微微一怔,犹豫着点了点头:"倒是也可以,只是你要很注重自己平时的起居习惯。"

"我会的,一定谨遵医嘱。"萧泽连忙道。

医生笑了笑,他很少看到这样乖顺的患者,更何况这明显是黎霂言和顾卿遥的人。他点点头心情相当不错地应了:"好,那下午先留院观察,如果晚上没有其他情况,我就给萧先生办出院手续。"

"谢谢大夫。"萧泽笑眯眯地说着。

见念宛如出去和医生说话了,顾卿遥看向萧泽,神色似笑非笑的:"所以……"

"我回去真的会谨遵医嘱的。"萧泽立刻表态。

"你为什么急着出院？"顾卿遥问道。

萧泽一怔："当然要急着出去啊……我这种性格的人，没办法长期住在医院里面的。"

"我以为是你发现了什么。"顾卿遥紧紧盯着萧泽的眼睛。

萧泽摇摇头笑了："没有没有，小姐想多了。"

顾卿遥没说话，又拿起萧泽的各项数据图看了看，确认没有问题，这才走出门去。

萧泽看着顾卿遥的背影，犹豫了一下，还是拿起手机拨通了黎霂言的号码："黎少，小姐的确是在怀疑了。"

"你现在也没有确定的证据，还是先不要告诉小遥。小遥最近已经很操劳了，如果消息没有确定，就不用说出来。"电话那边的黎霂言淡淡道，"另外，我这边会加派人员过去帮忙，你不必说给小遥听，具体人员名单和联系方式我会再给你。"

萧泽微微一怔，还是应了："不过黎少，如果想要隐藏行踪，的确是不容易，毕竟小姐现在对这些事情很是在意。"

黎霂言沉默了一会儿，道："无妨。"

顾卿遥一出门，就见濮靖和的独子濮斌在门口候着，显然是在等自己。

她微微蹙眉，开口道："濮先生。"

"顾小姐。"濮斌迟疑了一下，道，"顾小姐，我也是万不得已，这才来这里找到了顾小姐。如果打扰顾小姐了，那真是十分抱歉。"

"有什么事，濮先生直言无妨。"

"是关于我父亲的事……"濮斌的眼底满是红血丝，看样子也是许久没有一场好眠了，"顾小姐，我父亲这次进去，实在是冤枉得很。可是这么长时间，我都没能过去探视，听说审查也一直没有结果。我想问一下顾小姐，这后面是顾小姐在盯着吗？"

"不是我。"顾卿遥平静道，"审理期限还没到，审查没有结果，想来也是常事。还请濮先生少安毋躁。"

濮斌摇摇头："我是知道我父亲的，我父亲不可能无缘无故做这种事。如果真的做了，也肯定是顾先生的授意。"

"顾先生……"顾卿遥微微蹙眉。

"哦，我说的是顾远山先生。毕竟我父亲在顾先生这里效命多年，从来不曾逾矩半点，怎么可能无缘无故去监视顾小姐，甚至还威胁顾小姐，您说是不是？"濮斌哑声道，"顾小姐，我想请您还我父亲一个清白，现在顾先生明显是将我父亲当做了弃子。这么久了，甚至没有出面去为我父亲说过一句话，我是真的心寒了。"

顾卿遥看了濮斌片刻，垂眸笑了："濮先生这话说得倒是有趣，严格来说，这件事中我才是唯一的受害者。濮先生这是在寻求我的谅解了？"

"这件事真的是误会一场……"

"如果说误会，那么我更愿意等到警方的调查结果。我要确定这件事究竟是从何而起，也请濮先生少安毋躁。换言之，即使这件事真的有人在幕后操纵，濮先生也是直接施行者，这样说来……濮先生被捕，倒是也不委屈。"顾卿遥的语气分明不疾不徐，却是让濮斌有种说不出的憋屈。

顾卿遥不该是这样的。

他记得顾卿遥，那个每年顾远山家里宴请时都要发脾气的小女孩，那个骄横跋扈的顾小姐，和现在眼前这个说话条分缕析的顾卿遥，全然就是不同的模样。

是什么让顾卿遥改变？

濮斌静静看了顾卿遥良久，这才低声道："这样说吧，顾小姐，我也并非是在求顾小姐帮忙。如果这件事的幕后人真的是顾老先生，那么我父亲将来回到顾老先生身边，我们定然不会忘了顾小姐这份情。顾小姐想想，这其实是不会亏本的买卖，不是吗？"

顾卿遥的神色微微一凛。

第10章

那是无法言之于口的喜欢

濮斌这句话一出,顾卿遥心底的怀疑却是更甚了一筹。

这么多年以来,顾远山的确是对自己并不喜欢,顾卿遥心如明镜。顾远山重男轻女的思想严重得很,虽然现在这样的人已经愈发少见了。可是顾远山根本不避讳说起这个,在旁人面前连做戏都不肯。

顾卿遥从前也是个不会演戏的性子,喜怒哀乐都挂在脸上,这样一来,他们的关系愈发降到冰点。顾卿遥知道顾远山对自己也是没什么好感,倒是也懒怠往顾远山面前去凑。可若是说顾远山要害自己……

这倒是没什么理由。

自己从不曾碍了顾远山的事情,他何必如此?

顾卿遥怎么想怎么觉得这事另有隐情,而面前的濮斌显然是愈发沉不住气了:"顾小姐,您给个准话吧,这件事您到底管不管?"

顾卿遥忍不住蹙眉:"濮先生,这样说吧。警方的调查我无法干预,也的确是无能为力。这件事说严重了,是令尊对我进行威胁恐吓,甚至给我的邮箱发了好几封恐吓信,警方对于这件事很重视。如果濮先生真的认为令尊是无辜的,那么只需要等待警方的调查结果就是了。我不明白濮先生找我的意思。"

"你何必装傻!这件事根本就是那个黎先生在背后捣鬼。不然你以为警方真的会调查这么久?!"濮斌怒不可遏,直接砸了一下旁边的栏杆。

顾卿遥静静看他,神色安然,手却不自觉地攥成拳头。

这是三楼,栏杆并不高,而现在濮斌的眼神明显不善。

下一秒，濮斌上前一步："顾小姐，我明人不说暗话。刚刚我的确是对顾小姐动之以情晓之以理。可是我觉得顾小姐并不承情，既然如此，那么……"

"那么如何？"不知何时，萧泽已经从病房走了出来。他看向濮斌，素来带着孩子气的笑意彻底收敛了。他的脸色难看至极："既然濮先生认为这件事和黎先生有关，那么濮先生为什么不直接去找黎少，反而来找到我家小姐？"

"你都自身难保了，现在还来管你家小姐？"濮斌冷笑一声，"若是我能找到黎先生，你以为我会和顾小姐在这里纠缠？谁不知道啊，顾小姐现在背后那是有靠山的，我们这些平民百姓肯定是招惹不起……"

"拿着这个，然后滚。"萧泽冷冷道。

"以后若是再来找我家小姐，休怪我对你不客气。"萧泽伸手，将一张名片狠狠压进濮斌的手心。他的手劲极大，只是递个名片的功夫，就几乎让濮斌惨叫出声。

濮斌看向自己手中皱巴巴的名片，眼神带出三分狠戾。

而萧泽已经伸手将顾卿遥护住了："小姐，该回去了。"

顾卿遥看向萧泽，低声应了。

直到回到病房，顾卿遥方才无奈道："你将黎先生的名片就这样给出去了，真的没问题吗？"

"黎先生的手机有好几部，这是工作号码，没关系的。而且像是刚刚濮斌那种人明显是欺软怕硬，如果真的有心要找黎少，有什么找不到的？直接在公司下面等不就是了。"萧泽很是不齿。

顾卿遥笑笑，却像是忽然想起什么似的："等下，你也给我一张名片。"

"嗯？"萧泽一怔，却还是将名片递了过来。

顾卿遥看了一眼上面的号码，微微笑了，萧泽疑惑地问道："怎么了，小姐？"

"没什么。"顾卿遥挑挑眉。

她其实刚刚有点忐忑，倘若黎霂言告诉自己的也是工作手机，顾卿遥不知道自己该作何表情，还好……还好。

她还可以告诉自己，她对黎霂言而言是不同的。

顾卿遥想了想，道："不过你刚刚也是，医生说了让你静养……"

"我是小姐的人。如果小姐有危险我还不出现的话，那么小姐也就没给我发工资的必要了。"萧泽认真地说着。

顾卿遥看向萧泽，无奈地叹了口气："你也该知道，我在担心你。"

萧泽一怔,下意识转开头去:"那个,我晚上答应了警方,帮忙回忆一下事故发生时候的情况。毕竟我对这方面也很熟悉。"

"嗯,我记得你也喜欢刑侦剧。"顾卿遥笑道。

萧泽似乎是有点诧异,却还是点了头:"嗯,对。"

警方来的时候,顾卿遥正在帮萧泽一起收拾东西。

让顾卿遥意外的,是同来的人还有顾远山和顾彦之。

顾卿遥迎了出去,顾远山便道:"我是来看看你的情况的,听说这次车祸很严重。"

顾卿遥点点头。

顾远山明显感觉得到顾卿遥的抗拒,蹙眉说了下去:"没受伤吧?"

"轻微脑震荡,昏迷了一阵子,现在刚刚好起来。"顾彦之替顾卿遥回答了,一边哄着顾卿遥说话,"小遥,爷爷问你话呢。"

"爷爷,今天濮靖和的儿子来了。"顾卿遥看向顾远山。

顾远山的眼神明显变了变:"他来做什么?"

"他威胁我。说如果我不配合他的话,他就要告诉警方一些事情。"顾卿遥轻声说道。

顾远山的脸色登时冷了:"他说这种话?"

"对……我不知道他要对警方说什么,可是想来也是对顾家不利。"顾卿遥说着,一脸的忧心忡忡。

顾远山的目光静静落在顾卿遥身上,却是没有看出丝毫端倪。

他蹙眉道:"靖和跟了我很多年,这次出了这种事,我也很意外。但是他的儿子濮斌……心事阴沉,性子也不沉稳。我本来想要好好培养,后来也是放弃了,往后若是他再来,你就莫要见他了。"

"爷爷会处置他吗?"顾卿遥抬眼问道。

顾远山笑了一声,眼底滑过一丝说不清道不明的情绪:"小遥希望爷爷怎么惩治他?"

明明是爷孙之间温馨的对白,却没来由地添上三分打太极一样的意味。

顾卿遥在试探,顾远山何尝不是?

顾远山的眼神凌厉无比,盯着顾卿遥看了一会儿,道:"爷爷虽然在商界小有成就,不过也就仅限于此了。濮斌这件事,说到底还得看警方怎么说。彦之,你说是不是?"

骤然被点名的顾彦之微微一怔,立刻点了头。

顾卿遥有种说不出的怪异感,这种微妙如影随形。

她不知道这是不是自己的错觉。

王警官从萧泽的房间出来，倒是也和顾卿遥问了几句话。顾卿遥一一应了。王警官微微蹙眉，将摄录机器关了，这才问道："我还想问一件事，顾小姐。你可以看到，我的摄像头已经关了，说明这段话不会被录音。你可以放心说出你真实的想法。"

　　"王警官请讲。"

　　"经过初步调查，这次事故的责任主要在于司机操作不当。我们也对整车进行了安全检查，安全气囊部分被人暗改，可是没有留下任何指纹。4S店否认在店内做过维修，换言之……是有人私自改动了后座的安全气囊。顾小姐，我作为警方，需要保持尽可能的中立。可是我还是想问一下顾小姐，你有怀疑对象吗？"

　　顾卿遥沉默片刻，道："王警官觉得这件事上我父亲说谎了吗？"

　　"从神色表情来看，顾先生对此事并不知情。"王警官道。

　　"那岳少呢？"顾卿遥又问。

　　王警官想了想，摇头："岳少看样子也是并不知情。而且中间问了好几次顾小姐的情况，显然对小姐很是担心，如果一定要说的话……"

　　"司机。"顾卿遥沉声道，"查一下司机的转账记录，或许会有答案。"

　　"顾小姐所言极是，之前我们也问过黎先生的意见。黎先生也是让我们调查司机的转账记录。我们找到了一个账户，可是这个账户是海外的虚拟账户，显然是为了这件事而存在的。我们在继续追查，不过既然顾小姐没有明确的怀疑对象，那么我们只能继续撒网调查。"王警官叹了口气道，"这个工程量不小，可是顾小姐放心，我们一定会尽最大的努力追查下去。"

　　顾卿遥点点头："谢谢王警官。"

　　"不必，这是我们应该做的。"

　　"如果王警官方便的话，我想……可以查一下我的爷爷。"顾卿遥轻声道。

　　王警官有点诧异，却还是点头应了。

　　出门的时候，王警官的神色还是说不出的复杂。

　　先是怀疑自己的父亲，现在又怀疑自己的爷爷。

　　顾家现在到底是怎么了……

　　萧泽出院的时候，顾卿遥跟着出去，就见顾远山依然站在走廊和顾彦之说着什么。顾彦之的脸上带着笑容，指着手机给顾远山看。

　　顾远山素来沉峻的眼底也带上三分笑意，见顾卿遥出来，顾彦之匆匆将手机收了，道："小遥，走吧，我们回家。"

　　顾卿遥笑笑，点头应了。

她像是不经意地问道:"爸爸刚刚看什么呢?"

"还能看什么?"顾远山笑了一声,揶揄道,"刚刚给我炫耀他新买的基金呢。"

"最近一段时间形势大好,就没忍住多买了些。"顾彦之含笑道。

顾卿遥心底一震,却是忽然想起一件重要的事。

"爸爸,如果我没记错的话,这次的股东大会要探讨在美国第二上市的事情,是吗?"顾卿遥问道。

"对,其实这件事原本是该董事会探讨的,可是这次就一起拿出来和大家商议一下。如果最终通过的话,我们会在这周内就提交SEC审核了,材料都已经做好了。"顾远山没多想,径自说道。

顾卿遥没说话,心底却是盘算起来。

上次美元崩盘和这次情况基本接近,最近黎霂言也进行了多方测算,都表明美元很快就会彻底崩盘。这样一来……美国的市场定然要出现大震荡,一旦顾家在这时候被裹挟其中,资金缩水几乎成为必然。

她必须要阻止这一切的发生,倘若自己成功了,自己在顾家的地位会步步高升。可是一旦自己失策了,那么自己定然会成为顾家乃至整个海城的笑柄。

顾卿遥闭了闭眼,这一步……她不得不走。

"不过小遥最近似乎是对商界的事情愈发感兴趣了。"顾远山淡淡道,眼神带着探寻意味,看向顾卿遥。

念宛如在旁笑着点头:"是啊,小遥其实一直都挺喜欢的。现在也是长大了,日后跟着彦之一起在顾氏打磨,也是好事一桩。"

"那自然。"顾远山摸了摸下巴,点头道,"只是小遥这性子变得也是太快了些……前些日子还像是小孩子一样,现在就愈发沉稳了。"

顾卿遥乖巧地笑了笑:"之前被车祸吓到了嘛……"

"哈哈哈,"顾远山笑了一声,"没想到啊没想到,这是坏事反而变成了好事一桩。彦之,你也莫要天天忙着那些不打紧的事情,孩子长大了,自然是要好好带一带。这才是你顾氏的未来呢。"

"那是自然。"顾彦之立刻点头,笑着应了,"小遥现在在公司表现不错。"

"是吗?"顾远山看向顾卿遥。

"之前刚好看了几本金融杂志,上面写的东西,我就给说出来了,"顾卿遥不好意思地笑了笑,"没想到歪打正着,倒是说对了些。"

"小孩子有金融天赋是好事,"顾远山想了想,道,"不如这样吧,让小遥去国外历练几年如何?"

顾彦之一怔:"国外?"

"对,国外的金融理念很多也很适合,如果让小遥出去几年,回来也许就脱胎换骨了。"顾远山难得为顾卿遥说了这么多话。

然而顾卿遥却是觉得心底骤然冷了下来。

几年……

几年的时间,倘若在国内,顾卿遥完全可以将大把的时间压在顾氏,甚至可以让自己在顾氏扎稳脚跟。

可是倘若当真去了国外,真相还没有揭开,她不知道是谁处心积虑地要害自己,她怎么可能出去?!

出去了,自己还有揭开真相的可能吗?

顾卿遥还没开口,念宛如倒是笑了:"其实我也觉得,小遥或许很适合国外的教育。让小遥出去看看,也真的是一件好事。"

顾彦之也看了过来:"倒也是个好主意,小遥,你怎么想的?"

顾卿遥摇摇头,小声道:"我不想出去。"

"这孩子……"念宛如一怔,笑道,"这孩子还念家呢。"

"我喜欢和爸爸妈妈住在一起,我不想一个人出国。"顾卿遥低声道。

顾彦之笑了一声:"你啊,现在是不知道,有多少孩子都不愿意和家里人住在一起呢。住在外面自由,也能多历练一下。你现在也不小了,出去走走逛逛,对你的发展也有好处。"

见大家都如是说,顾卿遥咬咬牙,刚想开口,就听萧泽说话了:"不过小姐应该也是不想出去的,毕竟……"

一个拉长语调的毕竟,将所有人的目光都集聚了过去。

顾彦之蹙眉:"毕竟什么?"

"毕竟小姐有喜欢的人了。是吧,小姐?"萧泽眨眨眼。

"可是岳家那小子?"顾远山神色微凝。

顾卿遥一怔,迎上顾远山满是探寻的目光:"我……"

"岳家那小子性格不错,车祸那件事,小遥不也承认是误会了景峰吗?"顾远山淡淡道,"其实人和人在一起,最重要的就是互相喜欢。倘若互相喜欢,就没什么事情是解决不了的。"

顾彦之却是心底愈发沉了下去。

他太明白了。

顾卿遥喜欢的人绝非是岳景峰,怎么可能是?

他蹙蹙眉,道:"小遥,你和爸爸说实话,你喜欢的人……"

"我喜欢的人是黎霁言。"顾卿遥咬咬牙,忽然开口。

一句话,像是一块巨石砰然而落。

萧泽笑眯眯地站在一旁,而旁边的顾彦之也好,顾远山也罢,尽数都沉默下来。就连念宛如都忍不住拉住了顾卿遥的手:"小遥,你这话是认真的吗?"

"我可能还不确定我的想法,但是至少现在,我觉得我是喜欢黎先生的,"顾卿遥自己说着,都不知道自己的说辞是真是假,只是一鼓作气地向下说道,"黎先生暂且不想去国外发展,那么我也会跟着留在这里。"

似乎是费了很大的力气,顾远山这才开了口:"你……简直是胡闹!"

他的脸色难看至极,咬牙看向顾卿遥:"你知道你自己在说什么吗?难怪你从小就让我不喜欢你。你简直,简直是不知廉耻!那是你的小叔叔,你是要告诉我,你喜欢上你的小叔叔了吗?"

"爷爷真的将黎先生当做是自己的义子了吗?"顾卿遥问道,"更何况,那不过是爷爷的义子。也就是说,我和我的小叔叔之间没有任何血缘关系。这些年顾家根本就对黎先生不闻不问,倘若不是因为小叔叔那天救了我,我甚至很可能不知道黎先生的存在,不是吗?他对于我而言,从来都不是什么小叔叔,而是我喜欢的人!"

她据理力争的样子太真实,连萧泽都忍不住怔住了,心说顾卿遥这不会是假戏真做了吧?

念宛如红着眼睛拉了顾卿遥的手:"好了好了,到家了,有什么话我们回家再说,啊?爸,您也别生气,小遥有的话说得在理。如果这些年顾家一直都对黎先生很好,每年也会一起聚一聚,那么小遥根本就没有机会喜欢上黎先生,这都是阴差阳错……"

"什么阴差阳错?难不成你认为这件事还是我们的错了?"顾远山不悦道。

"所以爷爷是连我和妈妈都没有当成自己人吗?"顾卿遥反问道,"爷爷这句我们,究竟是指谁呢?"

顾远山气结。

顾卿遥什么时候变得这样伶牙俐齿了?

他竟然一无所知。

良久,顾远山方才呼出一口气:"总之,这件事绝对不行,你想都别想。"

"我喜欢谁,其实爷爷也管不到。毕竟我已经到了法定结婚年龄,这是我的自由。"

"那你不妨试试看。"顾远山的脸色相当阴霾,盯着顾卿遥看了良久,这才看向顾彦之,"你过来,我有话和你说。"

他下了车,就和顾彦之一直奔书房了。念宛如看向顾卿遥,神色有说不出的意味。

"妈妈别担心,刚刚我说的话只是权宜之计。"顾卿遥小声道。

念宛如怔了怔,伸手拍了一下顾卿遥的手背:"你这孩子,你简直要吓死妈妈了。"

顾卿遥恍若无事地笑了笑:"不过我是真的不想出国。我在国内还能在公司多工作一段时间,如果出了国,将来回来对国内的经济形势不了解,不一定是好事。现在国内的金融发展蒸蒸日上,出国留学我认为意义不大。"

顾卿遥认真地说着,念宛如迟疑片刻,道:"那也不应该用黎先生做挡箭牌啊!你也知道,你爸爸和你爷爷都不喜欢黎先生。"

顾卿遥瘪瘪嘴:"我也是想不出别的办法了嘛……"

"所以小遥不是真的喜欢上黎先生了,对吧?"念宛如还是不放心,小心翼翼地问道。

顾卿遥沉默片刻,问道:"妈妈为什么担心这件事?我一直以为,妈妈觉得黎先生人不错。"

念宛如的笑容有点说不出的意味,很显然是在斟酌着自己的措辞:"黎先生人的确是不错,可是小遥,黎先生一定不适合你。"

顾卿遥本想问为什么,可是想来若是当真问出口,倒是过分刻意了。

她只能佯作无事地笑了笑:"不过没关系,反正我也不是真的喜欢黎先生。黎先生现在帮了我很多忙,我只是很感激罢了,没有其他心思的。"

"那是最好。"念宛如显然松了口气,摸了摸顾卿遥的头,"你现在用黎先生当挡箭牌也是个好事,毕竟岳景峰无论何处都比不过黎先生。之前又有那么多事情,日后你爸爸也就不会催着你去见岳景峰了。"

顾卿遥垂眸笑了笑,刚刚说出那句话的时候,她感觉自己的声音都飘忽了几分。

她甚至无法控制自己的情绪。

直到回到房间,顾卿遥百无聊赖地打开手机,却是微微怔住了。

有个陌生的号码发来了好几条短信,她打开看了一眼,心情顿时无比复杂。

"今天是黎先生父亲的忌日,你大概根本就不知道吧。"

"你什么都不关心,你只关心你自己。"

顾卿遥微微闭了闭眼,脑海中全是黎霂言今天平静地安慰自己的模样。

她从不曾问过黎霂言这些，黎霂言便也什么都不曾提及过。

她看了那个号码良久，最终还是没有回复，将手机放在了一旁。

顾卿遥记得这个号码，甚至之前她还研究过一次，这个号码的归属人是白楚云。

那个喜欢黎霂言的人……

今天黎霂言一直在平静地安慰着自己，却是不知道，在黎霂言父亲的墓前，陪在他身边的人是不是白楚云？

顾卿遥微微垂眸，想要问萧泽为什么没有告诉自己，然而她最终还是放弃了。

她本该记得的，顾远山曾经说过，这几天就是黎霂言父亲的忌日，可是自己从未想过要去求证。

他们……说到底也只是合作伙伴而已，谁都没有逾矩，也挺好的。

那些绝境之中而生的冲动，似乎也随之彻底湮没了。

顾卿遥闭了闭眼，觉得眼眶无比酸涩。

然而很快，顾卿遥的手机却是响了起来。顾卿遥看了一眼，登时就紧张起来。她抓起手机，迟疑良久方才小声开口："黎先生。"

似乎是察觉到了顾卿遥的情绪波动，黎霂言微微蹙眉："怎么了？"

顾卿遥咬着下唇沉默了一会儿，这才问道："黎先生今天还好吧？"

"我？"黎霂言有点诧异，然而很快反应过来，"是不是有人和你说什么了？"

"嗯……我收到了几条短信。抱歉，我并不知道……"顾卿遥紧忙解释，却又不知道如何开口才是适宜的。

"没关系，"黎霂言明显顿了顿，方才说了下去，"都过去这么多年了……"

黎霂言没有多言，顺势问道："是谁和你说的这些？"

"哦，是一个陌生的号码。"顾卿遥有点犹豫，没提起白楚云的名字。

"是吗？"黎霂言也只是笑了笑，没有再问下去。

"哦，对了。"顾卿遥说起这件事，脸就跟着红了几分，"那什么……今天我父亲想让我出国进修，我不想去。所以就临时想了个办法搪塞过去。我说，我说我在国内有喜欢的人了，所以暂时不想出去。抱歉黎先生，我保证这件事不会对你造成困扰，我父亲不会散播出去的。"

顾卿遥说着这些，就愈发后悔自己的一时口快。

黎霂言最不喜欢这些流言。她清楚地记得之前白楚云闹出的照片门事件，黎霂言几乎没有给白家留下一点脸面，毫不犹豫地将这件事公布了。后来白楚云出来道歉，说那是有心人的再创作，这件事这才灰溜溜地结束。

而现在，自己的一番话，虽然没有在公众场合说起，也不知道黎霂言会有怎样的反应。

她的心跳愈发快了，黎霂言的沉默让顾卿遥愈发无所适从。

良久，黎霂言方才开口："我并不介意。"

"嗯？"顾卿遥一怔。

"我是说，这些话由你说出口，我并不介意。"黎霂言的话音甚至是带着笑意的。

顾卿遥没来由地觉得口干舌燥起来，就听对面的黎霂言笑了笑，说了下去："不过你要留心，我不介意，不代表顾老先生也可以放任这些。他并不喜欢我，想必也不希望你和我有太深入的联系。"

顾卿遥郑重其事地点点头："我明白。"

黎霂言垂眸道："还有，今天给你发短信的人是白楚云吧？"

"那个……我也不清楚。"顾卿遥顿时窘迫起来。

她不喜欢背后说人坏话，更何况白楚云的短信虽然是在示威，可是顾卿遥心底也总觉得是自己有错在先。以白楚云和黎霂言的关系，就连她都对黎霂言父亲的忌日了如指掌，而自己居然直接忽视了，甚至还让黎霂言帮了自己一整天的忙。

"不用多想，下次如果白楚云再骚扰你，你直接拉黑就好了。"黎霂言平静道。

顾卿遥一怔，还想说什么，对面的黎霂言却显然忙了起来，很快便道了晚安。

顾卿遥将电话放下，静静打开了新闻页面。

关于黎霂言父亲的报道并不算多，甚至可以说是寥寥无几。顾卿遥明白，很多执行重要任务离世的警察，都是必须要隐藏身份的。甚至很多人在离世后，倘若案件还没有彻底了结，墓碑上都不会写出真实姓名，避免被人寻仇。

警察这个行业，始终是值得人们尊敬的。

顾卿遥心情复杂地关上了网页，想到了黎霂言的性格。

从小就失去了母亲，父亲又经常不在身边，不知道黎霂言这样淡漠的性子，是不是就是在那时候养成的。

顾卿遥轻叹了口气，就听外面书房传来开门声，显然是顾远山准备离开了。

鬼使神差地，顾卿遥靠近了门边，就听顾远山在说着话："还有，关于黎家的事情，你也要多放在心上。黎霂言现在有意要入主顾氏，这不是一个好兆头。"

"父亲放心。"顾彦之点头应下。

脚步声越来越远，顾卿遥蹑手蹑脚地回到床上，轻轻闭上眼。

黎霂言究竟要做什么……

黎霂言说，他要将当年的慢待尽数讨回来，可顾卿遥总觉得这并不是真正的理由。

太简单了，当年的真相应当远远比这要复杂，可是真相又是什么呢？

顾卿遥不得而知。

她轻轻摁了摁太阳穴，就听门被人敲响了，顾彦之的声音在外面响起："小遥。"

"嗯。"顾卿遥懒洋洋地开口，显出几分睡眼惺忪的模样。

"小遥如果还没睡的话，还是出来一下，爸爸有话要问你。"顾彦之放缓了声音。

顾卿遥叹了口气，低声道："爸爸，我头好晕啊……"

"顾先生，小姐虽然没有外伤，可是毕竟也经历了车祸。顾先生还是请回吧，有什么事情明天再说也不迟。"这是萧泽的声音。

顾彦之显然有点犹豫，看了萧泽一眼，这才蹙眉道："也好，不过小遥应当没什么大碍，不是还说明天要去公司吗？是吧小遥？"

顾卿遥径自拉开门，看向门口的萧泽："你怎么不去休息？"

萧泽一脸无辜："我保护小姐……"

"去休息，你看看你现在什么情况。医生让你静养，你就是这样静养的？"顾卿遥又气又无奈地将人推走了，这才看向顾彦之，"爸爸有什么事就问吧。"

顾彦之沉着脸，示意了一下顾卿遥的房间。

见顾卿遥完全没有让开的意思，只好退而求其次："去书房说。"

"好。"顾卿遥点头应了，径自将房门掩上了。

顾彦之看着顾卿遥防备的姿态，眼神有种说不出的意味。

直到在书房落座，顾彦之方才开了口："小遥，爸爸一直不想直接干预你的决定。毕竟就像是你自己说的一样，你现在也成年了，理应自己为自己做主。可是爸爸还是要告诉你一句，你和黎霂言不合适。"

顾卿遥微微垂眸笑了："我知道爸爸是为了我好。"

她的声音软软的，顾彦之轻咳一声，道："你知道就好。"

"可是爸爸，合适不合适这种事情，难道不是要相处才知道吗？像是我和岳景峰相处了一段时间,我就看出了岳景峰身上的很多缺点。我才知道我不能和岳景峰在一起,可是我和黎先生根本没有相处过……"

"你还想怎么相处?你可知道他经常威胁你的爷爷,甚至和我针锋相对!难道对你而言,家人都不如黎霂言重要了吗?"顾彦之狠狠拍了一下桌子。

顾卿遥没说话,只是看向顾彦之,眼神平平静静的。

顾彦之急促地呼吸了一会儿,这才哑声道:"你不用多说了,他和你不合适,如果你们一定要在一起,那么……日后你也不要在顾氏继续待下去了。他和我们水火不容,你就跟着黎霂言去吧,你看看到时候他还要不要你。"

"爸爸这样说未免有失公允,"顾卿遥轻声笑了,"还是说,这就是父亲原本的打算?"

"你什么意思?"

"父亲是不是从最开始就不希望我留在顾氏?我其实也注意到了,在我想要去顾氏的时候,父亲似乎也一直在阻拦我,"顾卿遥顿了顿,小声开口道,"如果不是因为我知道父亲绝对不会骗我,我都要以为父亲将来不想让我继承顾氏了呢。"

顾彦之浑身一震,下意识笑道:"你瞧你,这是在想什么呢?你是爸爸唯一的孩子,爸爸不让你继承,将来让谁继承?更何况,你也看到了,凌依依不是爸爸的女儿,你也让她签署了文件不是吗?小遥,爸爸是在和你说你恋爱的事情,你别想太多……"

顾彦之越是这样说,顾卿遥心头的疑惑就越深。

按理说,顾彦之完全没必要这样解释的。倘若这一切都是真的,顾彦之只会觉得顾卿遥的担心太过可笑,可是他没有,他紧忙解释了起来。

顾卿遥沉默片刻,这才垂眸笑道:"父亲当年愿意让我和岳景峰在一起,而今都不愿让我与黎霂言试试看,或许在父亲眼中,我的未来幸福与否都不及父亲的私心,不及我们顾家的脸面。"

她的语气可怜巴巴,顾彦之微微僵住,心底满是说不出的滋味。

良久,他方才长叹一声:"你若是当真和黎霂言在一起,你爷爷得多生气啊……"

"父亲不能帮我吗?"顾卿遥抬头看过去。

她的眼底满是信任,至少在顾彦之看来是如此。顾彦之心底一动,摸了摸顾卿遥的头:"你啊,还是太小,不懂得这其中的道理。那是你爷爷的养子,你怎么能和他在一起?这世上根本就没有不透风的墙。"

顾卿遥的脸上写满了失望。一时之间,顾彦之也不好多说,只好叹道:

"行了,你先去休息吧。该说的我也都说了,你自己好好想想。"

顾卿遥慢吞吞地走了出去。

那之后,顾卿遥倒是也没特意去联系黎霖言。

黎霖言的性子素来疏冷,顾卿遥不主动联络,黎霖言倒是也没有多和顾卿遥说什么。

一来二去,听到黎霖言不来股东大会的时候,顾卿遥还微微怔了怔。

彼时顾卿遥正坐在公司对面的咖啡厅,看向对面明显很是拘谨的凌筱蔓。

顾卿遥轻笑了一声,将手中的咖啡杯放下了:"其实能和凌小姐这样面对面聊聊天,我还是有点意外。"

凌筱蔓轻咳一声,道:"顾小姐,我最近也重新上班了。"

顾卿遥挑挑眉:"是吗?那恭喜凌小组。"

"这样说吧,如果顾小姐不是刻意阻挠我的话,其实我一直都还挺顺利的。"凌筱蔓笑了笑,轻声道,"我还该谢谢顾小姐没有继续刁难我。"

"我说过,那并非我所为。凌小姐求职顺利,我也很高兴。毕竟之前的事情都是误会一场,不是吗?"顾卿遥含笑道。

凌筱蔓惊疑不定地看了顾卿遥一会儿,不知道顾卿遥说这话是什么意思。

凌依依的事情不是误会,她不相信顾卿遥不清楚。

凌依依的身份,顾卿遥当时已经说得那么明白,甚至逼迫她签署了协议。

尽管顾彦之一再强调顾卿遥性子单纯不会想那么多,可是凌筱蔓已经彻底不相信了。

她垂眸笑道:"的确,都是误会一场。"

"凌小姐手中的股份也交接好了吧?"顾卿遥问道。

凌筱蔓的手指紧了紧。顾卿遥逼着法务部追着她,一大堆法律文件丢在她面前,她就算是有心保住那些股份,也是完全没有可能了。

就这样将那些价值不菲的股份交出去,凌筱蔓不知道有多不甘心!

尤其是想到这些股份代表什么的时候……

"顾小姐,"凌筱蔓咬咬牙,忽然开口,"顾小姐,有件事我从未和你说过,但是我想你有知情权。"

"凌特助怎么在这里?"

一道声音猛地插了进来,凌筱蔓就像是忽然清醒了似的,立刻坐直了几分:"顾总。"

顾卿遥抬眼，看到顾彦之匆匆走了过来。他有点气喘吁吁的，显然是有人告诉了他，顾卿遥和凌筱蔓在这里。

顾彦之的目光却是自始至终落在顾卿遥的身上："小遥，我不知道你和凌特助私底下有联系。"

"凌女士人很好，昨天遇到我，还问了我是否还有大碍。我怕凌女士担心，这才和凌女士约了今天的下午茶。"顾卿遥稳稳含笑道。

凌筱蔓微微一怔，看向顾卿遥的眼神很是复杂。

见她们两人之间刚刚也的确不像是剑拔弩张的样子，顾彦之这才松了口气，却不敢任由两人继续说下去，只笑笑道："还下午茶呢，小遥你中午还没吃午饭吧？"

"我刚刚吃了三明治……"

"你出院时医生怎么说的？让你一顿饭就吃一个三明治了？还喝咖啡……最近一段时间这些刺激性的都别碰了，都换成水果茶吧。"顾彦之说着，自然地将顾卿遥手边的咖啡端走了。

顾卿遥无奈，气鼓鼓地看向顾彦之。

凌筱蔓在对面看着，眼底就生了几分艳羡模样："顾小姐和顾总感情真好。"

"卿遥一直都是这样，像是小孩子似的。"顾彦之虽然这样说，可是眼底也是化不开的宠爱。

顾卿遥看着，说不出心底是什么滋味。

她始终无法相信，顾彦之对她的宠爱是假的。

自己从小就在顾彦之身边长大，顾彦之对自己是什么态度，没有人比自己更了解。

或许到了后来，顾彦之的确是对恃宠而骄的自己厌烦了。可是让她险些丧命的那场车祸，顾彦之真的也参与其中了吗？

顾卿遥微微垂眸，就听凌筱蔓温声道："对了顾总，前些日子我已经将手中剩下的股权都交接好了，您可以问一下法务部那边。"

"哦，"顾彦之颇为尴尬地轻咳一声，道，"没事，我相信你。"

"谢谢顾总。"凌筱蔓犹豫了一下，道，"还有一件事，其实我在离职前一直都没有说。我做过一份计划表，是关于顾氏近期去美国上市的。我认为形势非常利好，但是因为那时候还是个半成品，我也没有机会交接出去。不过前段时间我待业在家，倒是将这份计划书彻底做好了。我想如果顾总不嫌弃的话……"

凌筱蔓匆忙在包里面翻了翻，找出一个册子递过去。

顾卿遥冷眼看了，就见那是一本厚厚的册子。

凌筱蔓邀功地说着："我还做了个幻灯片，可惜这次也没有机会去给大家说一说了。"

她的眼底写满了温柔的遗憾，顾卿遥看了就知道，顾彦之绝对受不住这个。

果然，顾彦之的脸色微微变了变，便道："你现在入职的是什么公司？"

"是一家水产公司。我之前的那件事，现在金融圈都知道了。很多大公司都不愿意接受我，而且还有公司认为一旦接受了我，会违反竞业禁止条款，所以……"凌筱蔓的语气温温和和的，只字不提自己所受的委屈。

然而这样的表情和语气，却已经比任何事情都有用了。

顾彦之几乎说不出心底的滋味，沉默了一会儿，道："你带着一个孩子，最近这段时间怕是日子过得不容易……"

"其实也还好，只是稍微拮据了一点。"凌筱蔓轻声道，神色很是温婉。

顾彦之刚想开口，顾卿遥倒是说话了："凌特助之前被解雇的时候，离职薪资我这边也经手了。如果没记错的话，当时凌特助拿到了差不多五万元钱。五万元钱，不到一个月的空档期，就至于如此拮据了吗？如果我没记错的话，凌特助的房子没有贷款，凌依依的学费也已经付过了，凌女士的经济压力应该没有这么大才对。"

她的语气十分平静。凌筱蔓刚刚还在演戏，登时就有点说不出话来，脸红一阵白一阵的，尴尬地轻咳一声道："也不是，主要是依依那边花销多。毕竟是要出国，一下子家里的积蓄都搬空了。"

"是吗……"顾卿遥含笑看过去。

凌筱蔓心头一震，点头勉强道："那可不是？孩子的教育这边很费钱的。"

顾卿遥但笑不语。

凌筱蔓心底有点不舒服，却没说什么，只是看向顾彦之："顾总，如果您愿意的话，我明天可以带幻灯片过去说一说我的想法。毕竟我曾经也是顾氏的一员，在顾氏期间，我的确感受到了前所未有的归属感。即使离开了顾氏，离开了顾总，我也希望能够为顾氏做一点事。"

她的语气那么温柔，柔若无骨的手扶着咖啡杯的杯柄，眼波荡漾，看起来媚人得很。

顾彦之轻咳一声，偏开目光道："你能有这份心意，我很高兴。这样吧！我也不好白让你帮忙，如果你的建议被采用了，那么我会在这方面给你特别补贴，从我的个人账户里面给你包红包，就当做是饯行了。"

凌筱蔓立刻惶恐起来："那怎么好意思，顾总，我不能这样用您的钱……"

"嗯，我也觉得不合适。"顾卿遥在旁边笑着开口，"父亲，凌特助离开公司的原因并不体面，这样的情况下，倘若要回到公司，势必会引起众人的心理波动。这一次股东大会对于顾氏而言很是重要，倘若凌特助也出现在其中，未免会让人怀疑我们顾氏任人唯亲。前段时间刚刚出了投资岳家的事情，这次如果再出了这件事，怕是会有碍父亲的公信力。"

顾彦之心头一沉。

他自然没有说出口，可是心底却存着几分借着这个机会将凌筱蔓调回来的念头。

凌筱蔓在新的公司明显受了委屈。她历来都不愿意诉苦，可是自己怎么能听之任之？

倘若能够借着股东大会的时候让凌筱蔓一鸣惊人，这一切就会变得无比容易！

甚至凌筱蔓手中的那本计划书，其中就有他的手笔！

然而现在，顾卿遥的话确实让顾彦之心头一震。

的确……

倘若真的被扣了这样的帽子，将来怕是难以洗脱了。

顾彦之沉默良久，凌筱蔓的手却已经搭上了顾彦之的手背："顾总，不然我还是将这个交给顾总吧。这只是我的一片心意，我是希望顾氏好，更希望顾总好，毕竟顾总一直以来对我照顾良多……"

顾彦之就感觉自己手背发烫，不自觉地抬头看向顾卿遥的眼神。顾卿遥眼底满是嘲意，下一秒——

顾彦之直接甩开了凌筱蔓的手，声线冷硬道："凌女士，请你自重。"

凌筱蔓微微怔住了。

她就像是才发现自己做了什么似的，紧忙缩回手来："对不起对不起，顾总，刚刚是我忘情了。"

她的眼底含着泪，看起来楚楚可怜。

旁边已经有人看了过来，顾彦之脸色相当难看。他甚至不知道自己刚刚为什么会忽然做出这种举动，按理说，自己本不该怕顾卿遥的。

不过是个刚刚进入社会的女孩而已！

顾彦之暗忖自己失态，一边淡淡道："以后这种玩笑还是不要再开，这毕竟是公众场合，我和夫人感情也很好。凌女士，希望你能注意影响。"

顾卿遥端坐在顾彦之身旁，笑意微微。

凌筱蔓点点头,乖顺地收回手去。

她看到了那一瞬间顾卿遥的表情,却也是暗自心惊。她本以为顾卿遥会暴怒,没想到顾卿遥的神色如此淡然,只是眼底添了三分嘲意。她更加没想到的是顾彦之的反应。

顾彦之甚至……在惧怕顾卿遥?

怎么会?

现在的顾彦之怎么了?

凌筱蔓心底掠过千万种念头,最终还是轻声道:"那顾总,这个……"

"这个你明天带上,直接来股东大会吧。毕竟是你职责范围内做出来的东西,按理说也属于在职期间的事务的延续,你就将这件事做完吧。"

"谢谢顾总,谢谢您,我真的很高兴。"凌筱蔓紧忙道。

顾彦之没什么心情听她多说,只敷衍着点点头,又看向顾卿遥:"走了,带你回去吃点东西。旁边新开了一家煲汤店,下午爸爸让人给你叫汤喝喝,那个最补身体。"

顾卿遥笑着点头:"爸爸最好了!"

顾彦之笑着摸了摸顾卿遥的头。

他们之间的互动是如此平常,凌筱蔓坐在对面,手微微搅在一起。

回去的路上,顾彦之这才开口道:"小遥,爸爸知道你也是为了爸爸好,不希望爸爸和凌筱蔓多在一起,但是她有一句话说得对,毕竟她也曾经是顾氏的人,那份计划书我看过,做得很不错。"

"爸爸认为这次应该尽快推动赴美上市,是吗?"

"SEC的审查书已经下来了,要我们尽快提交招股说明书。"顾彦之道。

顾卿遥微微蹙眉。

顾彦之看向顾卿遥:"怎么了?"

"没什么……不过如果是我的话,我认为这次不应该这样急。"顾卿遥平静道。

"你的意思是放弃这次第二上市的机会?"顾彦之笑了。

他觉得顾卿遥的想法太儿戏了。刚好回到办公室就有事要去忙,顾彦之便也没多想,径自道:"没事,后面股东大会你听听大家的意见,你可能就明白了。毕竟你还小,很多事情想不通透也是常事。现在资本市场的情势瞬息万变,倘若我们没有抓住机会,也许下个被吞并的就是我们了。"

顾卿遥笑笑,在对面坐下。

慕听岚抬头看向顾卿遥,眨眨眼:"顾总看起来心情不错。"

"嗯,"顾卿遥想了想,道,"凌特助可能要回来了。"

"啊?"慕听岚怔住,下意识看看自己的位置。

"如果凌特助回来,可能真的要将你我二人中的一个位置替换掉了。"顾卿遥轻声道。

慕听岚顿时觉得危机重重,也忍不住觉得有点挫败。

"如果我没记错的话,凌特助好像没有学历,甚至也没有工作经验。"慕听岚听着顾卿遥说完那份计划书,忍不住道。

顾卿遥点头。

"而且我看过交接之前拿到的资料,凌特助很多事情都做得很糟糕,甚至都是要法务部和财务部帮忙收拾烂摊子的。她根本连基本工作都做不好,怎么能写出那样一本翔实的计划书?"慕听岚蹙眉。

顾卿遥听出慕听岚语气之中的轻视,忍不住笑笑:"既然你这样说,我忽然意识到,凌特助后来一直没有找到工作,不一定仅仅因为人品问题,可能还和自己的能力有关。"

"我也是这样想。"慕听岚瘪瘪嘴,"我下午去问一下顾总吧,如果能够将那份资料要过来,就是最好了。"

顾卿遥点头:"麻烦你了听岚。"

"你还是第一次叫我名字呢。"慕听岚一怔,笑了,"以后都叫我名字吧,我们年纪相差不大,你叫我慕特助,也太生疏了。"

顾卿遥没忍住笑了,点头应了:"那你也别叫我顾小姐了,叫我卿遥吧。"

"好。"慕听岚立刻点头。

下午的时候,慕听岚进去也不知道说了什么,果然就将那本厚厚的册子拿出来了。

她看了一会儿,眉头越蹙越紧:"甚至用了很多经济分析手法,可以说是很专业了。"

"不像是凌筱蔓的手笔,她甚至连Excel都做不好,怎么可能这样善用图表?"顾卿遥蹙眉道,"更何况这里的曲线计算,更加不是凌筱蔓熟悉的领域了。"

"的确……"慕听岚说着,将资料迅速复制了两份,递给顾卿遥一本,笑道,"卿遥你可以慢慢看。明天在股东大会上如果能够有理有据地反驳她,她应该就没有机会回归了。"

顾卿遥沉吟着点了点头。

慕听岚说得对,只是……

她并不知道顾彦之会不会给自己这个机会。

顾卿遥犹豫了一下，给黎霖言发了个短信过去："黎先生，你明天真的不会来股东大会吗？"

黎霖言看到短信，唇角忍不住微微弯起："你想让我过去？"

顾卿遥一怔，连忙道："不是不是，我只是问一下。"

"表决权委托给你了，如果有什么临时情况需要我过去，你可以随时和我联系。明天我在海城。"黎霖言的回复言简意赅。

顾卿遥却是看着沉默了良久。

黎霖言永远是如此，会将所有的事情打理得井井有条，而且还会对自己表明态度——

他永远是自己的后盾。

顾卿遥知道，这并非永远，可是却还是忍不住钦羡起来。

能和黎霖言在一起的女孩子，真的真的很幸福。

顾卿遥将凌筱蔓的册子小心地放进包里，打开了幻灯片文档。

明天是一场大战，而她必须要准备好。

这一夜，顾卿遥几乎彻夜未眠。

这分明是即将开启一场大战。

一个人在众人面前的最初印象有多么重要，顾卿遥心底了然。

明天是股东大会，也是顾卿遥第一次实际接触到顾氏的股东。

而明天……她必须要阻止顾氏赴美上市。

这是一场豪赌，但是她下定决心，便只能毫不犹豫地向前！

顾卿遥咬咬牙，又添加了一张幻灯片文档。

她迷迷糊糊醒来的时候，已经是第二天早上了。

不知何时，她已经和衣躺在了床上。看着窗外天光大亮，顾卿遥紧忙跳了起来，又觉得一阵头晕眼花。扶住桌角的瞬间，门开了。

"小姐还好吧？"萧泽一脸的忧心忡忡。

顾卿遥眨眨眼："你什么时候把纱布拆了？"

"咳……"萧泽一个趔趄，无辜道，"太碍事了，就给拆了。"

"问过大夫了吗？"

"问过了问过了。"萧泽连连点头。

顾卿遥眯起眼睛："你当真以为我看不出来？这次的意大利菜没有了。"

"小姐……"萧泽哀号。

顾卿遥笑道："昨晚是你把我送到床上的？"

"嗯，看小姐好不容易完成了，就没有叫小姐。"萧泽轻声道。

顾卿遥心底一暖，听出了萧泽的弦外之音："谢谢。"

萧泽笑眯眯地摇摇手："那意大利菜……"

"明天吧。"顾卿遥无奈地叹气，这人简直……

下楼的时候，就见念宛如也正在化妆。

顾卿遥一怔："妈妈也……"

"哦，不是，"念宛如笑笑道，"我没在顾氏持股。之前的确是有过，可是后来觉得麻烦，就都转移给你爸爸了。我今天是去联系一下严夫人，最近我们顾氏可能和严家有合作。"

顾卿遥心底一动。

念宛如这些年来一直在做着这些，勤勤恳恳的。顾彦之也从未夸过念宛如半句。

自己将黎霖言当做自己的后盾，可是念宛如呢？

念宛如始终无声无息地做着顾彦之的后盾，顾彦之却从未放在心上。

顾卿遥心情复杂，匆匆吃了点早餐，换了衣服就出门了。

从前顾卿遥根本都不知道，股东大会是这样的。

顾卿遥的位置靠前，对面是黎霖言的位置，上面摆了缺席的标识。顾卿遥轻咳一声，在自己的位置上坐下，很快就见顾彦之也跟人说说笑笑地进来了。

顾卿遥看了一眼，就见那人是岳建成。

顾卿遥眉头微蹙，这才发觉自己的身边刚好就是岳建成的位置，想来也是被刻意安排的。

岳建成显然也看到了顾卿遥，朝顾卿遥笑了笑，看都没看名牌便径自走了过来。

"顾小姐少年英才，现在能够坐在这股东大会的人啊，各个年纪都不小了。顾小姐年纪轻轻，就能够在这里独当一面，的确是不容易啊。"岳建成见面先夸了顾卿遥一句。

顾卿遥却只是含笑应了："岳总客气了，都是父亲教育得好。"

顾卿遥将功劳轻描淡写地推到了顾彦之身上，倒是让岳建成有点意外。

岳建成又和顾卿遥说了一会话。顾卿遥虽然一一应着，但是很明显带着三分礼貌的疏离。岳建成再怎么不常参加这种场合的活动，倒是也看明白了，索性缄口不言了。

顾卿遥终于觉得耳边的聒噪少了几分，就见顾彦之起身了。

很快，顾彦之将最后一个人接了进来。

众人的眼神顿时变了变。

那人……正是之前被开除的凌筱蔓。

顾彦之轻咳一声，开口道："是这样的，既然大家都到齐了，那么我和大家解释一下。这位是我们顾氏的前总裁特助凌筱蔓女士，虽然凌筱蔓女士已经离职了，但是新近入职的公司并非我们顾氏的关联企业，而且凌女士之前在职期间一直在做这份计划书，其中将我们顾氏赴美第二上市的利弊分析得很是翔实。凌女士离职后也一直心系顾氏，将这份计划书进行了补充完善。昨天凌女士找到我，希望今天能够在会上给大家做个报告。我想……没有人能够比凌女士对时间线做出更加详细的梳理，所以今天我就将凌女士请了过来，给大家做这个报告。大家如果有什么意见的话，但请直言无妨。"

顾彦之的目光从众人身上掠过。

良久，他方才满意地笑了笑："如果没有的话，那么……"

"爸爸。"顾卿遥站起身，目光定格在前面凌筱蔓的身上，微微笑了，"是这样的，请离职员工参与股东大会本身是不合情理的。虽然现在凌女士没有入职关联企业，但是我们都不知道，凌女士的合作方，甚至是竞争者中有没有我们的关联企业。让一个不属于顾氏的人为顾氏梳理上市情况，对我们公司的股东也是一种不负责任，所以……"她顿了顿，径自走上台去，"我昨天听闻了这个情况，就连夜梳理了顾氏的各项指数。得益于之前父亲让我看了很多公司的陈年资料，我想我的资料汇总能力并不会逊色于凌女士。今天的报告，便由我来为大家做吧。我也是顾氏股东中的一员，相信我的报告会更加倾向于维护在座各位的利益，毕竟我和大家也是利益共同体。"

顾卿遥说着，将自己的优盘径自插入电脑，神色淡然自若。

顾彦之根本无法想象，顾卿遥竟然会做出这种事！

而前面站着的凌筱蔓已经下意识地搅动手指，根本就是无所适从。

凌筱蔓设想过很多场景，甚至想过台下的股东会反对，可是她无论如何都没想到，顾卿遥居然会这样做！

顾卿遥这是从昨天就开始不满了，只是她沉得住气，为的就是现在来让自己再无退路？

凌筱蔓错愕地看向顾卿遥，心底满是不甘。

她太了解了，那份计划书，是顾彦之找了个团队做出来的，而顾卿遥不过是用了一夜的时间，她能够做出什么来？

还不是滑天下之大稽！

既然顾卿遥愿意出糗，那么就让她去吧。

凌筱蔓想到这里，立刻抱歉地笑了笑，道："既然如此，那么顾总我还是先离场吧，我在这里也的确是不太好。"

顾彦之几乎控制不住面部表情，良久方才点点头："抱歉凌女士，那您先去旁边休息一下。"

"好，如果顾小姐这边没能将资料整合好，顾总可以随时让我再过来补充说明。让顾小姐锻炼一下，也是一件好事。顾总切莫动气。"凌筱蔓温和地说着，话里话外却满是对顾卿遥不信任。

凌筱蔓出去的时候，眼底还带着三分笑意。

顾卿遥淡淡瞥了她一眼，换来了凌筱蔓意味深长地弯起了唇角。

顾卿遥没再理会，只是静静打开了幻灯片："那么现在由我来为大家做汇报说明。我相信在座的各位股东对于顾氏一直以来的发展方向也有相应的了解，那么，我今天主要先介绍一下近来顾氏的股权结构改制部分……"

众人慢慢收敛了玩笑的神色，愈发正襟危坐起来。

顾卿遥的目光从每个人身上掠过，微微笑了。

她将股权结构改制讲完，这才沉声道："而现在对我而言，我认为顾氏并不适合赴美开展第二上市。"

一句话，众人哗然。

顾氏策划已久，现在顾卿遥可好，毫不客气地对大家说顾氏不适合赴美上市？

顾彦之微微蹙眉："卿遥，你现在说这些话，有什么依据吗？我承认你刚刚的报告做得很好，但是这不过是数据搜集和整理，换做任何一个文秘都能做好的工作，但是倘若你要阻拦公司赴美上市，那么需要相应的数据支撑。顾氏赴美上市已经走到了最后一步，你可知道如果在这个时候放弃，我们需要付出多少代价？"

"这倒是的确……"秦凯丰应道，"顾小姐，您现在已经准备好汇报了吗？如果没有的话，我可以先和顾小姐说明一下，现在顾氏赴美上市进程很快，保守估计，在美国上市开盘价就能够达到两百美元以上，对于公司而言也是一笔不小的融资。倘若顾小姐认为我们应当放弃这个机会，还请顾小姐做出详细说明。"

秦凯丰是知道顾卿遥的性子的。

前番在岳家一事上，顾卿遥已经让秦凯丰足够刮目相看。

而现在……他不想平白无故地否认顾卿遥的意见。

顾卿遥笑笑，点头道："的确，两百美元以上的开盘价，再加上美国庞大的资本市场，这对于任何一家公司而言都是绝佳的机会。可是我认为更加重要的是，现在美国银行在不断放贷，贷款市场本身已经呈现泡沫态势。虽然美国房地产现在大热，可是谁都不知道这样庞大的贷款之下，联邦基金利率持续上调，人们无法偿还购房贷款，会发生怎样的后果。现在的违约率已经在不断上涨了,房产市场已经愈发疲软,而一旦美国金融整体崩盘,那么新一批上市的公司定然会受到更大的影响。这样想来,这个时候绝非进入美国资本市场的好时机。"

顾彦之轻笑一声:"你的意思是,现在进入风险太大。"

"的确。"

"那么你认为什么时候风险才小?"顾彦之反问道,"卿遥,你现在年纪还小。你要知道所有的投资都伴随着风险,一个公司也是一样,所有的决定都不可能是万无一失的。如果做公司的人,所有的事情都要达到完全没有风险才能出手,那么这个公司是无法得到长足的发展的。"

顾彦之的语气微沉,挥挥手道:"好了,小遥,你今天就说到这里吧。这些风险我们已经评估过了。"

"那么这个表格,公司也已经评估过了吗?"顾卿遥问道。

她将幻灯片切换到下一页,道:"大家或许还没有意识到美国金融市场现在发生的问题。诸多没有偿还能力的人也拥有了购房贷款,而这样的次级贷款衍生的结果就是……"

"好了,你说那么多理论性质的东西是没有意义的。小遥,你还小,很多事情不是理论就能解决的,这是实践中才能累积的经验。"顾彦之直接抬手,将屏幕关了。

他看向众人,道:"抱歉,卿遥刚刚入职场,很多事情还不明白,大家不用想那么多。我们继续探讨招股说明书的问题。"

众人面面相觑,有人吸了口气,还有人忍不住翻看起之前顾卿遥放在桌上的文件。

所有人都沉默着。事实上,顾卿遥说的话有道理,可是这个时候站出来,影响的可能不仅仅是自己的利益,更是整个公司的利益。

没有人开口,与其去相信二十二岁的顾卿遥,不如去相信在商界摸爬滚打这么多年的顾彦之……

这是当时所有人的想法。

顾卿遥站在台上,心底满是说不出的滋味。

顾彦之已经轻描淡写地开口了:"好了小遥,你去将凌特助叫进来。我们听一下凌特助后续的具体安排。"

秦凯丰有点看不下去了:"顾总,我也认为顾小姐说的有道理。"

"秦部长,你毕竟不是公司的股东,你明白我的意思吧?"顾彦之淡淡道。

秦凯丰声线微沉:"凌特助甚至不是我们公司的员工,这个时候让凌特助来，实在是没有任何道理。更何况，顾小姐是公司的股东，顾小姐提出的意见，理应为股东大会进一步讨论。"

顾彦之重重地合上了笔记本屏幕。

他看向秦凯丰，神色阴沉。

门被人推开了，顾彦之甚至没有回头，只淡淡道："凌女士，既然你来了，那你说一下你的……"

"是我。"黎霂言站在门口，一身黑色西装将他的身材衬托得愈发俊朗，而他的眉宇之间写着淡淡的漠然，"抱歉，刚刚从外地赶回来，听说这边在做重要决策。"

顾彦之的脸色说不出的难看。

他哪里能看不出来黎霂言这是为了谁而来？

黎霂言看了一眼位置，径自坐到了第一排，将面前的东西翻了翻，这才开口道："是关于赴美第二上市的问题吧？我赞成顾小姐的观点，认为现在不是顾氏赴美上市的好时机。"

众人沉默下来。

黎霂言这个人，可以说是海城的神话了。

他在金融领域的建树，他不过短短数年建立起的黎氏，都成为人们津津乐道的话题，更何况……黎霂言将自己的个人信息藏得很好。

甚至没有任何一本杂志对黎霂言成功地进行长篇报道。

黎霂言淡淡道："我相信，房地产的上升趋势存在拐点，而且这样的拐点具体时间可以根据大数据计算出来。也正是因此，我将黎氏的赴美上市也推迟了，在这一点上，我的想法与顾小姐不谋而合。"

黎氏的赴美上市计划也推迟了？！

倘若说刚刚众人的心底还有怀疑，那么现在已经没有人开口了。

无论顾彦之怎么驳斥，顾卿遥的数据整合已经做得很好，金融趋势早已初现端倪。

而现在黎霂言不遗余力地支持和黎氏的动向，让所有人彻底噤声。

倘若黎霂言都认为房地产企业现在不适合赴美上市，那么还有什么可说的？

有人开口："顾总，我想我们应当履行表决程序了。"

"的确，这样重要的事，我们的确需要审慎讨论，利用股东大会的时间进行表决。"

"我也这样想，倘若这次真的遭遇滑铁卢，那可不是资产缩水的事情，也许整个顾氏就因此而危在旦夕了。"

顾彦之死死攥紧拳头。

他不曾想过,这一次居然能让顾卿遥出了这么大的风头。

他更加没有想过,黎霖言竟然会在短短数日内做出暂缓赴美上市的决定,甚至会在今天出现在这里,公然支持顾卿遥的意见!

从什么时候开始,他们两个人的默契已经到了这种程度?

顾彦之沉默良久,这才掩饰地轻咳一声:"可以,那投票表决吧。"

顾彦之静静闭了闭眼,台下的喧嚣声仿佛一下子变得震耳欲聋,让他的耳朵都微微耳鸣起来。

良久,他方才淡淡道:"大家讨论好了?"

顾彦之转头看向屏幕,大势已定——

几乎没有多少人支持赴美上市了,百分之七十三的人选择了暂缓。

不过是顾卿遥精心准备的数据,还有黎霖言的一番话,就这样轻而易举地改变了众人心头的风向。

"对于这个结果,诚然我很意外,"顾彦之闭了闭眼,哑声道,"我没有想过大家会做出这样的决定。这对于我们顾氏而言也是性命攸关的决策了,招股说明书已经准备好,只差最后递交给证券交易委员会审核。现在顾氏选择退出,倘若这件事背后真的有人在谋划,那么不得不说,这个谋划者成功了,他成功拖延了顾氏赴美上市的步伐。"

顾彦之长叹了口气,道:"好吧,既然大家主意已定,那么我便不多说了,我们让时间来见证吧。"他挥挥手,声音愈发沙哑,"今天就到此为止。"

很快,就有人围了上去,顾彦之和他们说着话,眉眼之间是挥之不去的疲惫。

他很少体会到这种感觉,顾卿遥就在他的眼皮下,做了这么多事情。

而现在顾卿遥成功了——她改变了顾氏的方向。

"卿遥。"隔着人流,顾彦之将正要出去的顾卿遥叫住了。

他的眼神十分冷厉,开口道:"你可知道你今天的一番话,影响了多少人?倘若将来顾氏真的因为这个决定而落后于人,你能承担得起这个责任吗?"

顾卿遥静静看了顾彦之片刻,道:"说出这番话的时候,我无愧于心。这是我经过缜密计算和考量得到的结果,也正是因此,大家才会信服。我相信我做的决定。"

"顾总不必这样说,这个决定最终是由顾氏的股东做的。刚刚顾总也看到了,这是压倒的优势,若是要承担责任,也该是所有股东一力承担才是。这才是股东大会的意义。"黎霖言就在顾卿遥身侧,淡淡道。

顾彦之的脸色难看至极。

黎霖言的手悬空揽在顾卿遥的肩膀，绅士又温柔，像是在给顾卿遥力量似的："走吧。"

"嗯。"顾卿遥没再看顾彦之一眼，笑了笑跟了出去。

顾彦之的脸色相当阴霾，看了顾卿遥的背影良久，直到顾卿遥走了出去，这才冷声开口："让人查一下，那些东西究竟是谁做的。"

"顾总？"

"我不相信小遥有这样的能力，我怀疑那份讲稿是出自黎霖言的手笔。"顾彦之道。

"可是这样的事情不好查吧……顾小姐来了顾氏以后，顾总也没有让顾小姐经手什么重要文件，也看不出顾小姐的个人风格。"旁边的秘书低声道。

"你是做什么吃的！这么简单的事情都做不到的话，明天就不用过来了！"顾彦之几乎忍不住怒意，甩手而去。

会议室还有股东没出去，见状也微微蹙了蹙眉，心说顾总这也太不会控制情绪了。

顾卿遥对此全然不知。股东大会结束历来都是直接休息的，顾卿遥反应过来的时候，已经跟着黎霖言走到了顾氏门口。

她微微有点窘迫地停下来，小声道："那个，我先回去了。"

"要去逛逛吗？"黎霖言忽然问道。

顾卿遥一怔："逛逛？"

"如果你有兴趣的话……我刚好有些东西要买。"黎霖言道。

顾卿遥想了想，点头应了："也好。"

她现在并不想回家。倘若这时候回到顾家和顾彦之遇到，顾彦之少不得又要说上几句。

黎霖言要去的地方是家居城，很是温馨的地方。顾卿遥忍不住侧头看向黎霖言，黎霖言神色如常。

"你要重新布置房间吗？"顾卿遥疑惑道。

"嗯，有这个考虑，你上次不是说色调偏冷吗？"

顾卿遥一怔。

她倒是没想过，自己随口的一句话，就能让黎霖言这样放在心上。

心底有种说不出的甜蜜蔓延开来，顾卿遥笑道："其实我倒是觉得那些装修风格很适合你。"

"没关系，添置一些软装罢了。"黎霖言说着，伸手将顾卿遥的围巾整理了一下。

他的动作如此自然,顾卿遥下意识看向黎霖言修长的手指。

她不知道黎霖言这样做,究竟是因为什么,是因为他是自己名义上的长辈,还是说……

是自己想的那个意思。

这种话,顾卿遥永远没有勇气先问出口。

她只能配合地微微仰头,刚想笑着开口道谢,就觉得眼前划过一丝亮光。

黎霖言的手微微顿住,蹙眉开口:"萧泽。"

"是。"

萧泽应声而动,很快,萧泽将一个男人逼到了角落——

"记忆卡退出来。"

"我……我也不是狗仔,我就是觉得你们好看,就拍了一张。"

那男人畏畏缩缩地说着。